懇篤・剛毅の人
宮部鼎蔵

森　光宏

東京図書出版

懇篤・剛毅の人　宮部鼎蔵——目次

家　風

一

夢の中で、心地よくかすかに聞こえていた小鳥のさえずりがぱたりと途絶えた。ふと目を覚ますと、まぶしさの中に人が覗き込んでいる。

「覚めたか？　どうしてこのようなところに寝ている？」

男が二人、一人は武士で身分のありそうななりであった。

少年はまだ元服前の髷《まげ》であった。その頬に一片《ひとひら》の桜の花びらがとまっている。問いかけられた少年は特にあわてた様子も無く、じっと二人の男をうかがい、おのれの立場を読み取ると、草むらから身を起こし、身なりを整えて答えた。

「はっ、南田代村の宮部春吾が子増實《ますざね》と申すものにございます。寄寓《きぐう》しております熊本竹部の叔父、野村伝右衛門方へもどる途中寝入ってしまいました」

少年の声は明るかった。

これを聞いた武士は、

「おう、御世子慶前《よしちか》さまの傅育掛《ふいくかかり》をなさっておられるあの野村さまの甥子《おいご》どのか。

申し遅れたが、わしは郡代をいたしおる和田伊右衛門と申すもの、本日は早朝から見回りの最中、ここに至って草むらの中に横たわる人の姿を認めたため声をかけた次第。

しかしまた、どうしてこのような所に寝るはめになった？」

まさに和田が言うとおりの所であった。

熊本の城下から、矢部（現山都町）を経て宮崎県五ヶ瀬町へ通じる日向往還《おうかん》と呼ばれる街道がある。

この街道は熊本市新町の「札の辻」を基点に、熊本平野を南東へたどったあと、やがて標高二〇〇メートルほどの起伏のある尾根伝いの山道にさしかかる。この山道に至るまでは、矢形川沿いの急峻《きゅうしゅん》な谷沿いにある九十九折の坂道を四キロほどひたすら登るのである。

この坂道を、土地の人は「軍見坂《ぐみざか》」と呼んだ。坂を上り詰めれば熊本平野が一望の下に見渡せる。

少年の言う実家のある南田代村までは、さらにそこから二キロほど矢部の方へ向かったところにあった。

少年は、この軍見坂の麓近くの宗心原《そうしんばる》という集落のはずれにある路傍の草むらの中で寝ていたのである。

そばにある一本の満開の山桜の花びらが、折からの微風に誘われて、一ひら二ひらと舞い降りていた。

増實は、郡代に問われるままこれまでの経緯《いきさつ》を語った。

彼が九歳になった春、幅広い知識を得るための勉学修業のため、父の命で両親の元を離れて熊本に出ることになった。

このとき、母に代わって彼の面倒を見るため祖母のラクが同伴し、二人は父の弟である叔父伝右衛門の養子先の野村家に寄寓した。野村家は熊本城下の竹部《たけべ》（現在の坪井《つぼい》）の小松原にあった。

増實が十三歳の正月を迎えたとき、祖母から、

「お前ももう十三歳になったから、これからは月に四、五度は南田代に帰って両親のご機嫌をうかがうようにしなければならない。

私もこれまで母代わりとなってそなたを見てきたが、そなたにはすでに産み育ててくれた立派な両親がいる。

私がいかにそなたに尽くそうと、両親の恩に勝るものではない。

両親あってこそ今のそなたがあるということを、しっかりと学び取らねばならぬ」

と言い渡され、以来、熊本から南田代村の実家まで、およそ七里（約二十八キロ）の道を月に四、五回往復

する生活に変わった。

里帰りの日は、昼の稽古を終えた夕方申刻《さるのこく》（午後四時）ころに竹部の家を出ると、白川を越え、大江、健軍、沼山津《ぬやまづ》を経て上益城郡に入り、高木、そして日向往還の木倉、軍見坂を経て南田代へと向かう。当然実家にたどり着くのはすっかり日も落ちた戌か亥刻（午後九時か十時）ごろになり、実家には半時（一時間）ほど居て折り返し深夜の山道を下って、城下まで引き返すという、少年の身にとっては当時でも過酷ともいえる行程であった。

郡代に目をとめられた朝は、前日の夜実家に帰り着くと、その日花見で出たご馳走を増實のためにとっておいてくれ、つい会話もはずみ長居をしてしまうことになった。

その気の緩みが何時もより増して眠気を誘ったが、これを振り払うようにして家を後にしたものの、足元の一点を照らすだけの単純な手提灯の明かりと、心地よい春の夜風も手伝って、軍見坂を下り終えたところでとうとう睡魔には勝てず、道端に眠り込んでしまったというのである。

「ほう、それほどまでにしてご両親への孝行を怠らないとは見上げたものじゃ。なかなか出来ることではない。で、お幾つになられた」

「は、十四にございます」

「なに？　十四歳とな？　それはまた若い。わしは、そなたの体躯があまりにも見事なので、もう十七、八と見たが、そうか、未だ髷《まげ》が加冠《かかん》前のようじゃのう。さ、それにしても、その日の内に帰れなどと、また厳しいことを申されるお婆《ばば》さまじゃのう」

郡代は、増實の孝養と、年寄りの言いつけを素直に守る姿勢を賞賛する一方、尋常でない祖母の仕打ちを皮肉った。

しかし増實は、

「まことに恐れ多いことではございますが、お婆さまは、おっしゃるような厳しいお考えで申されておられるのではございません。

ひたすら私のことを思い、そうせよと申されているのでありますから、きっと何かお考えがあってのことだと思います」

人に賞賛されて自分を見失うような男ではない、肉親や身内に対する批判めいた言動にはいっさい妥協を許さない増實であった。


祖母ラクの夫、つまり増實の祖父である宮部春斎《しゅんさい》も父と同じ医師である。清廉な人で、学を好んだ。医学は、藩学「再春館《さいしゅんかん》」の師範である富田大鳳《たいほう》に学んでいる。この大鳳は熱心な勤王家《きんのうか》で、この時代に出た、高本紫溟《しめい》や林桜園《おうえん》らと並び肥後三哲と称された。

その妻であるラクも、非常に厳格な性格で、南田代村においても、また熊本の竹部の近所でも、「鬼婆《おにばば》あ」と陰口をたたかれるほどの気丈夫な人であった。

しかし、決して女性の持つきめ細かな愛情や優しさを持ち合わせていなかったわけではない。かえって、愛情というものの本質が分かるがゆえに、わが子や孫たちに備わる素質を覚めた目で見極め、伸ばそうと情を押し殺してまでつとめるため、何も分からない傍から見る他人には、その意地の悪い所作だけが目についた。

だが、生まれ育ったときから身近にいる血を分けた子や孫たちは、幼い頃からすでにラクの持つ内心の優しさは敏感に感じ取っていたのである。そうでなければ、ラクの厳しさだけの教育を受けて、いじけないで育つ子や孫はいまい。そのような人たちが一人も宮部家から出ていないことを見れば、「厳しいお婆《ばば》」「鬼婆あ」などと言って、ラクを非難する他人の目が間違っていたことになる。

とかく、世の中で祖父母というものは孫には弱い。

このことを一番自覚していたラクは、増實が両親と別れて一緒に熊本に移り住んだ当初のころは、母性愛をふんだんに注いでやった。

そして、増實の元服が近づいてきだした十三歳の正月から、彼に対する態度をすっかり変えたのである。それは、分家とはいえ、かりにも宮部家の長子として、また一人前の男児として、それとなく独り立ちさせるための儀式であった。

月に四、五回、日帰り往復十四里（約五十六キロ）の里帰りは、父母への孝行を果たす中で、彼の胆力と克己心を養成する鍛錬の道ともなった。

増實《ますざね》は諱《いみな》（本名）であり、通称は鼎蔵《ていぞう》と名乗った。後に号として『田城子《でんじょうし》』、『大箭山人《だいせんさんじん》』などを用いた（以下本文も鼎蔵と記す）。

文政三（一八二〇）年四月、肥後国上益城郡南田代村《かみましきぐんみなみたしろむら》（現在の上益城郡御船町大字上野南田代）に、医業を営む父春吾の長子として生まれた。

南田代村は、熊本城下から東南へおよそ七里（約二十七キロ）の山間部にある。

城下の高台からその方向を見ると、先ず手前に饅頭のような山容をした船野山が目に入る。その南に連なるようにして飯田山がある。南田代の集落は、この飯田山の東側の台地にあり、さらに東へは、小高い山々や渓谷を経て、今では「吉無田高原」と呼ぶ阿蘇外輪山のなだらかなスロープのある高地へと続く。

そのため、この台地をはさんで、外輪山が生み出す豊かな湧水を源流とする矢形川《やかたがわ》と八勢川《やせがわ》の二つの流れが深い谷を形成し、一帯の尾根伝いや迫々にある集落のある風景は、一種の桃源郷ともいえるような山里の趣があった。

宮部家の起こりは二説ある。

『上益城郡史』によれば、

「その先は、宮部善祥坊《ぜんしょうぼう》に出づ、善祥坊の子兵部少輔因州鳥取三万石を領す。……嗣子なし。

国除かる。異腹の子あり、市左衛門と言ふ。幽斎公に山城の青龍寺に仕え、禄二百石を食む。世々騎士たり」

とあり、『殉難十六志士略傳』では、

「其の先は出づる所を審《つまび》らかにせず。或は曰ふ、宮部善祥坊の末裔なりと。蓋《けだ》し億節なるべし」

と書かれ、八世の祖にあたる市左衛門という人が、はじめて、細川幽斎公（藤孝）の山城国青龍寺城時代に禄二百石で奉仕しており、その後、藤孝の移封にともなって丹後に移り、関ヶ原の戦の折、石田光成の兵に囲まれた田辺の籠城戦で武功を立て、以後、小倉、熊本へと細川家の転封にしたがって肥後に移住し、代々細川家に仕えている。

そして、鼎蔵の曽祖父にあたる角次の代は、角次の兄市太夫が本家を継いで百五十石の知行取りとなったため、次男である角次は仕官せず、兄の持つ南田代村の五十石を頼りに同地に住みつき、医をもって業としたとある。

鼎蔵には、母方に二人の叔父がいた。

いずれも学殖豊かな人たちであった。

野村家の養子となった伝右衛門は才文武を兼ね、謹厳実直《きんげんじっちょく》な人で、この人柄を買われて、藩主斉護《なりもり》公の世子である慶前《よしちか》の傅育掛《ふいくかかり》を仰せつかり、熊本竹部の小松原（現熊本市黒髪町）に住まいを持っていた。

丈左衛門は、父春斎によく似て、世の中の不義、不正を嘆く気概と節操を持ち、兵法を好んだため、ついには江戸へ出て、山鹿流を修め、帰藩後藩の兵学師範となっていた。

隔世遺伝《かくせいいでん》というものに真偽の余地がないとすれば、鼎蔵の性格や気質は、祖父の春斎や二人の叔父たちに似ていたといえる。

秀敏さや英明さの兆しは、すでに幼児のころに見られるというが、鼎蔵は四歳のころには書籍に興味を示し、よく父の蔵書の中から、図説の載る書物を取り出してはながめていた。

もとより、書物の中身が分かろうはずはなく、図解きされた絵や、いくつか知悉した文字の拾い読みによって、幼いなりの憶測をしていたにすぎない。しかしその行為そのものが、すでに探究心の備わっていた証《あかし》といえよう。

当時、寺子屋や私塾などに通う子は、六歳で「読み」、「書き」、「そろばん」のほか、「孝経」や「論語」など漢籍の素読をはじめるが、鼎蔵はその年頃にはすべて諳《そら》んじ、意味もよく理解できていた。しかし、そのような机上での勉学だけではなく、周辺の野山を駆け巡っての戦《いくさ》ごっこにも興じ、機知に富む彼はいつも大将役に担ぎ出され、その都度大きな掛け声で配下の少年たちに下知していた。

体躯は、同じ年頃の少年たちより少し優れる程度ではあったが、腕力は強く、持ち前の優しさで弱い者たちの盾になっていた。

父春吾（素直）は、早くからそのことに気付き、鼎蔵が自分にない何か大きな資質を持ち合わせていると見ていた。

「どうやら、こうした山中にあって、自分のような田舎の医業にたずさわらせておくような子ではなさそうだ。叔父たちのように、熊本に出て、幅広い知識を得、鼎蔵の素質にあった学問を身につけさせれば、きっと多くの人々のお役に立てる、ひとかどの者になるであろう」

こう考えていた彼は、義母のラクに自分の思いを告げた。

「それは良い考えです。よくそこまで育てられました。分かりました。でも、まだしばらくは親の目が必要でしょう。その時が来ましたら、私が鼎蔵を伴って城下に参りましょう」

と言ったラクの瞳に輝きがあった。

実は宮部家は、祖母のラク、母のヤソ二代にわたる母系である。

始祖となる角次は、一人娘であるラクに、菊池郡加茂川村（現菊池市七城町）の田代家から、医師の春斎を養子婿に入れて宮部家を継がせた。

その長子が女のヤソで、ほかに伝右衛門と丈左衛門の二人の弟がいたが、ヤソに高森寿助の次男である春吾を養子婿にとらせて家督を継がせた。

後の話になるが、鼎蔵の代にも、彼や弟の春蔵が国事に奔走する頃には、姉の千恵（知須《ちず》？）に手島三節を養子に迎えており、鼎蔵の死後も、残された娘楽《らく》に増義という養子婿を入れて家を継がせている。

鼎蔵が九歳を迎えた正月、彼を熊本に住む叔父野村伝右衛門方にあずけることに決め、申し合わせどおり、祖母のラクが鼎蔵の世話をすることにした。

鼎蔵とラクが家を出る前夜、母のヤソは鼎蔵に言った。

「明日から、そなたの傍に母は居ません。たとえ私がこうしてあげたいと思っても、もはや何もしてあげられません。

その代わり、お婆さまにお前の面倒を見ていただくことにしました。

そなたも知ってのとおり、お婆さまは、私と違い男勝りの元気なお方です。きっと私以上に厳しいことを申されるかもしれません。

しかし、そなたが宮部の長男としてどうあらねばならぬかということは、お婆さまと私との考え方になんの変わりはありません。

ですから、今後はお婆さまをこの母と思い、お言いつけをよく守ってお仕えするのです。

このことは、母との固い約束事として必ず守ってもらわねばなりません」

まだ、あどけなさの残るわが子に、こう言い聞かせるヤソの目には、うっすらと涙がにじんでいた。

鼎蔵に対するラクの躾は、このような熊本と南田代の実家との日帰り往復だけではない。

十三歳を迎えてから、まるで彼を突き放したかのような対応の仕方は、他人から見れば、郡代が感じたように、まるで鬼婆あと呼ばれるような意地の悪い仕打ちであった。

また、鼎蔵の寄寓先である叔父の伝右衛門も、祖母に似て一徹頑固《いってつがんこ》な武士で、彼が朝目を覚ましたときに、傍らにある鉄瓶のお湯が沸騰していなければ気が済まない性質《たち》であった。

そして、このお湯の準備をラクは鼎蔵にやらせていたため、下男や下女たちと同じように、毎朝夜の明け方には床を離れて、下女が沸かした炊事場の釜からお湯を鉄瓶に移しかえ、叔父の部屋に運んで炭火のおこる火鉢の上に置いておくのである。

しかし、伝右衛門は彼のこの律儀なまでの務めぶりをかえって気に入っていた。

また、ラクにはしばしば持病の疝癪《せんしゃく》（胸部、腹部におきる激痛）が起きていた。それも、昼間のうちはなんともないのに、まるで鼎蔵が文武の稽古を終え夜遅く家に帰りつく頃を見計らったかのように、彼の足音を耳にしたとたん、痛そうに唸り声を上げるのである。

それを聞くと、鼎蔵も袴もそこそこに脱ぎ捨てて祖母の傍らに駆け寄り、命ぜられるまま、そこ此処と指摘する患部をさすってやらねばならなかった。

彼は、医学、漢籍、詩歌、武術など、城下の各師範の塾を回って教えを受けていたため、家に帰りつくのは、夜も更けた亥刻の四つ半（午後十一時ころ）近くになっていた。

その帰りを待っていたかのようにして痛みを訴えるのであるから、時には稽古の疲れで眠気をもよおし、もむ手がおろそかになることもある。すると祖母の甲高い叱責が飛ぶ、はっとしてもみつづけ、やっと祖母の眠りを見届けたあと床に就くといった日々であった。

叔父への湯の準備のための早起き、それに稽古のあとの祖母の介護などで、彼の睡眠時間は三〜四時間を超えることはなかった。

すでに鼎蔵が少年の頃から、このような祖母の躾のやり方に、当たり前のようにして素直に従うことができたのは、宮部家の家風にあった。

その家風は、『勤王』と『孝道』である。

鼎蔵は十四歳の頃、祖父春斎の医学の師で、儒学の一派古学派の富田大鳳の縁で、孫にあたる富田龍陽の門に入り、医学を学んでいた。

その富田大鳳によって、祖父春斎の『勤王』と『孝道』の思想が育まれ、家風として確立されたといえる。

ただし、すでに勤王の精神は代々家訓としては受け継がれていた。

それは、鼎蔵の八世前の祖、宮部市左衛門が、はじめて細川幽斎（藤孝）に、山城国青龍寺城に仕えたころにはじまる。

二

慶長五（一六〇〇）年六月、天下分け目の関ヶ原の前夜、丹後《たんご》の宮津《みやづ》城主であった細川忠興が、東軍の徳川家康の命に従って上杉勢討伐のため会津へ出陣した。

七月二十日、その留守を守っていた丹後田辺城《たなべじょう》に籠もっていた父幽斎（藤孝六十七歳）は、西軍の石田三成方一万五千の兵に包囲された。このとき籠城《ろうじょう》の兵はおよそ五百。

その最中の七月二十七日、時の後陽成《ごようぜい》天皇の勅使が田辺城に籠もる幽斎の陣を訪れ、和平の「扱いの儀」を仰せ出された。つまり、和睦して石田方は囲みを解き、幽斎は城を明け渡すようにということであった。

しかし幽斎は、敵との和睦のことは拒否、討ち死にの覚悟を申し伝え、『古今相伝の箱』、『証明状』に歌一首を添え、『源氏抄箱』、『二十一代集』と共に禁裏へ献上してほしい旨勅使に言付けた。

実は幽斎は、後陽成天皇の弟ぎみである智仁親王《ともひとしんのう》に、『古今和歌集』の伝授の講釈を行っていた。

その最中に戦がはじまったのである。

この講釈は、慶長五年三月十九日から開始され、四月二十九日の二十四回目をもって一旦中止された。

そして、幽斎は敵に囲まれていた最中の七月二十九日、智仁親王に対して次のような証明状を書いた。

古今集事
三光院（三条西実枝《さねき》）当流相承之事、面受口決（訣）等を貽《のこ》さず、謹みて八条宮に授け奉り訖《おわ》んぬ
慶長五年七月二九日
幽斎玄旨　判
（桑田忠親　細川幽斎）

幽斎はこの書状に、「授け奉り訖《おわ》んぬ」と書いたが、いまだ若干の講釈が残っていた。

しかし、かならずや後世に伝えなければならない大事な古今伝授であった。

己の身がまさに終わろうとするとき、一刻の猶予もできなかった。

このときの幽斎の歌。

いにしへも今もかわらぬ世の中に
心の種を残す言の葉

さらに、烏丸光広卿へも古今伝授の箱を進上し、

もしほ草かきあつめたる跡とめて

との歌を添えた。

一方朝廷では、幽斎が討死すれば古今伝授が絶えるとして、さらに三名の勅使を寄せての西軍に派遣した。勅使は、「幽斎は文武の達人で、ことに朝廷に絶えている『古今和歌集』の秘奥《ひおう》を伝え、帝王の師範、神道、和歌の国師である。いま幽斎が命を落としたなら『古今和歌集』を伝授する人がいなくなり、古今集秘事の伝統は永遠にたえるであろう。すみやかに囲みを解くべし」と伝えた。

これにより、西軍が引いたため、田辺城に入った勅使も幽斎に天皇の命を伝えた。

ついに幽斎も勅命を奉じ、田辺城を明け渡して勅使案内役の前田茂勝の居城、丹波亀山に入ったのである。

宮部家には、その時田辺城にあって一部始終を見聞していた市右衛門によって、この幽斎の勤王の精神が受け継がれ、代々家訓のようにして言い伝えられていた。

その後の宮部家の家風に、大きな影響を与えたのが富田大鳳である。

富田家は、肥後菊池家の末流で医師であった。家の家風は代々古学派に属しつつ、神道観も有していた。

古学とは、江戸時代、経書《けいしょ》といわれる、孔子など中国の聖賢《せいけん》たちが著《あらわ》した儒教の経典である四書・五経などの注釈によって思想体系をつくった朱子学、陽明学によらず、直接経書の本文を研究し、その本当の精神を理解しようとした儒派の一派である。

山鹿素行《やまがそこう》の聖学《せいがく》にはじまり、伊藤仁斎《いとうじんさい》の古義学《こぎがく》、荻生徂徠《おぎゅうそらい》の古文辞学《こぶんじがく》がそれぞれ独自の説をとなえた。

この流れを古学派といった。

肥後における古学派の台頭は、三代藩主細川綱利《つなとし》による学問改めのとき、中江藤樹派の陽明学が禁止され、林門派の朱子学に対抗して、荻生徂徠派の古学（古文辞学派）が隆盛をきわめるようになったことにはじまる。

この学問改めが出された後、四代藩主宣紀《のぶのり》に仕えた儒学者の水足博泉《みずたりはくせん》がいた。博泉は、幼い頃から聡明で詩文をよくし、神童といわれていた。十六歳で荻生徂徠に書簡を送って疑問点を尋ねたが、徂徠はその内容に驚き博泉の号を与えた。

彼は徂徠派の古文辞学を学んだが、同時に山崎流の神道観を採用して勤王家でもあった。

こうした彼の影響で、父である水足屏山《へいざん》や秋山義右衛門定政（玉山《ぎょくざん》）らも徂徠を宗師と仰ぐようになった。

だが、享保十七（一七三二）年に家に押し入った賊によって父屏山が殺され、博泉も十余カ所の傷を負った。賊は隣人たちによって仕留めたが、この始末が軟弱とされ禄を召し上げられて庶人になった。

落胆した博泉は、菊池に引きこもったが、厠で絶命の詩を壁に残して自殺したのである。

水足父子亡きあと、一時この派の頓挫を見るが、博泉が、菊池に輩出した弟子の中に、加々美鶴灘《かがみかくなん》や富田龍門《りゅうもん》らがいた。

やがて、秋山玉山をはじめ、片山朱陵《しゅりょう》、さらに加々美鶴灘らが力をつけ、六代藩主重賢《しげかた》が行った「宝暦の改革」の文教改革として、宝暦五（一七五五）年正月、彼らの結晶が城内二の丸に藩校時習館《じしゅうかん》となって開校し、秋山が初代教授として迎えられた。

時習館も、建前は、幕府が体制維持の教育としている朱子学を採用していた。

しかし、英明な藩主であった重賢の、教育の画一的強制は望まないとの方針のもとに、秋山は、そこで徂徠派の講義を貫き通した（秋山亡きあとこの方針は崩れる）。

一方、富田龍門の高弟に、渋江紫陽《しぶえしよう》と長野守高《ながのもりたか》という二人の偉才がいた。その一人である守高が龍門の養子に入って富田春山と号した。

この春山の子が大鳳である。

大鳳は、宝暦十二（一七六二）年に生まれた。通称を大渕といい、日岳と号した。実家である徂徠派の古学を学び、同時に山崎流神道の学風も身に付けた。

天明三（一七八三）年、二十二歳で藩医学校の再春館句読師当分《くとうしとうぶん》となり、寛政三（一七九一）年に五人扶持《ぶち》、合力米十五石を給され、外様中小姓御医となり、再春館師役を勤め、同七年に医業吟味役兼帯《いぎょうぎんみやくけんたい》となり、擬作《あてがい》百石を拝領している。

朝廷の衰微《すいび》を常に嘆き、『大東敵愾忠義論《だいとうてきがいちゅうぎろん》』二冊、『王道興衰第』五冊など、勤王のことを賛揚《さんよう》した書物を多く著している。

もともと徂徠の古学派とはいえ、原典である経書そのものが中国からの思想であるため、儒学を志す者が、中国を尊び、現政権の幕府体制を重んじるところに変わりはない。

しかし、大鳳の場合は同時に神道も学んでいた。神道は日本古来のもので、いわば日本で生まれた独自の文化といえる。

彼は、徂徠派の中で、無条件で中国の聖賢《せいけん》を尊ぶ太宰春台《だざいしゅんだい》や服部南郭《はっとりなんかく》らの論を容赦なく論破排斥《ろんぱはいせき》するため、思索の徒より熱血の勤王家としての観があった（中川斎『宮部鼎蔵先生の思想系譜』）。

大鳳から医学を学んだ同じ勤王の志を持つ熱血漢の祖父春斎にとっては、まさに師に人を得た思いがしたであろう。

鼎蔵は、熊本城下にある叔父野村伝右衛門の家に寄寓《きぐう》して私塾に通うかたわら、祖父や父と同じ家業の医学を学んでいた。

師は、祖父春斎が学んだ富田大鳳の孫に当たる龍陽《りゅうよう》であった。

しかし、十七歳の頃に医を学ぶことをやめた。二つ理由がある。

一つは、もう一人の叔父である宮部丈左衛門は藩の山鹿流兵学師範であったが、その気概や気性の強さに反して、体質的に病弱ぎみであった。

そのため、兵学の実質的な講義や教鞭を、高弟である千原只右衛門《ただえもん》や村上伝四郎らに任せる機会が多かった。

兵学師範として藩士の待遇を受けている叔父としては、自分に子がなかったこともあって、なんとかして鼎蔵に跡を継がせたい考えを持っていた。

二つには、鼎蔵としても、患者を診たてて治療をほどこすという、単純な医業そのものが性に合わなかった。彼は、父に断って、家業である医学へ向けていた情熱を兵学へ向けたのである。

師は叔父の丈左衛門である。多分に叔父の意向も手伝ったと考えられる。

ちなみに、肥後細川藩に採用されていた兵法（軍学）は、六派があった。北条流の二派に、楠木流・山鹿流・謙信流・大江流である。

叔父丈左衛門の向学心と正義心は、その父春斎に受け、自ら志を立てて江戸へ出、山鹿流の門をたたいて兵学師範の資格を得るにいたった。

鼎蔵は兵学に没頭した。学べば学ぶほど兵学が自分の気性に合っていることを知った。そのため吸収力はすさまじかった。

四年目に入った天保十一（一八四〇）年八月ごろ、いよいよ体調のおもわしくなった丈左衛門が、ついに、義兄の春吾に、鼎蔵を養子にしたい考えを願い出た。

その申し出に対して春吾はこう言った。

「今、鼎蔵が一心に軍学を志している以上、それを貫くことが大事であり、我が家の医業などとるに足らないことである。

養子などのことよりも、あなたの甥であり、同じ宮部に変わりはない、このまま丈左衛門どのの思いが叶えられればそれで十分ではないか」

との心温まる返事であった。

これを聞いて安堵したのか、翌九月、丈左衛門は眠るように息を引き取った。鼎蔵二十一歳のときである。

その後は、高弟の村上伝四郎が師となって鼎蔵を鍛えた。

業も進み、二十四歳の天保十四年には、村上伝四郎の代見を勤めるまでになっていた。

嘉永元（一八四八）年四月十四日、世子慶前《よしちか》が江戸藩邸で病死した。二十三歳の若さであった。

慶前の幼少の頃、傅育掛《ふいくかかり》を仰せつかっていた叔父の野村伝右衛門は、慶前の生前殉死を願い出てこれを許されていた。

世子逝去《せいきょ》の知らせを受けた伝右衛門は、自刃の時鼎蔵を部屋に呼び、介錯を申し付けた。鼎蔵二十九歳のときである。

鼎蔵にとっての武士の自刃というものは、伝聞や書籍によっての認識でしかない。いかに、忠や義やと申し立てても、己の手で己自身を始末するという切腹がどのようなものか、これまで経験したことはない。

彼は、目前の死に臨む叔父への深い悲しみと同時に、これほど得難い機会を与えてくれたことに感謝した。

自刃は、作法通り静寂の中で淡々とはこばれていった。

伝右衛門が下腹を掻き切ったとき、その静寂は破れた。はだけた襦袢と袴に染み出てくる血潮の中で、叔父の顔がゆがんだ。

支えていた体が前に傾きだしたとき、振り絞るような声があった。

「鼎蔵、たのむ！……」

すかさず鼎蔵は、叔父の首に介錯をほどこすと、そのまま倒れこむ伝右衛門の体を膝で支えた。

やがて数刻ののち、何度かの痙攣《けいれん》の後、伝右衛門は鼎蔵の膝枕で息を引き取った。

その様を最後まで見届ける鼎蔵も、いつの間にか死にゆくものと一体となったような苦しみを覚え、ビッショリと全身に脂汗がにじんでいた。立派な殉死であった。

頑固で厳しかった叔父ではあったが、伝右衛門が鼎蔵をいかに信頼し、彼に期待をかけていたか、この最後の姿勢によってすべてを窺い知ることができる。

ちなみに、かつて肥後藩では、殉死の問題で大変な騒動が起こっている。

二代藩主光尚《みつなお》のときの阿部一族騒動である。

寛永十八（一六四一）年三月十七日、初代藩主細川忠利が五十六歳で没した。

このとき、十九人の家臣が殉死した。

このうち寺本八左衛門直次以下十七名は、忠利の生前に殉死の許しを得ていた。

ところが、阿部弥市右衛門だけは許可を得られぬまま殉死した。

弥市右衛門も、生前にいく度か許しを願い出たが、それが聞き入れられなかった。許されなかった理由は不明である。

許可なしの殉死は犬死である。なぜなら、許しを得ていれば、残された遺族に加増の恩典があった。

弥市右衛門の跡は長子の権兵衛が継いだが加増はなく、家禄千百石を兄弟五人で分けなければならなかった。

翌年三月、忠利一周忌のときもほかの殉死者の遺族には賜り物があったが、阿部家にはなかった。

次の年の寛永二十（一六四三）年二月、菩提所の落成法要の席で、権兵衛が突然髻《まげ》を切って武士を捨てた。

この行為は、あきらかに先君忠利に対する面当てであり、当主に対する不義不忠として逮捕された。残された兄弟四人は、協議の末、一族郎党女子供にいたるまで山崎町の本家に立て籠もり、寄せ手に囲まれて、死闘の末一族全員討死、または自刃して果てた。捕えられていた権兵衛も、井出ノ口で処刑された。

この事件以後、幕府は殉死を固く禁じたが、それでも、諸藩では少数の側近の殉死は行われていた。

ここで思うのは、野村伝右衛門との違いである。

伝右衛門の場合、世子の傅育掛であったということで殉死の許可が得られている。

だが、弥市右衛門は千百石もの高禄の身分であるにもかかわらず、その許可が得られていない。

許可されなかった理由は明らかでない。

理由は分からないが、その差が何だったのかは、推測が可能のように思えるのである。

弥市右衛門は、忠利が豊前の国主であったとき、宇佐郡山村の惣庄屋《そうしょうや》であった。寸志などの功により、武士に取り立てられて千百石の知行を受けるようになっていた。

弥市右衛門は、高禄で取り立てられた恩義を、誰よりも深く感じていたからこそ殉死を願い出たのか、それとも、いやな推測ではあるが、殉死後の遺族への加増を考えてのことかは分からない。

しかし、はっきりしていることは、彼が、幕藩体制が確立し、もはや戦の功による加増の道が絶たれた時代になって、取り立てられた家臣であるということである。

一方伝右衛門の場合は、御役料《おやくりょう》だけの傅育掛ではあったが、世子の身近にあって務めを果たすほどの信頼度の高い扱いを受ける立場にあった。これは、彼の出自である宮部家が、戦国期の幽斎（藤孝）以来の家臣である家柄であったということではないか。

こうして見ると、細川家も、幕府徳川家でいうところの、三河以来の譜代のように、幽斎の山城、丹波以来の家臣団が、肥後入国後も最も信頼ある家臣団として取り扱われていた観がある。

それが、戦国乱世が終わりを遂げ、平和な幕藩体制が確立した江戸期に入ってからのことである。しかも、幽斎（藤孝）、三斎（忠興）によって、がっちりと形づくられていた家臣団を率いての肥後入国であった。

細川氏の急務は、加藤清正が構築した体制の切り崩しと、新体制の確立である。

当然強権政治が幅を利かせることになる。

その筆頭にあったのが、幽斎以来の、細川御三家ともいわれた松井・米田・有吉家による世襲家老制であった。

この制度は、細川家にあって、明治を迎えるまで一度も崩れたことはない。

松井氏は、山城綴喜郡《つづきぐん》松井邑《むら》の出で、戦国の松井新助康之《やすゆき》が将軍足利義輝に仕え、永禄八（一五六五）年、三好、松永らが将軍義輝を弑逆《しいぎゃく》したとき、康之も任地を追われ、藤孝を頼ってともに足利義昭を擁して信長に接近した。

以来二人は親密になり、細川家の客分的重臣となった。

肥後への移封のときは三万石を与えられ、八代《やつしろ》城内で忠興が死ぬと、正保三（一六四六）年にはそのあとを受けて八代城を預かり、城主格の礼遇を受けていた。

米田《こめだ》氏は、近江の国志賀郡の豪族で、米田求政《もとまさ》は志賀郡坂本で将軍義輝に仕えていた。松井氏と同様、藤孝が丹後入国のときには同与謝《よさぐん》郡宮津城を預かったが、大坂の陣のときには、藤孝と袂《たもと》を分かって大坂城に入城した。

落城後、坂本の西教寺に寄寓していたのを、忠利に呼ばれて小倉に赴《おもむ》き、再び重臣に復帰した。

有吉氏も、丹後の与謝郡出身で、同郡三河の内山城にいた。有吉将監《しょうげん》、その子玄蕃頭《げんばのかみ》が藤孝と主従関係を結んで以来、代々重臣となっていた（森田誠一『熊本県の歴史』）。

なお、細川氏は別に長岡姓を称した。これは、元亀四（一五七三）年、信長の命によって、山城国淀の城主であった岩城主税頭《ちからのかみ》を攻めた功により、同国の長岡郡桂川西付近の地を与えられたことにはじまる。また、この長岡姓は、松井氏と米田氏に特別に名乗ることを許されていた。

三

鼎蔵が物心ついて以来今日まで、彼の生き方の根幹に涵養されていったのは「孝道」であった。

その教科書となっている『孝経』は、孔子がその門人の曾参《そうしん》に孝道を述べたものを、曾参の門人が記述したものと言われている。

孔子は、あらゆる徳目の原点に「孝」の一字を置いていた。「孝」という字は、老いた人を子が支えると書くように、子がその親に仕え、いたわることを意味している。それはどういうことか、また、どうしたらいいのかということを書いたのが『孝経』である。

のちに鼎蔵は、祖母や母それに叔父たちに対する孝養の深さを藩庁に聞きとめられ、藩主から三度にわたって褒賞を受けている。

今と違ってこの時代、主人への忠、親への孝というものは、公卿・大名から民・百姓に至るまで、日常生活の道徳規範として当たり前の教えであった。

だが、その当たり前のことであるにもかかわらず、鼎蔵が「孝養」の模範的実践者として、わざわざ藩主の褒賞を受けていることを思えば、この時代でも、現実的には頭で理解はしながらも、今思うほど実践できていなかったのではないか。

特に「孝養」の教えのない今日でも、人として、誰しもが父母への恩愛の情は抱いている。しかし、現実に孝養の実践となると、普段は自分の生活や仕事、子育てなどに追われ、思ってはいても実践はおろそかになりがちである。

まして当時は、社会を構成する大多数の下級武士や民・百姓などは、食することがやっとという生活環境にあった。

つまり、強いて孝養のことを教えようが教えまいが、実践する人、しない人それぞれであることに何ら変わらないということである。

こう考えてみると、鼎蔵の場合は、律儀すぎるほど純粋な孝養の実践者であったといえよう。

このように、彼は、生まれながらにして、まるで地上に染み出た岩清水のように純粋な魂の持ち主であった。

鼎蔵の孝養の実践は、実に徹底したものであった。

嘉永二年に内坪井に私塾を開く以前、この頃、師である村上伝四郎が病の床に就いていたため、彼に代わって門弟たちの兵学指南を行っていた。

そのため、門弟たちへの講義や教練・武芸などは、毎日休むことなく続けなければならなかった。

そのような状況の中に、南田代に住む母のヤソが重い病気になった。そこで、この年の夏ごろから、良医の多い熊本へということで、野村家に母を引き取り、門弟への指南のかたわら手厚い看護を施していた。

しかし、いよいよ母の病状が悪化してきたため、一旦田代の実家に連れ帰らせたが、それでも鼎蔵は稽古が終わると、隔日には熊本から医師を伴って実家に帰り、母の看病を行った。

少年の頃、祖母の言い付けで通いなれた行程とはいえ、再び里と熊本の間の往復行を始めたのである。だが、彼の願いもむなしく、ついに十日を経ずして母は帰らぬ人となった。

この彼の言行一致の姿勢に、門弟は言うに及ばす、彼を知るものは誰一人として心打たれないものはなかった。

母が亡くなった年の嘉永二（一八四九）年、三十歳のときに、鼎蔵は熊本市内坪井に一家を構えて私塾を開き、子弟の教育をはじめていた。

彼の門弟教育の基本は、人間形成を第一とした。そのために、「孝は百行の本なり」の立場から、入門した者にはかならず『孝経』を読ませ、この講義が終了したのちはじめて兵学の授業に入った。

彼の子弟に対する教育の要点は、いかに学問や力量が優れていても、人道の根本である孝道において欠けているものがあれば、取るに足らない人物であるとした。

さらに、藩校の時習館が、優れた藩士の育成を主眼とする教育機関、いわゆる優秀な官僚養成のための教育を施していたのに対し、鼎蔵は、そのような型から打ち出したような教育を嫌い、子弟たちの個性と能力に応じて教えていくといったやり方を用いた。

また、その兵学教育の過程で、子弟の能力を見定め、時局を語って理解できる者は二階で、初心者やまだその域に達していない者は一階に分けて授業を行った。

それは、特に兵学の場合、時には具体的時局に触れながら、生の講義を行うこともあったため、現政治体制批判とも受け止められかねない内容もあり、そのことが誤って外部に漏れるのを防ぐためでもあった。

のちに、明治九年の「神風連の変」の幹部であった吉海良作《よしかいりょうさく》の話によると、彼が入門したときなどは、前置きもなく突然鼎蔵から、

「貴公は腹を切る法を知っているか！」

と、問われて面喰ってしまい、しばらく呼吸を整えてから、

「知っております」

と、答えると、

「それならよろしい」

と言って入門を許されたということからも、兵学の授業として当たり前のことではあるが、底辺を貫くものはあくまでも「士道」を中心としたものであった。

このような独特の教育に惹きつけられて、最盛期の門弟は数百人にものぼった。


この後の嘉永六（一八五三）年二月、祖母ラクが亡くなった。

この生前のラクに対する鼎蔵の尽くし方は、尋常なものではなかった。

少年の頃から、母親代わりとなって一緒に野村家に寄寓していた祖母は、疝癪《せんしゃく》持ちで精神的にも苦痛もあったため、鼎蔵はいつも誠心誠意彼女をねぎらっていた。

祖母が外出する時は、鼎蔵夫婦のどちらかが付き添い、階段などの上り下りの際には、かならず鼎蔵が抱きかかえるなど手厚く扱った。

また、日常はすべて祖母の気ままに過ごさせるよう取り扱い、決して不自由を感じさせるようなことはしなかった。

その祖母が、嘉永五年の秋ごろから、腹痛の発作が起こって健康を損ね、食事もすすまなくなったため、医

者にも診せ、薬などほどこしていたが、陰暦の十一月床に就いてしまった。

そのため鼎蔵は、毎朝、掛かりつけの医師のところに薬をとりに行っては、昨夜の祖母の容態を報告し、門弟たちへの稽古は介護の合間を縫って行うという、看病への熱の入れ方であった。

当時、家には下男や下女を置いていなかったうえ、妻の方は、子育てやら世話向きのこともあるため、鼎蔵はなるだけ祖母の病床に付き添い、体をさすってやったり、容態が悪い場合など、朝夕の用足し時には、祖母を抱えて通わせてやったりした。

時には、病人の気を落ち着かせるため、病人の横に添い寝をしてやり、病人が寝付くのを見計らって起きだし、薬や食事の用意をしたりして世話を焼いた。

しかし、さすがに後では、親戚や近所の者たちの夜伽《よとぎ》などの手伝いもあったが、病床の取り扱いは鼎蔵が手馴れていたため、祖母の方からもなにかと鼎蔵に頼むことが多く、特に下の始末にいたっては、女手があってさえ、鼎蔵でなければ負わせられなかった（『御目付横目の孝養聞書』より）。

このこと一つを取ってみても、いかに祖母が、一族の中で誰よりも鼎蔵に信頼を寄せていたかが分かる。

しかし、そのような懸命の看病もむなしく、彼を誰よりも厳しく、かつ情愛深く育んだ祖母は、八十一歳という高齢で逝去した。

四

嘉永三（一八五〇）年九月、鼎蔵は藩の兵学師範を仰せ付けられ師範職となった。山鹿流兵学である。

ちなみに、肥後熊本藩における山鹿流兵学は、先に記したように、彼の叔父である宮部丈左衛門にはじまる。

鼎蔵が、藩の兵学師範になった年の十二月九日、長州の吉田松陰が来遊した。

彼は、平戸遊学の帰途、熊本に立ち寄ったのである。

松陰の旅の目的は、家学である山鹿流の研鑽《けんさん》のため、九州平戸にいる同じ流派の兵学者である葉山左内を訪ねてさらに研究を深めるためであったが、そればかりではなく、海防問題の情報の中心地である長崎に立ち寄って、現状を確かめることも一つの目的であった。

またその道中、彼は立ち寄った土地の知名の人士たちと会って、天下・国家、その地域の事情を問い、また彼らから自分が手にしない書物を借覧《しゃくらん》したりして、知的好奇心を貪欲なまでに発揮した。

例えば、この旅で松陰が読んだ書物は、帆足万里《ほたりばんり》の『東潜夫論《とうせんぷろん》』、『入学新論』、王陽明の『伝習録』、葉山左内の『辺備摘案』、佐藤一斎の『大学古本旁釈《ぼうしゃく》』、『愛日楼《あいじつろう》文集』、塩谷宕陰《しおのやとういん》の『阿芙蓉彙聞《アヘンいぶん》』、山鹿素行の『配所残筆』、会沢正志斎《せいしさい》の『新論』等々、二十冊以上にものぼった。

松陰が萩を出発したのは、嘉永三（一八五〇）年八月二十五日である。

平戸には九月十四日に着いた。

ここでは、当初の目的どおり葉山左内を訪れ、また、平戸藩山鹿流兵学の宗家である山鹿万介に入門して講義を受けている。

平戸には一月ほど滞在のあと、十一月六日にはここを離れ、十二月九日、島原城下の舟津から舟で熊本の小《お》島《しま》に着き、その足で、法華宗九州総本山の本妙寺《ほんみょうじ》へ向かい、加藤清正の墓所浄池廟《じょうちびょう》を参拝している。

十日には、肥後藩校時習館の天文暦数・砲術教授をしていた池部啓太を訪ねた。

そして翌十一日に坪井に住む鼎蔵を訪れるのである。この時鼎蔵三十一歳、松陰は二十一歳、ちょうど十歳の開きがあった。

二人は初対面ではあったが、終日談論し、大いに意気投合した。

松陰が宮部鼎蔵を訪ねるきっかけをつくったのは、同門のよしみで、平戸の宗家の紹介であったといわれる。

十二日、松陰は再び池部を訪ねたあと、そこに来た鼎蔵と連れ立って藩士荘村右兵衛（小兵衛）宅に行き、さらに深夜にいたるまで談論している。

しかし、いかに意気投合し合ったとはいえ、二人の間には十年の年の開きがある。そこには、松陰が鼎蔵より一歩引いた畏敬を持って兄事する姿勢が貫かれていた。

その二日間にわたる談話の中で、鼎蔵に最も刺激を与えたのが攘夷論であった。

幕府は、前年の嘉永二年十二月、沿岸を持つ諸大名に対し、ここ数年来、我が国に頻繁に接近する外国艦船への警備を厳重にする達しを出した。

松陰の国長州は、藩主の足元である萩の目の前が日本海に面している。外洋に直接面しているため、攘夷ということには藩を挙げて敏感になる。

松陰の、兵学者として九州遊学に駆り立てられたのも、このことを抜きにしては考えられない。

一方、鼎蔵の肥後熊本藩は、天草島が外洋に面してはいるものの、ここは天領であり、藩としてはまったくあずかり知らぬところである。海に面するとはいえ、有明海と不知火海であり、これは内海である。

鼎蔵がいかに勤王の志を持ち、攘夷の思いがあるとはいえ、それはあくまでも抽象的概念の域から出ないものであった。

その点松陰の育った周囲の環境は、彼の天才的な頭脳と、貪欲な好奇心とがあいまって、攘夷・海防ということに関しては、概念だけで納まるものではなかった。

そのため、こと攘夷に関しては、松陰の説話は現実味を帯びて、鼎蔵の肺腑を揺さぶった。

事実、幕府が危機を感じ出した外国艦船の我が国への接近は、すべて各藩からの知らせを受けた幕府において処理するため、関係ある藩しか知らず、時を経て、他藩の上層部、ないしは一部知識人には、情報として伝わっていただけであり、ましてや一般庶民にとって、この当時は全く関心のない出来事であった。

この時、熊本での二人は、山鹿流の武教を研究するうち、近々お互い江戸へ出て、家学の宗家である山鹿素水の塾に学ぶことを約束し合い、翌十三日朝、松陰は池部啓太の息子弥一郎に見送られながら熊本を離れた。

吉田松陰は、文政十三（一八三〇）年八月四日、長州藩士の父杉百合之助、母瀧（児玉家より嫁す）の次男として、長門国萩郊外松本村団子岩に生まれた。

通称は虎之助、後に大次郎、松次郎、さらに寅次郎と改めた。名は矩方《のりかた》、字は義卿《よしきみ》、または子義《しぎ》。松陰は、嘉永五（一八五二）年十一月から使い始めた号であり、二十一回猛士の号は、嘉永七（一八五四）年十一月から用い始めた。

松陰は妹千代に宛てた手紙の中で、杉家の家風について次のように書いている。

杉の家法に世の及び難き美事あり
第一に先祖を尊び給ひ
第二に神明を崇《あが》め給ひ
第三に親族睦《むつま》じく給ひ
第四に文学を好み給ひ
第五に仏法を惑い給はず
第六に田畠の事を親《みずか》らし給ふの類なり

と。

母の瀧は働き者で、口数は少なかったが、子供たちに対する躾は厳しかった。この厳しさが、後年の松陰に大きな影響を与えたといわれる。

五歳の時、父の弟吉田大助の養子になった。しかし、実際の生活は実父のもとで行っていた。大助は病弱であったため、間もなく世を去り、幼くして吉田家を継ぐことになった。

吉田家は、山鹿流兵学をもって長州藩に仕える家柄であり、禄高は五十七石六斗だった。

つまり松陰は、六歳にして藩の兵学指南になる運命を背負ったのである。

幼少の松陰の修行中は、吉田家学の高弟である林真人《まなと》、叔父の玉木文之進《ぶんのしん》、石津平七、山田宇右衛門らが師となって彼を鍛えたが、もっとも密接に関わったのは叔父である玉木文之進、思想的に大きな影響を及ぼしたのが山田宇右衛門であった。

特に山田は、西洋列強の日本侵略に対する危機意識を喚起し、松陰に海防論を研究する意欲を刺激した。

松陰が兵学師範となったのは、弘化五（一八四八）年一月、十九歳のときであった。

こう見てくると、鼎蔵の育った家庭環境と、兵学師範に至るまでの境遇とが、実によく似ていることに気付く。

その上に共通して言えることは、両人とも、けた外れに素直で、純粋な精神の持ち主であったということである。

後に鼎蔵と松陰は、お互いの優れた面を認め合い、刺激し合い、影響を与え合って行くのであるが、二人を引き合わせたのは、正に天の采配としか思えないような邂逅《かいこう》であった。

江戸遊学

一

嘉永四（一八五一）年三月、鼎蔵に山鹿流兵学の秘伝書『五規矩《ごきく》』の免許が授与された。

これは、武教全書に秘す秘伝事項で、一人の師範が三人以上には伝えないと言われている秘伝中の秘伝である。

ついでこの年の春、国家老有吉市郎兵衛の江戸出府を機会に、松陰との約束を果たすべく、家学の兵学修行のため、宗家の山鹿素水への入塾を名目に、江戸遊学を願い出てこれが許された。

この年三十二歳、初めての江戸行きであった。

これまでは、肥後熊本の片田舎にあっての勉学修行にすぎなかったものが、広い未知の世界を見聞しつつの修行となるのである。勇躍たる思いの旅立ちとなった。

旅は見るもの、聞くもの、そのすべてが新鮮であった。

途中、摂津国湊川《せっつのくにみなとがわ》（現神戸市）では、楠木正成（大楠公）の墓に額ずき、その無念を偲《しの》んでは涙を流し、吉野の山に入っては、後醍醐天皇の昔を偲ぶなど、いまだ攘夷のことよりはるかに強い勤王の思いが先立つ道中であった。

彼が江戸に着いたのは五月九日である。

一方、嘉永三年十二月二十九日、九州から萩へ帰国した松陰は、翌嘉永四年正月、林真人から山鹿流兵学の三重極秘伝の返伝を受け、正月十五日、この極秘伝を藩主毛利慶親《よしちか》に伝授したのち、早くも正月二十八日には、藩から兵学修行の江戸遊学の許可をもらった。

そして、三月五日には、藩主の参勤交代による出府にしたがって、中谷正亮《なかたにしょうすけ》や井上壮太郎《いのうえそうたろう》らと一緒に萩を発ち、四月九日、鼎蔵よりひと月早く江戸に着いていた。

この道中、松陰も同じように湊川の大楠公の墓に詣《まい》り漢詩を作っている。

道の為《ため》義の為　豈《あに》名を許らんや
誓って斯《こ》の賊と　生を共にせず
嗚呼忠臣　楠氏の墓
吾れ且《しばら》く躊躇《ちゅうちょ》して　行くに忍びず
湊川の一死は　魚水を失う
長城己に壊れて　事去りぬ
人間の生死　何ぞ言うに足らんや
頑《がん》を廉《れん》にし懦《だ》を立つる　公は死せず
（傍線＝愚か者を正しく導き、勇気のない者たちを奮い立たせる）

江戸で鼎蔵は、鍛冶橋外桶町河岸に、「蒼龍軒塾《そうりゅうけんじゅく》」という儒学の私塾を開いている鳥山新三郎宅に寄寓することになった。

鳥山は安房《あわ》の人で、勤王の志が厚かったため、彼の塾は多くの憂国の士らが集まって、義憤慷慨《ぎふんこうがい》のほとばしる、まるで梁山泊《りょうざんぱく》のようであったという。

鼎蔵は江戸入り後、ただちに山鹿流宗家の山鹿素水に入門した。

だが、先に江戸入りしている松陰とはまだ会っていない。

これは、松陰の素水塾入門が遅れたためである。松陰は四月二十五日、最初昌平坂学問所の教官安積艮斎《あさかごんさい》に入門した。

さらに五月十四日には、洋学者古賀謹一郎の塾にも通いだすようになり、やっと五月二十四日に山鹿素水に入門することによって、二人の再会がなった。

また同じ日、松陰は信州松代藩の洋学者・砲術家である佐久間象山にも面会し、教えを乞うている。

ところで、鼎蔵が熊本を出るに先立つ嘉永四年二月十五日、郷里の儒学者の先輩である横井小楠は、彼の初めての江戸行きを気遣って、水戸の藤田東湖に手紙を書いている。

「この度、わが熊本の宮部鼎蔵君が遊歴江戸入りするのでよろしく頼む」といった内容の紹介状である。

この書簡を出した後の二月十八日、小楠自身も、かねて計画していたとおり諸国遊歴の旅に出た。

横井小楠は、文化六（一八〇九）年八月十三日、熊本内坪井に父時直《ときなお》、母員《かず》の次男として生まれた。鼎蔵より十一歳年上である。

父時直は、百五十石取りの肥後熊本藩の中堅官吏であった。藩士の子である彼は、藩校時習館に入学、努力の末、二十五歳で居寮生に選ばれた。居寮生になれば藩費で館内に寄宿できるため、この時やっと兄の時明（左平太）の居候から独立することができた。

彼は、時習館で朱子学を学び、水戸藩の会沢正志斎《あいざわせいしさい》の『新論』を読み、尊王攘夷論に感銘を受け、水戸学に関する文献を片端から読んで、益々尊王攘夷に傾倒していった。

この『新論』は、当時の幕末にあって、尊王攘夷を進めるものにとっては、一度はかならず目を通す理論的支柱ともいえるものであった。会沢の論は、

西洋列強の東漸《とうぜん》（段々東方へ移り住むこと）が、我が国に対し、思想的・軍事的・経済的侵略の性格を

持つものであることを指摘し、天皇を頂点に戴く日本独自の国体を確保するために、祭祀典礼による宗教政策を構築して、徳川幕府を中心に、諸大名が軍事・民生を充実し、民衆の日本国家への求心力を調達することで、国家的統一を実現し、外国勢力に対抗する。

と、説く。

さらに小楠は、熊沢蕃山《くまざわばんざん》の『集義和書《しゅうぎわしょ》』から、蕃山の唱える中国古代の聖天子である堯・舜の行った理想政治の実現、いわゆる実践的な学問である「実学」についても研鑽を積んだ（徳永洋『横井小楠』）。

彼が居寮生になった二年目の天保六年、時習館訓導《くんどう》宅放火事件が起きた。

これは、時習館訓導阿部仙吾《せんご》宅に対する放火事件で、調査の結果、一部時習館学生を中心とする、近郷の百姓等六十四名による組織的な反乱計画であった。

つまるところ、藩の政治に対する不満によるものであった。

文政年間から天保年間にかけては、全国的に天候不順による凶作が続き、慢性的な飢饉《ききん》が起きた時代である。

この凶作は、全国の米の集積地である大坂での米価の高騰《こうとう》を招いた。

この高騰により、他国と比べて被害の少なかった肥後米の価格も高騰したため、藩の財政は潤《うるお》った。だが、藩の収入は潤っても、民・百姓の生活は困窮を続けた。

なぜなら、文化末年から、天保六、七年間にかけての十年間に、米価が二倍に高騰したにもかかわらず、年貢率はそのままであり、厳しく取り立てた年貢米を、藩は大坂や江戸で高値で売りさばくのである。

この機会に、藩はその増収益を藩財政の赤字解消に回し、さらにその上、藩公営の質物所、歩人所という質屋を開設して、利殖の増収を図るという、肥後の藩庁の思考は、まったく民・百姓を豊かにするといった方向へは働かなかった。

時習館訓導放火事件は、このような藩状のなかで起きた。

この事件は、藩庁はもとより、時習館自体にも非常に深刻な衝撃を与えた。

そして、この種の事件を防ぎ、時習館に学ぶ藩士子弟の暴発を抑えるために立ち上がったのが、天保七年に江戸詰めからもどっていた家老の長岡監物《けんもつ》（米田是容《これかた》）である。

この時長岡は、中老の平野九郎右衛門や奉行の下津久馬と協力して、時習館の改革を行った。

そしてこの改革に、時習館の内部から応じたのが、抜擢されて、居寮世話役になっていた横井小楠である。小楠は翌八年二月、居寮長になった。

このとき時習館改革を推進した、長岡監物、下津久馬、横井小楠、それに、元田采女、荻昌国らが、のちに「実学党」と呼ばれる研究グループを形成することになる。

その後小楠は、尊王攘夷論から、鼎蔵ら純粋な勤王党の忌み嫌う尊王開国論者になったことで、彼らの一部から敵として付け狙われる運命を迎えることになるが、この頃は、反学校党という立場を同じくする仲として、お互いを認め合っていた。


山鹿素水、名は高輔《たかすけ》、津軽の人である。

素水の塾を通して二人の交遊は益々深くなっていった。

塾には他に、前からいる門人として、三科文次郎と長山武がいたが、このうち、美濃藩士の長山に加え、新入門者の鼎蔵や松陰に対して、師の素水も彼らの実力に一目置いていた。

そのためか、素水が著した『練兵説略』の序文には、三人の名を付している。

もっとも、松陰に言わせれば、この書は、宮部、長山、それに自分が分担し合って作成に携わったもののようであり、五月二十四日に入門した松陰が、早くも二十七日には、郷里の叔父玉木文之進に宛てた書簡に、「現在江戸では、文学・兵学は三種ある。一つは、林家・佐藤一斎らで、全く兵事を語ることを嫌い、特に西洋の学術を老子・仏教の害よりもはなはだしいと言っている。二つは、艮斎・素水らで、西洋の学術には強いて取るべきことはないが、防衛の議論は必要であると研究している。三つは、謹一郎・象山で、西洋の学術は発達していて、精密であるから有益であると熱心に研究している。自分の考えでは、一の説は取るに足らず、二と三の説を総合して勉強すれば進歩であろう」

と、書いているところからも、松陰の天才的能力と、天狗になりやすい若者特有の性質から、すでに師の素水の能力を見透かしての、確立した独自の視点に立ってのものなのだろう。

この素水塾よりも、梁山泊である「蒼龍軒塾」における交わりが、鼎蔵と松陰の血のたぎりを大いに燃やす温床の場となった。

彼らのほかに、ここには長州の土屋蕭海《しょうかい》・栗原良蔵・井上壮太郎・中村百合蔵《ゆりぞう》・出羽の村上寛斎《かんさい》らが集い、それぞれが持ち寄った書籍を会読し合い、大声で談論風発しあった。

会うたびに酒を飲み、酒が高じ、古今の忠臣蔵や佞奸《ねいかん》の話におよぶと、みな感極まって号泣し合っていたため、松陰などはこの集まりを「泣社《きゅうしゃ》」と名付けている。

あまりにもお互いの気が通じ合ったため、それぞれあだ名をつけ合っているが、家主である鳥山は「独眼龍」、赤ら顔で弁舌滔々たる鼎蔵は「赫入道《かく》」と呼ばれ、あまり酒も飲まず、日頃の脱俗的な生活をしている松陰は、友人たちから、

「病の床に臥す君侯夫人の看病人たるにふさわしい」

「新婦の到来を待つ、花婿のような気持ちの持ち主」

などと言われていたことから、「仙人」と呼ばれた。

談論の場は、学問・理論ともに一歩長じる鼎蔵や松陰がリードする形であったが、お互いの識《しる》ところを論じあい、刺激を受け合って、和気あいあいとした雰囲気であった。

この時、松陰が鼎蔵をいかに見ていたか、松陰全集の関係文書篇中に、次のように伝えられている。

「吾友宮部鼎蔵、国を憂い君に忠に、又善く朋友と交はりて信あり、其人懇篤《こんとく》にして剛毅《ごうき》と言うべきなり、余

其人を異とす」と。

嘉永四（一八五一）年五月四日、宗家の山鹿素水に入門した松陰は、同じ日木挽町に門戸を開いていた佐久間象山を訪ねていた。

この時はまだ入門までの考えはなく、高名な象山にひと目会って挨拶だけでもしておこうとの軽い気持ちで訪問したのであるが、平服で訪れた松陰に、

「貴公は学問するつもりか、それとも言葉を習うつもりか、若し学問するつもりなれば、弟子の礼をとって来られよ」

と、気色ばまれたらしい。

しかし、この初対面の席で、彼は象山の持論である海防論を聞くことになる。

象山は、前年の嘉永三年四月、三浦半島を視察していた。この時設けられていた台場には、すべて射程が二一八〇メートルの和流の「石火矢筒《いしびやづつ》」しか設置してなく、また現在有している最新式のカノン砲でも、せいぜい二七二五メートルの射程距離しかないため、沖を通過する艦船にはまったく届くはずがなかった。

つまり、見かけだけで役立たずの台場にしか過ぎなかったのである。

そのため象山は、これらを全廃し、品川と佃島に新たに台場を建設するという江戸湾防衛構想の書を、主人である松代藩主真田幸貫《ゆきつら》に草した。だがこの構想は、幕府のお咎《とが》めを受けるとして、藩主の手元で握りつぶされていたのであるが、訪れた松陰に、この持論を述べたのである。

そして、素水塾で一緒に学ぶことになった鼎蔵も、すでに象山とは親交があったため、二人の間には、象山の海防論が何かと話題になっていた。

その自然の成り行きとして、二人の間に現地視察のことがまとまり、嘉永四年六月十三日、安房・相模の海岸線視察の旅に出ることになった。

午前六時、和田倉門外の龍口《たつのくち》の肥後藩邸を出た鼎蔵は、外桜田で長州藩邸から出てきた松陰と落ち合った。

二人は高輪の大木戸をめざし、そこから品川、大井と東海道を西に向かった。

戸塚宿から鎌倉街道に入り、鎌倉に着いてから、松陰の誘いで藩主毛利公の祖である毛利季光の墓に詣でた。

ここで日没となったため、鼎蔵は宿をとって投宿、松陰は別行動をとって瑞泉寺《ずいせんじ》に泊まった。

この瑞泉寺の第二十五世竹院禅師《ちくいんぜんじ》が、松陰の母瀧の兄という関係にあったためである。この時まだ五十六歳であった。松陰の伯父である。

竹院は幼くして仏門に入り、まだ松陰が少年のころ萩を出たため、伯父とは十年ぶりの再会となった。

翌六月十四日、瑞泉寺に迎えに来た鼎蔵と合流し、朝比奈切通《あさひなきりどお》しを抜けて、野島海岸から船を雇い海路を大津へ向かった。

大津では川越藩の陣屋に立ち寄り、兵員の規模や船舶の数を調べたりしながら、建設中の砲台を見学、田戸に帰って里正の永島庄兵衛宅に投宿した。その夜川越藩に招かれ、この地に滞在していた隠岐の砲術家喜多武兵を訪ねた。

六月十五日、午前八時に発った彼らは、船で沖合約一・七キロの猿島に向かい、幕府が建造した三つの台場を検分、ふたたび船に乗って鳶巣へ向かい、建造中の台場を検分したのち、東浦賀へ出て小船で西浦賀へ渡り、鶴ヶ崎の台場跡を見た。

ここからさらに漁船に乗って久里浜へ向かい、徒歩で千田崎の台場に登ったが、番兵にさえぎられて検分ができず、そこから浜辺へ下り、上宮田（南浦町）近辺の宝田に泊まった。

六月十六日、午前九時頃に宿を出たが、折からの激しい雨をついて、海辺の金田（南下浦町）に向かい、途中から山道へ入って大浦の台場に行った。ここでは番人がいなかったため、柵内に入って仔細に検分し、磁針を使って、房総半島の洲ノ崎や観音崎の方位を測ったりした。

再び浜辺に下って船に乗り、剣崎台場に行ったが、人が居なかったため内外を見ることができた。

三崎から渡し船で城ケ崎へ向かい、安房崎の台場を見たあと三崎へ戻り、東岡町の和田屋に泊まった。

六月十七日、朝早く起き、東岡から原町を経て網代の古城新井城跡に登り、相模の豪族三浦道寸《どうすん》（義同《よしあつ》）の墓に詣で、その後、野比の浜から船に乗って西浦賀に着き、東浦賀の徳田屋に泊まった。

六月十八日、房総半島へ渡るため早起きするが、便船がなく、しかたなく時間つぶしに、かつて北条氏が浦賀城を築いた明神山に登る。

上総の便船があることを聞き、東浦賀へ急行、小船に乗って海上約十二キロの浦賀水道を渡り竹ケ崎に上陸する。

ここから海岸線を、明鐘岬《みょうがねみさき》、勝山を経て、安房郡富山町に着き、農家を一夜の宿として借りた。

六月十九日、海岸線を洲之崎に向かい、砲五門を備えた台場を見ようとしたが、番兵にさえぎられて詳しく見ることができなかった。

高台に登って方位を測量し、その後館山へ戻って駅亭に投宿した。

六月二十日、前日来た道をたどり、船形港で便船を待った。

風待ちで正午に船出したが、午後五時半ごろから雨が降り始め、行程二十八キロの半分まで来た付近で日没となり、風や雷がいよいよ激しさを増したため、帆を下ろして櫓の力でなんとか進んだが、この間、大船と危ないところで衝突しそうになったり、座礁しかけるなど散々な目にあった。

浦賀港には、午後十時にたどり着くことができ、徳田屋に泊まった。

六月二十一日、午前十一時に小雨の中を出発、大津に出、再び田戸で教えを乞うた喜多武平を訪問。

ここから横須賀へ出て船で神奈川へ向かい、大米屋に泊まり、翌二十二日早々に神奈川を発って江戸へ帰り着いた。

この旅で二人が得たものは、自分たちの足で歩き、その目で実態を確認したことにより、これまでの海防論が、いかに机上の空論に過ぎなかったかを知ったことである。

松陰が兄梅太郎への手紙で、

「伊豆七島図、現地を見候処、誠に虚妄の図に御座候」

と書いているように、必携の書であった伊豆七島図が、全く信用できないことも分かった。

このことは、兵学者として、何かにつけ地図や地誌類を利用する機会が多かった彼らにとっては、ゆゆしき問題であった。

文献だけに頼らず、自分自身の足で歩き、実際に見聞することがいかに大事かということを、この旅によって二人は十分認識したのである。

江戸湾の防備の脆弱《ぜいじゃく》さを目の当たりにした二人は、次は、度々蝦夷地《えぞち》を窺《うかが》うロシア艦船のことを耳にしていたことから、おのずと東北沿岸防備への思いに馳せた。

さらに、二人の師である素水は津軽の出であり、松陰の師である安積艮斎《あさかごんさい》は奥州岩代郡山の出であった。そのため、かねがねこれらの師から東北地方の様子を耳にしていたこともあって、房相（安房・相模）の旅の途中でも、東北沿岸の防備状況の検分のことが話題になっていた。

また、松陰にいたっては、はじめて鼎蔵と寝起きを共にしたことにより、彼の日常の一挙手一投足を知ることによって、益々鼎蔵の魅力に引き込まれるようになっていった。

それは、『松陰全集関係文書篇』にも採録されている通り、松陰は鼎蔵を、

「肥後人浦賀同行仕候処《つかまつりそうろうところ》、彼人既に三十余歳の候得共《そうらえども》、毎年水をあび候故《そうろうゆえ》、三度計《ばか》り五体の皮むけ候由《そうろうよし》承《うけたまわ》り、矩方などは膽《きも》を寒うし候事。大事業をなすも此一条の根つき申すべきか」

とか、

「宮部は毅然たる武士、僕常に以って及ばずとなす」

「宮部などの事毎度敬服仕候」

などと見ていることからもうかがえる。

鼎蔵にしてみれば、少年の頃の熊本・南田代村往復による心身の鍛錬、叔父野村伝右衛門宅での早暁の沐浴などによって身に付いた何でもない所作が、松陰にとっては、これまで彼の周囲に見られなかった、新鮮な驚きとして捉えられていたのである。

江戸帰着後、ただちに準備に取り掛かった東北旅行計画は、二人の結びつきを益々強固なものにする、意義あるものとなった。

二

兵学修行とはいえ、一国の藩士が他国を旅行するには、それぞれ藩の上役に許可願いを出す必要がある。二人とも、早くも相房から帰った翌月の七月には、それぞれの藩に許可願いを出した。旅から帰って間もないことであり、準備などの都合も考慮して、秋以降から来春までの期間とし、兵学の稽古を理由としたものであった。

その後、鼎蔵の方は何の問題も生じなかったが、松陰の方にやっかいなことが起こった。

松陰が江戸藩邸へ東北旅行の許可を願い出たのは、嘉永四（一八五一）年七月十六日のことである。そして七月二十三日付で、

「当秋来春の間出足月《しゅっそくづき》より往十ヶ月の御暇差免され下され候様御断りの趣、願いの如く御許可を遂げられ候事」

との許可指令が出た。

だが今回は、近郊の相房のときと違い、長期の遠方旅行となるため、別に過所手形《かしょてがた》（他国を旅行するとき携

帯する手形）が必要とされていたが、これは直ぐには下りなかった。

そのうち、九月の末ごろ、鳥山の蒼龍軒塾に安芸五蔵と名乗る武士が居候になった。

やがて、鳥山塾の仲間として迎え入れられ、兄弟のように気心の知れる間柄になったころ、実は安芸五蔵は変名で、本名は南部藩士の江幡《えばた》五郎（のち那珂通高《なかみちたか》）であることが分かった。

彼は、詩文に長じ、白皙《はくせき》の優男であったので、茶目っ気のある鼎蔵は、「柳陰《りゅういん》の化物《ばけもの》」というあだ名を付けて喜んでいた。

ところが、鼎蔵と松陰の東北旅行計画を知ると、次のような事情を打ち明けた。

彼の兄の春菴《しゅんあん》は、南部藩の跡目相続に絡むお家騒動で、反対派の首領であった田鎖左膳《たぐさりさぜん》によって投獄され獄死したという。その仇討のため、変名して機を窺っていたが、明春仇の田鎖が藩主に随行して盛岡に帰ることが分かったため、その途中を狙って襲うつもりである。

と、いうのである。

これを聞いていた鼎蔵と松陰は感涙にむせんだ。

仇討のことは、何度も書物で読み、人から聞くことはあっても、現実、目の前にいる一人の男がそれをやろうというのである。

絵空事ではない事実を突き付けられた今、柳のようにひ弱そうな江幡の、その心ばえをぜひ叶えさせてやらねばならない。これこそが、理論上のことだけではなく、実践によって、彼らの山鹿流兵学者としての矜持が試される好機であった。

江幡の考えでは、途中、常陸付近に潜伏して、帰郷する田鎖の情報を得るということであったので、自分たちも目的のある旅であり、立場上助太刀まではできなくとも、江幡の仇討の旅へ同道し、彼の目的を果たす一助にでもなれば、これ以上の思いはなかった。

また、それまでの間、道中に詳しい江帾と一緒に旅をすることは、願ってもないことでもあった。

当初彼らは、旅行の日取りを、漫然と年明けから三月末、遅くとも四月初めまでと予定していたのを、江帾の登場によって急遽変更することになった。

そして、その出発の日取りを決めるとき、松陰がこう切り出した。

「こうして、江帾君とお会い出来たのも何かの導きであろう。かつて、我ら山鹿流兵学の祖であられる素行先生が、赤穂藩に流派の精神を育まれ、その赤穂義士たちによる仇討の本懐が遂げられた十二月十五日の目出度い日を、江戸出立といたそうではないか」

と、珍しく高揚した声で言う松陰に、鼎蔵も思わず相槌を打ち、

「それはよい思い付きだ。江帾君には是非とも本懐を遂げてもらわねばならぬ。その成功のためにもこの日しかあるまい。それに、落ち合う場所も泉岳寺にいたそう。しかも、寺の裏手の高台は、我が細川家中屋敷があり、綱利公の時代、あの大石内蔵助殿以下十六人の義士が切腹された由緒ある場所。これでどうだ江帾君？」

と促すと。

「かたじけない。お二人がそこまで私のことをお考えいただき、異存のあろうはずなどございません」

若さとはこういうものである。

憂国の思いに、血のたぎるような鼎蔵と松陰である。その思いに加え、赤穂義士の再現のような現実が目の前に控えているのである。

二人にとって、東北への旅立ちは、大いなる夢と希望に満たされるものとなった。

松陰は、この時のたぎるような思いを、鼎蔵の背に負う笈《おい》に、墨痕鮮やかにしたためた。

『北ニ渡リテ窮メ蝦夷ヲ
南ニ浮ビテ踏ム琉球ヲ
男児平生ノ志
好シ與斯ノ君謀』（好し斯《こ》の君と謀《はか》る）

なおこの笈には、鼎蔵自らの、
跋渉山川将何爲　唯有赤心報国家
有心生鳥山正清
江幡五郎（楼）の、
古錦作詞嚢　於國将何益
不如此白板　乾坤蔵無窮
の二人の書もしたためられた。（現物は、熊本市内財団法人「神風連資料館」保存）
出発の約束日である十五日を二、三日先に控えたある日、外桜田の長州藩邸で、松陰は留守居役の佐世主殿《とのも》に対し、
「相房巡検の折には、特別過所手形などはいただきませんでしたのに、何故今回に限ってそれが必要なのかお聞かせ願いたい」
と、激しく迫っていた。
佐世は言う、
「相房は江戸近郊のため、さして手形など不要と考えたゆえ出しておらぬ。
だが今回は、遠く奥州まで足を延ばすという。しかも数カ月に及ぶ。その間、万一事があった場合、大膳太

夫（藩主毛利慶親）が家臣、吉田大次郎（松陰）と申しても、厳しい問責につまって申し開きが出来ないことにでもなれば、我が長州藩の恥にもなりかねぬ。

そのため、以前そなたの九州遊歴の際には出しておるではないか」

佐世の言う道理は分かるが、納得のいかない松陰はさらに問いかけた。

「それにしても、手形の下されるのがあまりにも遅うは御座いませんか」

「さ、それは今、国元にお帰り遊ばしておられる殿の決済を経なければならぬゆえ、手間がかかっているだけのこと。

ま、それほど急ぐ旅でもあるまいに、しばらく旅立ちを延期してみてはいかがか」

旅行の許可が下りたのが七月、今は既に十二月であった。

過所手形が必要であれば、この五カ月間江戸藩邸や国元の藩吏は何をしていたのか。どうしても松陰には腑に落ちないことであった。

実は、この過所手形の遅延は、江戸藩邸の重臣たちが、松陰の東北旅行に対して不安を感じていたからである。

それは、江幡《えばた》五郎と同道することにあった。

江幡には仇討の目的がある。これに同情した熱血漢の若い松陰が、もし旅先で江幡にからむ刃傷沙汰にでも巻き込まれるようなことになれば、それこそ長州藩の面目にかかわる事態になりかねない。これを恐れての出し渋りであり、出来れば中止してほしいことであった。

藩の過所手形は出ない。

そう悟った松陰は腹をくくった。「亡命」である。

十二月十二日付の、兄杉梅太郎宛ての手紙に、

「吾は則《すなは》ち自ら誓ひし所を行ふ。君親に負《そむ》くを顧みざるには非ず。丈夫《ますらお》の一諾《いちだく》苟《いやしく》もすべからざればなり。夫《そ》

れ大丈夫《ますらお》は誠に一諾を惜しむ、区々の身は惜しむに足らず。待つに国体を辱《はずかし》むるの罪を以ってするとも辞すべからざるのみ」

との決意を明らかにした。

つまり、友人たちとの約束が忠義や孝行よりも大切である。そのさい、亡命は国家に背くかに見えて、実は一身の罪でしかないが、長州人が優柔不断といわれ、信義に反することは、藩の恥を他国にさらすことになり、耐え難いというのである。

「初志貫徹」という若さと情熱が、怜悧を激しく封殺した決意であった。

亡命とは、脱藩することである。武士にとってこれは重罪に値する行為であった。

事情を打ち明けられた鼎蔵は、さすがに驚いた。そして引き留めた。鳥山塾の仲間たちも同じである。

だが、どうしても松陰はその決意を翻意《ほんい》させなかった。

そこでついに鼎蔵は、

「亡命の事だけは止したまえ、手形が下されない限り、十五日の出発は無理であろう。私は、江帾との約束通り先に出発するが、君は手形の下り次第我々を追って来たまえ」

と、松陰を説得し、道中で落ち合うところを水戸と決め、松陰との最初の日程を解消した。

出発当日の十二月十五日、鼎蔵と江帾は、「蒼龍軒」塾長の鳥山新三郎ら鳥山塾の仲間と、泉岳寺で落ち合った。

皆で赤穂義士の墓に詣でたのち、見送りの人たちと別れて出発した。

別の用もあって、この日二人に同道した鳥山は、翌十六日、利根川を渡り下妻に着いたところで別れた。

松陰はやはり脱藩した。

重役たちへの仲介役となって、松陰のために身を粉にして交渉に当たっていたのは、仲間の来原良蔵であった。しかしもう、松陰の固い決意に対して、来原がどうこうする段階は過ぎていた。

「後のことは何とかする」

こう言って松陰の行動を見守るしかなかった。

嘉永四（一八五一）年十二月十四日（陽暦一月五日）午前十時、松陰は白昼堂々江戸藩邸の門を出た。その日の日没まで有効な稽古切手を持っているため、周囲にもいつもの外出ととられ、それも、予定の前日であったため、かえって人目を誤魔化すことができた。

ひたすら先を急ぎ、千住から水戸街道に入り、松戸まで来たところで日没となったが、追っ手を恐れて、本郷の山中にある本福寺まで足を延ばし、ここに宿を借りた。脱藩の身であったため、この時長州浪人の松野他三郎と名乗っている。

水戸城下に入ったのは、五日後の十二月十九日であった。

ここでは、水戸藩士の永井政助を訪ねた。

彼は藤田幽谷に学び、剣客として知られており、これは同じ剣客である江戸練兵館の斎藤新太郎の紹介によるものであった。

新太郎とは、二年前の嘉永二年、彼が長州藩の剣術指導にきて一年間萩に滞在したおり、松陰が入門してから以後交流があった。

そうした中、鼎蔵と江帾が宿泊先の永井宅を訪ねてきた。再会なったのは十二月二十四日の夜であった。

一日遅れで出発した彼らであったが、松陰の十九日水戸入りに遅れること五日である。いかに追われる身の松陰が先を急いだか、その心情が察せられる。

三人は永井の家を出て、旅宿伊勢屋に場所を変えてお互いの経緯を話し合った。

翌二十五日午後、三人は連れ立って会沢塾を訪ねた。この内松陰だけは、彼ら二人と落ち合う前、既に会沢正志斎と面会している。

この時の鼎蔵の日記には、

「午後会沢憩斎を訪ふ、醇々《じゅんじゅん》たる老先生なり。

年齢已に七十一、然れども猶《な》ほ耳順《じじゅん》（六十歳）以内の人のごとし、談話すること傾刻《けいこく》、千波湖の上《ほとり》を過ぎ政介の家に帰る」

とある。

この日以降、鼎蔵と江幡も、水戸滞在中は松陰と同じ永井家を宿舎とした。

皮肉なことに、鼎蔵や松陰らが水戸に滞在していた十二月二十八日に、萩藩から江戸藩邸へ、

「過所手形の事は、江戸留守居役の手で交付して構わない」

という内容の書簡が届いていた。

松陰の強硬な申し入れ、来原の盛んな仲介に突き動かされた江戸藩邸の重役が、仕方なく国元へ照会した回答であるが、松陰がもうしばらく出発を延ばしていたら、脱藩ということにはならなかったわけである。

それにしても、江戸藩邸の重役らが、松陰を脱藩という手段に出るまで追い詰めるような措置をしたことに変わりはなく、なにかしら、松陰を快く思わない者の意図が感じられる事件であった。

鼎蔵ら三人は、永井家を拠点に一カ月ほど水戸に滞在し、鹿島神宮や銚子などその周辺を旅行した。

彼らが水戸で会った人々は、松陰が兄梅太郎への手紙に記したように、

「水戸にて逢ひし候人は皆さるものなり、永井政助、会沢憩斎、豊田彦二郎、桑原幾太郎、宮本庄一郎……」

などであり、藤田東湖と戸田銀二郎は、幕府による藩主徳川斉昭《なりあき》に対する処罰に連座して、謹慎中の身であったため会えなかった。

特に、会沢や豊田を訪ねたときなどには、酒席などを設けて歓待されるなど、

「水府（水戸）の風、他邦の人に接するに歓待甚《はなは》だ渥《あつ》く、歓然《かんぜん》として欣《よろこ》びを交へ、心胸を吐露《とろ》して隠匿《いんとく》する

ところなし……」
と、松陰が書いているように、彼らを温かく迎え入れてくれた水戸に対し、非常に好印象を持った。
だが、彼らがそれ以上に感動と衝撃を受けたのは、日本の国体に対する己らの知識の乏しさを知ったことであった。

彼らの接した水戸人の理論の根幹に流れるものは、皇国の歴史理念であった。このことは、鼎蔵や松陰も儒学を通じて分かってはいたが、そのことを、水戸学のような国学の面から深く学んだことはなかった。

水戸人は、神代の時代からの日本の成り立ちを深く究め、これを押さえたのち、では日本国とは、日本人とは、そして外国とは、と論理を展開させるのである。

その上に立って、会沢は攘夷の方法をこう述べる。

「外国に当たるには、軍備の充実とともに、国内の士民の人心統一が必要であり、それには、なによりも幕府の体制の強化が基本であり、そのためには、天祖の子孫である天皇を崇拝することが必要である。特に宗教的権威をもつ天皇は、政治を幕府の将軍に、将軍はさらに各藩の藩政を藩主に託している。天皇をうやまうことは、士民が将軍、諸大名に畏敬の念をいだくことになり、これによって幕府を中心とした支配体制が強固なものとなる」

つまり、外敵を武力で排除するには、天皇崇拝による国民の精神的な団結が不可欠であるとした。

水戸での二人に及ぼした思想的影響は、松陰が同じ長州藩の親友来原良蔵に宛てた手紙にこう記している。

「客水府に学び、首（主）として会沢・豊田の諸子にいたり、その語るところをきく、何をもって天地に立たん、と。帰るや、急に『六国史《りっこくし》』をとりてこれを読み、古聖天子の蛮夷《ばんい》を慴服《しょうふく》せしめるの雄略《ゆうりゃく》をみるごとに、また嘆じて曰く、是《これ》、もとより皇国の皇国たるゆえんなり、と。必ず抄出《しょうしゅつ》してもって考策《こうさく》に便にす」

そしてこの日から二人は、日本国を「天朝の天下」として理解することを知った。

ところで、彼らが滞在していた水戸藩には、実は大変なお家事情があった。

門閥派と呼ばれる斉昭以前からの旧体制派と、斉昭の率いた改革派との確執であり、この闘争は、後々まで双方ともに尾を引くほど激しいものを内蔵していた。

この門閥派と改革派の対立は、第八代藩主斉脩《なりのぶ》の後継問題のときにはじまった。

斉脩には子がなかったので、門閥派の重臣たちは、子の多い、将軍家斉の第二十子である清水恒之丞を藩主に推した。

これに対して、藤田東湖を中心とする改革派は、水戸家の血の絶えることを憂慮して、斉脩の弟である斉昭を藩主にすべきだと主張、両派による運動は激しかったが、文政十二（一八二九）年十月十六日、斉脩の死後斉昭が第九代藩主となった。

藩主になった斉昭は、ただちに改革に手をつけ、藤田幽谷《ゆうこく》の高弟であった会沢正志斎《あいざわせいしさい》と、幽谷の子東湖《とうこ》を抜擢起用し、藩政に参加させたのをはじめ、要職に多くの幽谷の門人たちを登用した。

この人事に対し門閥派は、斉昭をはじめ改革派に激しい憎悪をいだき、対立は決定的なものとなっていった。

しかし斉昭は、委細構わず藩政の改革を積極的に行い、東湖を側用人として、財政の立て直しと学問の振興につとめさせ、天保十二（一八四一）年八月には、藩校弘道館《こうどうかん》を開設し多くの優秀な藩士の育成を行った。

さらに、もっと情熱を燃やして取り組んだのが、軍備の強化と異国対策である。

これには、水戸藩ならではの理由があった。外敵との直面である。

水戸藩では、文政七（一八二四）年五月二十八日、藩領の大津浜に異国人が上陸するという事件が起こった。

この日、水戸藩付家老中山備前守の知行地の陣屋から急使が水戸に到着、大津浜に十二名の異国人が上陸したという知らせを伝えた。

これらは、たくみに土蔵に誘導して監禁しているという。

驚いた藩は、監禁している者たちの奪還のため、異国船が攻撃してくることを危惧し、ただちに兵の編成を行った。

その夜十二時には、銃・砲を携えた一番手の兵二百余名を進発させ、続いて二番手の兵も出して川尻浜を固めた。

そのほかにも、周辺の海浜一帯に、それぞれ郷士や猟師など多数が配置された。

さらに水戸に近い那珂港《なかみなと》には、船大将富田源五郎が大筒二十五挺を海に向けて据え、三番手の軍勢も海岸の警護にあたるなど、藩はじまって以来のものものしい陣が敷かれた。

結局、六月十一日、双方交渉の結果、異国人が監禁を解かれてボートで岸を離れて決着をみることになる。

この事件の内容は、沿岸に近づいた異国船は二隻で、いずれもイギリス船であった。上陸したのは全員その船の乗組員で、彼らは、鯨を追っての長旅で、壊血病が出たため、果物、野菜その他羊、鶏の肉の調達のため上陸したことが分かった。

しかしこれらのことにより、取り調べに当たった幕府の代官古山善吉や、普請役元締格久保忠八郎らをもっとも驚かせたのは、沖には三十隻もの異国船がいるということ、しかも、それらの船には、一隻につき三十名から四十名もの者が乗り込んでいて、計千名ほどの異国人が近海にいるということであった。


この過去の経験を踏まえ、斉昭は、事件の際異国人を調べる筆談役として、この成り行きをつぶさに経験していた会沢を軍備強化と異国対策の責任者とし、政策面で彼の意見を次々に取り入れて実施していった。

だが、このあまりにも急激な改革はその反動も大きかった。

御三家の一つである、水戸の斉昭が行った藩政の改革は、財政難など多くの難問を抱える他藩もこれに見習って、このやり方を取り入れだした。

幕府の首脳は、当の幕府内や他藩の改革のリーダー役となって、積極的に改革を推し進める斉昭に、強い警戒心を抱きだした。

その大半は、各藩が勝手に進める軍備の強化であるが、なかでも特に、彼が倹約面で取り組んだ社寺改革に対する幕府内の怨嗟《えんさ》の声は大きかった。

このころ、納税を免れるため年々増加していく寺院と僧侶の問題は、領民の経済と生活面に重い負担となってのしかかっていた。

斉昭は、彼の信条である簡素なしきたりの神道崇拝によって人心の統一を図るとして、領民に根強い基盤を持つ、派手なしきたりの仏教寺院を排除することに手をつけた。

仏教界は驚愕しそして怒った。上野寛永寺・芝増上寺をはじめとする全国の有力寺院は、その非を幕府へ訴えた。

そして、これに呼応するように、江戸城大奥からも斉昭に対する反発の声があがった。

領内だけでなく、御三家の立場から幕府内の改革も推し進めていた斉昭は、かねてから、いっこうに派手な生活から抜け切らず、そのうえ、陰の力で幕政に影響を及ぼしていた大奥をにがにがしく思っていたため、大奥の質素倹約・人員削減にも手を入れていた。

そして、この反斉昭の動きに乗じた門閥派が、内部から斉昭の暴挙の数々を拾い上げて幕府へ訴えた。

こうした一連の動きに、斉昭の力量を評価している老中阿部正弘でさえ、さすがに処分を考えざるを得ない状況となり、ついに幕府は、天保十五（一八四四）年四月、斉昭の藩主退任と謹慎の処分を下した。

斉昭は、幕府の命に従い、当時十三歳の慶篤《よしあつ》に藩主の座を譲って隠居した。

この勢いに乗じて門閥派が息を吹き返した水戸藩は、改革派の会沢正志斎、藤田東湖、高橋多一郎など四十四名を処罰した。

その後、弘化から嘉永に入って異国船の渡来がしきりになると、もともと斉昭の海防論を高く評価していた老中の阿部正弘が、老中首座となったこともあって、嘉永二年三月、斉昭の処分が解かれた。

鼎蔵や松陰らが水戸を訪れたときは、まさにこの改革派がそろそろ処分も解かれだし、勢いを盛り返しつつあるときであった。

三

嘉永五（一八五二）年一月二十日正午ごろ、三人は永井家を発ち奥州へ向かった。

前日、水戸を離れるにあたって、世話になった会沢、豊田、桑原宅を回り挨拶を済ませた。

夕方、永井の家で離別の宴が開かれた。顔を出したのは渡井初之進、菊池鉄五郎、原田誠之進、菊田剛蔵、小瀬千蔵らであった。彼らは時のたつのも忘れて飲み、お互いの別れを惜しんだ。

出発が昼になったのは、昨夜降った雪の解けるのを待つためであった。

見送りは、永井家の長男芳之助が那珂川に架かる万代橋付近まで来てくれ、ここで別れた。

一カ月ほどの滞在ではあったが、水戸の人々が心温かく接してくれた思いは忘れがたく、彼らは大声を上げ、涙をこらえながら放歌しつつ城下を離れていった。

この日は森山町（日立市）に泊まった。

一月二十三日には、二十八年前の文政七年にイギリス船二隻が来航、異国人上陸事件の現場となった大津浜に向かい、外夷の侵略への対処などを意見し合った。

その日勿来《なこそ》の関跡を越え、雪のちらつく中、高貫《たかぬき》（福島県石川郡古殿町竹貫）へ入った。

一月二十五日、白河城下へ入った。

二十七日まで白河城下に留まり、ここで別れる約束であった江帾と名残を惜しんだ。

鼎蔵や松陰にとって、この別れはつらかった。

三日間、別れの盃を交わしながら、話が高じて思わず自分たちの目的も忘れ、仇討への同行を申し出たりしたが、江幡がかたくなに断るため、あきらめざるを得なかった。

ようやく決断して、明日は別れるという最後の宴席で、鼎蔵は餞別として懐から十両の金を出し、しきりに固辞する江幡に渡した。

翌二十八日、午前に宿を発った彼らは、南部藩の盛岡へ向かう江幡とは、会津街道と奥州街道の分岐点で別れた。

この時鼎蔵は、振り向きもせず立ち去っていく江幡の背を見て、とうとうこらえきれず、「五蔵ー、五蔵！」と叫んで慟哭する始末であり、松陰も同じように嗚咽《おえつ》に咽びながら、江幡の姿が視界から消えてなくなるまでそこにたたずんでいた。

一月二十九日、二人は会津若松に入り、ここに二月六日まで滞在して、斎藤新太郎の紹介による宝蔵院流槍術師範の志賀与三兵衛や、その門人黒河内伝五郎、会津藩士の井深蔵人らに会った。

さらに、文化四（一八〇七）年、ロシア船が北辺に進攻した際従軍した藩校日新館教授の高津平蔵を訪ね、海防問題について意見を聞いた。

このほか会津で会った人々は、井深茂松、広川元三郎、日新館医生馬島瑞園、庄田長之介、軍事奉行の広川勝助、西郷十郎右衛門など多彩であり、軍事、海防、医術、武術など多岐にわたって貪欲なほど彼らの知識を吸収した。

会津を出た二人は越後街道に入った。

二月七日、福島と新潟の県境にある鳥井峠では積雪に悩まされた。

翌八日は、越後街道最大の難所である諏訪嶺の峠を、前日を上回る難儀をしながら越えた。

新発田にいたり、十日木崎から船で新潟へ向かった。

十三日、新潟から船で松前へ直行する予定であったが、松前行きの船は、春の彼岸から秋の彼岸までの六カ月間しか動かないことが分かったので、とりあえず佐渡ヶ島に渡ることにした。

北陸街道を経て、佐渡へ渡る船が出る出雲崎に着いたが、雨や風雪などで恵まれず、二十七日までここに滞在した。

二月二十七日、順風にめぐまれて佐渡へ渡り、翌二十八日順徳上皇の真野山稜に詣でた。あまりにも荒涼たる景色を前にした鼎蔵は、憤怒の情にかられ、思わずその扉に、

「陪臣《ばいしん》命を執り羞《はじ》なきをいかんせん　天日光を喪《うしな》い北陬《ほくすう》（北の隅）に沈む　遺恨千年又何ぞ極まらん　一刀断たざりし賊人《ぞくじん》の頭《こうべ》」

と、かつて承久の乱で順徳上皇を流罪に追いやった、時の北条義時をののしる詩を記し、松陰もまた詩を作った。

閏二月十日、午前八時に小木港から船出し出雲崎に着いた。いったん新潟までもどり、船便に関する情報などを得たりしていたが、十八日、松前行きを依頼していた船主から、港口が、土砂による堆積で船の出入りが出来ず、出航の予定がつかないことを知らされ、新潟に来て三十七日間、船待ちをしていた彼らにとって、この間の無駄がうらめしかった。

すぐに陸行に切り替え、村上城下を経て、降雪の葡萄峠を越えた。

最上川を渡り、酒田を過ぎ、閏二月二十四日佐竹氏二十万石の城下町である久保田（秋田市）に入った。ここでは、佐竹藩の重臣渋江内膳の家臣熊谷恒次に会って国情のことを尋ねたりして、領内の港には、二貫砲一門だけの備えしかないことを知った。

久保田城下を離れ、大崎湊（秋田港）に行き船便をさがすが、ここでも季節外れのため船の出ないことが分かった。

八郎潟《はちろうがた》を経て檜山（能代市）に入り、陸路、藤琴川沿いをさかのぼって小網木（小繫）に着いた。その夜宿で、青森から帰った加賀の船頭から、今年に入って、松前、津軽間の海峡を通過した異国船が、すでに三、四

隻を超えたことを聞かされた。

閏二月二十八日、坊沢《ぼうざわ》、綴子《つづれこ》を経て大舘《おおだて》に着く。ここは、二十一年前の文政四（一八二一）年四月、南部藩浪人の相馬大作（下斗米秀之進《しもとまい》）が、津軽候を襲撃しようとした地である。

この相馬大作事件については、江戸で山鹿素水や江幡五郎から聞かされており、また水戸では、藤田東湖の『下斗米将真伝《まさざね》』を読んでいたことから、これについての知識は持っていた。

事件の経緯は、南部家の一族である津軽氏が次第に勢力を伸ばし、本家筋である南部家をしのぐ勢いとなっていた。

そういう中で、蝦夷地警衛にからむ官位昇進運動の際、まだ十四歳であった南部藩主の南部利用《としもち》が無位無官のままであったのに対し、津軽藩主の津軽寧親《やすちか》が従四位下侍従になり、津軽藩が本家の南部藩の上位に立つという事態が起こった。

これに憤慨した下斗米らが脱藩し、南部藩の恥をそそごうとして挙に出たものであった。

この騒動は、それぞれの置かれた立場によって、様々な解釈のなされる事件ではあったが、鼎蔵や松陰は、寧親は主家である南部家をないがしろにした奸物であり、下斗米らの行動は義挙であるととらえた。

三月一日、津軽十万石の城下町に入り、江戸の鳥山新三郎が紹介した津軽藩儒者伊東広之進を訪ね、翌二日は山鹿素水の弟荒木貞次郎を訪ねた。

御所河原《ごしょがわら》（五所川原市）を経て、十三湖を見た。

三月五日、泊まった小泊で朝目を覚ますと、天気は良く、宿の窓から蝦夷の山々が遠望された。この日、一メートル近く残雪を残す、峻険な算用師峠《さんようしとうげ》を越えて三厩《みんまや》に入った。

三厩から蝦夷へ渡るつもりであったが、ここでも船便は得られず、大泊を経て上月に向かい民家に一夜の宿を借りた。

この夜二人は、津軽海峡の最も狭い龍飛崎沖を、たびたび異国の船が往来するにもかかわらず、当路者は無為無策のまま日を過ごしていると嘆き合った。

翌日、陸奥湾に臨む東津軽の平舘《たいらだて》村に向かった。

ここには、往来の異国船に対するため、砲七門を置く台場はあったが、平時のためか砲は備えていなかった。

青森へは便船を頼るため、平舘《たいらだて》から二矢村へ向かい、夕方の便で青森へ着き、船問屋に泊まった。

青森から七戸を経て五戸に向かい、藤田武吉を訪ねた。

ここから三戸、二戸、さらに一戸と道をとり、渋谷を経て三月十一日盛岡二十万石の城下に入った。

翌十二日、江帾五郎の兄春菴《しゅんあん》の門人坂本春汀《しゅんてい》を訪ね、その足で、春菴亡きあと城外の山陰村の農家に移り住んでいた春菴の家族を訪ねた。そこには、春菴の母や妻それに二人の遺児がいた。

『吉田松陰全集東征稿』によれば、老母は病で一眼を失う不自由な身となっており、春菴の妻に手をとられながら出てきた。

二人から五郎の無事を聞いた老母は、

「堅弥（五郎の幼名）はまだ無事でいてくれましたか。ありがたいことです。そなたたちを見ていると、まるで我が子を見ているような気がいたします」

と言って涙を流して喜び、その素直に喜ぶ姿に二人とも思わずもらい泣きした。

そのあと、春菴の仮葬所のある長町の香殿寺に詣で、墓守から、春菴の葬祭や仮葬の様子を聞き、悲憤慷慨《ひふんこうがい》した鼎蔵は、

なき人によその袂をしぼりつつ
　涙の雫《しずく》手向けこそすれ
あはれいかに草葉の陰に思ふらん

同じこの葉の行衛いかんと

の和歌二首を詠み、松陰も数句を題した詩を作って哀悼の意を表した。

二人は、その日のうちに盛岡城下を発って郡山（紫波郡紫波町）に向かった。中尊寺を参詣し、石巻港を見るため松島道に入った。富山観音のある山から松島の景観を眺めたりして感動しつつ、三月十八日、塩竈神社と多賀城跡を見たあと仙台城下に入った。

ここでは、藩校養賢堂を学官二人の案内で隅々まで見学し、学頭の大槻習斎《おおつきしゅうさい》に面会した。大槻は、家に教授の小野寺玄䊼《げんてき》や国分平三を呼び、彼らを交えて酒食を供した。この説話の席で鼎蔵らは、仙台藩士の階級や職分、藩の行事や軍事調練などのことを教えてもらった。

三月二十日、堂生の森本友弥ら藩士三名に案内されて、藩祖伊達政宗の菩提寺である瑞鳳寺に詣でた。この日、一日宿に帰ると医学館の山本文仲が来て、江幡五郎が仙台に来たが、二人がすでに発ったと聞いて城下を去ったことを伝えた。

これを聞いた鼎蔵らは、その日は一応宿に泊まって、翌朝出発し急いで後を追うことにした。二十一日、世話になった養賢堂の人たちを回って別れの挨拶を済ませたあと、午後四時仙台を離れた。三月二十二日、増田（名取市）七千石を経て、柴田町船迫、大川原と白石川沿いに進み、刈田峰《かったのみね》神社を通り過ぎた白川端の路上で、思いがけずばったり江幡と出会った。

偶然な出会いであった。これがいかにも出来すぎた話のように思えるが、実は多少の必然性がないではなかった。

江幡の話によると、江戸で聞いていた二人の行程日数から勘案して、仙台に入る日を想定し、三月二十日の朝塩竈から仙台に入ったが、二人がすでに出発していることを知り、急いで福島まで行った。

しかし、会えるはずの道中で二人を見なかったため、途中どこかへ寄り道しながら進んでいると思い返し、再び仙台へ引き返していたという。

一方、鼎蔵と松陰は、盛岡での江幡の家族の様子を伝えようと、仙台に入って三日の滞留の間、色々と江幡の居所を探っていたもので、双方が仙台周辺での合流を希求する一致した行動の結果でもあった。

いずれにせよ、再会が叶ったことを喜び合った三人は、連れ立って白石まで行きここに泊まった。

宿で、江幡から白河で別れたあとの話を聞いたところ、湯村に数日滞在したあと、塩竈でさらに日を過ごし、石巻に行って栗野木工右衛門の家に潜伏して仇の田鎖を討つ策をねった。ようやく斬奸《ざんかん》の策が成ったので、二人を追って仙台へ向かったというものであった。

それまでの道中は、江幡を改め江戸での変名安芸五蔵を名乗っていたが、仙台に入るにあたって芸州人を拒む藩の風潮にしたがい、備後出身の那珂《なか》弥八を名乗っていた。

その夜は久しぶりに、三人がゆっくり酒を酌み交わし、江幡から斬奸の具体的な計画などを聞き、壮挙を前にして大いに盛り上がった。

明けて二十三日、米沢へ向かう鼎蔵と松陰は、迂回路の嶮しい山道をとった。小原村から戸沢宿（白石市）に着いたが、別れを惜しむ江幡もここまで同行した。

この宿で、夜、浄瑠璃語りを招いて、「仮名手本忠臣蔵」最終回十一段を聞き、大星由良之介《おおほしゆらのすけ》が高師直《こうのもろなお》邸へ討ち入って本懐を遂げる場面で、三人は悲憤慷慨し涙を流しながら聞き入った。

翌二十四日、盛岡へ出発する江幡から、蒼龍軒塾の仲間に宛てた手紙と、彼の師である大和五条の森田節斎宛の手紙を預かった。

仇討には自分の死も覚悟しなければならない。これらは、すべて江幡の永訣の手紙であった。

そのあと、別れを惜しんで別杯を重ねたが、話題が高じてきて再び昨夜の浄瑠璃師を宿に招いた。

注文した忠臣蔵八段の場、加古川本蔵の妻戸無瀬が娘小浪を連れて大星の住む山科を訪ねる場面を聞き、再び感涙にむせんだ。

このように、鼎蔵と松陰は、江帾の仇討の話を聞いた当初から、その出発、離別、再会と、彼の顔を見るたびに赤穂義士のイメージと重ね合わせ、二度も浄瑠璃師を招いて場面を想起し、我を忘れてその思いに入れ込んで酔い狂うといった、お互い似たような気質の持ち主であった。

その日は、午後二時ごろになってようやく江帾と別れを告げ、戸沢の宿を発った。

その後二人は、米沢、会津若松城下を経て、日光、館林とたどったのち、四月五日午前十時、ようやく楓川と日本橋川の合流点にある江戸橋下に帰り着いた。

二人はその足で真っ直ぐ蒼龍軒塾に向かい、折から居合わせていた土屋弥之助、恭平兄弟、井上壮太郎、村上寛斎や越後三条の一向僧北条秀英らと再会を喜び合ったのである。

そして鼎蔵は、脱藩の身になった松陰の身の振り方など話し合ったが、なかなか名案も浮かばないため、塾に残る松陰を気遣いつつも、その夜は一応肥後藩邸に帰っていった。

黒船来航

一

翌六日、松陰のことが気になる鼎蔵は蒼龍軒に行った。すでに長州藩の仲間である井上壮太郎や山県半蔵が来て、松陰の帰藩の説得に当たっていた。

説得の要旨は、鼎蔵が昨夜肥後藩邸で考えていた結論と同じであった。

松陰が江戸に帰り着いたことは、すでに藩邸にも聞こえているはずである。

昔なら、脱藩者に対して追手を差し向け上意討がなされたほどの罪であるが、今はそこまではしない。

犯した罪は罪であるが、過所手形が下りなかっただけで、すでに藩庁は出発前に東北遊歴の許可は出している。

帰藩の報告が早ければ早いほど、情状酌量の余地はあるはずだ、処分はなされようが多分軽いお咎《とが》めですむ。

しかし、松陰は頑として聞かない。

「いや帰りません。帰って許しを請えば、私が宮部君や江幡君と約束した当初の義が貫かれぬことになります。まだ私には、学ばなければならない多くのことがあります。あと十年後、未熟な学がなったときに帰藩する覚悟です」

と言うのである。

そうこうする内に、午後になって藩邸から一人の藩吏がやってきた。

「私は君を捕まえに来たのではありません」

身構える松陰らの気をそらすように、薄笑いを浮かべながらそう言った。

藩吏の言うことも仲間らと同じで、要するにおとなしく藩邸に帰りなさいという。

「君の亡命の罪は、君が考えているほど重くはないはずです。

なぜなら、東北遊歴の許可は出ているのであり、過所手形が下りない前に君がそのまま旅立ったというだけのこと。しかも、十カ月の遊歴期間があるにもかかわらず、五カ月を経ずして帰っておられる。

私が請合います。藩庁は君が心配しているほど重い処分はしないはずです。

だから是非ご帰邸なされて、ご重役たちのお考えに神妙に身をゆだねる態度で臨まれることが肝要でしょう」

このやり取りを聞いている鼎蔵の胸は苦しかった。

友人との約束を果たすという、あえて亡命の罪を犯してまで、その義を貫いたのが松陰本人であったとはいえ、責任の一端は自分らにもある。

東北遊歴の旅も、当初は不安を抱えたままの道中ではあったが、目的達成の一念で先へ先へと歩を進め、その未知なる土地や人々と接して見聞を広げるうちに、いつの間にかそのことは思いの片隅へ追い払っていたものが、こうして現実の騒動に立ち会ってみると、やはり後悔の念にさいなまれるのである。

だが一方では、そのような冒険的行動を起こし体験しなければ、これまで彼らが得た学問は、机上だけの空論に終わってしまうはずのものであった。

ここではやはり、藩吏のいう軽微な処分に期待をかけるしか今の松陰の身の振り方はなかった。

鼎蔵は藩吏の説得に相槌をうつように、何度も大きくうなずいて聞いていたが、

「どうだ吉田君、このようなお話であるから、藩邸に顔を出す方が賢明だと思うが、その上で、しばらく謹慎が解かれるのを待つしかあるまい」

と、藩吏の口添えをした。

さすがの松陰も、約束相手である当の鼎蔵の言葉には動かされたようで、藩吏に向かい、

「分かりました。それでもこのことはもう少し考えてみようと思いますので、時間をおかしくださ い」

そう言って折れざるを得なかった。

それから四日を経た四月十日、ついに松陰は桜田門外の長州藩邸に帰った。何事もなかった。

松陰は思った。やはり今回の処分は軽くて戒告、重くとも短期の謹慎程度で済むかもしれない。それが解ければそのまま江戸に残ってまた遊学を考えよう。

松陰という男は、楽天家なのか人が良すぎるのか、こういったことには自分の都合のいい方に解釈するという考えの甘さを持ち合わせていた。

だが、留守居役の佐世主殿《とのも》は国元へ松陰の処分伺いを出していた。

数日を経たころ国元から命令が来た。

「ただちに帰国して沙汰を待て」

なんのことはない、藩はこの件に関して松陰に刑罰を科そうとしているのである。帰国して処分をするということは、単なる謹慎程度のことではない、重罪を科せられることは間違いなかった。

愕然とし、そして佐世を恨めしく思った。

これを知って松陰の部屋に駆け付けた仲間の来原良蔵、井上壮太郎、土屋弥之助・弟恭平らに加わり、鼎蔵も一緒になってなぐさめるがどうしようもない。

今後の心配は、罪人として送り出される途中で松陰が自刃しないことである。

「死ぬな！」

皆はしきりにそう言った。

このとき松陰は、顔を見られるのもいやというほどの恥じ入りようであった。

そして言った。

「決して死にはいたしません。大丈夫《ますらお》というものは、死というものを軽々しく扱わないものです。これまで私の計画は度々躓《つまず》いています。だが、志はその度に益々壮大になっております。そうであるからこそ、なおさら学を成そうと考えるのです。ただ、私が恥ずかしく思うのは自分の知です。この度も、老藩吏に売られたのを知らずにいました。この程度の人間洞察眼でありながら、平素天下の事を論じている自分が恥ずかしく思います。人に売られて国元へ護送されるなど、決して英雄の姿とはいえません。ましてや、その護送の途中で死んだりするようでは、その知の暗さを証明するようなものですから、絶対に死んだりはいたしません」

人に売られる。つまり、人を信じやすい性格は鼎蔵もおなじであった。

後に判明したことであるが、あれほどまでに二人を燃え立たせた江帾五郎の仇討は成らなかった。いや、仇を討たなかったのである。

そうするうちに仇の田鎖左膳は病死した。江帾は長生きし、維新後も生き続けたが、晩年は鼎蔵や松陰らのことは一切語らなかったという。

人並み以上に感動はするものの、醒めるとたちまち利口者の思慮が働く者を人は「才子」と言う、つまり江帾は、才子以外の何者でもなかったのである。

四月十八日、松陰は鼎蔵や蒼龍軒塾、それに来原や長州の仲間に見送られながら帰途に就いた。普通なら網をかけた罪人護送用の籠に乗せられるのであるが、中間二人以外に用心のため監視の役人二人を付けただけの、何の拘束もない自由な旅姿であった。

四月二十七日、伊勢四日市で書いた鼎蔵への手紙に、「東海の道、筥根《はこね》の嶺・大猪《おおい》の水、最も其の難を推す。僕の此の行、念一を以って嶺を越へ、念三に水を渉《わた》る」とあるように、出発四日目の四月二十一日に早くも箱根の山を越え、六日目の二十三日には大井川を渡っている。

出発以来、天候にも恵まれ、五月十二日には萩には着いた。

自宅に落ち着いたものの、処分を待つ身のため外出は出来なかったが、間もなくその立場を利用して、周囲の人々に「詩経」や「武教小学」を講じるなどの授業をはじめた。

待罪生活も七カ月を経た十二月九日処分が下った。

「御家人召放《めしはな》し」の処分である。つまり、藩士の身分を剥奪され、俸禄も召上げられた。思った通りの重罪であった。

同日付、実父の杉百合之助から、松陰と義母久満を引き取り育《はぐく》みたい旨の申し出がなされ許可された。

松陰はこの日から浪人になったため、これまで使っていた大次郎を改め、松次郎を名乗った。

この処分は、亡命に関係した四人の者についても逼塞《ひっそく》（自宅謹慎）が命じられた。

来原良蔵は、親しい友人として松陰から相談を受けていたにもかかわらず、亡命を止めることができず、藩への経過報告を怠ってそのまま放置したというものであり、小倉健作、宍《しし》道恒太、井上壮太郎は松陰と同部屋であり、これらの計画を知っていたはずであるのに届け出を怠ったというものであった。

鼎蔵にとって松陰の去った江戸はさみしかった。蒼龍軒に行けば塾のいつもの仲間たちと談論できるのであるが、やはり何か物足らなかった。真に分かり合える友がいなくなるということは、胸の中にこれほどの空虚感を覚えるものか。

この空しさを一刻も早く埋めたいと思った。

そしてそれを埋める恰好な課題があった。松陰とともに衝撃を受けた水戸学であり、国典を学ぶことである。

攘夷のこと、外夷のことを語る前に、先ず肝心な日本の国体、つまり、国生みにはじまり、神武天皇以来連綿とつづく皇統をいただくこの国の実態をよく知ることにあった。

そして、その彼らの軍学の祖師である山鹿素行も、『中朝事実』の中ですでに述べていることでもあった。

この書の要点は、本朝（我が国）が本当の中国である、ということを言っているのである。

つまり要約すれば、

――朱子学では、権力（王朝）の交替は禅譲《ぜんじょう》（徳のある人物に位を譲ること）が正しく、簒奪《さんだつ》（武力などで位を奪うこと）は悪とされている。そこで大陸の中国の王朝の推移を見ると、すべて前王朝から簒奪した王朝である。従ってすべて覇者（＝悪）であって、その覇者が治めるあの国は中国（＝文明国）ではない。

ひるがえってわが国を見ると、万世一系の天皇家がおられる。つまり日本は簒奪が一度もない王者が古代から連綿とつづいている。だからわが国こそ真の中国（＝文明国）である――

（井沢元彦『逆説の日本史 12』）


というものである。

では、この天つ神以来連綿とつづく皇統とはどういうことなのか。水戸で会った会沢や豊田にしろ、彼らはそのことをしっかりと自分のものとして天下の事を論じていた。

しかし、鼎蔵や松陰はそのことを概念的にしか理解していなかった。

このことを真に理解するためには、本腰を入れて国典の研究に取り組む必要があった。

そして鼎蔵にとって、このことを学ぶのにこれ以上の師はいなかった。

国元の肥後にいる、国学者の林桜園有通《おうえんありみち》である。

鼎蔵はそう思い立つと、直ちに松陰のあとを追うように帰国の途に就いた。

帰国に当たって、江戸藩邸へは軍学研究のための遊学をしながらとして許可を得ていたため、あちこち立ち寄りながらの気楽な旅であった。

しかしこれも、大坂に立ち寄ったとき時事情が一変した。父春吾の訃報を知らされたのである。

鼎蔵はこれまで、それほど父の事を意識的に考えたことはない。

それは、彼が育まれた宮部家の環境にもあった。

すでに鼎蔵は、年端《としは》もいかない九歳のころから、気性の激しい祖母のラクをはじめ藩世子の傅育掛《ふいくがかり》や山鹿流軍学師範といった、熊本の二人の叔父たちの強い影響下において成長してきたのである。

父は高森家という他家から婿養子として入ってきたという遠慮なのか、そういう性格だったのか、実に目立たない凡庸な人であった。

だが、今日彼がこのように知力と体力に恵まれ、思いのまま学問を磨き、行動のできる武士《もののふ》となれたのも、何といっても家長としての父の節目節目における適切な裁量があったればこそである。

特に、自分にない鼎蔵の素質を見抜き、早くからその教育を祖母や叔父たちにゆだねた最初の決断がなければ、今日の彼はなかった。

そしてその父自身は、山中の南田代村の地から一歩も外に出ることなく、一人の村医者としての人生を淡々と終えたのである。

鼎蔵は、あらためてその父の生涯を考えると、不憫さと有難さでない交ぜになった感情が思わず胸を突き上げ、とめどもなくこぼれ落ちる涙を抑えることができなかった。

この世において、男の子が普段に意識する父親の存在感は、母親に感じるそれよりもはるかに希薄なもので、元気でさえいれば、あまり特別な思い入れはしない。

だが一旦、一族の家長である父親の死という現実に直面した途端、余程の者でない限り男は一匹のオスとしての本能が確立しだす。

いわゆる、男本来が持つ、一家・一族を不当な襲撃から護るという防衛意識であり、責任感である。その時になってはじめて、父親という存在を強く意識し懐古しだし、この時父ならどうしただろう、きっとこうしたはずだなどと、いつの間にかこの世に存在しない父に問いかけている自分に気付くのである。

大坂からすぐ船に乗ったが、風にめぐまれないため船足は遅かった。途中船が長州の丸尾の港に立ち寄ったとき、居ても立ってもおれなくなり、一旦船を捨て陸行に変えた。

九州に渡ると、そのまま急ぎに急いで南田代村の実家に帰り着いたが、すでに、迎えた手島三節、千恵の姉夫婦や、当時十三歳になっていた弟の春蔵らの手によって、簡素な弔いも済まされ喪に入っていた。

だが、宮部家の家長となった鼎蔵は、あらためて立派な葬儀を執り行い、亡き父を追善供養したのである。

熊本に帰った鼎蔵は、さっそく林桜園《はやしおうえん》の門をたたいた。嘉永五（一八五二）年夏、三十三歳のときであった。

山鹿流兵学師範として、彼が居宅を構える私塾の内坪井町から、桜園が坪井川沿いの千葉城橋ぎわに開く「原道館」塾までは、およそ一キロ足らずである。

藩校である時習館の学風になじまない点では一致した考えの持ち主であるため、お互いの存在は認め合ってはいたが、それぞれが兵学者、国学者として私塾を確立しており、これまで数回桜園の塾を鼎蔵が訪れたりしたことはあったが、それほどまでに親しい交流はなかった。

そこで鼎蔵は、彼の塾にも出入りしたりして親しかった、原道館塾門下生の斎藤求三郎を介して正式な入門手続きを行い、桜園の一門下生となった。桜園と鼎蔵との師弟関係はこの時にはじまる。

桜園は、寛政十（一七九八）年十月二十八日、熊本市山崎町の林又右衛門英通《ひでみち》の第三子として生まれた。実名は有通《ありみち》、通称を藤次といった。鼎蔵が入門した当時は男盛りの五十四歳であった。

人相は鼻や口が大きく、顎が垂れ鰐のようであった。異相である。

身辺に婦女子を近づけなかったというから、清廉潔白の見本のような生活態度であった。

彼は少年の頃、藩士の子弟の常として時習館に通っていた。十五歳のときに早くも頭角を現していたため、ある日一人の訓導が彼の学問の伸長ぶりを称えて、

「藤次は学問ができるから、さらに奮発すれば立派な役人になろう」

と励ましたところ、

「私は役人になるために学問はしません」と答えるので、変わったことを言う子だと思った訓導が、

「それでは何のために時習館に来ているのか」

とからかった。すると彼は、

「この時習館は、役人になるための学問をするところですか。それなら私はこんなところには用はありません」

と言って、さっさと退学してしまったという逸話がある。

つまり、時習館における学問は、訓詁詞章《くんこししょう》といって、いわゆる古典や詩、歌などの意味や字句の解釈だけに汲々とした授業のあり方で、桜園もやはり若い頃、すでにこの意味のない授業のあり方を見抜いてしまっていた。

その後彼は、肥後の国学者である長瀬真幸《ながせまさき》の門に入った。長瀬は、高本紫溟《しめい》の弟子の一人であり、紫溟のすすめで伊勢の本居宣長《もとおりのりなが》のもとで国学を学び、天下に知られる学者になった。

この長瀬の師である高本紫溟について、「日本談義」主幹の荒木精之氏は、『神風連実記』の中で、

——紫溟はいわば肥後国学の祖というべき人であった。

幼少から学問が好きで、阿蘇山中に隠棲し、漢籍の外に阿蘇家に伝わる古書旧記を借り受けて数年間勉強し、それによって古典を極めた人である。のち聘《へい》（招かれ）せられて時習館の訓導となり、さ

らに第三代の教授に任ぜられた。彼は熱心に藩政府に対して時習館に国学を設置するよう建白したが、ついに用いられなかった。そこで彼は放課後の学舎または自宅において志す者にのみ国学を教えたが、かくて肥後の国学はひらかれた……。——

と述べている。

桜園はその長瀬のもとで、古典と神道を学び国学の奥義を窮《きわ》めた。さらに文政十一年、三十三歳のときには、将来かならず外国との交渉が生じることを考え蘭学さえ学んだ。

一口に言って、桜園の学風は、敬神を第一とする宗教的側面の強い国学者といえるが、その学問は、儒教、仏教、老子、荘子から諸子・百家にわたり、蘭学によって世界のことを把握した博覧強記の人であった。

その彼が、次のように門人たちに述べている。

「私は決して儒を悪《あ》しく思う者ではない。本当は儒を奉ずる者である。

インドには仏教があり、ユダヤにはキリスト教があり、メジナにはマホメット教があり、ギリシャにはソクラテスがある。

ロシア人の国を治めるのはギリシャ正教である。中国にも儒など百家の学がある。

このように世界各国に道があるのであり、自分が儒を奉じながら儒のみに限らないというのは、世の人が儒の教えのみを知って、わが国にすでに道があることを知らないからである」

とし、その道こそわが国古来の神道であると説く。

彼が開いた原道館の原道とは、道の根本をたずねるという意味であろうとされる。

ここでは、わが国の古典と神道を主とした、いわゆる『古事記』・『日本書紀』・『古語拾遺《こごしゅうい》』・宣命《せんみょう》・祝詞《のりと》・令・律・『職原鈔《しょくげんしょう》』・『直毘霊《なおびのみたま》』・『増鏡』・『出雲風土記』・『万葉集』・『古今集』などを用いて講じた。そしてその学問の中心とするところは古神道にあった。

鼎蔵が『肥後勤王党』のリーダーとして確立するのは、この林桜園の門下生になって以後のことである。そのため、今少し桜園の思想なり考え方なりについて触れておかなければならない。

それは彼の思想が、鼎蔵をはじめ、松村大成・長男深蔵・次男大眞親子、永鳥三平、轟木武兵衛、河上彦斎（高田原兵衛）など、幕末における肥後勤王党の精神的支柱であっただけでなく、維新後の明治九（一八七六）年十月、熊本鎮台を襲撃した「神風連の乱」の首領格である大野鐵兵衛（太田黒伴雄《ともお》）や、加屋霽堅《はるかた》、斎藤求三郎、上野堅五らといった『敬神党』の行動に大きな影響を与えているからである。

桜園は単なる博覧強記の国学者ではなかった。国学を学問としただけでなく、これを実践に移した人であった。

彼が三十四歳のときに書いた『答書稿』の中で、

「皇国の古《いにしえ》は異邦《いほう》の法教《ほうきょう》なく、神道にて天下を治めたまふなり。其の証《あかし》は古事記、書紀に詳《つまび》らかに見え候。すなわち天地の神の命に従ひて国を治め、事を始め、何事も神の御心を問ひ奉《たてまつ》りて受《うけ》行へ道をいふ。……」

という唯神の道を説き、その神の命を請い奉るには次の三つがあるとして、一つは審神者《さには》（神の命をうけたまわる人）を以て命を請う。二つは卜事《うらない》を以て神の心を問い奉る。三つは宇気比《うけひ》（神に祈って事の成否や吉凶を占うこと）て夢訓を請うといい、その方法を『記紀』にある神事の例をひいて示し、この三つを行うことによって神の心を求め、神の命を請う受けて行った時天下はよく治まり、敵国を服し外夷を従えたと事例を示してこの道の復活をのべている。

また彼自身の日常も、毎朝早く起きて必ず神拝し、昼間は藤崎八幡宮をはじめ、山崎天神社（現熊本市中央区桜町「山崎菅原社」）、その他各所の神社を巡拝し、さらに十日の内には必ず城下郊外の新開村（現熊本市南区内田町）の伊勢大神宮及び鐙田《あぶみだ》村（現熊本市北区植木町鐙田）の杵築《きつき》宮に参詣するといった神社詣でのなかで、重大事や人智が及ばないようなことの判断の際は、先の三つの神事を行って神慮《しんりょ》を伺った。

では、桜園は攘夷のことをどう考えていたのか。ある日の門人の質問にこう答えている。

「今日攘夷を実行しようと思うなら、時期をとらえて向こうの威嚇《いかく》を恐れず、直立直行して戦端を開くがよい。兵は怒りである。全国民が本当に憤慨してこそ戦を出来るのである。

わが国は泰平がつづいて軍備はお粗末、その上兵器も向こうと比較にならない。だから戦えば負けることは必定である。

しかしながら、上下心を一つにして百敗にも挫《くじ》けず、防御の術をつくすならば、決して国土を占領されるようなことはあるものじゃない。向こうは皆本国は遠く離れているし、わが国土の地理には不案内の客兵である。どうしていつまで続くか判らぬ戦争に莫大な費用を支えることができようか。遠からずして和睦を申し出てくるのは明々白々のことである。

もし幸いにして一度向こうの戦鋒《せんぽう》をやっつけることができたら、わが国威は忽ち雷霆《らいてい》（激しい雷）のように欧州に轟くだろう、そうなれば国を開くも鎖《とざ》すもこちらの望みのままである。

向こうの威嚇や侵略をおそれて和を講ずるなどは褌《ふんどし》をしめた日本男児のすることじゃない」

さらに、外国人もまた同じ人間でいわば兄弟だという「四海皆兄弟」の古語を取り上げ、故なくこれを攘《はら》うというのは人道に背《そむ》かないかという質問に、

「四海兄弟とは平常無事の時の議論である。

たとえば平日の交際には親戚も他人も格別の隔たりはないようなものだ。だが一旦事故がおこると、自分の身内や親族と、他人とは別々の立場になるものだ。嘉永癸丑《きちゅう》いらいのこと、かの外国人はわが国の禁を破り、大胆にもわが要塞《ようさい》に乗り入れ、脅迫の談判をしかけてきた。

これはこちらの備えなきに乗じ、わが方の油断をついて不意にしかけた奇計英略《きけいえいりゃく》で、いわば策略上のことである。先方が先に策略をもってわが方を苦しめてきたのに、こっちは徳義の議論などしているのは、それこそ宋襄《そうじょう》の仁《じん》（宋の襄公が、大敵の楚と戦った時、家臣が、敵がまだ陣を構えないうちに攻撃するよう進言したが、襄公は『君子は人の困難に付け込んで苦しめてはならない』と言った。このため機を失って、逆に楚に

破られてしまったことから、無益な思いやりの事を言う）腐儒《ふじゅ》の陋見《ろうけん》（理屈ばかり言って役に立たない儒者・学者のせまい考え）というものだ。向こうが無礼の振る舞いをしたのに、こっちのみ礼儀などというべきではない。無二無三に打ち払ってしまうがよい」

との考えを持っていた。

ところで、この原道館の門を一度はたたいた人々は、単に熊本や勤王党の関係者ばかりではない。実学党の横井小楠もそうであったが、長州の大村益次郎、筑後の真木和泉守、佐賀の島義勇もそうである。松陰も嘉永六年九月の来遊時に、鼎蔵に連れられて桜園に会って教えを受けており、桜園自らが称する「千葉老人」の名は、九州はもちろん京都や江戸までも国学者としての名声は聞こえていた。

二

アメリカのペリー艦隊が江戸湾口の浦賀沖に姿を現したのは、嘉永六（一八五三）年六月三日（陽暦七月八日）のことであった。

二四五〇トン、全長七十八メートルの旗艦サスケハナ、一六九二トンのミシシッピ、八〇〇～九〇〇トンのプリマスとサラトガの計四隻の軍艦である。

サスケハナとミシシッピは両舷側に外輪のある汽帆船、あとの二隻は帆船であったが、船体はすべて黒塗りであった。

総乗組員数九百八十八人、大砲十インチ砲二門、八インチ砲十九門、三十二ポンド砲四十二門、合計六十三門を装備する堂々たる威圧感のある艦隊であった。

この艦隊が浦賀沖に錨を下ろしたのは午後五時ごろである。

すると、この動きを見ていた近郊近在の物見高い多数の見物人たちが、たちまち漁船や運搬船などで近づき遠巻きに艦隊の周りを囲んだ。

このような現象は、七年前の弘化三（一八四六）年に、アメリカ東印度艦隊司令官のビットルが、軍艦二隻をひきいて浦賀に来たときと同じであった。

このときも、錨を下ろすやいなや、たちまち四百隻の小舟が押しかけて軍艦を取り囲んでおり、友好親善をはかるために、その内の一隻コロンブス号には百名にのぼる見物人を乗船させ歓待していた。

この点、さまざまな規範に縛られている武士たちの感覚とは異なり、一般庶民の物珍しさに対する怖いもの見たさの好奇心は、今日と少しも変わることはない。

しかし、この時艦船の中を自由に歩き回っていた者たちでも、自分の国が鎖国政策をとっていることは知っている。乗組員たちの上陸に対しては激しくこれを拒んだのである。

ペリーはこの時の経緯を知っている。今度もその時と同じように、物珍しがり屋たちを乗せた小舟が周りを取り囲んだため、彼は、

- 乗船は用件のある者のみで三人だけに限る。
- 役人との接触は旗艦サスケハナだけで行う。
- 旗艦を取り囲む多数の舟はすべて退去させる。

との強い決意で臨んだ。

艦隊を取り巻く舟の間をぬって、浦賀奉行の与力中島三郎助と通詞の堀達之助二人の役人の乗った番船が、旗艦サスケハナの舷側に漕ぎ寄せた。

堀はオランダ語が話せた。これに対しペリー艦隊は同じオランダ語通訳のポートマンが船上から対応した。

ポートマンはペリーの意向として、

「この地の責任者である高官には会うが、それ以外は駄目だ」

と言って乗船を拒否したため、中島は、

「私は浦賀の副知事だ、この官職に相当する上級士官と話したい」

と要求した。

このやりとりで、二人は艦長室に通され、副官であるコンティ大尉と面会できた。ペリーとは直接会ってはいないが、彼らの会話は艦長室の隣部屋に居るペリー自身は聞いていたから、間接的ではあるがペリーとの会談であることに違いはない。

中島が来意を尋ねると、アメリカ大統領の国書を手交するために来たという。中島は国書のことより、浦賀の寄港は認められないので長崎へ回航するよう説明した。

だがコンティは頑として受け入れない。のみならず、艦隊を取り巻く舟を遠ざけることを強要するため、これは受け入れてやった。

翌四日浦賀奉行は中島に替え、与力の香山栄左衛門を艦にやって交渉させた。通詞は堀に加えて立石得十郎を伴った。

しかし結果は同じであった。

「貴国代表との会談を持つために来たが、その前にまず国書を渡してからにしたい」

と言い、さらに香山が長崎へ向かうよう諭すと、コンティは形相を変え、

「江戸に近いところで話し合いをすることが、何故不都合か分からない。どうしても長崎へ行けというのであれば、我々は今から江戸へ乗り入れる」

と、今でも摑みかからんばかりの激しさで迫り、白旗二本が入った箱を渡し、

「今度そちらから用があって来る場合は、白旗を立てて来い。そうすればこちらから鉄砲は撃たない」

などと言って恫喝《どうかつ》したのである。

肝心の幕府首脳から、ペリー来航の情報の断片も知らされていない末端の浦賀奉行役人である。これ以上の打つ手を見出せるわけがなかった。

これら一連の交渉の次第は、報告を受けた浦賀奉行の戸田伊豆守氏栄《うじひで》から逐一江戸へ急報された。

結局幕府は国書を受領するしかなかった。

ペリー来航のわずか六日後の六月九日である。

対応策はなく、とにかく江戸に近づけることだけはしたくなかった。この理由だけで決まったようなものだった。

受領場所は久里浜である。

この日久里浜はペリー以下将兵・海兵隊・軍楽隊ら三百人が上陸した。

ペリーが艦を離れる際、旗艦サスケハナから出発の合図として十三発の大砲がはなたれた。

この時日本側は、久里浜を取り囲む海岸線や、後方の山間部に数千の警備の兵を配置していたが、この腹を揺さぶるように次々に発射される轟音にどよめいた。

これが平穏な江戸湾に轟いたはじめての轟音であった。

浜には急造の応接所が設けられ、浦賀奉行所江戸在府の井戸岩見守、浦賀在勤戸田伊豆守二人の奉行のほか、与力の中島や香山、通詞の堀らの姿があった。

ものものしい雰囲気ではあったが、国書の授受式はあっけないほど簡単に終わった。

このとき日本側に渡されたのは、アメリカ大統領フィルモアより日本皇帝（将軍）宛ての手紙、そのほかペリー提督の信任状およびペリーから将軍に宛てた二通の信書も同時に渡された。

幕府側もセレモニーに必要な言葉以外は交わさず、ペリーも早々と幕府側の返事を期待したわけでもないので、言葉は発しなかった。

ついで翌十日、

「貴国の回答を、来春また江戸湾に戻る時まで待つ」

との文書を届け、その三日後の十三日には艦隊を率いて日本を去って行った。

この回答を待たずに早々と日本を離れたのは、表面上は幕府の立場を考慮したものであったが、実はペリーには彼なりの事情があったのである。

一つは、長期滞在に必要な食料の不足であり、二つには、日本への土産物を積んだ後続のバーモント号が、まだ到着していなかったことであった。

ペリー艦隊が退去した後の七月一日、老中首座阿部正弘は大統領国書を広く諸大名に回覧して意見を求める老中諮問を行い、ついで大目付、目付、三奉行、海防掛への老中達しを出した。

さらに、他の幕府役人や諸藩士、一般の者に対してまで、良策があれば遠慮なく申し出るよう告げた。

これに対する答申は、譜代・外様を問わず、大名から藩士、学者、はては吉原の遊女からの意見など、その反響は大きかった。

しかし、内容としては、断固拒絶の強硬論から軍備が整うまでの引き延ばし論、条件付き要求受け入れ論や意見なしなど、様々ではあったが決定的な名案と呼べるものはなく、やがてその内に六月二十二日には、第十二代将軍家慶の病死などもあって、幕府内も混乱の渦中にあった。

そういう中、七月十八日、今度は司令官海軍中将プチャーチンのひきいる四隻のロシア艦隊が長崎に入港し、長崎奉行に、アメリカ特使とほぼ同じ条件を幕府に要求する意思があることを告げた。

これに対し幕府は、応対に大目付格西丸留守居筒井政憲《まさのり》と勘定奉行川路聖謨《としあきら》を派遣してあたらせた。

さすがに同時期に、二つの大国を相手にすることだけは避ける方針でのぞみ、ロシアとの交渉は、幕府得意の時間稼ぎの引き延ばし策（「ぶらかし外交」）で対応したのである。

松陰が黒船来航のことを知ったのは、師の佐久間象山と同じ翌日四日のことである。これも早かった。江戸に居たからである。

彼は、嘉永五（一八五二）年二月九日、脱藩の罪で士籍を剝奪されて浪人となり、しばらくの間実家の杉家にもどって家に出入りする者たちを教授していたが、早くも翌嘉永六年正月三日には、「十カ年の間他国修行」の遊学許可の内意伺書を、父杉百合之助から藩庁へ提出してもらい、十六日許可された。ただちに旅装の準備をし、正月二十六日には萩を出発した。この時松次郎を寅次郎と改名した。二十四歳であった。

二月十三日大和五条へ入った。ここはどうしても訪ねなければならない人がいたからである。鼎蔵との東北遊歴の際、一時旅を同道した同士の江幡五郎の師森田節斎に会い、仇討を果たすであろう江幡へ永訣《えいけつ》の書を託すことと、彼の遺文《いぶん》を刊行するために添削を願うためであった。

自宅を訪ねたが留守だったため、節斎が行っているという門生の医家堤孝宅を訪ねて江幡からの紹介状を見せ、意気投合した彼らと夜遅くまで談義し合って、この日は節斎とともに堤宅に泊まっている。

次の日五条を出発した松陰は、富田林、岸和田、界、岡田、大坂などこの近畿周辺を行き来して多くの識者たちを訪ね歩いた。

その後、伊勢神宮に参拝したあと、中山道をたどって江戸に入ったのは五月二十四日のことであった。その足で親交のある斎藤新太郎に会うため、新太郎の父弥九郎が九段坂下に神道無念流の道場を開いている「練兵館」を訪ねた。

ところが、ちょうどここに在塾していた同郷の桂小五郎や松村文祥《ぶんしょう》、赤根宰輔《さいすけ》らと再会し大いに喜び合った。

そしてこの日やっと鳥山新三郎の蒼龍軒塾に旅装を解いたのである。

二十五日は、山鹿素水塾の同窓である親友の大垣藩士長原武を訪ねたあと、その足で鎌倉に向かい、伯父竹院の瑞泉寺でしばらく旅の疲れを癒やした。

六月一日に鎌倉を発った松陰は、江戸に帰り、再び西窪に住む長原武に会ったあと蒼龍軒塾へ向かった。

六月四日のこの日は、長原武や麻布の萩藩下屋敷を訪ねて外桜田の藩邸に戻ったところ、かねて蒼龍軒塾で親交のあった砲術家の道家龍助から、黒船来航の情報が伝えられたのである。


これを知った松陰の衝撃は大きかった。異国船（ロシア船）を見るために、はるばる津軽まで出かけた思いが今まさに叶おうとしている。自分の胸の高なりを抑えることが出来なかった。

居ても立ってもおられない気持ちに駆られ、すぐ佐久間象山の塾を訪ねた。だが、象山をはじめ門生たちは、早朝すでに浦賀へ発って誰もいなかった。

一旦藩邸に帰り、旅装を整え彼らの後を追うように浦賀へ向かった。すでに夜に入っていた。鉄砲洲に向かい船便を探したが、順風がないため浦賀方面への船が出ない。そこで船店で一夜船待ちをしたあと、翌朝の四時になってやっと出発できた。

しかし船は出たものの、品川沖で風を待つのに六時間も停泊したままのため、気のあせる松陰はとうとう船を降り、品川から川崎、神奈川を経て金沢の野島からふたたび船に乗って大津に着いた。ここからさらに陸路をたどって浦賀に着いたのは五日の午後十時ごろであった。

まるで彼の気の高まりが、そのまま旅程行動となって現れるほどの切羽詰まりようであった。

その夜は、見物客ですし詰め状態の旅宿に泊まったが、客の誰彼となくむさぼるように情報を聞き取り、議論し合い、高まる興奮の中でまんじりともせずに夜を明かした。

六日には早朝に宿を出て、黒船を見るために加茂井（鴨居港）に行った。

書物で見、人から聞いてはいたものの、陸から数キロ離れた沖合に浮かぶ四隻の黒船を、はじめて目の当りにして、松陰はあらためて強い衝撃を受けた。そして内心軍備の優劣をはっきりと見て取った。

「孰《いず》れ交兵《こうへい》（戦）に及ぶべきか。併《しか》し船も砲も敵せず、勝算甚《はなは》だ少なく候」

兵学者の松陰が記した日記からも、この時の感想は正直なものであった。

六月九日の久里浜における国書の授受式を、松陰は大勢の見物人に交じって見ていた。

江戸に帰って書いた、十六日付の鼎蔵に宛てた手紙では、

「夷の国書受け取りの次第を細かに見ておりました。このありさまを見て誰が泣かないものがおりましょうか。かのアメリカはついに最近できた品のないいやしい国にすぎません。ああ。そのような国に、歴史ある堂々たるわが国が屈したのです。

彼らもまた春来るということですが、その間に来るならいつ来ても、その時こそはそれは日本刀の切れ味を見せてやろうと思っています。

今度の事で、列藩の士や私のような浪士の中で、打払いに決する者は十人に七、八人もいたのに、ああ、なんと惜しいことをしたものでしょうか」（『吉田松陰全書』一部読み替え筆者）

と、その時のくやしい思いを伝えている。

四隻の脅しとも見える黒船を背景に、数千の日本の警備兵や見物人に取り囲まれながら、粛々と思い通りに事を運ぶペリーたちに比べ、茫然《ぼうぜん》としてなす術のない日本側の姿は哀れで、松陰は頬に伝う涙を拭おうともせずに立ち続けていた。

国書を手渡し終わった四隻の黒船は、その日の夕方江戸城下を窺うように本牧沖に移動したため、松陰もそのあとを追うように浦賀を離れ、翌十日の正午には桜田藩邸へ帰り着いた。

その後十三日まで、黒船は江戸市民の見守る中、砲音を轟かせながら、江戸湾内を悠々と遊弋《ゆうよく》して立ち去って行った。

この時から松陰は、これまで以上に西洋兵学への関心を強く持つようになる。

黒船を自分の目で確かめたことによって、知らないことを徹底して究めようとする彼独自の異常なまでの探

求心が、もくもくと頭をもたげだしたのであった。

三

松陰が佐久間象山にはじめて触れたのは、二年前の嘉永四年五月二十四日である。先に記したとおり、高名な蘭学者・西洋学兵者としての認識でしかなく、山鹿素水に入門したついでの足で、ひと目会っておこうとの軽い気持ちで挨拶に行った程度であった。

そのうちに、蘭学にも興味を持ち始めたため、その二カ月後の七月二十日に正式に佐久間塾に入門した。二度目の江戸遊学である嘉永六年のこの時は、浪人の身であるため、郷里への連絡や同郷人たちと会うため、桜田門や麻布の下屋敷などへの出入りはあったが、桶町河岸の蒼龍軒塾を宿所としていた。木挽町の佐久間塾へはここから通った。

松陰が本格的に西洋兵学を学ぼうと思ったのは、眼前にペリー艦隊の高い軍備力を見せつけられたためであった。

つまり、彼らの持つ優れた軍備力に対して海防をどうするのかが、兵学者として究明しなければならない最重要課題であった。

そのためには蘭学を学ぶしかないのであるが、だが、これを語学の一歩から始めるとなると、あまりにも時間が足らなかった。

さらに兵学書を学ぶにしても、語学力がないため翻訳書に頼らねばならず、例えばその翻訳書の大砲鋳造一つをとってみても、砲の構造上、はたしてその度量や尺度などが一ミリの狂いもないほどの翻訳であればよいが、実際には間違いだらけであった。その通り鋳造すれば、失敗して破裂さえしでかしかねないのである。

彼の学習には、絶えずこのようなジレンマがつきまとっていた。

それでも、松陰の佐久間塾における西洋兵学への熱は、冷めるどころかますます高まるばかりであった。

そして、ここで勉学に打ち込んでいた松陰は、西洋兵学に対して、

「わが国の兵力ではたとえ陸戦になっても、砲術戦になれば、西洋の大砲銃陣法の前ではひとたまりもないだろう」

などと、西洋兵学の圧倒的優勢を認めざるを得なくなっていた。

しかしだからといって、彼の考えは幕府首脳と同じような、アメリカの要求を受け入れるしかないという思考には走らない。

「此の節当地にて甚《はなは》だ痛心仕《つかまつ》り候事は、幕府の腰抜武士が頻《しき》りに和議を唱へ候事、誠に一砲丸をも発せざる前にかかる事申出るは彼の弱宋《じゃくそう》の小人原《しょうじんばら》にも劣りたる見識にて云々」

「小生杯は来春は及ばずながら一命を抛《なげう》ちて国家従来の厚恩に報ゆべしと勇みおり申し候」

などと書いた手紙を、臆面もなく九月五日付幕府与力の坂本鼎斎《ていさい》（鉉之助《げんのすけ》）宛てに出しているように、感じることと思うこととは正反対の主戦論者であった。

この激しさは、自分が浪人の身であることさえ気にしないほどの没頭のしようで、ついには、藩政府への建白書として筆を走らせ、『将及私言』、『急務条議』、『海戦策』、『急務策一則』、『急務則一則』など次々に著していった。

浪人の身ではあったが、かつて松陰が藩主慶親（敬親）から、たぐいまれな彼の才能を愛され、目をかけられていたことを知っている江戸藩邸の八木甚兵衛の計らいによって、この内、『将及私言』と『海戦策』は、匿名という形で藩主の許へ差し出された。

だがこれがかえっていけなかった。この建白書は、藩主も知るが当然重役たちも知る。

これが江戸藩邸内に物議をかもしだした。

しかし当の本人は一向に気にする様子もなく、これに輪をかけたように、盛んに邸内にあって、「総じて邸中の人一人として憂憤《ゆうふん》の人なし、嘆《たん》ずべし、嘆ずべし」

などと言って回るため、ついには藩邸への出入りを禁止されるはめになってしまったのである。

松陰が藩邸出入り禁止の原因ともなった『将及私言』であるが、一言で言えば、

「天朝を国家体制の頂点に置き、幕府が諸藩をひきいてこれを支え国土防衛に当たる」

という構想であった。

その中の「大義」の条目では、「詩経」の一節の「普天の下、王土に非ざるはなく、率土の浜、王臣に非ざるなし」を挙げて、

「江戸は幕府の御膝元だから徳川家と譜代大名が守ればよく、他の藩はそれぞれ自分たちの国を守ればよいといった論がありますが、これでは各大名が幕府を尊重しないばかりでなく、天下の大義をふまえないもってのほかの議論であります。また、日本の天下は天朝の天下であって、天下の天下であり、決して幕府の私有などではないのであります。……」

と述べている。

つまり、日本の国土はすべて「王土」であって幕府の私有ではない。だから、幕府・諸藩・すべての臣民は「王臣」である。そして王臣としてその国土防衛の責任をはたすことが大事であると主張した。

この考え方は、水戸藩の会沢正志斎が著した『新論』をもとにしており、水戸の尊王攘夷論に強い影響を受けていた。

また一方で、西洋流の砲術・艦船の優越性は明らかであるので、積極的に導入すべしとも述べている。

松陰にあっては、ペリーのように高圧的な強引なやり方で、こちらの名誉を傷つけるような外国の干渉は断固拒否するが、反面、名誉を損なわれないような国にするためには、優れた西洋の兵学や兵器を学んで国力を充実しなければならないという考え方であった。

つまりこの時期の松陰の考えは、基本的には尊王攘夷であって、そのうえでの鎖国と開国になんの矛盾もないのである。

この松陰の開国理論、いわゆる西洋兵学の積極導入の考え方は、ペリー艦隊を目の当たりにし、佐久間象山の開明的考え方に強く影響を受けたためであった。

このような具申内容を知った藩邸の重役らにあっては、目と鼻の先の江戸城内幕府政庁に対し、あまりにも大それた考えを持つ危険な松陰の出入りを恐れたのはもっともなことであった。


ペリー艦隊退去のおよそ一カ月後、嘉永六（一八五三）年七月十八日、旗艦パルラダ号はじめ四隻の艦隊をひきいたロシアのプチャーチンが長崎に来航した。

この情報は十日後に江戸に届いたが、佐久間象山は、かねてから親交のあった勘定奉行の川路聖謨を通じてこのことを知らされた。

川路は、交渉役として長崎へ派遣されることが決まっていた。

以前から、西洋兵学を講じる象山としては、優秀な人材を外国へ派遣して、造船や航海を実地に学ばせるよう度々幕府に建言していたが受け入れられなかった。

象山は言う、

「方今《ほうこん》の形勢苟《いやしく》も男子たるもの海外に遊び其《その》工芸を学習し其知識を弘めざるべからず、且《かつ》邦人屡々《しばしば》海外に出づる時は、只《それだけ》に其事情に通暁《つうぎょう》するのみならず併せて操舟の術にも熟すべし、是れ一挙にして両得あるなり、他日緩急事あるに及び必ず之を資用する所あるべし」（福本義亮『吉田松陰之殉国教育』）

それでも彼の頭からは、門下生のだれかを海外へ学ばせたいという欲求は消えなかった。

そして、このプチャーチンの来航を機に、誰かを密航させて海外へ出し、漂流民の名で帰国すれば国禁を犯したことにならないのではないか、彼はそう考えた。

これは、土佐の漂流民であったジョン万次郎が、ペリー来航の際幕府の通訳官に任じられていたことがヒントになっていた。

万次郎は、土佐の中之浜村の漁師であった。

天保十二（一八四一）年十四歳のころ、沖で漁船が難破し、漂流ののち無人島の鳥島に漂着した。しばらくの耐乏生活ののち、立ち寄ったアメリカの捕鯨船に救助されて九死に一生を得てアメリカに渡り、十年後の嘉永四（一八五一）年に日本に戻りついた。

翌五年には土佐藩に、六年には幕府に召し出されたりしてアメリカのさまざまな事情を聴取され、やがて中浜の姓をいただき、その後は幕府通訳方にまでなっていた。

鎖国政策の厳しい中、海外渡航は言うに及ばず、事故による漂流でも帰国は許されない時代である。だが、この万次郎に対する幕府の扱いは、裏返していえば、次々にわが国に迫り来る外患に、幕府がいかに苦慮していたかの所作でもあった。

象山が門下生を密航させたがったもう一つの理由は、幕府政策の変化である。

幕府はこれまで諸藩に対する海外貿易を禁じていたため、わが国沿岸だけの航行機能しかない一枚帆の千石船の廻船が最大の船であった。だが、これでも平底のため荒波には弱い。それを、制限つきではあるが、竜骨を有する船底の深い外洋船の導入に切り替えることを考え始めたのである。

大型船の解禁である。老中の阿部正弘がこのことを決意したのは、ペリーが去ったあとの六月十九日であったといわれている。そして、実際に解禁に対する老中諮問がはかられたのは、約二カ月後の八月二十六日、解禁決定が九月十五日であった。

具体的には、手っ取り早い方法としてオランダからの蒸気船購入であった。

象山は、阿部が動き出した最初の段階から、この幕府首脳の動きをつかんでいたのである。

これらの政治風潮の変化がある今の時期こそ、決行すべきときではないか。

すでに彼の気持ちの中では、一人の人物を決めていた。吉田寅次郎、この冒険はあの男にしかないし、また彼ならかならずやり遂げる、そう心に決めていた。

自藩の松代藩のみならず諸藩へも招かれるなど多忙を極めていた彼が、ある日思い立ったように塾に来て松陰と顔を合わせた。

そして言った。

「どうかね吉田君、海外へ出て奴らの優れた技術を実地に学ぼうと思ったことはないかね？」

とうに松陰の心を見透かしての言葉だった。

松陰も強く思っていたことではあったが、何せ国禁を犯すことである。

しかしそれでも、異国へ渡って本物の技術を学びたい欲望は抑えきれないほどのものになっていた。

まさに、誰かが軽くちょっと彼の背中を押すだけで走り出してしまう、そんな飽和状態を、一気に解放してくれるような師の誘いの言葉だった。

師のお考えも同じだ！

それが分かった瞬間、すでに松陰は行動する己の姿を思い浮かべていた。

「お許しくださいますか」

それが彼の師に対する返答だった。

師弟は多くを語る必要はなかった。あとは、長崎に入港しているプチャーチンの艦船に、何がしかの旅費を手渡して、役人に知れないよう密かに船に乗り込む手立てを話し合うだけであった。

その後、松陰が寄宿している鍛冶屋外桶町の蒼龍軒塾で、首謀者の象山を中心に、同塾長の鳥山新三郎、桂小五郎、肥後藩士の永鳥三平による密議によって、ロシア艦隊を利用した密航計画が練られていった。

松陰がこの実行のため江戸を発ったのは、嘉永六（一八五三）年九月十三日の早朝だった。見送りは密議に加わった四人だけだった。

再会

一

嘉永六（一八五三）年、鼎蔵三十四歳のこの年は、肥後にいる彼にとってもまた忙《せわ》しい年になった。

鼎蔵は松陰と別れて熊本に帰郷後、兵学師範として内坪井町の自宅の塾で門人たちに教授するかたわら、千葉城高屋敷にある林桜園の原道館に通って古典の研究に没頭していた。

彼の塾は、出府して宗家の山鹿素水に学んだり、江戸遊学の折に行った相房や東北遊歴の経験を駆使した講義を行うため、体験に裏打ちされた実証的話術もあって評判を呼び、以前にも増して盛況をきわめていた。

そして、この年十四歳になっていた弟の増正（春蔵）も、家に引き取って兵学を習わせはじめていた。

二月、内坪井の彼の家で祖母のラクが身罷《みまか》った。八十一歳であった。

このときの病床にある祖母への彼の介護は、すでに述べたように並の対応ではなかった。

彼の祖父母や両親に対する孝心の深さは尋常なものではない。忠孝を美徳とする当時にあっても、普通の者が成し得ないほどの施し方であった。そのため、これまで二回も藩公から賞を賜っていた。

今回の祖母の死後も、御目付横目が彼の孝養を調査した四月十五日付聞書きにもそのことが詳細に明記され、さらに孝心厚い篤実の士として三回目の賞を賜ったのである。

鼎蔵には、桜園の原道館への出入りを通じて、太田黒伴雄（大野鐵兵衛）、上野堅五、松田重助、魚住源次兵衛、住江甚兵衛、轟木武兵衛、松村大成、永鳥三平兄弟、河上彦斎（高田源兵衛）など勤王の志ある多くの仲間ができていった。

このうち、玉名郡安楽村《あんらくむら》（現玉名市梅林《うめばやし》）で代々医を業としている松村大成とは、医師という鼎蔵の実家の家業と同種ということもあって、特に気心の知れる仲であった。

そういう関係もあって、大成の弟永鳥三平の江戸遊学の際、彼を鳥山新三郎の蒼龍軒塾に紹介したのも鼎蔵である。

松村家は、大成の父安貞《やすさだ》の時からの憂国の士であり、その一方でかなりの財を成していた。その安貞はかねてから息子たちに、

「この富は子孫の安逸《あんいつ》を守るためのものではない。もし国のために尽くすような時が来れば、そのために財産を失ってもかまわない」

との家憲を残したほどの人であった。

松村や永鳥兄弟は、この父の教えを守って勤王の志は厚く、古典や漢籍に通じて武技を練り、兄の大成は私塾を開いて多くの門人たちに孫呉（孫子・呉子）の兵法などを講じていた。

彼の性格は、行いは潔白、何事も正直でよく人々を愛した。弟の永鳥は剣槍《けんそう》に優れ、事象に対する大きな構想を抱き、機略にも優れていた。

この年十月十九日夕刻、突然松陰が内坪井の鼎蔵の家を訪れた。

長崎に来航しているロシア艦隊を見に行く途中だという。二人は昨年の初夏、刑罰を受ける松陰を江戸で送って以来の再会であった。

お互い、久しぶりに無事な邂逅を喜び合った。

鼎蔵は、松陰が藩籍をはく奪され一介の浪人になったことを慰めたが、当の本人は実にあっけらかんとした様子でこう言った、

「お気持ちは有り難く思いますが、なにやかやと拘束を受けることもなくなりましたので、思い通りの行動がとれ、今の身分の方がかえって好都合です」

どう食って行くかということより、己の精神の在りどころに重心を置く、松陰ならではの独特の思考である。彼を知る鼎蔵は、それ以上この話題には触れなかった。

それからは、鼎蔵が最も知りたいペリー来航のことに話は移った。

鼎蔵には、松陰が見たこの時のごく簡単な様子や思いは先に手紙で知らせてある。だが、ペリー艦隊の威容や、砲・銃といった兵器などの細部にわたる装備、そしてその事細かな彼我の差などについては知らせてないため、松陰はこれらのことを図に示しながら詳しく説明した。

そして、松陰が感じた西洋の兵備に対しては、到底わが国の及ぶところではないとの素直な感想を述べたとき、これまで黙ってうなずきながら聞いていた鼎蔵が、静かではあったが突然唸るような声で言った。

「君は臆病ものだ。せっかく夷荻《いてき》を目の前にしてなぜ斬らなかった！」

松陰は、話に熱中すると相手がどう考えているかなどといった斟酌《しんしゃく》なしに話を進める癖があった。この時など、なおさら心を許した友を前にしてのことであった矢先の鼎蔵の言葉であったため、思わず面喰い、

「いや、あの時は警備も厳しく、私も遠くから様子を見ていたためそれが叶いませんでした」

と、取り繕ったような応え方をした。

だが、直ぐ我に返り、

「では、長崎に来ているロシアも斬れと言われるか」

と、あらためて問いただすと、

「もとより斬らなければならない、それこそ今度はペリーの時とは違って警備も手薄であるから好都合ではないか」

これにはさすがに松陰も弱った。

松陰もペリーの艦隊を目にするまでは鼎蔵とまったく同じ思いであった。

だが、実物を目にしてからの彼の考え方は、時間の経過とともに少しずつ変わっている。

決して西洋を恐れたわけではない。彼らにあの強力な兵備力がある以上、今の日本の国力でこれを打ち払うなど不可能なことである。

それより、相手の兵学を学び取り、それ以上の力を養ってこそ可能となる。戦というものは、勝たなければ、負けた方は委縮《いしゅく》と悲惨さの感情が絶えず付きまとうだけである。

この決して変節ではない考え方の変化を、鼎蔵にどう説明すれば納得してくれるのか、さすがの松陰も手詰まりになった。

目の前の鼎蔵の頭を支配しているのは、実態を見ていない想念だけの世界の夷荻である。

ここではじめて松陰は、鼎蔵に長崎行きの本当の目的を明かした。

この件については、鼎蔵の家を訪れたとき初めに口にすべきことであったが、彼の純粋な勤王の志と、攘夷への激しい思いを知っている松陰は、回りくどい現状認識から話題を展開するしかなかったのである。

「この度の長崎行きは、ただ異国船の様子を見に行くのではなく、あわよくば来航しているロシア船を利用して密出国し、西洋の兵学を学んだのち帰国して、装備、兵術ともに異国とわたりあえるだけの実力を養う」のだと、やっと本題に触れたのである。

これを聞いた鼎蔵はさすがに驚きを隠せなかった。

「密航」、このことが幕府に知れれば、どんな裁きが松陰の身に降りかかるか分からない。すでに彼は、藩の法度に触れた浪人の身である。この上さらに罪を重ねれば、悪くすれば死罪さえ免れないことになる。

まだ松陰の考え方に納得のいかない鼎蔵ではあったが、そこまでの覚悟を持って行動を起こそうとしている友に、それ以上の批判は出来なかった。

成功の可否は別にしても、その壮挙のために長崎へ行こうとしている松陰が、肥後に立ち寄って密かに打ち明けてくれたのである。

だが肥後には、密航の事は別として、松陰と同じような考えを持つ人物がいることを鼎蔵は知っている。

基本的には尊王の志はあるものの、必ずしも攘夷一辺倒とはいえず、どちらかといえば開明的な考えを持つ横井小楠であった。

その日二人は夜遅くまで語り合い、松陰は取っていた宿に帰って行った。

翌二十日、鼎蔵は松陰の宿を訪れ、連れ立って相撲町（現安政町）に私塾を開いている横井小楠を訪ねた。松陰は小楠とはこの時が初対面であるが、すでに開明的な小楠のことは肥後実学党の盟主として、師である同じ開国論者の佐久間象山とならんで、有志たちの間で名の知れ渡った人物であることは知っていた。その小楠とはどうしても会って意見を聞きたかったのである。

一方小楠の方も、長州で異才を放つ松陰のことは十分知っており、嘉永四年に彼が福井藩を訪れた帰路、松陰に会うため萩に立ち寄ったものの、松陰が江戸に出ていて留守のため会いそびれたままになっていた。

その時小楠は、松陰と面識のある鼎蔵の紹介状を携えており、同じ年に鼎蔵が江戸遊学した際は、小楠が水戸の藤田東湖への紹介状を鼎蔵に託すなど、鼎蔵と小楠はお互い異郷へ学ぶ同志の事を思いやる仲にあった。

江戸出府中の松陰が水戸で会沢や豊田らに会ったとき、たまたま彼らとの交流を通じて、小楠から東湖へ贈られた彼の『学校問答書』を読む機会に恵まれた。

噂は耳にしていたものの、松陰はこれを見てはじめて小楠という男が、いかに先見の明のある優れた人物であるかを知ったのである。

この『学校問答書』というのは、肥後熊本藩士の横井小楠の名声を聞き、自藩に藩校をつくって小楠を教師として招こうと考え、このとき、「学校はどうあるべきか」と問いかけたのに対して答えたものである。

その中で述べたことを要約すれば、

「明君といわれる方は必ず学校を興している。しかし、そのような学校からすぐれた人間は出たことはない。また、その学校教育によって、風俗がよくなったとか、道徳が高まったという話は聞いたことがない。それは、その学校では教師が字句の解釈や文字の書き方、暗記などの指導に主眼をおき、肝心なことを教えないからである。つまり明君が学校教育に求めるものが、所詮〝藩の政治に役立つ人間〟、〝主君に役立つ人間〟の教育に力を入れているからで、いわば、政治に利用しようという、〝私〟に基づく教育であるから、人材を損なうやり方である。本当の教育は一人ひとりの人間の心の充足のためにおこなうものである」

　といっている。

　松陰の場合、松下村塾に入門した塾生に諭したのは、

「時下、わが国は大変な国難に襲われている。この国難に対して役立つ学問でなければ、なにをどう学んでも無駄である。

　ここで学ぶには、先ず志を立て、そしてそれを成し遂げるにはどうすればよいかという、立志と実践が伴わなければならない」

　といっている。

　松陰にとっての教育は、国難という時の社会情勢、いわば政治的かかわりのあることを関心事としているのに対し、小楠の場合は、非政治的な心の充実に重点を置くという微妙な食い違いはあるものの、一致していることは、学校教育においての字句の解釈や文章の書き方などといった、それほど大事でもないことに力点を置く藩校教育への批判と、藩という小さな世界だけに役立つだけの教育を批判していることである。

　この考え方は、鼎蔵もまったく同じなだけに、時折口をはさんだりはしたが、肥後熊本藩を代表する学殖豊かな論客であり、また学問の先輩として重きをなす小楠と、長州を代表する天才児とのお互いの有意義な対話を、心地よい気持ちで聞きとめていた。

　この時の熊本での松陰と小楠の談話は、松陰が実際に体験したペリー艦隊の威容と装備に関する会話ではじまり、優れた装備をいかに取り入れて我が物にするか、そして当然、彼の密航に関する話題から派生する、その覚悟の潔《いさぎよ》さと、具体的危険性などにも及んだのである。

この夜、松陰ははじめて鼎蔵の家に泊まった。

こうして鼎蔵と松陰、そして小楠の三人が対談し合ったのは、この日と、一日空けた翌々日の二十二、二十三日の三日に及んだ。

松陰は二十五日まで熊本に滞在して長崎へ向かったが、二十七日長崎に到着したものの、プチャーチンのロシア艦隊は、すでに四日前の二十三日に出航してしまったことを知り失意のうちに再び熊本に引き返した。十一月五日、意気揚々と出発した松陰の姿と変わって、うちしおれた様子で熊本に現れた松陰に鼎蔵はなぐさめる言葉もなかった。

松陰が十一月七日に熊本を離れる間、この地で彼が会った人々は、上は藩家老から、実学党や勤王党の別なく多岐にわたっていた。

熊本を離れる前日の六日に、鼎蔵と一緒に訪れた家老の有吉市郎兵衛のほかは、彼の来熊を知って坪井の宿に集まってきた人々である。

たとえば、十月二十一日には、熊本藩士の荻昌国、矢島源助、荘村助右衛門、国友半右衛門、今村乙五郎、丸山運介、佐々淳二郎（高原淳二郎）、湯地丈右衛門、二十二日、村上鹿之助、沢村儀右衛門、神足十郎助、村上作之允《じょう》、原田作介、二十三〜二十五日、横井久右衛門、吉村嘉膳太《かぜんた》、木村彦四郎、広田久右衛門、岩佐善左衛門、森崎平介、野口直之允、池部弥一郎、松田重助、江口純三郎、板熊四郎、田中大阿、荒木権之助など、その他、阿蘇高森町土着の熊本藩士加来伝右衛門、桐原作右衛門、伴九左衛門らにも会っている。

面白いことに、これらの人々の多くは皆、松陰の密航計画のことを漏れ聞かされて知っていた。

そして、その時彼らは、ただその壮挙を愛《め》で、失意をなぐさめる、主役である松陰の挙措に酔う観客の役割にすぎなかった。

だがこの観客たちは、ただの観客に終わらなかった。後にこれらの中から、維新という回天の事業へ向け、個々がそれぞれの信念に基づく大きな働きを成す人々が輩出されていったのである。

七日、松陰の熊本出立には、鼎蔵・春蔵兄弟をはじめ、竹崎律二郎、矢島源助、江口純三郎、丸山運介、広田久右衛門、野口直之允らが城下はずれまで見送ったほか、矢島源助だけ山鹿まで同行して一泊し、翌朝豊前街道を萩へと向かう松陰を見送った。

松陰にとっての肥後藩は、水戸藩と並んで、尊王攘夷の具現可能な人材のそろった十分期待できる藩として認識された。

熊本で多くの人々に触れた座では、彼の遠慮のない過激な発言に酒の酔いも手伝い、燃えやすい肥後人の血を刺激して、幕府への批判が相次ぎ、いわゆる悲憤慷慨《ひふんこうがい》のるつぼと化していた。

彼が書いた『熊本の諸友に示す』と題する詩でも、

「酒を使い剣を好み動もすれば怒嗔《どしん》（怒る）す、豪談雄弁、天真を見る」と詠い、

「吾熊府《ゆうふ》に来りて多士に接す、熊府の多士素《もと》より温淳、吾が鯨呑《げいどん》（人を呑むような）剣舞浩歌《こうか》（大きな声で歌う）を発するを聞き、臂《ひじ》を掲げて叱咤し気始めて振う。苟《いやしく》も此の気をして天地に塞《ふさ》がらしめば、古道何ぞ荊榛《けいしん》（いばら）を憂へん」

などと述べるほど、彼の意中をよく解する肥後人の存在に満足していた。

この長崎への行きと帰りに立ち寄った熊本で読み取った感触は、また彼に長州と肥後熊本藩との同盟構想を生むまでに至らせるのである。

だが、この松陰の構想は、肥後の実態を知らないがゆえの彼だけの思い込みであった。

肥後細川藩は、中、下層階級の藩士らの考え方がどのようなものであろうと、藩主をはじめ上層階級にあるものが、決してそれらに左右されないがっちりとした仕組みで出来上がっていた。

中国の覇者であった松陰の毛利氏は、関ヶ原で敗れて以来、百十二万石から長門、周防の二カ国に押し込められて三十七万石に減封され、「何時かは」という藩主以下秘めた怨念をどこかに内蔵する藩である。

一方肥後細川藩は、関ヶ原では徳川方につき、勝利して豊前小倉三十九万九千石を拝領後、さらに忠利時代肥後熊本五十四万石に加増転封した藩である。

戦国以来、織田、豊臣、徳川と移る権力交替の渦中にあって、今日まで生き残り続けた数少ない大名であった。

時勢を読み、次の権力者の選択を誤らず、これに取り入り逆らわない。家というものを存続させるにこれほど綿密に頭脳を駆使した大名家はいまい。

しかし、日本国という国内だけの関わり合いの中ではそれが可能であっても、外夷問題が次々と押し寄せ、当の幕府自体が翻弄されだした未曾有の時代に入っているのである。

今日《こんにち》までの処し方はそれでよかったものが、これまでとは到底対処の仕方が違う事態に至っていることを、藩主も藩庁首脳部も見抜けず、またその努力をした形跡も窺えない。

だが、この現実の事態をいち早く見抜いていたのは、小楠や鼎蔵など下級の藩士たちであった。だが、藩の頭はビクとも動かない。

例えば、この嘉永六年のペリー来航の際、藩首脳部の動きはにぶかった。藩の主流派は当然学校党が支配している。

幕府からの諮問に対しても、お家大事の思想から一歩も出られず、穏便説の答申書をまとめて江戸へ発送し、在府中の藩主斉護《なりもり》にも異論はなくそのまま幕府へ提出された。

この時の小楠の意見は、八月十五日に藤田東湖へ宛てた手紙の中で、

「江戸を必死の戦場と定め、夷賊《いぞく》を蜜粉《せいふん》（粉々に砕く）に致し、我が神州の正気を天地の間に明かに示さずんばあるべからず、是れ今日大に馮河《ひょうが》（無謀な行動）を用候の機会、誰か疑を容れべけんや」

と、ペリーに対して戦う気概をはっきりと示しているが、当然このような意見は完全に無視された。

以前家老職にいた長岡監物（米田是容《これかた》）を擁する小楠ら実学党にあってもこうである。

まして、住江甚兵衛の三百石、魚住源次兵衛の三百石は別として、取るに足らない知行高か扶持米取りなど中、下級藩士らで成り立つ鼎蔵ら勤王党の意見などは、取り沙汰されることさえなかった。

ちなみに、肥後細川家の家老職は世襲制で、主に松井家を筆頭に、米田《こめだ》、有吉の三家が務めていたが、このうち松井家と米田家には因縁めいた確執があった。

話はこの嘉永六年より三十五年前の文政元（一八一八）年にさかのぼる。

この年筆頭家老である松井家の家格にかかるやっかいな事件が起こった。この処理に当たったのは米田是容《これかた》の父米田是睦《これむつ》であったが、この解決策が松井家の面子をつぶされかねないような処分の仕方であったため、これを不服に思っていた松井家が藩主に働きかけ、文政三年松井家有利にひっくり返された。是睦はこの責任をとって家老職を辞してしまう。

その後天保三（一八三二）年に、是睦の跡をついだ是容が二十歳の若さで世襲家老の職に就任した年に、松井の方は養子の松井式部を、父親在職のまま正規の家老職に就任させ、父子とも家老になってしまった。

天保五年に是容が文武芸倡方《ぶんぶげいしょうかた》（藩校時習館を監督する文部大臣）を命ぜられたとき、式部も同じ任命を受けるなど、あくの強い対抗意識に彩られる動きがつづいた。

ところが、一時的ではあるが、この対抗関係に決着のつくときがやってくる。天保七年、是容が江戸在府からもどり、ふたたび文武芸倡方に就任した際、藩主斉護に提出した時習館改革構想が支持され、松井式部が解任されたのである。

この時以後、米田是容（長岡監物）を中心とした横井小楠ら実学党派の伸長が目立ってくる。

だが、いいことばかりは長続きしないもので、弘化元（一八四四）年、長岡監物や小楠ら実学党が尊敬し懇意にしていた水戸の徳川斉昭をはじめ、藤田東湖、会沢正志斎らが幕府から処罰を受ける事件が起こった。

実学党派の動きに対抗する学校党派の筆頭家老松井山城、佐渡父子は、この事件を機に、水戸派と同類であるとして実学党派の追い落としをはかる。幕府の方針に従わなければ取り返しのつかない事態を招くと藩主を説得し、とうとう長岡監物を家老辞職に追い込んだのである。

以後実学党派は影を落とし、藩政に影響を与える場もなくなっていたのである。

ところが、このような藩首脳部の変遷の中に起こったのがペリーの来航であった。

この時を期したように、小楠ら実学党派の動きがふたたび活発になった。

まず長岡監物が藩庁に対し、家老の復職を願い出た。しかし藩庁はこれを拒絶し、監物からそのような申し出がなされたということだけ、藩主に伝えるよう江戸へ連絡を出しただけであった。

国許の藩庁から拒絶された監物は、八月十四日付で、今度は直接江戸にいる藩主に意見書を提出した。

要点は、ペリーの無礼を許さず、一戦を交える覚悟で彼の罪を糺《ただ》し、決して穏便説の答申をしてはならない。藩主は水戸藩の斉昭の正論をよく聞き、斉昭の出す方針で動いてほしい、というものであった。

この時期、難局に直面していた老中阿部正弘は、攘夷論の本家である水戸の徳川斉昭を幕政参与に起用していた。

諸大名の中で、この斉昭と同じ考えを持ち、かつ親交のあった大名は、同じ親藩である尾張藩主徳川慶恕《よしくみ》(慶勝)や越前藩主松平慶永《よしなが》(春嶽)、外様の薩摩藩世子島津斉彬《なりあきら》、宇和島藩主伊達宗城《むねなり》らであった。

小楠らはこのような情勢をよく知っていた。

松陰は、ペリー来航以来、肥後藩がこのように上下まとまりのない意見の錯綜《さくそう》した動きにあった十月十九日、熊本入りしたのである。

そして、鼎蔵や小楠ら、勤王党、実学党を問わず、多くの肥後人と語り合い、ご禁制の密航を実行しようとしている彼の行動力を通して、議論に拘泥《こうでい》している場合ではなく、肥後人に「行動」を起こすという刺激を与えたのであった。

二

そうした中、十一月十四日幕府から突如肥後藩に相模海岸の警備が命じられた。

これまでこの海岸警備は、譜代、家門だけで警備を行っていた。

相模海岸は彦根と川越、房総海岸は会津と忍の四藩である。それを、相模を肥後と長州、房総を柳河と備前に担当させるというのである。

事なかれ主義で押し通そうとしていた肥後江戸藩邸の重役たちは、この命令にわが耳を疑った。

だが幕命である。ただちに十一月十八日付で、藩主斉護は長岡監物を海岸警備の総帥とする召致勧告の直書を監物宛てに発したのである。この書簡は十一月二十九日に熊本に届き、喜んだ監物は、十二月十一日、三百の兵を率いて熊本を出発した。

時勢の読める小楠が、水戸や越前などに働きかけをしたことが功を奏したことは確かで、自藩を動かすのに、他藩から揺さぶりをかけなければならない頑迷な肥後藩の体質は、物事の見える藩士なら、誰もがさみしい思いのすることであった。

松陰が熊本から萩城下へ帰着したのは十一月十三日である。

この同じ日、鼎蔵も門人の野口直之允を伴って熊本を出発し再東上の途に就いた。

その出発に際し、師の林桜園は、原道館で江戸に向かう鼎蔵らの送別会を開いてやった。

上野堅五、斎藤求三郎など多くの門人らが出席する中桜園は、

「諸君、これより天下は多事になりまするぞ」

と、今後の心構えを諭して気を引き締め、追って自分たちも東上する決意を明かし、鼎蔵らの壮途を勇気づけた。

鼎蔵らの東上は、松陰が熊本滞在中に二人の間でなされた約束であり、途中萩に立ち寄って一緒に江戸へ向かうことにしていたのである。

萩に帰った松陰は、ふたたび東上の旅支度を整えるかたわら、長肥の連携を模索する作業も活発であった。先ず、熊本で小楠から言付けられた長岡監物の萩藩家老益田弾正あて書簡を、師の山田宇右衛門を通じて届けた。

十一月二十六日付松陰の小楠あての手紙で、その書簡に対する益田弾正の反応として、「大いに憤励の様子に御座候」とあるところからも、監物の意は弾正へ十分伝わったようである。

萩に着いた鼎蔵らは、滞在中の数日間松陰の紹介で、長井雅樂《うた》、飯田猪之助、井上与四郎、玉木文之進、田北太中《たちゅう》、北条瀬兵衛、中村道太郎など、次々と城下の有志らと会って意見の交換を行った。

松陰が鼎蔵らと連れ立って萩を発ったのは、十一月二十五日であった。

萩帰着以来わずか十三日後のことであり、腰の温まる暇のないあわただしさであった。

十二月四日に京都に入った三人は、尾張藩邸を訪ねて情報を収集したのち、森田節斎、梁川星巌《せいがん》、梅田雲浜《うんぴん》らと会って時局を論じ合った。

鼎蔵はここで一旦松陰や野口と別れたのち、十二月二十七日に江戸へ入った。

兵を率いて熊本を発った長岡監物も、明けて嘉永七（一八五四）年正月九日には江戸に到着した。

ここで少し、この時期幕政の変化に影響を及ぼしたと考えられる越前福井藩と小楠の関係について触れておく。

小楠と越前福井藩との関係は、彼が相撲町（安政町）に私塾を開いていた嘉永二（一八四九）年にはじまる。この時、越前藩主の松平慶永《よしなが》から、天下の大儒《だいじゅ》（すぐれた儒者）を招いて学校を興せという案を受けた福井藩士の三寺三作《みてらさんさく》が、遊学の途中熊本に立ち寄り小楠を訪れ、小楠の考えや力量がうかがえる参考文献として、彼の手許から詩文や論考的書簡など数点を持ち帰った。

この三寺の熊本来訪に刺激を受けた小楠は、二年後の嘉永四（一八五一）年二月十八日から同年八月二十一日までのおよそ半年間、徳永一義（熊太郎）や長岡監物の家臣笠隼太《りゅうはやた》の子左一右衛門を供に、越前福井を含めた西日本各地の遊歴の旅に出た。

六月十二日に旅の目的地の福井に入った。

ここで橋本佐内の師である朱子学者の吉田東篁《とうこう》とその弟岡田準介《じゅんすけ》らに会って学話をし、三寺や村田氏寿《うじひさ》、医師の笠原白翁《はくおう》、さらに吉田の弟子たちとも交わって講義を行ったり、周辺の金沢などにも足を延ばしたりして四十日ほど福井に滞在した。この間、小楠は十分に越前藩を観察し、また彼に触れた藩の識者らも小楠の学識の深さを知らされた。

この時小楠は、直接藩主の慶永に会ったわけではない。しかし、慶永は小楠と交わった多くの家臣たちから彼の人物像や意見を聞き、のちに彼を越前へ招請するほど強い感銘を受けるのである。

そして嘉永六年のペリー来航の年、こういった関係を通じ、八月十七日、小楠は江戸越前藩邸にいた吉田東篁と鈴木主税に手紙を書き、

「この大機会に、肥後藩は例によって俗論頑固かぎりなく、自分たちは動きがとれないので、同志の一人津田三郎を出府させるので、われわれの願いを聞いてよろしく取りはからってほしい」

と、暗に越前公の働きを期待する内容の依頼を行っている。

これは、慶永の夫人が肥後藩主細川斉護の娘で、越前藩主と肥後藩主が婿と舅の間柄である関係から、そういった働きかけも不可能なことではなかったのである。

肥後熊本藩は、嘉永六年十二月十一日の長岡監物の江戸派遣につづき、翌七年正月四日には、家老有吉頼母以下十八人を相州警備地視察の名目で送り出した。

監物の指揮下で警備につく肥後藩士らも、正月九日の監物の江戸到着と前後して、続々と江戸入りしていた。その後も増援の藩士などで江戸城曲輪内の上屋敷、芝高輪の中屋敷だけでは収容しきれなくなったため、近くの寺院を借り上げて宿舎に充てるほどであった。

この東上組の中に、佐々淳二郎、末松孫次郎、津田山三郎、轟木武兵衛、松田重助、魚住源次兵衛ら肥後勤王党の顔ぶれもそろっており、先に江戸入りしていた鼎蔵や野口らを大いに勇気づけ喜ばせた。

鼎蔵は、江戸では藩邸を宿舎としながら、数日を置かず同志である鳥山新三郎の蒼龍軒塾に通っていた。ここには、浪人の身であるため長州藩邸の出入りを差し止められている松陰と、同郷の永鳥三平らが同宿していたため、意気の合った同志らの糾合拠点として打ってつけの場所であった。

横浜での幕府とペリー側との交渉が進む裏では、藩からの特命を受け、要請があれば意見を述べるだけの兵学師範の自由な身である鼎蔵は、永鳥三平を伴って水戸に行き、会沢正志斎や豊田彦二郎らと再会していた。彼は、水肥連合による攘夷決行の斡旋を画策していたのである。

そんな中、嘉永七年正月七日、鼎蔵の国学の師である林桜園が、約束どおり彼のあとから東上の途に就いた。桜園は出発に先立ち、いつものとおり城下の藤崎宮をはじめ諸社を巡拝したのち、暇を告げるため父母の墓に詣でた。

それらをすべてやり終えたのち、かねて奉斎していた軍神八幡宮の像を背負い、

広幡の八幡宮を背負いつつ
　行けばおそるる敵《かたき》だになし

の覚悟の歌を詠んで、多くの門人たちに見送られて熊本を発った。

道中行く先々で諸神社に詣で、江戸に入ったのは二月十八日であった。

待ち受けていた鼎蔵や魚住らの歓待を受け、数日江戸市中を見物し、その後鼎蔵の案内で水戸まで足を延ばした。

この水戸行は桜園の希望によるものであった。それは、肥後で鼎蔵から尊王攘夷論の生みの親ともいえる、水戸学派の会沢や豊田の熱い思いをしきりに聞かされていたため、彼が言うほどの人物であれば是非会ってみたいと考えており、東上にあたっての一つの目的でもあった。

桜園は二人に会った。

当初会沢らは、鼎蔵が師と仰ぐ桜園に触れ、その異相ぶりから、肥後でかなりの学をものにした人物と見て慇懃《いんぎん》な接し方であった。

だが、時局を論じ、朱子学から導き出した持論の『新論』を展開していくうち、相づちを打ったり、うなずいたりはするものの、質問を発したり、持説を述べるでもない黙したままの桜園の様子に、

「これはどうやら、ただの田舎学者に過ぎないようだ」

そう思った会沢は、それからは滔々とした口調で持論を披瀝しはじめたのである。

しかし彼らは、桜園という人物を見誤っていた。彼らには、彼らの学識と尊攘論に感銘を受けた鼎蔵だけが見えており、その鼎蔵の延長線上で桜園の力量を推測していたに過ぎなかった。

やっと会沢や豊田らによる、一方的講義にも似た長い説話を聞き終わった桜園は、一言だけ言った。

「それだけでございますか。あなたの言は実に結構なお話ではありますが、それも実行されてこそのこと、左様にうまくはいきますまい」

これだけであった。

桜園は、和漢の兵書にも通じた上、西洋の兵書も読み、そのうえ『古事記』、『万葉』、『日本書紀』、宣命から祝詞まで、いわゆる日本の古典をすべて自分のものにし終わっている。

その上での行動の指針となっているのは、神事の行であった。

静かに精神を統一して神に祈り、ご神託に則って物事を行えば、この世に恐れるものはないという信念がある。

その人の目から見れば、藤田東湖をはじめ、会沢や豊田などのいわゆる水戸学派の連中などは、理論や学説だけを述べるだけの単なる学者に過ぎなかった。

しかもそれが平穏な時代ならまだしも、外患到来のこの時期に、空疎《くうそ》な理想論だけに拘泥《こうでい》し、その語る本人が生きた行動を示し得ないというもどかしさだけが、桜園の心に空しく残った。

実は桜園が会沢らと会って知りたかったのは、同時に彼自身も見いだせずに悩んでいる具体策であった。

尊王攘夷論はいい。天朝を頂点に戴く日本の国体を幕府が中心となり、それを諸藩の一致協力によって支える国家体制を確立して攘夷を行う。それも理解できるし結構なことである。

だが現在、そのような体制にない現状を、いかなる手段と順序をたどって打開し、改革していけば理想的な体制が出来上がるのか、その具体策を聞きたかった。

「この方たちは、立派な理論はお有りのようだが、腹に信念をお持ちでない。自ら立ち上がって、改革に向けた行動を起こすようなことは決してなさらない利口なお方たちだ」

この水戸での出来事から、何を論じ何を語っても具体論の構築が見られず、行動を起こす者も出ない空しい今日の世情を知った桜園は、郷里の熊本に帰ったのち、

世の中は唯何事もうちすてて
　神にいのるぞまことなりける

との心境になり、ますます神明に奉仕することを本とする生活に入っていった。

ペリー艦隊が再び伊豆沖に姿を現したのは、厳冬下の嘉永七（一八五四）年正月十一日（陽暦二月八日）のことであった。

レキシントン、パンダリア、マケドニア、サザンプトンの帆走軍艦とサスケハナ、ポーハタン、ミシシッピの蒸気軍艦の計七隻である。

これらは艦隊を連ねていたのではなく、二隻、三隻などバラバラに航行していて、正月十四日には浦賀沖を通過し、十六日には江戸湾内海に入りこみ、横浜沖に集結して停泊した。

この時点で、浦賀や江戸に警備体制が敷かれた。

同じ日、江戸藩邸で鼎蔵は兵学修行として相模出張を許され、勇躍神奈川へ旅立った。

横浜沖（小柴沖）には、あたりを威圧するかのような七隻の黒船が我が物顔のように停泊していた。三隻の艦船からはいつでも出航できるように蒸気が焚かれ、まるで生き物のように中央の長い煙突から黒い煙をあげていた。

鼎蔵は目を見張った。松陰から詳細に聞いてはいたものの、実物を目の前にして脅威と同時に強い憤りを覚えた。

そして、「これはいかん！」まともに戦えば負けると感じた。

ではどうしたら勝てる？　兵学者としての頭が回転しだす。

先ず、外夷の横暴に対する激しい怒りを、武士はもとより、民・百姓が共に感じることが大事であり、その怒りを背景に、幕府が毅然とした態度で無法な行為をはねつけることである。

これに対して相手が戦いを挑んできた場合には、いま持てる最新の砲銃で応戦しつつ、沿岸の船を総動員して艦船を取り囲み波状攻撃を行う。

味方も多くの犠牲は出るが、相手は本国から遠く離れているため、長期戦を覚悟してかかれば、そのうち弾薬や食料も底をつくためかならず退去せざるを得なくなる。

退却後、もし本国から新たに多くの兵を乗せてくるにしても相当の艦船が必要となり、その準備にかなりの日数を要するはずである。

この間に江戸や摂津の湾口に多くの砲台を構築して、江戸や京坂の防備を固める。

つまりは、当面目の前の不法行為を打ち払ったあと、時間稼ぎで防備を充実するというやり方であり、師林桜園の教えそのままである。

松陰の方は、「これはいかん」と感じた途端、密航して西洋兵学を学び取るというふうに思考が走った。

だが鼎蔵はそれでは遅すぎると考えた。とにかく今は打てるだけの手を打って攘夷を行ったのち、松陰としての思いを実行すればいいとの考え方であった。

鼎蔵は三日後の十九日、江戸藩邸に帰着すると、黒船の様子を上役に報告した。

海岸警備の肥後藩総帥である長岡監物とは、彼の江戸到着直後から、度々会って色々と意見を建策していたが、監物も兵学師範である鼎蔵の意見をよく取り入れていた。

だが、鼎蔵の「士と民・百姓が憤りを同じくして」という考え方は、あくまでも理想論に過ぎなかった。

現実的には、農・工・商のなかで、大地主や豪農、豪商、医師、儒者、神主などといった、生活に余裕のある知的探求心のあるものは、漢籍や蘭学など視野を広げるための書籍や人材を求め、師を得たりしてわが国の国情や外夷のことを知り得る立場にあった。

しかし、それらはまだほんの一握りの階層にしか過ぎず、大方は外交問題に関しては無知の部類に属していた。

現に世情は、外国の船が来航すれば、物珍しさが先に立ち、舟を繰り出しては取り囲んでの見物騒ぎになり、また、見物客を当て込んだ露店が並び、武士がやっきになると武具屋が儲かって喜ぶなど、危機意識よりもこの面での騒ぎの方が先に立っていた。

この楽天的ともいえるような外国に対する庶民の認識が、外敵として意識付けられだすのは、のちにアメリカとの通商条約が結ばれ、ハリスが下田に領事として乗り込んで以降交易が盛んになり、彼ら庶民の生活物資が異常な高騰をよびだしてからのことになる。

ペリーが条約交渉のため、久里浜以来二度目の日本上陸を果たしたのは、嘉永七（一八五四）年二月十日（陽暦三月八日）のことであった。

艦隊が横浜沖に集結停泊したのが一月十六日のことである。その日に浦賀奉行所と最初の折衝を行って以来一カ月弱の期間がかかっている。

この間ペリー側は、硬軟織り交ぜた交渉を行ったが、そのほとんどが脅しの手法で幕府に迫っていた。

この幕府側の応接掛に任命されていたのは筆頭応接掛林大学頭（復斎）、儒者松崎満太郎、江戸町奉行井戸覚弘（対馬守）、目付鵜殿民部少輔《みんぶしょうゆう》、浦賀奉行所支配組頭黒川嘉兵衛らであった。

そのうち二月三日には、上海から帆船サラトガが加わってペリー艦隊は八隻になる。

ともあれ、二月十日応接場所の横浜村に四百四十六人の艦隊乗組員が上陸、うちペリー以下三十人が仮設の大広間に通され、条約締結に向けた交渉が開始された。

交渉途中の二月二十一日、帆船サプライが加わりペリー艦隊は九隻になる。

こうして、日米和親条約の締結がなるのは、嘉永七（一八五四）年三月三日（陽暦三月三十一日）のことであった。

条約は十二箇条からなり、そのうち主なものとして、

○下田・箱館を避難港として開港
○アメリカ人漂流民の取り扱いと彼らが「正直な法度に服す」こと
○アメリカへの最恵国待遇付与

○十八カ月以降、アメリカの領事または代理人の駐在の許可

などであった。

三月二十一日、ペリーの乗船したポーハタン号は、ミシシッピ号を率いて下田へ向かった。サザンプトン、サプライ、パンダリア、レキシントンは先に下田に向かっており、他の三隻は日を置いてすでに日本を離れていた。

さらにペリーは、四月二十一日には下田から箱館に到着、測量などを行って二週間滞在し、五月十二日再び下田に戻ってきた。

こうした、条約締結を実行に移すべく、下田や箱館において、港内周辺の測量や下見、領事館設置場所の選定等々の諸準備を終えたのち、最終的にすべてのペリー艦隊が日本を離れたのは、六月二日（陽暦六月二十六日）のことであった。

三

松陰の海外渡航の思いは、ペリー艦隊の再来航によってさらに決定的なものになっていた。この交渉が行われている間を逃せば、いつまた巡ってくるか知れない千載一遇の機会であった。彼の蒼龍軒塾の毎日は、艦船の動向に関する情報の入手と、何度も計画を練って決行の機会を窺う日々となった。またそのため、たびたび佐久間象山を訪ねては、色々と知恵を与えてもらったりした。

嘉永七（一八五四）年三月三日は、日米和親条約調印の日である。くしくもこの日、そのことを知ってか知らずか、鼎蔵や松陰らは花見に出かけた。

この花見の会は、いよいよ松陰の渡航の決意の固まったことを知った、塾主の鳥山新三郎をはじめ、同寓の永鳥三平、それに同行を約束した金子重之助らが企画した催しであった。

この催しは実に盛大な集まりとなり、豪勢な繰り出しとなった。場所は隅田川沿いの向島、白髪、梅若方面の花の名所である。

この日の参加者は、彼ら五人のほかに鼎蔵と同じ肥後藩士の佐々淳二郎、野口直之允、小浜藩士の末松孫太郎、梅田雲浜、出羽庄内の人で村上寛斎、それに松陰と同じ長州萩藩の白井小助その他十数人であった。

しかし、まだこの参加者の多くは会の真の意図を知らないまま夜遅くまで痛飲した。

親友である鼎蔵さえも知らされていない催しであった。

二日のちの三月五日に、すでに出発を決めていた松陰は、つとめて平静を装っていたものの、ふたたび目にすることのないであろう満開の桜の下で複雑な思いであった。

翌四日朝、松陰は相州警備の任務で江戸に入っていた兄梅太郎を桜田門外の長州屋敷に訪ねた。

彼は兄に会う前に、長州萩藩にあって早くから海防問題に関心を持っていた秋良敦之助《あきらあつのすけ》を訪ね、海防渡航の件を打ち明け借金を申し入れた。秋良は密航手段には驚いたが、この企てには大いに賛同し、快く金策を約束してくれた。

人一倍兄思いの松陰は、梅太郎に対して、鎌倉瑞泉寺の伯父竹院の許で書を読むと言って偽り、

「今甲寅の歳より壬戌の歳（一八五四〜一八六二年）まで、天下国家のことを言わず、蘇秦《そしん》・張儀《ちょうぎ》の術をなさず」

との誓書を記し血判を押しての約束までした。

つまり、今後九年間は政治的発言や行動は一切しないという趣旨のものである。これに喜んだ兄は松陰に二朱金を渡した。

一旦藩邸を引き、ふたたび秋良を訪ねたところ、当てにしていた借金を断られてしまった。事の重大さに気

づいての心変わりであるが、致し方ないことであった。

五日、蒼龍軒塾に来原良蔵、赤川淡水（佐久間佐兵衛）、坪井竹槌《ちくつい》、白井小助の長州勢と、鼎蔵、佐々淳二郎、松田重助らの肥後勢が集まり、塾に寄寓している永鳥三平も入れ、松陰らは京橋の酒楼伊勢本へ出かけた。このとき身分の違いから、松陰と一緒に寄寓している金子重之助（松太郎）は塾にとどまった。

この金子は、萩城下の染物屋の子として生まれ、幼くして足軽金子繁之助の養子となった。九歳のころ、白井小助について学び、土屋蕭海《しょうかい》の塾に出入りしていたが、嘉永六年、二十三歳のとき江戸出役を命じられて藩邸内の雑役に任じていた。

蒼龍軒への出入りは白井らが伴ったもので、この出入りの中で、松陰のロシア船密航計画の壮挙を知って感動し、松陰が江戸に来て塾を寓居とした機会に藩邸を飛び出し、塾に起居するようになっていた。

そのうち、松陰がペリーの来航を利用してふたたび密航を企てていることを知り、彼に同行を迫って許され、行動をともにすることになっていたのである。

そして、この計画が成ったとき、藩に類を及ぼさないよう二人は変名していた。

松陰は瓜中万二《かのうちまんじ》、金子は渋木《しぶき》松太郎と市木公太を名乗った。

この伊勢本の席で、はじめて松陰は海外渡航の計画を打ち明け、出席者の皆にその賛否を問うた。

はじめに諸手を挙げて賛同したのは肥後の永鳥三平だけであった。彼はすでに、蒼龍軒塾で同寓している松陰から相談を受けて計画を知っており、その策まで一緒に練っていた。

ところが直ぐに、

「これは危険な企てである」

と言って鼎蔵が反対した。

この座にいる者たちは、皆松陰の渡航意思の固いことは理解している。しかし、まだ止めたい気持ちもあっ

た。その複雑な思いを打開したい来原が鼎蔵に、

「それなら宮部さんは、異国の学問を取り入れる必要はないとお考えか？」

と問うと、

「相手の優れた技術を取り入れるのは必要なことだ」

と肯定する。

「ならばなぜ、吉田君がそれを決行しようとするのを拒まれるのか、彼はすでに失敗したときの刑死まで覚悟してかかっているのですよ」

と、来原が言う。さらにこれに加えて永鳥が、

「少し前なら私も自重を促し、吉田君の決行には反対でした。

だが、もはや彼の死を賭した決意を翻《ひるがえ》す術《すべ》のないことを知りました。

そこでこのような揮毫《きごう》を手向けました。

大丈夫有所見《しょけんあり》、決意為之《けついこれがためなり》、富岳雖崩《ふがくといえどもくずれ》、刀水雖竭《とうすいといえどもつきる》、亦誰移易之哉《またたれぞこれうつりやすきかな》と」

勢いのあるこれらの意見に、次第にその場の空気は、決行に賛同する雰囲気に満たされていった。

そしてさすがの鼎蔵も、その雰囲気に押され、持説を引っ込めざるを得なかった。

彼も皆の思いはよく分かっていた。熊本でロシア船密航のことを打ち明けられたとき、一度は反対したが、松陰の動かしがたい決意に打たれ説得はあきらめた。その鼎蔵が今度ばかりはと思って反対したのは、周りの事情があまりにも当時と違っていることである。

それは、乗り込む艦船が幕府のお膝元の江戸湾に停泊していること。艦船や夷人に対する物珍しさに浮かれた人々の目や、沿岸警備の監視の目が多すぎることなどであった。

だが、それ以上に鼎蔵が渡航の引き留めにかかったのは、やはり私情であった。

知り合って足掛け五年、接すれば接するほどお互いの心に響き合うものを感じる同志として、また松陰が兄

とも慕い、鼎蔵も弟のように接してきた仲である。

その人生の大事な友を失いたくないという私情が絡んでもいた。

しかし、松陰の壮挙に比べればやはり私情は私情でしかない。

鼎蔵は、皆の激しい賛同の渦のなかで、その思いを断ち切らざるを得なかった。

鼎蔵の納得が得られたので、佐々がその具体的密航手段を松陰に尋ねると、松陰は、

「今、こうしようと思っていることでも、その時、その状況になってみなければ応用が出来るかどうか分かりません。

しかし、いずれにせよこの好機を逃す手はありません。

そこで、その場で絶対これしかないと思う奇策でやってみたいと考えております。もとより失敗すれば刑死は覚悟のうえのことですが、そのような成敗より、今私が、この一事を成すことは、ただお国に酬いる思いからだけです。必ずや私の後に続く人たちも出てくるでしょうし、このことが国の盛運へ通じる足がかりとなれば本望であります」

と説明した。

彼のこの言葉は、明らかに国禁を犯す意思をもって、死を賭して現状を打開する先駆けとなる覚悟の行動であり、何者も侵しがたい意志の発露であった。

下田渡海

一

この日松陰は皆に別れを告げ、一旦蒼龍軒塾へ帰った。

塾では、主の鳥山新三郎が悄然とした様子でいるのでわけを尋ねると、郷里で大工をしているたった一人の従弟が亡くなったのだと言う。

それを悔やんでともに涙を流したあと、今日の伊勢本での会合の様子を話してやると、今度は鳥山の方が、

「私も、君がここを去ると思えば、非常に残念でたまらない。

だが、君の決意が固いことはよく分かっているので、今更引き留めようとは思わない」

といって再び松陰のために涙を流した。

あわただしく旅支度を整えながら、松陰は鳥山に頼んで、彼の所蔵している『唐詩選掌故《とうしせんしょうこ》』二冊を餞別として譲り受けた。

持っている衣服もすべて処分し、数朱の金だけを持ち、折りたたみ小冊の『孝経正文《こうきょうせいぶん》』一つ、和蘭文典の前後編訳本二冊、抄録数冊を入れた古びた布袋一個が旅装であった。

密航のため人から見とがめられないよう、できるだけ軽装に仕立てたのである。

夕刻日が落ちたころ、ふたたび伊勢本に集まった者たちが見送りに訪ねて来たので、鳥山たちと連れ立って塾を発った。

途中、佐々が着ていた衣類を脱いで松陰に与え、持っていた金を路銀として渡したあと、涙ながらに別れを

告げて立ち去って行った。

さらに永鳥が地図一軸を松陰に贈った。

鼎蔵は、黙って自分の腰から刀を引き抜くと、それを松陰の手に渡し、懐から小さな神鏡一面を取り出して渡しながら、

皇神《すめがみ》の眞《まこと》の道を畏《かしこ》みて
　思いつつ行け思いつつ行け

と、和歌を一首口ずさみ思いを告げた。

君が夷国に渡って多くの知識を得ることはいい、だが、決して皇神を敬う神国日本の魂だけは失わないでくれ。

これが、彼が松陰への最後の訣別の思いであった。

これに応えて松陰も、自分の刀を引き換えに鼎蔵に手渡した。

貴方のお気持ちは十分に分かっております。夷国へ行ったからといって、どうして大和心を失うことなどありましょう。

二人はこぼれる涙を拭おうともせず、ただ黙ったまま手を握り合い、お互いの目を見詰め合っていた。

その後しばらく松陰を見送った鼎蔵は、宿所の門限も迫っていたため、一人木挽町へ向かい、皆と別れた松陰も、暇乞いの挨拶のため佐久間象山宅へ向かった。

だが象山が不在であったため一書をしたためて書き残し、金子と落ち合う約束の赤羽根橋に行ったところ、別れがたい思いの塾主の鳥山と同寓の永鳥が見送りに来ていた。

ここであらためて二人に別れを告げた松陰と金子は、その日遅く着いた保土ヶ谷の宿に一泊したあと、翌朝

三月六日、宿で艦船に投じるための「投夷書《とういしょ》」を漢文で作成し、最後に二人の偽名である瓜中万二《かのうち》、市木公太の署名を入れた。

この日横浜の路上で、偶然象山の下僕銀蔵に会った。松陰は師象山へ迷惑のかかることを心配し、あえて面会を避けようとした。

しかし、銀蔵の話から、象山が今夜漁師に頼んで夜陰にまぎれ、漁夫に扮してペリー艦船の偵察に行くことを知り、船に近づく適当な方法も思い浮かばなかったことから、結局象山に相談を持ちかけるしかなく会うことに決めた。

その夜象山と連れ立って漁師の舟に向かったが、約束と違い後難を怖れた船頭が舟を出すことを承知しなかったため、象山とともに松代藩営中の宿舎に泊まった。

七日も象山と艦船への接触を試みたがうまく行かず、八日ふたたび保土ヶ谷の宿に戻ったところ、心配して江戸から様子を見に来た永鳥三平に会った。

九日は、象山の紹介状を持って神奈川にいる浦賀奉行所の組同心吉村一郎に会って、薪水積み込みの際の乗船を依頼したがその予定もないため、浜辺の舟を奪うことも考えたりしたがうまくいかなかった。

十日には雨の中を心配した来原良蔵と赤川淡水らが訪ねて来て、様子を聞いたあとその日のうちに帰り、さらに十二日にはしびれを切らして永鳥も帰って行った。

そうこうするうちペリーの艦隊が近日中に出航して下田へ回航するとの情報も入り、十三日には錨をあげ羽田まで行ってふたたび戻るなどの動きが見られたため、この日二人は下田行きを決意した。

十四日保土ヶ谷を発って十八日下田に着いた。この道中に松陰は鎌倉の伯父竹院のところに立ち寄ったが、最後まで計画のことは口にすることなくそれとなく別れを告げた。

下田沖に停泊しているペリー艦隊に異変が起こったのは、三月二十八日午前二時過ぎのことであった。

『日本遠征記』には、その時の様子を次のように記している。

――午前二時頃、汽船ミシシッピ号上の夜間当直の士官は、舷側についたボートからの声に驚かされた。そして舷門に行ってみると、すでに舷側の梯子を登った二人の日本人を発見した。話しかけると、乗船を許されたいという希望を表す手真似をした。彼らはここに留め置いてもらいたいと非常に熱望しているらしく、乗ってきた小舟がどうなるかもかまわず、それを投げ捨てるつもりだとの意志を表し、海岸に帰らないつもりだという決意をはっきり示した。……彼らが立派な地位の日本紳士なることは明らかだが、その衣服は旅にやつれたようなふうに見えた。……彼らは教養ある人たちで、シナ官語を流暢に形美しく書き、その態度も丁重できわめて洗練されていた。……二人は提督の政府の許可を得よとの返答を聞いて大いに困惑し、もし陸に帰れば斬首されると断言し、このまま置いてくれと懇願した。――

二人は松陰と金子であった。

彼らが下田に着いたとき、すでにペリー艦隊の二隻は下田港口に停泊し、乗組員も毎日のように上陸していた。

しかしその乗組員の中で漢文を解する者がいなかったため、ペリー本人が乗船する艦船の入港を待った。ペリーを乗せたポーハタン号などの後続の艦船が下田に来たのは二十一日である。そこで二人は盗んだ小舟で海に出たが、岸から五、六百メートルも離れて停泊している船に近づくのは、波も荒く接近をあきらめざるを得なかった。

二十七日の朝、やっと下田柿崎海岸で上陸していた乗組員に「投夷書」を渡すことができ、一旦彼らが宿舎としていた蓮台寺村の宿に戻った。

夜になって外出し、柿崎海岸の弁天社の中でしばらく寝たあと、弁天社下の浜につないであった二隻の小舟の一つを接近用に盗んだ。

ところが、いざ漕ぎ出そうとすると櫓を支える櫓ぐいが、盗難防止のために抜いてあってない。そこで櫓を舟の両側に褌で縛りつけ、二人で漕いだが途中で褌が切れてしまった。今度は帯で櫓を固定して漕ぐと、舟が回りだしてなかなか進まない。

そうやってやっとミシシッピ号にたどり着き、乗組員がたらした梯子を伝って船に乗り込むことが出来た。しかしそれもつかの間、指揮官はポーハタン号にいるのでそちらへ行けと追い返されてしまった。

ふたたび小舟に乗り、百メートルほど離れたポーハタン号にたどりついたが、波に激しく揺さぶられて舟が梯子の下に入り込んでしまった。小舟が浮沈するたびに梯子がぶつかるため、怒った乗組員が船の上から棒で小舟を突き放そうとする。離されては困るため、やむなく松陰らは小舟を棄て、身一つで梯子に飛び移った。これで、小舟もろとも舟に乗せていた彼らの持ち物もすっかり流されてしまったのである。

船中での会話は、日本語ができるウイリアムスが対応したためお互いの意思は通じ合った。

前日松陰らが乗組員に渡した「投夷書」を示し、彼らが偽名の瓜中万二と市木公太の二人であることを確認した。そのため、二人が願うアメリカ行きの考えに理解を示したが、乗船は断固拒否した。いわく。

——アメリカの司令官と林大学守が話し合って和親条約を結んだ。遠からず両国の往来が自由になるからそれまで待ってほしい。また、自分たちは日本に三カ月間は滞在する予定だから、君たちを今すぐ連れて帰るわけにはいかない。——

と言うのである。

松陰らは執拗に食い下がったが、アメリカ側の姿勢は変わらず、とうとう水夫たちの漕ぐボートに乗せられて陸地へ送り返されてしまった。

二

二十八日早朝、二人は流された舟をあちこち探し回ったが見つからなかった。それは舟そのものより、その中身は密航のことがばれる「投夷書」の草稿や、象山へ迷惑が及ぶであろう送別の詩などであるが、悔やまれてならなかったのは鼎蔵と交換した一刀であった。

松陰の生涯のうち、ここ数年の間に急速に惹かれていった同志が鼎蔵であった。相房や東北への二度にわたる二人の旅は、その結びつきを決定的なものにしていた。

同志とはいえ、十歳年上の鼎蔵に兄事していたと言っていい。

その鼎蔵と涙の中で交換し合った武士の魂ともいえる刀を、松陰は守り刀としてアメリカに携えて行くはずであった。

荒波の中で小舟を棄て、身一つでポーハタン号にとび移らなければならなかったとはいえ、やはりあきらめはつかなかった。

そこでとうとう柿崎村名主平右衛門を訪ね、正直に密航のことを話し、小舟の捜索を依頼して善処策を相談した。

二人の使用した舟は、柿崎海岸の戸々折《ととり》に漂着し荷物とともに下田番所に押さえられていた。

すでにこのことを知っていた平右衛門は、国禁を犯した二人のことが番所に知れれば、斬首は間違いないと心配し、逃走をしきりにうながした。

平右衛門の話から、役人によって荷物が開けられ、「投夷書」の草稿や、象山の送別の詩なども知られたと観念した松陰は、ついに縛につくことを覚悟し、平右衛門に自分たちのことを番所へ届け出るようながした。

夜に入って身柄を引き取りに来た三人の同心によって、そこから舟で番所へ行き、いったん長命寺の観音堂にあずけられ、最初は与力から、数日後ふたたび番所へ連行されて、組頭の黒川嘉兵衛による本格的な取り調べが行われた。

番所の牢は一畳敷きで、二人が膝を突き合わせるほど狭かった。この牢で松陰はほかの囚人らに、皇国の皇国たる所以、人倫の人倫たる所以、夷狄の悪《あし》むべき所以を日夜声高に説き、囚人の心ある者は涙を流して悲しんだ。

この下田の牢で松陰は、この時の気持ちを、

世の人はよしあしごともいはばいへ
賤《しず》が誠は神ぞ知るらん

と、歌に詠んだ。

四月八日に江戸から八丁堀同心二人と、岡引五人が二人を引き取りに来る。

足枷《あしかせ》をし、縄をかけられ、手錠を施され、唐丸駕籠《とうまるかご》に乗せられて下田を出発したのは四月十日であった。

高輪泉岳寺前を通るとき、松陰は赤穂浪士に手向けて歌を詠んだ。

かくすればかくなるものと知りながら
已《や》むに已まれぬ大和魂

二人の身柄は、四月十五日の夜遅く江戸へ入り、北町奉行所の仮牢に収容された。この時から二人に対しては身分差による別々な取り扱いが開始された。

熨斗目《のしめ》着用以下の侍身分の松陰は板縁を与えられ、もと中間身分の金子は縁下の白洲での取り調べ、松陰は揚屋《あがりや》入り、金子は百姓牢にそれぞれ入れられた。揚屋とは、御目見以下の幕府直参、大名旗本の家臣、医師、僧侶などの未決囚を入れる牢である。

その日の夕に二人は小伝馬町の牢獄に移された。ここで松陰は新入りのため、牢内の掟として牢名主から板で背中を二度たたかれる儀式を受けた。

また、一文無しになっていたため、翌日さっそく白井小助に手紙で金の差し入れを頼み、白井は鼎蔵と相談して金銭を差し入れた。これが功を奏して、松陰はたちまち牢名主に次ぐ席を得ることになった。

その後も、土屋蕭海《しょうかい》や松陰の妹寿《ひさ》の婿となる小田村伊之助、小倉健作、桜任蔵、来原良蔵、桂小五郎、井上壮太郎などの長州勢が、入れ代わり立ち代わり工夫をこらして差し入れをし、松陰が牢内で不利にならないようはたらきかけた。

お陰で小伝馬町の牢屋で一応快適に過ごせたが、金子の方は悲惨であった。

百姓牢の囚人は賭博や強盗など無頼の徒が多く収容されているため、牢仲間からの遠慮ない仕置きを受け、その上ひ弱な体質であったためたちまち病を発して衰弱していった。

やがて町奉行井戸覚弘の取り調べがあった。

松陰はつつみ隠さず素直に応じた。死を覚悟した彼の正直な態度と憂国の志に井戸も心を打たれ好意を持った。

取り調べの核心が象山との関係に移った。

象山は、漂流した小舟の中から、かつて彼が送った松陰の長崎行きのときの送別の詩が発見されていたため、四月六日に投獄されていた。

井戸の取り調べは、この関係から密航が象山の指示によるものと考え、その裏付けを取ろうとしたのである。

ところが松陰は、ほかの事は正直に対応するのに、象山とアメリカ密航の結びつきに関しては一切関係ないと言い張った。それだけでなく、この一件はまったく自分たちだけの意思にもとづいての行動だと主張するのである。

たしかに、象山から金銭を与えてもらったり、艦船へ接近する手段などの知恵は与えてもらっても、実行を決意して準備し、そして実際に決行したのは自分たちであるため、たとえ象山とはいえ、第三者の指示によってこれがなされたと捉えられるのは、松陰の矜持《きょうじ》としても許されないことであった。

鼎蔵も、松陰らが小伝馬町の牢に送られてきたはじめのころは、差し入れなどで顔を合わせる機会もあったが、間もなく八丁堀による関係者に対する取り調べがはじまった。

鼎蔵は与力の近藤文蔵から呼び出しを受けての訊問があり、松陰との関係、密航計画との関わりについて詳しく説明した。

このうち刀の一件についてはこう述べている。

「これまでお話しいたしましたように、寅次郎とは無二の親友で御座います。それゆえに、その友がご公儀の法を犯そうとするのを思い止まるよう、しきりに説得した次第で御座います。そこで寅次郎も考えを改めましたようで、鎌倉の伯父の寺に滞留して勉学修行にいそしむと申しますものですから、この機会にかねて約束の刀一振りを贈った次第に御座います。その約束と申しますのは、先年寅次郎が兵学修行のため熊本に参りました折、私どもの刀を所望しましたため、江戸でふたたび合間見えたときにと約束を交わしていたので御座います」

明らかに鼎蔵の申し立てには虚偽があった。

説得をしたのは確かであるが、密航を黙認しその壮途達成を祈っての一振りの交換であった。

これは自分の身を庇っての申し立てとも取られかねない。

しかし何よりも、役人に鎌倉での修業を強調することにより、松陰がその足を下田まで延ばし、船を見ているうちについ一旦はあきらめた思いが頭をもたげだし、抑えきれなくなって決行した偶発的犯行と思われることによって、松陰の量刑を少しでも軽いものにしたいとの思いからであった。

鼎蔵のこのような申し立ては、もちろん松陰にとっては不本意なことである。

そのことは鼎蔵自身よく分かっていることであったが、やはり彼の友を思うやさしい私情は、この期に及んでも消し去ることはできなかった。

ペリー艦隊への密航事件に関する幕府の判決が下されたのは九月十八日であった。

町奉行井戸覚弘、目付鵜殿長鋭《うどのながとし》からそれぞれへの処分が言い渡された。

松陰と金子、それに佐久間象山に対しては、在所蟄居《ちっきょ》であった。ほかに鳥山新三郎は金子を寄宿させたことによって押込《おしこめ》、松陰のペリー艦船接近に協力した浦賀奉行組同心吉村一郎も押込があり、その他幾人かの連座者に対する処分がなされたが、量刑としては寛大なものであった。

象山は、この後文久二（一八六二）年まで八年間、信州松代で謹慎生活を送ることになる。

松陰と金子は罪人であるため麻布龍土町の長州藩下屋敷に引き取られた。このころ金子は牢から担ぎ出されるほどの重病を患っていた。

網をかけて鎖を下ろした二つの駕籠に、腰縄つきに手錠まで施された二人が江戸を出発したのは九月二十三日であった。

萩までの道中、二人にとっての待遇は過酷なものであり、幕府と比べ身内の長州藩の取り扱いのひどさに、さすがの松陰すら、

「寅等を護送する。無状特に甚《はなは》だし、かつて視るに犬馬を以てすらせず」

と激怒するほどであった。

十月二十四日昼過ぎ萩に入った二人は、そのまま松陰は士分を収容する野山獄に、中間身分の金子は百姓牢

の岩倉獄に離れて入れられた。

この松陰の江戸出発を鼎蔵は見送れなかった。

彼は、取り調べの後咎《とが》めは受けなかったものの、松陰との深い関わりがあることから、世間体や、幕府からにらまれるのを怖れた江戸屋敷の小笠原備前、溝口蔵人、有吉頼母などの重臣たちによって熊本本藩へ報告されて帰国命令が発せられ、すでに五月二十五日には江戸を離れてしまっていた。

その意味で、松陰への差し入れが可能であった四月〜五月中旬の段階が、二人の永訣の日々となったのである。

三

嘉永七（一八五四）年三月三日の日米和親条約締結についで、鼎蔵が江戸を離れた二カ月後の八月にはイギリスと、さらに安政元（一八五四）年十二月にはロシアというように、一年の間に立て続けに三カ国との間に和親条約が結ばれた。

翌安政二（一八五五）年十月二日、江戸を大地震が襲った。この時焼失・倒壊した家屋一万四千余戸、死者四千人余りの被害が出た。この地震で水戸藩江戸屋敷内にいた藤田東湖は、寝ていた老齢の母を背負って建物の外に逃れ出ようとした際、強い揺れにつまずいて倒れた拍子に、母は庭に投げ出されて助かり、東湖は落ちて来た梁《はり》につぶされて圧死した。

藩内の尊王攘夷派をまとめあげ、強力に推し進めていた徳川斉昭にとっては実に痛い片腕を失ったことになる。

安政三（一八五六）年七月、ペリーが条約締結の際約束したとおり、軍艦サン・ジャミントン号に乗ったハリスが下田に現れた。そして早くも八月五日には、下田郊外柿崎にある玉泉寺に星条旗がひるがえった。

ハリスの使命は日本と通商条約を結ぶことにあった。

これに対する幕府側は、アメリカ側の再来航に備えて、前年の安政二年十月外交問題に対処するため、以前老中職の経験がある蘭学好きの堀田正睦《まさよし》をふたたび老中職に登用し、阿部正弘と同じ首座に据えた。

さらに外国貿易が開始されることも予想して、外国貿易取扱掛に開明的俊才といわれる川路聖謨《としあきら》・水野忠徳・岩瀬忠震《ただなり》らを任命して体制を整えていた。

ちなみに、堀田は格式の高い譜代大名の詰める「溜間詰《たまりのま》」の大名であった。なお、この間で中心的人物は彦根藩主井伊直弼《なおすけ》である。

老中首座の阿部は、これまで武備が整えば外夷を払おうと考える攘夷強硬論者の前水戸藩主徳川斉昭を幕政参与に据え、御三家の尾張藩主徳川慶恕《よしくみ》（慶勝）や親藩の越前藩主松平慶永《よしなが》（春嶽）のほか、英明といわれた外様の薩摩藩主島津斉彬《なりあきら》、宇和島藩主伊達宗城《むねなり》らの意見を取り入れながらまがりなりにも外交問題に対処してきた。

しかし、次第に外様を嫌う譜代名門意識の強い溜間詰の大名たちの不満が高じだし、江戸城内の空気もおだやかでなくなってきたため、やむなく堀田を起用せざるを得ない状況になっていた。

ところが、ハリスが下田に来航する一カ月前の安政三年六月十七日、これからというときに正弘が病死してしまった。三十九歳の若さであった。そのためハリスとの交渉は、残された一方の老中首座にある堀田正睦のもとで進められることになる。

幕府参与の徳川斉昭も、彼の最大の理解者であった正弘が死んだ後、堀田政権下の閣老たちの冷たい視線にさらされだしたため、ついに参与辞退を申し出、七月二十三日職を免ぜられた。

ハリスとの交渉は、早くから国際法の知識が豊富なものと、まったくその知識がなく相手に教わりながらの対応の幕府側とでは、日本側にとって惨憺《さんたん》たるものであった。

ハリスの方は、先に結ばれた和親条約をもとに、さらなる収益拡大を求める改訂を迫った。その結果翌年の安政四年五月に、修好通商条約の土台となる九箇条からなる下田条約が結ばれた。

この条約では、第一条で日米貨幣の交換は同種類同量で行うこと、第三条で犯罪人の処分はアメリカ人はアメリカの法律で領事が行い、日本人は日本側で罰すること（治外法権）など、すでにのちに不平等条約と呼ばれる修好通商条約にもられた条文が入っていた。

この間にも、同時並行してハリスは強引に江戸入りの許可を求めた。

ついにこの強固な申し入れに屈した堀田は、ハリスの江戸入りと将軍との会見を許可した。

しかし、さすがに前代未聞の決断を下した堀田は、溜間詰をはじめ大廊下詰にいたる諸大名たちにこのことを知らせざるを得なかった。

この時点で、一挙にこれまで幕府首脳部だけで隠密裏に対処してきた外交問題が、広く諸大名からの建言を求めて協議する形式に変わっていく。

このことは、外交問題について全国の諸大名が逐一触れざるを得ない状況となり、つまるところ、幕府に対して発言権のなかった外様大名たちの動きが活発になりだし、これに対抗する譜代大名の発言も多くなっていった。

それはまた、諸大名たちの謀臣はもとより、一般藩士の発言や行動にまで波及していくきっかけとなって行ったのである。

ハリスが、通訳のヒュースケンを伴って江戸城に入ったのは安政四年十月二十一日のことであった。この日将軍家定と会見し、その後二十六日には堀田の屋敷を会見所として二人の会見が行われた。

ハリスとの会見で、堀田は条約締結の腹を決めたが、不安があった。

水戸藩に起こった尊王攘夷論は全国に広がっていた。これらの声を無視して条約締結を進めて行けばかならずや大騒動がおこる。堀田は筆頭勘定奉行川路聖謨の意見を取り入れ、ハリスとの面談の結果を諸大名に知らせて意見を提出させ、これを建議して条約締結やむなしの空気をつくることにした。

十一月十八日、堀田はハリスとの面談書を諸大名たちに示して意見を求めた。

堀田の考えと正反対な意見書を提出したのはやはり斉昭であった。

これに対して、彦根藩主井伊直弼ら溜間詰の大名八人は連名で、ハリスの要求を受け入れよとの上申書を提出した。

諸大名の意見が出そろったのち、将軍家定は異例の大名総登城を命じ、諸大名からの建言を求めた。

将軍着座の席で、あらためて堀田はハリスの要求を受けざるを得ない世界情勢から解き明かし、結果として条約締結やむなしにいたった意見を述べた。ところがこれに対する反対意見はどの大名からも出なかった。

これによって条約締結やむなしの空気は出来上がったが、参与を辞してこの席にいない最も強硬な反対姿勢を打ち出している斉昭の存在は無視できなかった。

この説得には、筆頭勘定奉行の川路聖謨と、勘定奉行の永井尚志《なおゆき》を同行させて斉昭の許へ差し向けた。

だが斉昭は頑として会わない。そこで藩主慶篤をはじめ家老の安島帯刀が中に入って憤りをしずめ、ようやく屋敷に招きいれた。しかし、いろいろと幕府の立場や情勢を説明し説得に努めるも、堀田に腹を切らせハリスの首を刎《は》ねろの一点張りである。

そこでやむなく川路が斉昭に、

「今後は、堀田正睦が将軍の意見をうかがい、いろいろと計らうことになりましょうが、その節にはなにかとご意見もおありでしょうからお聞かせ願いたい」

というと、斉昭は、

「それは当方の存ぜぬこと、勝手にせい！」

と答えた。この斉昭の言質をとらえて、川路は「今後の処置については、ご意見なしとの返答を賜りました」として水戸藩邸を退出した。

この斉昭の騒動とは別に、先の意見書で条約締結やむなしと答申した諸大名の多くが、朝廷に奏上して勅許を受けるべしとの条件付き意見を述べている。

これは、幕府にしても諸大名にしても、もはやこのような外夷による混乱時には、朝廷というより高い権威によって国論を統一させようとの考えが生じていたのである。

斉昭のことでは決着がついたと考えた堀田正睦は、多くの諸大名の意見を取り入れて勅許を得る行動に出た。

四

安政四年十二月八日、堀田は儒者林大学頭と目付津田半三郎に京都出張を命じ、条約締結のやむを得ない次第を武家伝奏《ぶけでんそう》を通じて朝廷へ伝えさせた。

ついで、年が明けた安政五（一八五八）年一月二十一日には、堀田自らが川路や目付の岩瀬忠震《ただなり》らを率いて上京した。

時の孝明天皇は、はっきりとした自分の意志を持つ方であった。その意志とは、この神の国である日本がいやしい夷人の願い通りになっては、伊勢神宮はじめに対して畏《おそ》れ多い極みである。先代の方々に対しても不孝をこうむる事であり、自分の代でそのようなことになっては身の置き所もない。という考え方であった。

公卿たちにしても、そのほとんどが強い神国思想を持ち、古来からの伝統と宗教的権威のなかに生きる攘夷論者であった。

堀田ははじめ、朝廷の経費や公卿たちの私生活面での窮状から、彼らの説得には相当の工作資金を用意さえすれば、勅許は簡単に下りるとの軽い気持ちであった。

しかし実際には、公卿の中山忠能《ただやす》が、

「内々禁中（天皇）へ一万金（両）を献上し、また両殿下（関白九条尚忠《ひさただ》、前摂政・関白鷹司政通）へ一万両ずつ、さらに武家伝奏へ千両ずつ贈る予定であったが、だれも受け取らないので武家伝奏が大変困っている」

と書いているように金銭での功は奏さなかった。

これは、このとき孝明天皇が関白九条尚忠にあてた手紙に、

「……堀田正睦が上京して、莫大な献上物をするそうであるが、その献上物がどれほど大金であっても、それに目がくらんでは天下の災害の基になると思う。人の欲として、とかく黄白《こうはく》（金銭）には心が迷うものであるが、心が迷うのも事によってはその限りですむものもある。しかし今度のことは、心を迷わしてはたいへんなことになるのであるから、受けとらず、関東に預けておくように」

と書いていることからも、天皇の意志は公卿たち朝廷の意志として一糸乱れぬものがあった。

さらに公卿たちの意志を決定づけるもう一つの働きかけがあった。

それは尊王攘夷の志士たちの動きである。

「志士」とは「有志之士」の略であり、「天下のために憂うる人」である。

松陰の言葉を借りれば、

「平和なときには書を読み、道を学び、経国《けいこく》の大計《たいけい》を述べ、古今の得失を考え、いったん変があり戦争になったときには、国家のために平生の志を実行するもの」であり、いわゆる思いを天下国家によせ、しかも現状を肯定するのではなく、それを批判する改革者的態度をとるものを志士と呼んだ。

このとき朝廷内の公卿たちに尊王攘夷論を働きかけ、広めていたのは京都にいる儒者の梅田雲浜《うんぴん》や梁川星巌《せいがん》らであった。彼らは志士の先駆者となった。

さらに徳川斉昭らの工作もあった。

これは将軍継嗣《けいし》問題もからむ動きであるが、斉昭は奥祐筆頭取《おくゆうひっとうどり》高橋多一郎らに密命を与えて京都に送り込み、

ひそかに勅許拒否の調停工作を行っていた。

こうした天皇自身の意志と、尊王攘夷派による朝廷工作の結果、安政五年二月二十三日、「もう一度三家以下の諸大名の意思を聞いて、あらためて勅許を願い出るように」との朝廷からの回答が下された。

しかし、このままではわざわざ老中首座にある堀田の上京が無意味となり、幕府の面目は地に落ちることになる。堀田の勅許運動は行き詰まった。

だが、幕府側も朝廷側の結束した反勅許運動にただ手をこまねいていたわけではない。特に井伊直弼は、関白九条尚忠に対する工作に重点を置き、腹心の長野主膳（義言《よしこと》）を京に送り込んだ。主膳は九条家家士の島田左近と結んで画策した結果、「外交は幕府に委任する」という勅答が三月十四日には手交されるというところまでこぎつけた。

ところが、三月十二日このことを聞きつけた公卿たちが次々に参内し、中山忠能・三条実愛《さねなる》・大原重徳《しげとみ》・岩倉具視《ともみ》ら八十八人による「幕府への委任」勅許反対の意見書が提出、さらに無位無官の非蔵人《ひくろうど》の若い公卿五十数人、昇殿を許されない下級の廷臣の地下官人九十七人も連名して反対意見を上申したのである。

この時幕府を支持していたのは鷹司政通だけであった。

この運動によって勅許拒否は決定的な朝廷の意志となり、三月二十日当初の返答通り、三家以下の諸大名の意思を聞いたうえで、あらためて願い出るようにとの勅諚《ちょくじょう》が出された。

ここに、堀田政権下での勅許のもくろみは水泡に帰したのである。

勅許問題と同時並行に進行し、幕府首脳部を悩ませていたのが将軍継嗣問題であった。

十三代将軍家定は、ペリー来航の年の嘉永六（一八五三）年六月二十一日に病死した父家慶のあとを受けて将軍となっていた。

しかし彼は病弱で、まともに正座ができず、たえずぶるぶる震える症状があって、親近者以外の者を寄せ付けない人柄であった。

そのため、子供もできる見込みがなく、長生きも望めなかったため、将軍職についた当初から誰を次の将軍とするかが大きな課題となっていた。

将軍に実子がないときは、御三家・御三卿の家から選ばれて跡継ぎとして西ノ丸に入ることになっている。

この嘉永六年当時、適当な候補者としては、前水戸藩主徳川斉昭の第七子で、一橋家を継いだ当時十七歳の一橋慶喜《よしのぶ》と、紀伊藩主で当時八歳の徳川慶福《よしとみ》の二人であった。そしてこの慶福は、将軍家定とは従兄弟の関係にあり血統上は慶喜よりはるかに近かった。

そのため、普通の平和な政治情勢であれば、すんなりと慶福が次の将軍に決まることであった。

だが時は、ペリー艦隊の来航によって、かつて幕府が経験しなかったほどの政情不安となり、幕府そのものの権威が大きく揺さぶられるという、まさに幕政をないがしろにできない情勢下にあった。

ここで、将軍の名代として立派に対応できる後継者を欲する血統より、人物に期待する意見を持った者たちが、賢明のほまれ高い一橋慶喜を推す動きとなって出てきた。

当時老中首座にいた阿部正弘であり、田安家から出た越前藩主松平慶永（春嶽）、薩摩藩主島津斉彬らである。

そして阿部の死後は松平慶永が中心となり、これに加わったのが宇和島藩主伊達宗城《むねなり》、土佐藩主山内豊信《とよしげ》（容堂）らであり、幕府役人の川路聖謨や岩瀬忠震、永井尚志、堀利熙《としひろ》らがこれを支持していた。

この勢力に共通していえることは、それぞれが世界の情勢を知り、幕臣にあっては外交問題に直接携わりその辛酸《しんさん》を味わっていた者たちで、現実がよく見えていた人々であった。

この動きに対抗して、慶福を推す南紀派と呼ばれる勢力も形成されていた。

彦根藩主井伊直弼は、譜代大名層の多くの考えを代表して、将軍に一番近い血統である慶福を推す南紀派の中心的人物であった。

ちなみに、勅許問題で苦悩していた時の老中首座堀田正睦は、当初は溜間詰から推されて老中になったため慶福を推していたが、松平慶永ら一橋派の強力な工作を受けて変化し、慶喜やむなしの考えに変わっており、当面目の前にぶら下がる勅許問題の解決に集中しなければならなかった。

一橋派の松平慶永は、腹心で当時二十四歳の若い橋本左内を京都に派遣し、同じく島津斉彬は、信頼厚い三十一歳の西郷吉兵衛（隆盛）を送って、有力な公家やその家士らに接触させて将軍擁立の工作を行わせた。

ところで、橋本左内は積極的な開国論者である。彼の論は、泰平を欲する事なかれ主義によって外国との和親を推し進める幕府の姿勢こそ反対ではあったが、ロシアと結んでイギリスと対抗せよとか、近郊の小国を併合して大いに軍備を充実せよといった先進的意見の持ち主であった。

これに対して西郷の方は、この時まだ単純な攘夷論者であった。

こっけいなことに、このとき両極の考え方にある二人が、一橋擁立では一致した考えのもとで動いていたことになる。

ところが、彼らの思惑とは異なり、朝廷内では将軍継嗣問題は条約勅許問題ほど切実なものではなく、その関心は低かった。

京都における南紀派と一橋派による大名たちの激しいせめぎあいにもかかわらず、三月二十二日には、

「国務多事の折である。すみやかに将軍の養子を定めたなら、結構なことである」

との沙汰書が堀田に下された。

つまり幕府は、条約勅許問題にしろ将軍継嗣問題にしろ、期待した朝廷から体のよい肩透かしをくらっただけで終わったことになる。

だがこのときを潮に、江戸だけの政治の舞台が京都に移ったことは否めなかった。

このような動きは、また多くの公卿たちにも政治参加への期待と意欲を培《つちか》わせた一方、さらに武士階層のみ

ならず、「むざむざ外圧に屈してはならない」という共通認識を持った儒学者や浪人、豪商といった知識層による政治的目覚めが広がりだし、いわゆる草莽《そうもう》の中から志士といわれる人々を生むきっかけとなった。

それでもまだこの時点では、攘夷か開国かという認識は育っていったものの、それも様々な立場によって異なる混在した意見の一部にしかすぎず、それが、尊王討幕や佐幕といった対立する意見となり、血であがなわれる動乱を呼ぶのはもうしばらく先のことになる。

五

空しい思いのまま堀田正睦《まさよし》が江戸に帰り着いたのは安政五（一八五八）年四月二十日のことであった。その三日後の二十三日六ツ半（午前七時）、将軍家定の召致によって登城した彦根藩主井伊掃部頭直弼《かもんのかみなおすけ》に大老職の命が下された。

大老職は老中の上位である。普通老中は十万石以下の小藩の譜代大名が就くが、時局が容易でない情勢にいたった場合などは、十万石以上の有力譜代大名を老中にして大老となる。大老は将軍の補佐役であるが、一人で幕政を専断でき、一旦この役に就けば将軍ですらその裁決を動かせないほど絶大な権力を持つ。

この井伊の大老職就任は南紀派の工作によるものであった。

「水戸の老公（斉昭）は、実子である慶喜を将軍にして権力をほしいままにしようとしている」との噂を流し、特に斉昭嫌いの多い大奥には事実のように吹き込んだ。これは十分に家定の耳に入ることを承知した工作である。

さらに追い打ちをかけるように、斉昭を危険視している老中松平忠国や内藤信親らも、ひそかに家定に対し、斉昭を抑えるには溜間詰の家格の高い掃部頭以外にはないと進言していたのである。

井伊の大老職就任の翌二十四日、堀田はハリスを屋敷に招き、勅許が下されなかったいきさつを説明し、条約調印期限の延期を申し述べた。

ハリスはこれに立腹し、自ら上京して朝廷に掛け合うとまで言ったが、堀田が自分の責任において必ず締結は実行するとの説得にようやく諒承した。

翌二十五日、再び諸大名による総登城が召集され、朝廷の意向である条約締結の意見書の提出が行われた。

前回と同様、これに対する諸大名のほとんどが条約締結やむなしとの答申書を提出したが、肝心の御三家の尾張と水戸藩主それに徳川斉昭は反対の答申書を提出した。

この事柄は、あきらかに紀伊家の慶福に反対する将軍継嗣問題がからんでいた証である。

だが、大老という絶対的権力の座に就いた井伊は、もはやこれらの出来事を歯牙にもかけることなくどしどし事をはこんでいった。

五月一日には将軍家定が大老・老中に対して、紀伊藩主徳川慶福を継嗣とすることを告げた。内定ではあったが南紀派の勝利であった。

翌二日、繰り返しハリスから要求の出されていた条約期限日を七月二十七日にすることを回答した。

公式に慶福を将軍継嗣とすることが告げられたのは六月一日である。御三家以下溜間詰の諸大名を招集して行われ、翌日朝廷への上申書を発した。そしてこの公表日を六月十八日とした。

ところがここに、大老になった井伊の意のままに推し進められ始めた幕政に大きな狂いが生じた。ハリスの動きである。

将軍継嗣の公表日前日の十七日、軍艦ポーハタン号に乗ったハリスが下田から横浜小柴沖にやってきて、対応した外国掛担当の下田奉行井上清直《きよなお》と目付岩瀬忠震《ただなり》に次のような情勢を伝えたのである。

十三日下田に入港したアメリカ軍艦ミシシッピ号とポーハタン号、それに十七日入港したロシア軍艦から入手した情報として、アロー号事件によって勃発したイギリス・フランスと清国の戦争が終結して、六月に「天津条約」が結ばれた。このため戦勝を誇る二国は次の目標を日本におき、大艦隊を派遣して通商条約を結ぼうとしているとの事態の切迫を告げ、彼らが来航すればさらに苛酷な内容の条約を強要することは確実であると警告、これを防ぐためにすみやかに日米通商条約の調印を行うよう要求した。

このハリスの申し出は、天津条約を結んだ清国の経緯を奇貨《きか》として、これを日本に置き換えて早期締結が有利であると説く彼のたくみな交渉術であったが、報告を受けた井伊の気持ちはおだやかなものではなかった。もともと井伊としても締結の必要性は十分感じてはいるものの、堀田の例でも分かるように、先ず当面の間、朝廷からの勅許が得られる見込みはなかった。そこに井伊の悩みがあり、焦りがあった。

ただちに幕府首脳部は対策を協議し、井伊ははじめ勅許なしの条約は調印できないと主張したが、老中の多くは、こういう情勢になっては調印を急ぐしかない、朝廷の意志である国体をけがさないよう配慮さえすれば、この際勅許なしの調印もやむを得ないとの意見であった。

その結果井伊は、交渉に当たる井上と岩瀬に、なるべく勅許を得るまでは調印を延期するよう働きかけることを命じた。

このとき岩瀬が、どうしても延期が不可能で調印しなければならなくなったら調印しても差し支えないかと念を押すと、

「そうなった場合は致し方ないが、出来ることならそうならないように交渉せよ」

と調印の内諾《ないだく》を与えた。

実は、井伊は大老に就任して徳川幕府の裏の台所事情をはじめて知ったのである。城内の御金蔵の金が底をついていた。まさか主家の財政がこれほどまでになっていようとは思いもよらなかった。その上御用金名目の商人からの多額の借金があった。これでは到底外国の兵力に太刀打ちできる兵備を整えるのは不可能なことであった。

ならばどうするか。代々徳川家譜代の筆頭大名として、大老職を司る家柄にある井伊家としては、なんとしても徳川独裁政権を維持することが必須課題であった。

そのためには、当面外国との戦を避ける必要からも早急に条約を締結すべきであり、この幕府の政策に抵抗する有象無象《うぞうむぞう》の輩《やから》は片っ端から粛清《しゅくせい》すべきである。それはこれまで朝廷でさえ口をはさめないほどの権力を維持してきた徳川家重臣としての矜持であった。

こうして、勅許を得ない幕府の独断による日米修好通商条約が締結された。時に安政五（一八五八）年六月十九日（陽暦七月二十九日）、調印はアメリカ軍艦ポーハタン艦上において、ハリスと井上清直・岩瀬忠震との間で行われたのである。ちなみに、締結された調印書には政務上大老の署名はなく、老中の連署が記されてあった。

条約は十四箇条からなり、公使の江戸駐在、下田と函館に加え神奈川・長崎・新潟・兵庫の開港、江戸・大坂の開市、自由貿易の規定のほか、領事裁判権、居留地の設置、関税税率二割の協定制などが決められた。世にいう不平等条約の発効である。

隠棲

一

この条約調印は、朝廷はもとより特に一橋派の大名たちの激しい怒りを呼んだ。その怒りは彼らのみならず広く井伊政権批判者や攘夷論者の間にも広がり、違勅調印として彼らのまたとない攻撃材料となった。

だが井伊はいさい構わず六月二十五日に将軍継嗣の公表を断行しようとした。

これを知った一橋派の中心人物である越前藩主松平慶永は、その前日の二十四日桜田門外の井伊邸に押しかけ、違勅の件と将軍継嗣に関して強く談判したが、途中これを振り切るように井伊が登城したため、このあとを追って慶永も江戸城へ登城した。

この日、同じ考えの徳川斉昭も息子の水戸藩主徳川慶篤《よしあつ》とともに登城、尾張藩主徳川慶恕《よしくみ》も押しかけ登城を行って、溜間《たまりのま》に詰める井伊や老中たちを囲んで談判を行った。

また、同じ日、御三卿の定例登城日のため江戸城に上がっていた一橋慶喜も、違勅についての言及を行っている。

井伊のあとを追って登城した慶永は、この時は家格の違いから同じ部屋に入れず控えていた。

このような申し入れにもかかわらず、井伊や老中たちはのらりくらりとその先鋒を反らし、結局成果を得るにはいたらなかった。

なお前日の二十三日、老中の中で一橋派である堀田正睦は、松平忠優《ただます》（忠固《ただかた》）とともに井伊から老中職を罷免され、代わって間部《まなべ》詮勝《あきかつ》と太田資治《すけはる》が就任していた。

実は三卿の慶喜をのぞき、この二十四日に登城を行った一橋派の大名たちは大きな過ちを犯していた。つまり大名には、年頭・五節句・月並、ほかに一日・十五日・二十八日の朔望《さくぼう》という決められた登城日があって、定例登城日以外に江戸城に入ることは禁じられていたのである。

二十五日諸大名の総登城をもとめ、紀州藩主徳川慶福《よしとみ》（家茂《いえもち》）の将軍継嗣を発表した井伊は、七月五日、勝手に押しかけ登城を行ったとして、尾張藩主徳川慶恕《よしくみ》を隠居・慎《つつしみ》、徳川斉昭を外城禁止、一橋慶喜を登城禁止、松平慶永を隠居・慎とする処罰を断行した。

これは大老職なればこその権限であるが、それにしても、井伊が行った御三家・御三卿、親藩に対するあまりにも思い切った処分は、彼の強靭な意志を人々に見せつけるとともに、以後の強権政治への不安を暗示させる出来事であった。

七月六日、将軍家定が薨去《こうきょ》した。

勅許なしの条約調印の経過は、老中の連名による奉書として京都に報告された。この報告で井伊は、調印締結の決定は彼が成したにもかかわらず、罷免した前閣老の堀田正睦と松平忠固にその責を負わせていた。

これを見た孝明天皇は激怒し、参内した公卿に悲痛な勅書を出した。

「条約を結ぶことは、どうしても神州の瑕瑾《かきん》であり、天下の危亡《きぼう》のもとであり、どこまでも許可しがたい。しかるに幕府が条約調印したとあっては、まことに存外の次第で、じつに悲痛などといっているぐらいのことではなく、言語に絶することである。このうえは考えることはなにもない。自分がなまじいに天皇の位にいて、世を治めることは、しょせん微力であってできない。こうなっては、このまま位についていて聖跡《せいせき》を穢《けが》すのも畏れ多いので、まことに嘆かわしいしだいであるが、英明の人に帝位を譲りたく思う。さしあたり祐宮《さちのみや》（のちの明治天皇、当時六歳）がいるが、天下の安危にかかわる一大事のときに、幼年の者に譲ってもしかたのないことであるから、伏見・有栖川の親王の誰かにゆずりたい」（小西四郎『日本の歴史 19』）

大老井伊直弼の独断で行った違勅調印は、時の天皇の思いをここまで追い詰めていたのである。

天皇自らの譲位発言にあわてた関白九条尚忠《ひさただ》は、対策として急きょ幕府に御三家ないしは大老のどちらかを上京させよとの命を伝えた。ところが井伊は、御三家は処分され、自分は政務に忙しいといって、堀田正睦の後任として老中に登用した鯖江《さばえ》藩主の間部詮勝《まなべあきかつ》を上京させると上申した。

この間京都では、尊攘派の志士梁川星巌や梅田雲浜・頼三樹三郎、それに一橋派の薩摩藩士西郷吉兵衛・同じく日下部伊三次《くさかべいそうじ》、さらに水戸藩士らの動きが活発化していた。

彼らは大老の辞任、御三家の処分の撤回、将軍継嗣の再議などをかかげて、鷹司家・近衛家・三条家などの家臣をつうじて公卿への工作を行い、朝命を得てふたたび形勢の立て直しをはかるべく画策していた。

忘れてならないのは松陰である。彼はこの時局にあってどう考えていたのか。

萩の松下村塾で子弟の教育にあたっていた松陰が、違勅調印のことを知ったのは調印後一月ほどした七月十一日であった。

その彼もこの調印を「違勅」として、十三日「大義を議す」と題する提言書を藩政府に提出した。

ここに言う彼の「大義」とは、朝廷の命令を奉じ勅に背くものを討伐することであった。

幕府の違勅の罪は「これを大義に準じて、討伐誅戮《とうばつちゅうりく》して、然る後可なり、少しも宥《ゆる》すべからざるなり」と厳しい。ここではすでに彼自身の中にはこの時期の誰よりも早く「倒幕」の考えが出来上がっていた。

だが具体的な提言としては倒幕の主張にまではいたっていない。長州藩は二百年来の恩義があるのだから、幕府と朝廷との間に立って調停し、幕府に勅を奉ずるように忠告すべきであるとする。藩は、朝廷の「寛洪《かんこう》」（注広くて寛大な心）・幕府の「恭順」・国民の「協和」という政治指針と、藩の三大綱である天朝への忠節・幕府への信義・祖宗への孝道をもって、幕府への信義を説き動かさねばならないとした。

大義は勅旨の遵守であるとし、これに違背する幕府を討滅に値すると明言はしたが、その藩に倒幕の実行まで提言しなかったのは、天皇は激怒されているとはいえ、幕府の討滅、すなわち勅旨に倒幕がないからであった。これを翻して言えば、倒幕の勅旨があればただちに倒幕に転じる考え方である。つまりそのことは長州藩の動き如何にかかる事であるとも言えた。

松陰がこのような考えにいたるには、幼少時代に受けた父杉百合之助、叔父玉木文之進、吉田家学の林真人・山田宇右衛門ら高弟による薫陶のうえに、家学である山鹿流兵学師範として九州、江戸への遊学、宮部鼎蔵との相房・東北地方への遊歴、水戸学派との交流、佐久間象山への師事等々、貪欲なほどの修業と研鑽があった。

そしてペリー来航の際の密航の罪によって、嘉永七（一八五四）年十月二十四日、郷里の萩の野山獄入獄後ますます読書欲は旺盛になり、その数は入獄から安政四（一八五七）年十一月までの読書記録である『野山獄読書記』によると、実に千五百冊にものぼっていた。

その野山獄では、一緒に入獄している十一人の囚人に倫理的な強化をおこなって彼らの感情の陶冶《とうや》に大いに寄与した。その上さらに彼の感化は司獄の福川犀之助《さいのすけ》や獄卒にも及んだ。

その後安政二（一八五五）年十二月十五日病気保養の名目で獄舎を出、親元の杉家で、与えられた四畳半の部屋に入り幽囚の生活を送っていた。

野山獄では囚人たちに「孟子」の講義を行っていたが、杉家での謹慎生活で一時中断したものの、父百合之助や兄梅太郎、久保五右衛門などを相手に続行された。これは輪講方式で行っていたため、これを記録し『講《こう》猛箚記《もうさっき》』と名づけた。これはのちに松陰自身が『講猛余話』とあらためた。

この受講者に中途から玉木彦介、高洲瀧之允、隣家の佐々木亀之助・梅三郎兄弟が加わった。

ちなみに、叔父玉木文之進が天保十三（一八四二）年に松本村新道の自宅に開いた「松下村塾」は、公務多忙のため嘉永元年いったん閉鎖されたが、久保五郎右衛門が松下村塾の名を引き継いで子供たちを教え、そのあとさらに松陰がこれを引き継いでいた。

松陰の教育活動は、はじめは親戚や隣人中心であったものが、外部からの教えを請う最初の弟子として斎藤栄蔵や久坂玄瑞《くさかげんずい》を迎えた。

なかでも玄瑞は松陰がその非凡さを見抜き、妹文を娶らせるほど最愛の弟子の一人となった。

杉家での幽囚生活の安政三（一八五六）年八月からは「武教全書」を講じ、その後この時の暮れまでに倉橋直之助、増野《ましの》徳民《のりたみ》、中谷正亮《なかたにしょうすけ》、佐々木謙蔵、高橋藤之進、吉田栄太郎（稔麿《としまろ》）、松浦亀太郎、岡部繁之助らの入塾があり、この間にもたびたび土屋蕭海や来原良蔵、妻木弥二郎ら友人らが訪問してきている。

このうち中谷は、嘉永四（一八五一）年に松陰が江戸遊学した際井上壮太郎とともに同行した人である。中谷はまた、安政二年三月に、横井小楠と、隠棲している宮部鼎蔵に宛てた松陰の手紙をもって肥後熊本を訪ねており、ふたたび老中堀田正睦が京都で条約勅許に行き詰まっていた安政五年四月十七日、小楠と鼎蔵に宛てた松陰の書簡を熊本まで届ける役目を果たしている。

この時の書簡の要旨は、前回と同じように横井、宮部二士のいずれかが長州に来て国事を語り合い、頑迷で動かぬ藩首脳らを説いてほしいとの内容であった。

このとき鼎蔵は同志と謀って中谷に回答を与えるため、佐々淳二郎、今村乙五郎、安場一平などの同志のほか、越前に発って不在の小楠側から、門下生の嘉悦一太郎、坂熊四郎らを交えて協議した。

横井小楠は、彼の明敏さと開明的考え方に魅かれた当時の越前藩主であった松平慶永から、肥後藩を通じ再三にわたって福井への招聘《しょうへい》を要請されていたが、かねてから小楠を快く思っていない藩首脳部から招聘を拒まれ頓挫していた。それが、慶永の夫人が肥後藩主細川斉護の娘という関係から、藩主間の書簡交換による決着によって小楠の福井招聘が実現を見、この年三月には越前に向け熊本を発っていたのである。

この小楠派を交えた話し合いは、開国を称え和親開港を推す沼山津《ぬやまづ》実学党と、海外情勢の急なることの認識は十分あるものの、朝廷が望まない和議など拒否せよとする、松陰や中谷の考えに賛同する鼎蔵ら肥後勤王党の意見とは、真っ向から対立するものとなったため、松陰が思う肥後同志らの一致した回答は得られずに終わった。

先にも記したように、松陰はこの時期の肥後の情勢を見誤っていた。しかしそれも、情報を得られない幽囚・謹慎の身にある彼にとっては致し方のないことであった。

松陰が野山獄入獄後、安政五年七月藩政府に提出した「大義を議す」という提言書を書くまでは、松下村塾を中心に萩城下における教育者としての道を歩んでいたといえる。

それが、行動する回天者として歩きはじめたのは、自由に行動できない幽囚の立場上、同志として一番信頼していた肥後の横井小楠や宮部鼎蔵の招請に期待できないことを覚ったからである。小楠は越前に行き、鼎蔵は肥後から出られない事情が理解できた。

であれば、情勢がここまで切迫してきた以上、他藩のものに頼ることなく己自身の手で長州を動かし日本を変えるしかない。彼はそう決意した。

二

京都が違勅問題で緊迫状態にある六月二十一日、長州藩はこれまでの相州警備の任を解かれ、日米修好通商条約にもとづく兵庫開港にともない、京都に近い兵庫沿岸の警備に任ずる幕命をうけた。

さらに七月半ば過ぎに松陰は、井伊大老が上京して天皇を彦根に幽閉するという噂を耳にした。そのため藩庁に対し、兵庫警備の兵の急派と天皇身辺警護のため文武修行の名目で、二十人程度を京都に派遣することを提言した。藩ではこの意向を受け、ただちに京都の情勢視察として、伊藤伝之助、杉山松助、岡仙吉、伊藤利助（博文）の松下村塾生と、惣楽《そうらく》悦二郎、山県小助（有朋）ら六人を上京させた。

これに続くように、松陰門下の久坂玄瑞、中谷正亮、赤川淡水《おうみ》、中村道太郎、吉田栄太郎、松浦松洞《しょうどう》、福原清介《せいすけ》、萩原時行らも上京し、尊攘派の公卿や梁川星巌、梅田雲浜などの志士たちと交わりつつ、盛んに違勅問題をはじめ幕府の処分に対する撤回運動を行いだしたのである。

この一連の動きを通して、薩摩藩や長州藩それに水戸藩の尊攘派は、早くも京都の公卿たちとの関わりを持ち始めていた。

八月八日、ついに幕府と水戸藩に対し朝廷からの勅諚が下された。これは安政五年が戊午《ぼご》の年であったため「戊午の密勅」と呼ばれた。

勅諚の内容は、条約調印と尾張・水戸・越前に対する処罰をけん責し、幕府は大老・老中・三家・三卿・門下譜代が詳議評定して、国内治平、公武合体をはかって内を整え、外国の侮《あなど》りを防ぐ方策をたてることを求めていた。

文面は幕府、水戸藩とも同様であったが、水戸には特にこれに添えて、「同列の方々（御三家）三卿家門の衆以上隠居に至るまで、列藩一同にも」この趣旨を伝えるよう記されてあった。

あきらかに藩主のみならず、すでに隠居している徳川斉昭や、処分を受けて隠居の身になった尾張藩主徳川慶恕、越前藩主松平慶永（春嶽）らを意識した文言であった。

水戸藩へは、京都留守居鵜飼《うがい》吉左衛門の子幸吉がこの勅諚を江戸藩邸に届けた。

朝廷は十日、幕府に対して水戸藩にも添書と一緒に同じ勅諚が下されたことを知らせた。

勅諚が、直接幕府以外の水戸藩へ下されたことそのものが異例なことであったうえに、「列藩一同にも」伝達せよとの文言は幕府の憂慮を誘い、このため幕府は水戸藩に諸藩への伝達は行わないよう指示した。

この幕府による指示は、水戸藩内に幕命を奉ずるべきだとする鎮派と、勅命を奉ずるべきだとする激派を生み、これが両者の激しい内部抗争に発展することになった。

水戸藩へ勅諚を下すことに尽力した公卿らは、それぞれ関係を持った大名たちに密かに勅諚の趣旨を内報した。

また、京都水戸藩留守居鵜飼《うがい》吉左衛門は、勅諚の内容を斉昭に好意を持つ長州・越前・宇和島・鳥取の各藩に密かに伝えた。

江戸と京都を行き来して水戸藩と深い交流をもつ薩摩藩士日下部伊三次《くさかべいそうじ》は、前内大臣三条実万《さねつむ》の指示で、勅諚の写しを土佐藩主山内豊信《とよしげ》に伝えた。

正式な長州藩への密使の内報は鷹司家から京都藩邸にあり、八月二十四日には萩に着いた。

これとは別に、八月二十一日、公卿たちの中に深く取り入った久坂らの働きによって、兵庫の警備についている長州藩兵を、朝廷の警護へ当たらせるように要請する中山忠能、正親町《おおぎまち》三条実愛《さねなる》の密書が、甲谷岩熊《こうたに》（兵庫）によって萩へ届けられた。

ちなみに鼎蔵の肥後藩へは、八月十六日内大臣一条忠香《ただか》が、京都肥後藩邸留守居を屋敷に招いて勅諚の写しに自分の意見を添えて渡し、藩主細川斉護に送致するよう伝えた。

この写しは江戸在府中の斉護に届けられると同時に熊本にも届けられた。熊本では家老小笠原長洪《ながひろ》、大目付有吉市左衛門時升ら藩首脳部で協議の結果、日和見主義でとおす方針で決着し在府家老溝口蔵人《くらんど》にその旨報せた。

要旨はこうである。

現在、条約調印による開港の増加にともない、沿岸警備の配置換えがなされている。だが有り難いことに肥後藩は相州警備の変更もなく、そのうえ守備兵の交代や武器食糧等の輸送に便利なようにと、幕府から水運の便のよい浜町に六千坪もの邸地を付与された。このような優遇措置を受けている我が藩に対して、かならずや怨《うら》んだり嫉妬する藩も出る昨今の情勢であるから、朝旨は尊奉しつつも諸藩と協同歩調でいくことにする。

という方針であった。

いずれにせよ、勅諚が朝廷から直接水戸藩に下された前代未聞の出来事は、京都にあって勅諚阻止につとめていた大老井伊の腹心である長野主膳の失策であった。

彼は失地回復のため、これを尊攘派らによる奸計《かんけい》、悪行として、勅諚発出のために奔走した公卿や志士たちの探索に力を入れ、その名前と動きを逐一江戸の井伊に報告した。


九月五日の近藤詩茂左衛門の逮捕を手始めに、九月七日梅田雲浜が逮捕された。このとき逮捕するはずであった七十歳の梁川星巌は、当時流行していたコレラに罹り九月二日に死亡していた。

大老井伊直弼の命による大獄のはじまりである。

はじめは京都にいる長野主膳の指図によったが、井伊は、急きょ所司代に小浜藩主酒井忠義《ただあき》を着任させて取り締まり体制を強化し、つづけて老中間部《まなべ》詮勝《あきかつ》に上京を命じた。

間部の上京は、表向きは関白九条尚忠をつうじて朝廷への条約調印の釈明であったが、幕府支持者である当の九条関白自身が、公卿たちからの激しい排斥運動によって辞任に追い込まれ、本人も辞職届を出すにいたっていた。だが前例として関白の更迭は幕府の同意が必要である。当然幕府はこれを拒否して阻止し、やっと九条関白の留任を保つという状態にあった。

間部が入京したのは九月十七日である。彼の任務は、幕府側に立つ九条関白を追いつめた朝廷を取り巻く環境の一掃と、幕府の威厳の回復にあった。

そのころ弾圧がはじまったことを知った在京の多くの志士たちが京都を脱出していたが、水戸藩留守居の鵜飼吉右衛門と幸吉親子が逮捕された。

その後十一月末までに、鷹司家家臣小林良典の逮捕、池内陶所《とうしょ》の自首、三国大学、頼山陽の子三樹三郎と逮捕者が相継ぎ、青蓮院宮、近衛、鷹司、三条家をはじめ有力な公家の家臣十六名が逮捕・拘束された。

弾圧は江戸でもすすみ、九月十七日曽我家家臣飯塚喜内の逮捕により、押収された書籍から多くの志士たちの逮捕につながった。九月二十七日には薩摩藩士日下部《くさかべ》伊三次が逮捕された。

当時、京都にいた西郷吉兵衛（吉之助、隆盛）は清水の僧月照と京を脱出して薩摩に帰り着いたが、郷里でも幕府の追及の厳しさを知り、悲観した二人は錦江湾に入水した。月照は絶命したが西郷は蘇生し、しばらく隠忍の日々を送ることになる。

十月二十三日には越前藩士橋本左内が出頭を求められて収監された。

間部は九月には京都に入ったものの病気と称して直ぐには参内せず、九条関白の復権工作に専念しつつ、志士や公卿たちの手足となる家臣たちの逮捕という威嚇《いかく》によって朝廷に揺さぶりをかけていた。

十月二十四日徳川家茂（慶福）の将軍宣下の許可を得た日、ようやく参内した間部は関白九条尚忠ら公卿らに条約調印がやむを得なかった事情を述べた。

この釈明はただちに孝明天皇に伝えられたが納得は得られなかった。

それでも間部は、不遜にも一方では久我《こが》家春日潜庵など公卿周辺の人々の逮捕を推し進めながら、十二月十八日まで三回にわたって書簡で釈明した。その結果、最も強硬な攘夷論者であった天皇も、公卿への圧迫が増したことによって譲歩せざるを得なくなり、十二月晦日間部は天皇に拝謁したのち、九条関白から次のような勅書を渡された。

「いずれ外国は、天皇の考えのように遠ざけて、前々の国法どおり鎖国の旧法に引き戻すとのことで安心した。なにぶんとも早く、良策を立てて引き戻してほしい。条約を調印したやむを得ない事情は了解した」（小西四郎『日本の歴史 19』）

さすがに天皇の信念の軸にはいささかのぶれもなかった。条約調印のやむを得ざる事情については了解したというだけで、許可は得られていなかったのである。

京都で逮捕された人々は、すべて唐丸駕籠に入れられて次々と江戸に送られた。

さらに井伊大老の指示を受けた間部は、今度は公卿の逮捕に取りかかった。しかしこれを事前に察知した左大臣近衛忠熙《ただひろ》、右大臣鷹司輔熙《すけひろ》は辞官・落飾を、輔熙の父前関白鷹司政通、前内大臣三条実万《さねつむ》は落飾を願い出た。

天皇はこの願書をしばらく手もとにとどめ、幕府に大目に見るよう求めたが、幕府の強硬方針をくつがえすことはできず、安政六（一八五九）年二月五日、京都所司代酒井忠義《ただあき》から九条関白に対し公卿らに対する処分案が提示された。

それでもなお天皇は、近衛、鷹司親子、三条の落飾までしたくないと考え、四人の処分を保留するよう九条関白に命じた。

だが幕府は天皇の申し入れをまったく無視するかのように、さらに二月十七日青蓮院宮を慎、鷹司政通、三条実万を隠居・落飾・慎、近衛忠熙を辞官・落飾、鷹司輔熙を辞官・落飾・慎に処すこと、以下内大臣一条忠《ただ》香《か》、権大納言二条斉敬《なりゆき》、議奏久我建通《こがたけみち》、武家伝奏広橋光成、同じく万里小路《までのこうじ》正房、議奏加勢正親町三条実愛、非参議大原重徳《しげとみ》ら多数の公卿の辞官・隠居・出仕停止等を含む処分案が出された。

それでもなお天皇は、九条関白を通じて幕府との折衝を試みたが、もともと幕府の言いなりになっている九条の仲介でくつがえされるはずもなく、ついに天皇も許可せざるを得なかった。

三月二十八日はほとんど幕府の処分案どおり、近衛忠熙、鷹司輔熙の辞官が認められ、四月二十二日近衛、鷹司親子、三条には落飾・慎が命じられた。

そしてこの処分を決めた当の間部詮勝は、処分案を酒井に言い渡したまま、二月二十日に京都を発ち、処分決定前の三月十八日にはすでに江戸に帰着していた。

三

嘉永七年は十一月二十六日をもって元号が変わり、十一月二十七日から安政元年（陽暦一八五五年一月十五日）となる。

鼎蔵はその後、帰国してからも特に幕府からのお咎《とが》めはなく、内坪井の自塾での兵学指南に明け暮れていた。

そのかたわら、ふたたび原道館の桜園の許に通って、『古事記伝』、大祓詞《おおはらえのことば》、『万葉集』などの古典の修得に取り組みはじめた。

このうち特に『万葉集』の講義は、桜園自らが安政三年五月二十日まで約十八回継続したが、鼎蔵はそのすべてに出席した。

明けて安政二（一八五五）年正月四日、野山獄にいる松陰は鼎蔵、佐々淳二郎、永鳥三平を偲んで『思友詩』を作った。

それから七日後、衰弱していた金子重之助が岩倉獄で死んだ。

このことを知った鼎蔵は、金子の死を悼んで二首の歌を詠み、これを、熊本の高島流砲術の大家である池部啓太のもとで砲術弾道学を学び、免許を得て帰郷する萩藩の松本源四郎へ松陰への書簡とともに託した。


渋木松太郎（金子重之助）ぬしおかしける罪有とて、ひとやの中にとらはれて有しが何くれとわつらひて、ことし正月の十一日に身まかりぬと云おこせたるを聞に、いともくくちおしさいはんかたなし、こたひ弔ひいひつかはすとて

心なき深山おろしはははけしきに
さきかけて散る花をしぞ思ふ
虚蟬《うつせみ》のなきみのからはくちぬとも
その名は世々にかたり伝へむ

鳥山の蒼龍軒塾では、いつも自分の身分を考え、皆の議論の輪の外にいて静かに話を聞いているだけの金子

であった。そのため鼎蔵もそれほど彼と言葉を交わした仲ではない。
しかし、たとえ軽輩の身とはいえ、松陰と命を共にした同志として信をおいた者に対する鼎蔵の誠意であった。

その年の三月、松陰は門生の中谷正亮《なかたにしょうすけ》を肥後まで遣わして、鼎蔵に書簡を届けさせた。

『……幣藩《へいはん》は相替《あいかわ》らず因循不恥《いんじゅんふち》の至りに御座候。併《しかしながら》近日にいたり国相府《こくそうふ》の諸員共、少々振起《しんき》申候様《もうしそうろうよう》に相《あい》成候《なりそうろう》。然《しか》れども、御熟知《おじゅくち》の通り、何分《なにぶん》にも気力薄弱にて暴風迅雨《じんう》に抵抗する様参り申さず、何分滋養強壮今日の急剤《きゅうざい》に御座候。……詰まる處《ところ》、横井、宮部両先生間、幣藩迄御出懸下され候様に御願申上度《おねがいもうしあげたく》奉《たてまつり》存《ぞん》じ候。
……』

大意は、

「私の藩は相変わらず旧態依然として、何も改めようとしないので恥ずかしいかぎりです。
それでも最近では政庁幹部の中には、少しはどうにかしようとの気運も生じてきているようではありますが、なにぶんにもその気力が薄弱なため、困難に際してき然としてこれに立ち向かうという気概を待つまでには至っておりません。
そのため、どうしても気運を起こさせるべく、強力な影響を与える賢人による教育が必要であり、ぜひとも横井小楠、宮部鼎蔵両先生に自藩までお越しいただき、教育していただくことを願っております」

実は松陰自身がこのことをやりたいのであるが、幽囚の身ではそれも出来ないため、彼の同志の中で一番信頼し、尊敬してやまない肥後の小楠と鼎蔵に、長州藩の意識改革の教育を頼んだのであった。

だが、松陰がいかにそのことを望んでも、鼎蔵には彼の希望を叶えてやることは出来なかった。

先ず何よりも、当の松陰の渡航事件発覚によって、連座はしなかったものの、彼との交友関係が原因で熊本に呼び戻された。

それに、松陰と違って藩状がまるで違っている。松陰に対する萩藩の重臣たちの好悪感はそれぞれであり、肝心の当主である毛利慶親が若い松陰の才能を買っている。

松陰の性格も、獄中の身とはいえ、自分のことを『二十一回猛士』と名乗るなどかえって意気軒昂《いきけんこう》であった。二十一回とは実家の杉家の杉が十と八と三からなっていること。養子の吉田も分解すると二十一の象があると解釈し、これまで三回の猛は、東北遊歴・「将及私言」など上書の提言・ペリー艦船での海外渡航の試みを指し、残り十八回やるべき猛があるというのである。

やがてはのちに、野山獄の囚人たちを生まれ変わらせるほどの教育を行うなど、純真無垢ともいえるような柔軟な思考と行動力であった。

しかし、肥後はそういう具合に事は運ばない。

いかに鼎蔵に才能があろうと一介の下級武士である。ただその一点に尽きる。

藩主が賢君であれば目を付けられるようなこともあったであろうが、小楠や桜園、その他諸々の才人を擁してはいても、すべて家柄と地位、それに時習館派（学校党）であるか否かによって物事が決められる。それこそ松陰の言う「因循不恥」の極みのような藩状であった。

そのような熊本で、帰郷後身動きのとれない状態におかれた鼎蔵は、ひたすら桜園の許でさらに深く古典を極めようとしていた。

一方小楠の方は、嘉永六年二月兄時明の病死によって家督を継ぎ百五十石を相続した。翌嘉永七年七月には四十五歳にして藩士小川吉十郎の娘ひさ子と結婚し、兄嫁と三人の子供、それに実母の面倒を見ており、生活が苦しくなったため、安政二年には農村の沼山津《ぬやまづ》に転居して、そこを『四時軒《しじけん》』と名付け私塾を続けた。

ところで、この時期における小楠の外夷に対する考え方は、嘉永六年のペリー来航前後のころと、二回目の来航となった嘉永七年以降では一言で表せないほどの変化が生じている。

最初のペリー来航のころは、

「江戸を必死の戦場と定め夷賊を虀粉《さいふん》に致し、我が神州の正気を天地の間に明に示さずんばあるべからず……」

と戦争一点張りであったが、その直後彼は『夷虜応接大意《いりょおうせつたいい》』を書いてその解説をしている。この内容の大意は、アメリカやロシアの使節に対応する基本的立場は、「天地仁義の大道を貫《つらぬ》くの条理を得るにあり」とし、「有道の国は通信を許し、無道の国は拒絶するの二ツ也」と、有道の国は拒絶しない、だからアメリカとの応接にはまず相手にこの「天地仁義を守とする国是《こくぜ》」を示し、これまでのペリーの数々の無礼を咎めて、そのような国とは交際しないと断固宣言しなければならない。これが信義の万国に貫く道であり、それで戦争になっても恐れることはない。

との基本的考え方を示し、さらに国内で論議される三種の応接態度を示して論評を加え、最下等は、彼の威権に属して和を唱えるもの。これは論外である。

理非を分かたず一切外国を拒否して戦争をするというもの。これは天地自然の道理を知らないので必ず負ける。

しばらく属して和し、士気を張ってから戦おうというもの。これは、いったん和する心が生じればその後士気は決してふるわず、天下の大義に暗い考え方である。

最上の策は、必勝の覚悟をかため、幕府諸藩が材傑の人を挙げ、天下の人心に大義のあることを知らせて士気を一新する政治改革を行うことである。

と主張している。

嘉永六年八月以降、長岡監物や小楠ら実学党が行った藤田東湖を介しての水戸斉昭、吉田東篁などを介しての越前松平慶永への働きかけは、この方針にもとづいてのことであった。

しかし、嘉永七年正月、二度のペリー来航の際、期待していたこの小楠ら実学党の方針は、幕府や、信頼していた時の幕政参与水戸斉昭からも取り上げられることなく、恫喝に屈して日米和親条約を結んでしまった。

このことは、その時熊本にいて事情の分からない小楠にとって夢想だにしない展開であった。

あれほど水戸学派の東湖らと頻繁に書簡を交わし合い、お互いの意思が通い合っていたと信じていた小楠は、これは明らかに水戸の裏切り行為だととった。

そしてこの年の夏、警備の任を解かれて熊本に帰ってきた長岡監物と小楠は、この問題でついに袂を分かってしまった。

つまり小楠には、江戸にいて藤田東湖らと連絡を取り合いながら、幕府応接の推移をつぶさに見聞きしていたはずの監物が、なぜ水戸の欺瞞性を見抜けなかったかという不信感が、監物への激しい詰問となったのである。

その後安政二（一八五五）年夏ごろまでの小楠の夷荻に対する認識としては、「ペリー来航の仕方から見てアメリカは無道の国であり、そのような国は拒絶すべき」だとする判断。そして、「そのアメリカも含めて、夷荻の国々は、意外にも治術《ちじゅつ》が明らかで、すでに自分が藩や幕府にすすめていたような政治を行っているようだ」との二つの見方を持っていた。

彼のこのような考え方の裏には、嘉永六（一八五三）年にはじめて日本に輸入され、翻刻版《はんこくばん》となって和訳され出回っていた『海国図志《かいこくずし》』を見たことにあった。『海国図志』に書かれていることを簡明に言えば、「師夷長技、以制夷」、つまり、「外国の優れた技術を学び、それを用いて外国を制す」という考え方である。

この書物は、清の道光二十二（一八四二）年、当時アヘン戦争でイギリスに敗れた屈辱から、公羊学者《くようがくしゃ》の魏《ぎ》源《げん》が著した万国地理書である。

これは、一八三四年に出版されたヒュー・マレイの『地理全書』を清の両江《りょうこう》総督であった林則徐《りんそくじょ》が漢訳させたものを土台に、道光二十七（一八四七）年魏源がブリッジメンの『合省国誌』などによって六十巻にわたって増補改訂し、ついで咸豊《かんぽう》二（一八五二）年全百巻として出版された漢文による世界地理書としては当時第一級のものであった。

公羊学は、中国の戦国時代、斉の公羊高《くようこう》という学者が孔子の弟子子夏に師事し、『春秋』の注釈書である『公羊伝』をつくった。この『公羊伝』に基づいて、孔子の微妙な言葉使いから本当の内容を読み取ろうとする学派で、清代の荘存与《そうぞんよ》に始まり、清末の康有為《こうゆうい》に至って大きく飛躍した。

しかし当時の清では、中華思想（世界の中では中国の文化こそが至上であって、野蛮な外国から学ぶことは論外）に反省を迫る思想であったため、無視され顧みられることはなかった。

現に、小楠がこの『海国図志』を見たであろう嘉永七年、つまり陽暦一八五四年から四十四年後の一八九八年、外圧に悩む清にあって、康有為の指導のもと、若い光緒帝によって宮廷内の旧弊を改める体制改革が進められようとした矢先、宮廷内の権力を掌握していた西太后の猛反撃に遭い、危険を察知した康有為がイギリス領の香港に亡命するという事件が起こっているのである。

このように小楠の方は、ペリー来航以後、開国思想への転換が生じだしており、松陰が牢獄にあって様々に思いをめぐらせ、期待した肥後の二人は、それぞれ信じる違った道を歩きはじめていた。

四

安政二年六月のある日、その鼎蔵と小楠が違った道を歩き出したのを象徴するかのような事件が起きた。双方の門弟たちの衝突である。

師同士はそれほどまでには意識しないことであっても、その下で教えを受ける門弟たちは、説く道が違うだけで激しい敵愾心《てきがいしん》を燃やすほど敏感な受け止め方をする。

鼎蔵の門弟である丸山勝藏、石原亀助、濱武治策、それに鼎蔵の弟大輔（増正、春蔵）らが、楠若葉の萌える水前寺界わいを散策していたときのことである。彼らは大輔の十六歳を最年少としていずれも二十歳前後の若者たちであった。

そこで平素丸山と反目し合っていた小楠塾の永原某や平山某、山田某らの若者らとばったり出会ってしまった。お互い二言、三言言い合っていたかと思うとたちまち乱闘になった。

さすがに腰の物は抜かない素手のやり合いであったが、近くの棒切れなどを手にした者もいた。

なかでも弟の大輔は、田代の実家にいたころから、兄と違って手がつけられないほどの腕白者に育っていた。そのため、手を焼いた父の春吾が熊本の鼎蔵にあずけて教育を頼んでいたが、城下に来てからも、白河に架かる長六橋の欄干を走って渡るなど剛胆《ごうたん》で気性の激しい若者であった。

丸山らの方にはその大輔が加わっている。

たちまち永原らを散々に打ちのめしてしまい、悠々とその場を立ち去って行った。哀れなのは永原らである。顔は腫れるわ、鼻血は出るわで、体中傷だらけになってうめいていた。

そのため直ぐにそれぞれの家人たちにも知れ、これが藩庁の聞き知るところとなった。

この喧嘩にいたる反目の原因は、前に丸山と永原が小楠の塾で激論したことがあった。おそらく、お互いの師の説く論の違いからの激論ではなかったのか。

ちなみに、時習館以外で学ぶ若い藩士たちは、城下の数ある私塾を回って自分の希望の学問を習得していた。鼎蔵の塾だけで満足する者もいれば、股をかけ別の塾で砲術、漢籍、儒学、医学、古典等々専門の師を選んで学ぶ者もいた。

その意味で、丸山の場合も鼎蔵の門弟でありながら小楠の塾にも通う。だが、彼の真の師はあくまでも鼎蔵である。この判断は弟子である丸山自身が決めることであった。

喧嘩は両成敗である。

だが、藩庁はこれを私闘とみなし、主犯格の丸山には死刑、永原らには軽い叱責程度の処分を下した。丸山は軽輩の身分、永原らは高禄の士籍の息子たちであった。身分の差による取り扱いの違いは明らかであった。

大輔には三年の懲役刑が科せられた。

この事件で鼎蔵の心は痛んだ。

一つは丸山勝藏を失うことであった。丸山は先年松陰が来熊した折、鼎蔵が多くの門弟の中から特に選んで応接に当たらせたほどの傑物《けつぶつ》であった。この時松陰と対座した丸山は堂々とした所見を述べ、滔々《とうとう》とした雄弁ぶりに松陰も彼の将来を称揚《しょうよう》したほどであった。

鼎蔵は丸山を自分の後継者と考えるほど愛してやまなかった。

そして大輔の処分である。事件直後大輔は自身の血気にはやるままの軽率な行動が兄に類を及ぼすこと、つまり、師範職を免除されることのないよう、切腹で始末をつけようとしきりにその取り計らいを願った。

鼎蔵の家に集まった友人や親族もまた、大輔の願いを叶えてやることが、兵学師範として拠って立つ宮部家の存続も適う道だとしきりに鼎蔵をうながした。

しかし鼎蔵はきっぱりと、

「大輔の切腹の件は、納得のいくことであれば申し付けもしよう。だが、喧嘩の原因を考えれば、大輔の命と私が職を失うこととを秤《はかり》にかけるほど重大な事柄ではない。

この程度の事で、なんで腹など切る必要があろう。それこそ無駄死にというものだ」

と、これから予想される不公平な藩庁の処分を考え、腹立たしそうに決意を述べた。

彼には、弟の死と引き換えに綿々として職に留まるなどという考えは思いつかないことであった。

この事件に対しては、兄であり師である自分に教育者としての力量が足らなかった結果であり、身近な肉親でさえ感化できないものがなんで師範として人様を教え導く立場に居られよう、との自責の思いだけが彼の心を占めていた。

予想された通り、藩庁は鼎蔵の師範職を取り上げその職を免じた。

収入の道を断たれた彼は、坪井の私塾をたたみ、食べるために、妻子を伴って郷里である南田代に引き揚げなければならなかった。

弟の大輔は刑の執行を受け、石原亀助、それに死刑の執行を待つ丸山勝藏とともに獄に入った。

死刑執行の日、丸山は二人と別れるに際し、「自分は文武忠孝の道を歩まんとして、道とまったく逆の不忠不孝の結果を招いてしまった。

先生のことを思い一人残される母のことを考えると、悔やんでも悔やみきれない。

君たちはどうか自分のような轍《てつ》を踏まないよう注意して、国のために必ず有為の人材になってもらいたい。

これが、自分が君たちに望む最後の一言である」

と言い終わって涙をのんだ。この悲痛な言葉に一同は皆込み上げる涙を抑えきれなかった。

井出の口の刑場に引き出される前、最後の別れに、親戚、知人らとの面会が許された。

このとき鼎蔵は今村乙五郎、佐々淳二郎らと一緒に丸山と会い、弟子との最後の別れの盃を丸山に渡そうとすると、彼は、

「先生は入門のとき、私に而立《じりゅう》の年（三十歳）までは酒を飲むなとご訓戒なさいました。誠にもったいないこととはおもいますが、ここで盃を受けるわけにはまいりません」

と言ってうけようとしない。

しかし鼎蔵は、どうしても別れの盃だけは交わしてやりたかった。そこで、強いて丸山の手を取り、

「許す、今日だけは許す。心置きなくとれ」

と声を曇らせながら手のひらに盃を押し付けた。

丸山も、その勢いにつられ、一口注がれた酒を口に含んだがすぐ吐き出してしまい、

「ご訓戒をいただきましてから、断じて飲むまいと心に誓いました以上、口にはいたしましたがどうしても喉を通すわけにはまいりません。先生のお心だけは有り難く頂戴しましたので、どうかこれでお許しください」

と言って返盃した。

師への誓いを、己の死の間際までかたくなに守り通そうとする弟子の心がけに、鼎蔵は思わず胸が熱くなり、涙を見せまいと背を向けざるを得なかった。

丸山の死刑執行後、彼を失った鼎蔵の嘆きは深く、その日からしばらくの間、病床から離れることができなかった。

さらに南田代村の田舎に移ってからも、幽囚の身にある大輔を思い、

朝ニ起テ城阪《じょうすう》ヲ望ミ　暮ニ起テ城阪ヲ望ム
城阪何ノ望ム所ゾ　大也此レ幽囚

との詩を詠んだ（注：望城阪とは片田舎から城下を望むこと、大也とは大輔のこと）。


この時鼎蔵三十六歳、出郷以降時には郷里に帰ることはあったが、九歳のとき祖母のラクに伴われて山を下って以来、実に二十七年ぶりの帰郷であった。

だが、松陰と違うのは、弟の罪で自らに責任を課し、加えて妻子を養う身にあった。

身を落ち着けた南田代村の実家は、一人娘を持つ姉の千恵が家を守っていた。

千恵は、以前婿養子をとっていたが、相手があまりにも好人物すぎたため飽き足らず、鼎蔵の留守中に自ら離婚してしまっていた。

鼎蔵は、俗世との関わりを断ち、やさしく迎えてくれた郷里の地で、晴耕雨読の日々を送る決意を固め、号も、田代の地をとって、『田城子《でんじょうし》』、また『大箭山人《だいせんさんじん》』・『蠖屈子《かくくつし》』（蠖＝尺取虫、尺取虫のように世に隠れ、身を潜めていること）を名乗った。

南田代に落ち着いて直ぐ、ふたたび松陰からの六月二十六日付けの書簡が届いた。

鼎蔵は前の返書の際、

「自分は見る所あり、木偶人《でくにん》となって退隠している」旨のことを書いて遣わしていたため、これに対して松陰は、

「……願うに老兄（鼎蔵）とは、諸君の先輩である。それが、一木偶人となったと言うのは、それまたここに見るところあってであろう。昔程伊川《ていいせん》（程頤《ていい》、中国北宋時代の儒学者）は終日端座して泥塑人《でいそにん》（泥人形）の如しと言ったが、これは学を好むこと篤くして然《しか》うだったのである。然《しか》るに僕は今禁足せられて地を履《ふ》むこと能《あた》はずしてまた土偶となってしまった。ところが泥塑人は雨に遇えば潰敗《かいはい》してしまうから、木偶人に及ばざる事遠しである。木偶人は斧を受くれば割れ、火に遇えば燃えて灰となる。だから、老兄と私は、相誓って石造の人とならなければならない。……」

と言って励まし、獄中にあってもなお、進取の精神は盛んであった。

鼎蔵にとっては、安定した生活費こそ得られなくなったものの、屋敷内には、食に困らないだけの田畑もあり、周囲は自然に満ちている。少年の頃の生活に戻っただけのことで、生きていくのにそれほどの不便さは感じない。

これまでは、弟子たちの講義や稽古づけで汗を流していた分、読書のほか、田畑を耕したり、細工物を作ったりで時間が費やされる日々に変わったのである。

なかでも、子供のころに、よく身近にある木や竹で細工をして遊んでいた器用さが役に立ち、現金収入を得る手段として、住まいの裏に群生している竹を切り出して、笊や籠などを細工し、また桑材で「胴籠《どうらん》」と呼ぶ煙草入れを編んでは、熊本城下まで下りて商人たちに商ってもらっていた。

もっともこの商いは、城下に入る同志や知人たちとも会える、恰好《かっこう》の機会ともなっていた。

やがて屋敷内に、自分の書斎用に屋舎を一棟建て、『滄浪軒《そうろうけん》』と名づけ、手の空いたときなどは、近隣の子供たちに手習いなどを教えていた。

またときには、隣の矢部郷（現山都町）にも足を延ばし、子供らはもとより、勉学意欲のある若者たちにも、手習いや、論語の解釈、神国日本の成り立ちなどを分かりやすく教えていた。

この矢部郷との関係は、前に記したとおり、宮部家四代目の市左衛門が有する百五十石の知行地のうち、百石が矢部手永《てなが》の田小野《たおの》にあった関係から縁は深く、鼎蔵の名を知る時の惣庄屋布田保之助《ふたやすのすけ》から、特に請われて矢部にも塾を開いていたのである。

ちなみに、残りの五十石は、木倉手永南田代村染野《そめの》（現御船町）に知行地があった関係から、鼎蔵の曾祖父にあたる市左衛門の次男角次の代に、染野の地を頼って南田代村に御赦免開《ごしゃめんびら》き（開墾した土地に対する三年間の免税措置）を行い、定着したといわれている。

いずれにせよ、これが隠棲した鼎蔵の生活であった。

そのうち、懲役に処せられていた大輔（春蔵）も、改悛の情が顕著であるとされ、三年の刑が、恩典により一年半に減刑されて村に帰ってきた。

このとき、もともと美男子であった大輔が、牢獄生活で色白になり、着流しに深編笠で帰ってきたため、

「今様平井権八だ」

と、さかんに囃し立てられた。

朋友永訣

一

江戸北町奉行石谷穆清《いしがやあつきよ》から、長州藩江戸藩邸へ松陰の身柄引き渡しの命令が来たのは、安政六（一八五九）年四月十九日のことであった。

事の重大さを認識した藩邸では、江戸護送までの間に、松陰の同志や門下生らによる身柄奪還を懸念して、松下村塾関係者の鎮静化を配慮する必要から、国元へは行相府直目付長井雅樂《うた》と小倉源右衛門に幕命を伝えさせた。

長井らは五月十三日に萩に着き、松陰召喚の幕命を伝えた。

このとき松陰はふたたび野山獄に入っていた。入獄の理由に特別罪状があったわけではない。幕府の激しい弾圧に対抗する松陰の大胆不敵な行動に手を焼いた藩庁と、これまで松陰の理解者であった行相府祐筆周布政《すふまさ》之助《のすけ》の措置によるものであった。

安政五年六月の三家・三卿・親藩への幕府の処分、「戊午《ぼご》の密勅」、志士たちへの弾圧が続くなか、長州藩も次々と藩士を上京させて情勢の把握を行っていた。その中には松陰の命を受けて動く多数の門下生もいて、彼らは主に公卿に対する接触をはかっていたが、彼らのあまりに過激な行動を恐れた藩庁は、久坂玄瑞、中谷正亮、萩野時行らに京都からの退去を命じた。

このとき久坂と中谷が京都を去るにあたって、尊攘派の公卿の一人である非参議大原重徳に面会した際、「藩の重臣が自分に面会があれば、長州に赴いてもよい」

ということを述べた。これを伝え聞いた松陰は、

「大原西下の機会は、勤王討幕を促進できるきっかけになりはしないか。たとえ松陰ら数十人の決起ではあっても、この波紋はやがて日本全国の決起へと広がるはずだ」

ととらえた。

そして松陰は、大原へ『時勢論』と『大原卿へ寄する書』を書いて送ったが、京都の長州藩邸で大原書簡は押さえられ、『時勢論』のみが大原へ届けられた。

その押さえられた大原書簡の中で松陰は、

「万々失策に出で候も、私共同志の者計り募り候とも三十人五十人は得べくに付き、是を率いて天下に横行し奸賊《かんぞく》の頭二つ三つも獲《え》候にて戦死仕り候も、勤王の先鞭にて天下の首唱には相成り申すべく、私儀本望之に過ぎず候」

と述べている。

しかしこの書簡は大原には届かなかったため、大原の西下は実現しなかった。

次に松陰は梅田雲浜らが入獄している伏見奉行所の破獄《はごく》を計画した。

彼はこの破獄策を、彼の塾に学びその後京都の梅田雲浜に学んだ赤根武人《たけと》に授けた。

赤根は梅田が逮捕されたとき一緒に捕まったが、嫌疑なしとして釈放され萩に帰っていた。松陰はこの計画の実施を、刺激を与える必要からほかの藩士たちにも書簡で知らせたため、藩庁の知るところとなり失敗に終わっている。

このような松陰のあまりにも過激な行動に、さすがに松陰の理解者であった周布政之助も耐え切れず、

「書の妄動を費やすなかれ、妄動して止まずんば投獄あるのみ」

と叱責《しっせき》せざるを得なかった。

だが、上層部に理解があろうとなかろうと松陰の狂は止められなかった。

このように次々と手を打つ松陰ではあったが、やはり肥後の同志たちのことが気になっていた。

十月八日には門弟の伊藤利助（博文）に、肥後熊本の轟木武兵衛への書簡を託した。これには現状を憂いた『時勢論』を添え、鼎蔵や永鳥の近況を尋ねるとともに、彼らにも極秘のうちに伝えるよう述べている。しかし、「木偶人」となり、「蠖屈子」と自称しだして隠棲生活に入っている鼎蔵はまだ動けなかった。

つぎに立てたのは、その時期京都に滞在中の老中間部詮勝の襲撃であった。

これには誘引となる出来事があり、十月下旬に尾張・水戸・越前・薩摩四藩の攘夷派が連合して井伊大老を襲う計画があり、長州にもこれに加わるよう要請があったとの情報を得たためである。事実は、薩摩藩士が中心となった動きで他藩が関係したことではなかったが、この情報に刺激を受け、井伊の指図によって実際に京都で手を下している間部を、同志とともに自ら上京して襲撃することを決めた。

十一月上旬には賛同者同志の血盟書が作成された。岡部富太郎、有吉熊次郎、作間忠三郎、品川弥二郎、入江杉蔵、吉田栄太郎、時山直八、久保清十郎、福原又四郎の十志士のほかに七人の計十七人の血盟があった。

この決起を決死の重大事ととらえた松陰は、十一月六日付で父百合之助、兄梅太郎、叔父玉木文之進に次のような永訣の書を書いた。

「同志を糾合して神速《じんそく》に京に上り、間部の首を獲《え》てこれを竿頭《かんとう》に貫き、上は以って吾が公勤王の衷を表し、且江家《こうけ》名門の声を振い、下は以って天下士民の公憤発して、旗を挙げ闕《けつ》（宮門）に趨《おもむ》くの首魁《しゅかい》とならん」（「家大人・玉叔父・家大兄に上る書」「戊午幽室文稿」）

その日また同時に、周布と国相府手元役前田孫右衛門に協力依頼の書簡を送った。周布へは理解者としての交誼上、前田へは同志としての思いからであった。

だが二人が松陰にとった対応は、前田は共鳴したが、周布はこれを恐れて抑圧の方へ向かった。

十一月二十九日、危険視した周布は松陰を野山獄へ入獄しようとしたが、当時厚狭《あさ》郡吉田の代官であった叔父玉木文之進が、病気退職して松陰の指導にあたることを願い出たため、一室に「厳囚《げんしゅう》」の身となった。

しかし、十二月五日夜藩庁から父百合之助に、松陰を野山獄へ再入獄させるとの内命書が届いた。理由は「御聞込みの趣之《おもむきこれ》あり」、つまり罪名を明らかにすると恥辱を与えることになるから、内密のまま逮捕するというのである。

これに納得のいかない富永有隣、兄梅太郎、入江杉蔵、佐世八十郎、岡部富太郎、福原又四郎、有吉熊次郎、品川弥二郎の八人が、周布と行相府内談役井上与四郎の家に押しかけ、罪名のことを問いただそうとしたが、二人とも病気を理由に面会を拒否、翌朝にはたちまち八人は「暴徒」として謹慎を命ぜられてしまった。

松陰のこれまでの萩における一連の行動には、藩籍のない浪人、しかも幽囚の身にありながら、父や叔父、兄など理解ある周囲の温かい愛情に見守られ、また彼の才能を惜しむ藩庁首脳の裁量に助けられながら実にのびのびとした言動が見られる。

それゆえにまた、周布などが厳しい姿勢をとるようになっても、極秘事項とさえ言える間部襲撃計画を彼に打ち明けているのである。

まるで人を疑うことさえ忘れたかのような純真さを失っていない。

ここまでくると、松陰の言行一致はもはや天性としか言いようがない。

そして人がどう思おうと、行く手に障害があろうとなかろうと、己の信じた道理の実践のために、他に先がけ、長州藩もろともひたすら前に突き進むしかなかった。

松陰の野山獄再入獄は十二月二十六日であった。

ところで松陰は、幕府からの召喚についてはそれほどに動揺はなかった。

彼は周布へ打ち明けたこれまでの計画が、幕府の知るところとなったと考えていたため、計画し内談はしたが、上からの不同意で差し止められたため実行には移っていない。自分が召し捕られて取り調べられても、自分の一心から出たことであるため、藩政府や同志たちにはまったく関係のないことだと非常に楽観的であった。

だが一方では、罪名や召喚理由がまったく明らかにされていないこともあって、疑心暗鬼のまま江戸へ送られることになった。

つまり、考えよう如何では間部襲撃のことが理由となって死罪も免れないことになる。そのため、「此の行、復《ふたた》び帰ること未だ期すべからず」（『東行前日記』）と記したようにその覚悟はしていた。

松陰の萩出発は五月二十五日の朝であった。

その前日、司獄のはからいで家族との別れのため野山獄から杉家に帰っていた。

出発の日は、昨夜来の雨の中家族や多くの門弟たちに見送られながら家を出、一旦野山獄にもどっての萩発ちとなった。

護送は厳重を極めた。施錠をほどこした罪人用の駕籠には、上から細引きで編んだ網をかぶせ、中の松陰にはさらに腰縄をつけ手鎖までほどこした。

護送役人は公儀所元締役河野尚人以下四人、その下に番人十五人など合計三十人ほどのものものしい護送団であった。

この藩政府首脳部の取った対応を見ても、いかに大老井伊の行った厳しい弾圧が、彼らの心理状態にふるえるような恐怖を与えていたかが知れる。

二

松陰の駕籠が江戸桜田門外長州藩上屋敷に入ったのは一月後の六月二十五日であった。

藩邸内の小屋に収容された松陰の身柄は、厳重な藩役人の監視下におかれた。

七月九日、幕府評定所へ出頭が命ぜられ、ただちに取り調べを受けた。取り調べに当たったのは、寺社奉行本庄宗秀《むねひで》、勘定奉行兼江戸南町奉行池田頼方《よりかた》、北町奉行石谷穆清《あつきよ》、大目付久貝《くがい》正典、目付松平久之丞《ひさのじょう》列席のもとで行われた。

取り調べの中心は次の二点であった。

一つは、逮捕されている梅田雲浜が先年萩に来た際の密議のこと。

二つは、御所内の落文が松陰の筆跡であることの真偽。

これに対して松陰は、梅田雲浜とは先年京都で知り合ったあと、彼がツテをたどって萩に来たものであり、そのときは学問上の論議をしただけで密議などの相談事は一切していないと答えた。

また御所内の落文の件については、松陰自身そのような姑息な手段は好まず、落文の用紙と彼が普段用いている紙質とは異なる点を述べ身の潔白を主張した。

これらの件については、松陰の説得力ある弁明に取調官も納得した様子であったが、取り調べが専門である彼らがこれで済ますわけがなかった。

松陰の滔々《とうとう》とした弁舌から、彼の主張を述べさせる中で、なにか罪名を引き出す事柄が得られると感じた彼らは、時事問題について自分の存念を気兼ねなく述べるよう申し渡した。

松陰はこの機会を待っていたかのように、幕府の取ったペリー来航以降の外交措置を論破しだした。さらに陳述のなかで、自分には死罪に値することが二つあるという。彼らがそれは何かと問うと、大原重徳の長州西下策と、同志と連判して上京し老中間部を詰《なじ》ろうとしたことを述べた。この言質を捉えた役人は、これを老中暗殺を示唆したものと受け取った。取り調べはこの段階で一旦中断され、再開された法廷で役人から、

「間部は大官なり、汝之《なんじこれ》を刃《じん》せんと欲す。大胆も甚だし、覚悟しろ、吟味《ぎんみ》中《ちゅう》揚屋《あがりや》入りを申付《もうしつ》くる」

と言い渡された。

松陰にしてみれば、あくまでも今回の呼び出しの件は間部襲撃計画の件であり、これまでどおり真心をもっ

て論ずれば、相手の心も動くであろうと信じて疑わなかったため、すべてを明らかにしたつもりであったが、役人の方にしてみれば、このような計画についてはまったく知らなかったのである。

ところが、九月二日評定所における吟味役による取り調べの際、間部襲撃については諫争《かんそう》（諫めて言い争う）ではなく、刃傷《にんじょう》に及ぶつもりではなかったかとの追及があり、松陰はこれに対しあくまでも諫争であったと申し立てた。

これは未遂さえもいかない計画の段階で終わった事案に対し、あくまでも刃傷でやり遂げようとしたなどと誇大に語る必要もないと思ったからであり、今回の取り調べが非常に好意的であったため、死罪に処せられる様子もないのに、あえて厳罰を受けることもないと考えを変えたのである。

さらに彼が厳罰を受ければ門人や藩にまで波及する心配も頭にあった。

三回目は十月五日に行われた。取り調べは前と同じ吟味役であり、間部襲撃も諫争ということで決着し、連判状の人名も問いただされることもなかった。ここで松陰はさらに楽観的になり、

「小生落着如何《いかん》は未だ知るべからず、死罪は免《まぬ》かるべし、遠島も非ざるべし、追放は至難なれども恐らく亦然《また》らざらん。然れば重ければ他家預け、軽ければ旧に仍《よ》るなり」

などと述べている。

これがすべて覆されるのは十月十六日である。前の二回と違い、評定所には三奉行が出席し、「口上書」の読み聞かせがあった。

ところがこの口上書には、間部へ諫争して聞き入れない場合は「刺し違へ」る所存であり、警護が邪魔したときは「切払ひ」て近づこうとしたと厳しい。

そこで松陰は、「刺し違へ」「切払ひ」については大いに反論したところ、この件はいったん中断され、再び開かれたときの口上書には、「切払ひ」だけが残されていた。

ここでも反論すると奉行は、口上がどう違おうと刑罰の軽重にかかわるものではないから松陰の言うとおりにしよう、と言って末文の「公儀に対し不敬の至り」「御吟味役を受け誤り入り奉り候」のところを二度読み聞かせた。

このときはじめて松陰は死を覚悟したのである。二回の好意的な吟味役の役割は、彼を欺《あざむ》いてなるべく多くの陳述を引き出そうとの策略であった。

松陰の純心な生真面目さと誤算がもたらした悲劇であった。

五手掛《ごてがかり》は、大目付、目付、寺社・町・勘定の三奉行によって組織される。

通常この組織は、特に重大な犯罪があった場合幕府が特別に組織するものであった。

今回大老井伊は、弾圧によって逮捕した者たちの取り調べから裁決までをこの組織によって行った。

当初吟味に当たったこれらの者たちの間には、厳罰論者と寛典論者との対立が生じたため、井伊は寛典論者を免職し厳罰論者だけで五手掛を再構成した。

その中でも南町奉行兼勘定奉行の池田頼方などは、「首切り池田」として恐れられるほど手荒で冷酷な取り調べをする最たるものであった。

逮捕・拘束されたものは、まずこの五手掛で厳しく取り調べられ、合議による採決の結果を老中に黄紙伺《きがみうかがい》で提出する。普通は老中の段階で五手掛の判決より、一、二等罪が減刑されて執行される。

しかし大老の井伊は、老中で決められた刑を覆しすべて重罪に変えた。

たとえば、井伊が反幕府運動の首魁とにらむ徳川斉昭の水戸藩の場合、家老の安藤帯刀については、厳しい五手掛でさえ罪は科さないと決め黄紙伺を老中に提出したが、井伊は厳罰に処すべしとして再協議を命じた。だが、いくら合議しても結論は同じであったため再度黄紙伺を提出した。しかし井伊はこれに切腹を申しつけ、最後には武士としてもっとも恥となる斬首で始末された。

また、勘定奉行の鮎沢伊太夫の中追放の刑を遠島に、奥右筆頭取茅根《ちね》伊予之介の遠島に死刑を申し渡して即それぞれの刑の宣告は安政六（一八五九）年八月二十七日、十月七日、二十七日の三回に分けて行われた。刻刑を執行させた。

前水戸藩主徳川斉昭は水戸で永蟄居《えいちっきょ》
水戸藩主徳川慶篤は差控《さしひかえ》
尾張藩主徳川慶恕は押しかけ登城の際の処分のまま隠居・慎
一橋家主一橋慶喜は隠居・慎
越前藩主松平慶永は押しかけ登城の際の処分のまま隠居・慎
土佐藩主山内豊信は慎
水戸藩家老安藤帯刀は切腹ののち斬首
水戸藩士茅根伊予之介は死罪
水戸藩士鵜飼吉之助は死罪
水戸藩士鵜飼幸吉は獄門
水戸藩士鮎沢伊太夫は遠島
越前藩士橋本左内は死罪
儒学者頼三樹三郎は死罪
三条家家臣飯泉喜内は死罪
長州藩士吉田松陰は死罪
鷹司家家臣小林良典は遠島
近衛家老女村岡は押込

そのほか多数の人々が遠島や追放などの刑に処せられた。

なお、梅田雲浜と薩摩藩士日下部伊三次は獄中で死亡している。

松陰の場合、五手掛では遠島として黄紙伺を老中に提出したが、大老井伊のところで死罪にされたという。

処刑は十月二十七日午前十時ごろ（正午の説あり）、小伝馬町獄内の刑場における斬首であった。執行したのは山田浅右衛門である。

松陰は、十月十六日判決の申し渡しのあった翌日から死に向けた準備にかかった。

父百合之助・叔父文之進・兄梅太郎へ宛てた永訣の書の一文。

「……平生の学問浅薄《せんぱく》にして至誠天地を感格《かんかく》すること出来申さず。非常の変に立到《たちいた》り申し候。嘸々《さぞさぞ》御愁傷《ごしゅうしょう》も遊ばさるべく拝察仕り候。

親思ふこころにまさる親ごころ
　けふの音づれ何と聞くらん

……」

さらに十月二十五日から二十六日にかけて書き上げた『留魂録』の冒頭に記した一首、

身はたとひ武蔵の野辺に朽ちぬとも
　留め置かまし大和魂

その末尾に記した歌五首のうちの一首、

七たびも生きかへりつつ夷《えびす》をば
　攘《はら》はんこころ吾れ忘れめや

享年三十歳であった。

この大獄は切腹、死罪、獄門が八人にもおよび、諸家の家臣・藩士・浪人など百人にものぼろうとする苛酷な断罪であった。世に言う「安政の大獄」である。

誰もがこの処分を苛酷と感じた。だが当の井伊としては、徳川家の権力維持のためこれにとやかく口をはさむ輩《やから》は我慢のならないことであった。幕府の大老としてその権限を担った以上、やるべきことはやったという思いが強かった。

三

大獄の前年の安政五年八月八日に水戸藩に下された勅諚「戊午の密勅」は、藩内尊攘派の分裂を引き起こしていた。

京都留守居鵜飼吉左衛門の子幸吉によって江戸藩邸へもたらされた勅諚は、八月十九日さらにその写しが奥右筆頭取高橋多一郎によって水戸城下へ届けられた。

このとき水戸では、あの『新論』を著し、吉田松陰や宮部鼎蔵さらには横井小楠らに多大な理論的影響を及ぼした弘道館総裁会沢正志斎が慎重論をとった。

曰く、「幕府をさしおいて直接勅諚を受け取るなどということは、将軍家を支える御三家の水戸藩としてとるべき態度とはいえない。このことは早晩幕府の知るところとなり、水戸三十五万石の将来に大きな災いを招くことにもなりかねない。勅諚はしばらく預かったままにし、幕府の指示を待って対応を決めるべきで、すぐ諸大名に伝えるなどといったことは差控えるべきである」

この会沢の意見に同じ学者である豊田彦次郎も賛成し、いわゆる幕府の命に従おうとする鎮派《ちんぱ》とよばれる体制派が生じた。

これに対し、「勅諚が我が水戸藩へ下された以上朝廷の命のまま諸大名へも伝えるべきだ」とする、奥右筆頭取高橋多一郎、南郡《こおり》奉行金子孫一郎、北町奉行野村彝之介らの急進尊攘派による激派が生まれた。この勢力は下級武士が多かった。

だが、鎮派にしろ激派にしろもとを正せば会沢正志斎の尊王攘夷論を学んできた者たちであった。

勅諚が水戸へもたらされた直後の九月一日、高橋ら激派の指導者が集まって、

「井伊大老の支配する今の幕府政治をくつがえすには、大老を斃《たお》し、それに呼応して尊王攘夷を支持する諸藩が兵を挙げ朝廷をお守りする以外にない」

との方針を話し合った。

この段階では、会沢や豊田ら鎮派の首脳部も慎重論は取りつつ賛同していた。なにしろ水戸藩自体が前藩主の斉昭や藩主の慶篤が、将軍継嗣問題で処分を受けたままの状態にある。鎮派にしても処分した井伊大老を敵視する気持ちに変わりはなかった。

ところが、高橋らは急進尊攘派の関鉄之介などを使って、彼らの方針を支持すると考えられる越前・鳥取・長州・土佐・宇和島・薩摩の各藩の尊攘派へ使者を出すという具体的行動に出た。するとたちまちこれを危険視し、高橋や金子らとはっきり一線を引く立場に変わったのである。

さらに安政六年に入り、反九条関白派の公卿たちを一掃した井伊は、九条を動かして水戸藩に対し勅諚の返上を迫ってきた。

ここにおいても会沢らは、

「徳川御三家の水戸藩として幕府にたて突くことは好ましくない、このままにしておけばやがては藩がお取り潰しに遭うことにもなりかねない」

として、幕府の命に従って返上する態度をとろうとした。

これを境に、結束して会沢ら鎮派の行動を阻止しようとする高橋ら激派との間に大紛争が巻き起こったのである。この亀裂は水戸藩にとって後々まで後を引くことになる。

五年前の嘉永七年二月肥後の国学者林桜園が東上の際、会沢や豊田らと会い彼らの話を黙って聞き終わったあと、

「……あなたの言は実に結構なお話ではありますが、それも実行されてこそ言葉は生きるというもの、……」

と、はからずも会沢や豊田ら水戸尊攘理論家の本質を喝破《かっぱ》していた。

いくら立派な理論を述べてもやはり学者は学者でしかなかった。せっかく尊王攘夷の回天の機会が訪れようとしていても、いざ立ち上がろうとする者たちを押さえつけてまで、居心地のよい今の座を理屈で守ろうとしている才子に過ぎなかったのである。

この騒ぎの中で、家老安藤帯刀や小姓頭取茅根伊予之介、勘定奉行鮎沢伊太夫らが次々に評定所へ呼び出しを受け拘束されていったのである。

その後、高橋らはさらに井伊襲撃を強く意識するようになり、安政六年九月には、これまで襲撃して斃すという考えから、「暗殺する」という具体的意識を固めるに至った。

この決意は、十月に執行された八人の刑死のうち四人もの水戸藩士が含まれるという、明らかに水戸藩を狙い撃ちした苛酷な処分によって、一気に計画が具体化し、安政七年に入ると、高橋多一郎指揮のもとに暗殺決行者に選ばれた藩士らの脱藩が相次いだ。


安政七（一八六〇）年三月三日（陽暦三月二十四日）雛の節句、大名登城日であった。

この日早暁から降り始めた雪は激しいぼたん雪であった。夜明け方には江戸の町は七、八センチほどの積雪で覆われた。

江戸城桜田門前、門へ向かう濠に架かる橋の手前は、濠沿いの道が東西にはしり、その道へ南の虎ノ門から

の道が交わって三叉路をなしている。その東側の角に上杉弾正大弼《だんじょうたいすけ》の屋敷、向かいの西の角に松平中務大輔《なかつかさたゆう》の屋敷（現警視庁）がある。

事件はその朝、松平屋敷側の桜田門前で起きた。

大名の登城日には、桜田門近くの濠端にある簡素な二軒の茶店の付近は、きまって大名行列を見物する武鑑《ぶかん》などを手にした武士たちで賑わっていた。

だがこの日の朝は、大雪に加わり、時折、雪を巻き上げるほどの風も伴って、さすがに見物人の姿はまばらであった。

その見物人の前をいく組かの行列が通り過ぎ、桜田御門の中へ吸い込まれていったあと、やがて、松平屋敷の西隣にある井伊掃部頭の屋敷の門が開き、供揃いの行列が現れ、濠沿いの道を御門の方へ粛然《しゅくぜん》と進んで来た。

豪勢な大名駕籠を中に、徒士侍など二十数人、足軽以下四十人ほどの行列であった。

供の者たちは、ふぶく雪を避けるため雨合羽を身につけ、腰の刀には柄袋を被い、みな笠を前方に傾け視線は足元に落としたまま粛々と歩を運んでいた。

行列の先方が橋にさしかかろうとしたとき、橋の袂の辻番所の陰から飛び出した一人の男が、訴状のようなものを差し出すように行列の前に腰をかがめた。

先頭の徒士の一人が足早に男に近づいたとたん、突然男が抜刀し徒士に斬りつけた。列が乱れ、行列が停止するのと同時に一発の銃声がとどろき、それが合図のように、見物人と見られた周辺の男たちが、雪を蹴散らしながら抜刀して行列に襲いかかった。

襲ったのは、脱藩して浪人となった関鉄之介の指揮する十八人の水戸浪士たちであった。

襲う浪士たちも、襲われた彦根藩士たちも剣術の心得はあるとはいえ、稽古と違いどちらも白刃を抜いた斬り合いははじめてのことである。恐怖だけが支配する斬り合いは、間合いや呼吸などどこかに吹っ飛び、やみくもに刀を振り回す者あり、鍔迫《つばぜ》り合いでお互い目だけを血走らせ、荒い息を吹きかけながらにらみ合ったままの者あり、組打ちありの乱闘になった。

と、その中の浪士の一人が、スキを見て、二、三人の徒士が護る駕籠に向かって刀を水平にして体ごとぶつかっていった。刀を突き入れたのは水戸浪士稲田重蔵であった。

稲田は不覚を突かれた徒士たちによってたちまち取り囲まれ、彼一人に目が向いた徒士たちも稲田の動きに合わせて夢中になって移動するため、いつの間にか駕籠のまわりに人がいなくなってしまった。

雪の中に、ぽつんと駕籠だけが取り残されたように置かれていた。

それに気付いた二人の浪士が走り寄り、次々に駕籠に刀を突き入れた。水戸浪士の襲撃に他藩からただ一人加わっていた薩摩藩士有村次左衛門と、水戸浪士広岡子之次郎であった。

有村は駕籠の戸を引き開け、瀕死の大老井伊掃部頭直弼を引きずり出した。

彼は、最初駕籠に向けて放たれた銃撃によって、腰部貫通の銃創を負い、身動きが出来ないまま駕籠の中にいたのである。

有村はその場で井伊の首を掻っ切り、それを刀の先に突き刺して頭上に掲げ、薩摩弁で何かを叫んだ。降りしきる雪と風の中で声がかき消され何を言っているのか分からない。

顔や衣類が血に染まった有村の姿に気づいた関鉄之介が叫んだ。

「引き揚げえ！」

それを合図に、浪士たちはその場を立ち去りだした。彼らはみな髪は乱れ、体中血に染まり、衣類は切れて裸足だった。

最初に駕籠を襲った稲田一人が、警護のものたちによってなますのように斬られてその場に倒れているだけで、残りのものは、深手を負ったものでもよろめきながらその場を離れていった。

やがて桜田門外は、たった今この場で凄惨な殺し合いがなされたとは思えないような静寂につつまれだした。

安政の大獄をやりあげた大老井伊直弼の生涯は、こうして終焉《しゅうえん》を迎えたのである。この十五日後の三月十八日、朝廷は元号を「万延」と改元した。

肥後啓発

一

万延元年は十二月晦日をもって終わり、明けて文久元年となる。

この短い万延元年の間に、肥後藩では四月十七日江戸上屋敷で藩主斉護が薨《こう》じた。七月二十八日あとを継いだ弟の十三代藩主細川右京太夫慶順《よしゆき》（韶邦《よしくに》）が越中守と改称、八月二十一日少将に任ぜられた。

八月十五日には前水戸藩主徳川斉昭が薨じた。

九月四日尾張藩主徳川慶恕、一橋慶喜、前越前藩主松平慶永（春嶽）が謹慎を解かれた。

そして、十月十八日皇女和宮降嫁の勅許が下ろされた。

この和宮降嫁問題は、尊王攘夷派にとってさらに新たな刺激を与える出来事となった。

万延元（一八六〇）年十二月五日、薩摩藩士伊牟田《いむた》尚平《しょうへい》、樋渡《ひわたり》八兵衛《はちべえ》らがアメリカ公使館通訳のヒュースケンを襲撃した。

さらに翌文久元（一八六一）年五月二十八日には、十四人の水戸浪士によるイギリス公使館東禅寺襲撃事件が起こった。

彼らは、館員全員の殺害を目的として館内に乱入したが、幕府から派遣されていた二百人もの警備兵に阻止され、警備兵二人を殺害、十四人を負傷させたが失敗した。

このように江戸で反幕府運動が激しさを増しだした時期、遠く離れた九州の肥後の志士たちのところに、京都からはじめての使いが訪れた。

文久元（一八六一）年正月のことであった。

大納言中山忠愛《ただちか》（忠能《ただやす》）の諸太夫である田中河内介綏猷《かわちのすけやすみち》が子左馬助を伴って熊本入りし、城下京町の「鍵屋」に投宿した。

田中河内介は、但馬出石の医千葉氏の弟で、京都に出て中山大納言家の家士田中氏を継いだ。儒者で、国学者であり義気に富んでいた。

河内介は中山大納言の密旨を奉じて西国九州の有志を訪ね、その糾合《きゅうごう》を呼びかける旅の途中であった。二人は博多に寄ってから、十年来の知己である豊後岡藩士の尊王派小河一敏《おごうかずとし》（弥右衛門）に会い、帰途肥後阿蘇宮地の阿蘇惟治《これはる》を訪ねたあと、熊本に入ったのである。

その日、河内介と国学をつうじて交流のある原道館の河上彦斎《げんさい》から、河内介の熊本入りの知らせを聞いた大野鐵兵衛《てつべえ》（太田黒伴雄《おおたぐろともお》）が鍵屋を訪れたところ、玉名の松村大成《たいせい》の次男大眞《たいしん》とばったり顔を合わせた。

大野が訳を尋ねると、正月十四日城内で催される左義長《さぎちょう》見物のため、筑前の同志平野國臣《くにおみ》を案内して来ているという。

「これは天が与えたまたとない機会だ」

と喜んだ大野は、すぐさま大眞と平野を河内介に引き合わせ、宿で大いに国事を論じ合った。さらに翌朝には、これに加屋栄太が加わって話が熱をおびてきたため、藩庁に怪しまれて吟味される事態にでもなれば、事が運ばなくなるとの懸念から、場所を城北にある、玉名郡内田手永梅林村安楽寺（現玉名市安楽寺）の松村大成宅に移してあらためて論じ合うことにした。

このため、平野國臣《くにおみ》は河内介の松村家在留のことを、久留米の真木和泉守《まきいずみのかみ》に知らせるため一旦熊本を離れた。やがて真木を松村家に迎えてさらに密議は深まっていった。

このとき談義した人々は、他藩の真木と平野を迎え、家主の松村大成、長男深蔵、次男大眞、大野鐵兵衛、河上彦斎、加屋栄太ら林桜園門生の肥後勤王党の人たちであった。

松村家での密議は、井伊大老の襲撃、通訳ヒュースケンの襲撃（彼らは水戸藩士のしわざと思っていた）など攘夷に対しては、すでに公使館などがある幕府のお膝元に近い水戸藩の有志たちが行動を起こしている。

そこで攘夷のことはひとまず水戸に任せ、この機会に乗じて、西国雄藩の同志らにはたらきかけ、我らは京都の朝廷をお守りし、王政を復古させようとの認識で一致し合った。

河内介父子は、松村家に二日泊まったあと、肥後勤王の士の忠節心の深さにあらためて触れ、非常な期待を抱いて帰京して行った。

このとき、城南にある南田代村に隠棲している鼎蔵にも知らせはあったが、彼はまだ動かなかった。

文久元年十二月二日、玉名の松村大成の家を奥州の大谷雄蔵《ゆうぞう》、薩摩の善積慶助《よしづみけいすけ》と名乗る二人の男が訪れた。二人は雨合羽を羽織り、腰には刀を一本差した一見町人風のなりをしていた。

書道修行のための諸国遍歴で長崎へ向かう途中に立ち寄らせてもらったとは言うものの、話していると目的はどうやら松村にあるようである。

不審に思いつつ対応していると、やがて、やはり雨合羽を着た首に数珠をかけた町人風の江戸浪人という男も訪ねて来た。

そして三人がそろったところで、彼らは身元を明かした。

最初の二人は、出羽国の清河八郎と薩摩藩士伊牟田尚平、あとから来たのが江戸の安積五郎であった。

彼らは、文久元年十一月十四日に記した河内介花押の添状を松村に差し出した。

内容は、三人を薩摩へ糾合の使者として差し向ける途中、貴家へ立ち寄るよう申し付けてあるので、詳細は伊牟田より聞いてほしいというものであった。

さらにこの添状は、松村のほか肥後では大野鐵兵衛と河上彦斎、薩摩は美玉《みたま》三平と、河内介の義弟である是《これ》枝柳《えだりゅう》右《え》衛門《もん》、豊後は小河一敏にも書いてあるという。

そして伊牟田の説明では、井伊大老を斃したあとの幕府の動揺に乗じ、京都に目を転じて九条関白や所司代を襲撃してさらに幕府に揺さぶりをかけるべく、薩摩の同志の上京を呼びかけるつもりであるという。

この説明をそばで聞いていた清河が、いたたまれないように突然、

「そんな話し方では、松村殿に意味が通じないではないか」

と言って、大成と長男深蔵父子を前に滔々と情勢を論じ始めた。

「今や幕府は、国学者塙《はなわ》次郎（塙己一の子）をして、帝を退位させ、幕府の意のままに操ることができる帝を立てようとしている。

その首謀者である老中安藤対馬守は、これに異をとなえ諫書を差し出した堀織部正《ほりおりべのしょう》に切腹を命じた。掃部頭の例があるにもかかわらず、あとを受けた対馬守がふたたび懲りずに畏れ多い挙に出ている。

そのうえ、極端に外夷と親しみ、はなはだしきは御殿山を彼らの館地に貸出し、さらに歓心を買うために愛妾さえ与えるなど言語道断の所業をなしている。

したがって諸国の志士は、来春桜花爛漫の時を期して闕下《けっか》にはせ参じ、関白九条殿下、所司代酒井若狭守らを誅《ちゅう》して、一気に倒幕の快挙に出る密計がすでに成っている。

もはやことここに至った以上、この期を逸することなくぜひご両人の奮起を願い、肥後の同志団結に力をつくしてもらいたい」

と熱心に説きだした。

この清河のたくみな弁舌と、幕府のお膝元である江戸の生々しい情勢に接した松村父子は感動し、その感動はたちまち肥後同志の決起到来まで思いが高まったのである。

この思いは清河らを鼎蔵と会見させる行動となり、ただちにこのことを鼎蔵に知らせるべく、子の深蔵を隠棲している上益城郡南田代へ向かわせた。

鼎蔵は、はるばる玉名から訪れた深蔵を母屋でねぎらったあと、離れに自分の個室として設けていた「滄浪

軒」に席を移し、あらためて深蔵の話を聞いた。

しかし、聞き終わった鼎蔵はこの話を怪しみ、

「血気にはやる人々が喜びそうな話ではあるが、素性もたしかでない浮浪人の軽挙妄動にくみして、共に事を謀るなどということは決してすべきではない」

と言った。

だが、情勢があまりにも具体性を帯び、深蔵のすすめ方も尋常でないものを感じた鼎蔵は、一応本人と会ってみる必要もあると考え直し、会見することを了承した。


一方で大成は次男大眞を熊本にやり、大成の弟永鳥三平、轟木武兵衛、河上彦斎を説いて玉名への招請をうながしたが、いずれも簡単に応じようとはしなかった。

特に叔父の永鳥などは、ほとんど清河など眼中にも置かず、

「旅浪人の軽薄な尻馬に乗って事をなすなど、肥後同志のとるべき道ではない」

などといって、兄大成の清河への過信を咎めるほどであった。

もっとも永鳥の方は、その時牢屋敷に謹慎の身であることもあって、応じられる状態ではない事情もあった。

しかし大眞がわざわざ熊本まで足を運んだ気持ちを汲んで、十二月八日、熊本の同志を代表して轟木武兵衛が玉名に向かった。

松村兄弟が肥後の同志たちを説き回っている間に、筑前の平野國臣が薩摩遊説の途中松村の家に立ち寄り、同じ目的の薩摩藩士伊牟田と連れ立って薩摩へ発った。

さらに安積は久留米の真木和泉守を招くために筑前へ発っていて、武兵衛が松村の家に来たときは清河一人が残っていた。

二人ははじめての顔合わせではあったが、話を交わしていくうちに次第に険悪な空気になっていった。

武兵衛は、名は性格を表すというが、肥後人の典型的気質のようなものを持っていた。

肥後人も議論は好きである。好きではあるが饒舌《じょうぜつ》は嫌う。いかにも物知りげに理路整然と論破していく型は好まないという意味である。だからといって何を言っているのか意味不明でも困る。訥々《とつとつ》と語る言葉の奥にその人の真を読み取るという議論である。

だから、一度言葉を発したらその言葉に責任が重くのしかかる。

昔から「肥後の引き倒し」といわれるように、一人ひとりが事の正否は別として、何か哲学じみた理屈を持っているため、よほどのことでないと相手に同調しない。いわゆる「肥後モッコス」というのがそれである。

豊臣政権下佐々成正が肥後に入国したとき、五十二人もの土豪（国衆・国人）たちが乱立していたことからもこの国の特色が出ている。

つまり、元来何か事を起こそうとしても、小集団はできても、なかなか国全体がまとまるほどの集団にはなりにくいのである。

雄弁な清河と朴訥《ぼくとつ》な武兵衛では、はじめから性が合わず、話もかみあわない。

武兵衛からすれば、清河の軽薄さだけが浮きぼりになり不快この上なかった。

やがて清河の口をさえぎるように、

「ここに大きな水ガメがある。そのカメに水を満々と入れて、その上を渋紙でおおい、カメの口を細引きで力いっぱい締めれば、カメが破れて水がどっと出てしまう」

と、清河の口数の多さを皮肉ったため、短気な清河もとうとう怒り出し座が白けてしまった。

しかし、家主の松村大成が中に入ってとりなしたため、険悪な雰囲気になる事だけは避けられた。

その夜は遅くに、一緒の床を与えられて寝たものの、お互い背を向け無言のまま夜明けまでなかなか寝付かれなかった。

翌九日も、朝早くから国事について論じ合ったが、昨日からの双方の根にある不快感は拭い去ることができず、清河の方は久留米の真木和泉守に会うため松村の家を辞して発って行った。

結局鼎蔵は、深蔵に承諾した清河との会見は果たさなかった。

しかし、「軽挙妄動するな」と諌めながらも、心の隅では清河の話の真偽は判断しかねるとしても、今が立ち上がる時ではないか。との思いは消し去れなかった。

彼の七年にもおよぶ隠棲生活は、表面的には晴耕雨読、土地の人たちを相手の教育、ときたま城下で同志たちと語り合う日々などではあったが、年が経つにつれ、胸の内では絶えず鬱勃《うつぼつ》たる思いが汚濁《おだく》のように溜《た》まっていくのを感じていた。

弟春蔵の不祥事を、自分の修行のいたらなさのためだと認識し、「蠖屈子《かくくつし》」などと称して隠棲生活に入ると決めたのも己の意志であった。

その最初の固い決意のため、最大の友であり同志であった松陰からの度重なる誘いにも応じなかった。それは決して心を動かされなかったからではない。ただそれ以上に、彼が継いだ宮部家は、幽斎以来先祖代々にわたる細川越中守家中の一員としての動かしがたいご恩があった。

いかに理想の実現のためとはいえ、鼎蔵の今の事情からして、かりに松陰が願う萩藩への旅を藩庁に願い出たとしても許される立場になかったたし、さりとて脱藩してまで国事に奔走する決断ができるほど、細川家に対するご恩の思いは断ち切れなかった。

この思いに束縛されるがゆえに、幕府による激しい弾圧や、最愛の友が国事に命を絶たれ、断腸の思いに心がついばまれても藩を捨てなかった。

その友の憎き仇であった井伊大老が討たれたときは、一時溜飲の下がる思いはしたものの、その後も依然として変わらない幕府の姿勢や横暴さを耳にするたびに、家臣としての忠義を貫こうとする胸の一方で、国事への張り裂けんばかりの思いが蓄積されていたのである。

二

真木和泉守は弟の大鳥井敬太の家に蟄居していて、別に一室を構えて暮らしていた。清河はここで二日過ごした。

ここで和泉守の弟外記と親しくなり、外記とは豊後の小河への連絡に向かう際の同行の約束をとりつけ、和泉守から、これからはじめて会う阿蘇大宮司阿蘇惟治への添状を書いてもらって、十二月十一日ふたたび松村家へ帰ってきた。

翌十二日には、外記も清河との約束をはたすために松村家を来訪したため、筑前から帰っていた安積五郎と三人で阿蘇大宮司に会見するため松村家を発った。

大津で一泊した彼らは、十四日には吹雪をぬい薄暮近くに宮地の大宮司宅に着いた。

宮司も一行を快く迎え、酒食を整えて歓待し、宝刀の蛍丸などを見せ、南北朝期の阿蘇家の勤王のことなどにも話がおよんだ。

ここで清河らは、松村家で話した来春の旗挙げのことを話したが、「事は天下の大事であり、決して軽率に運ぶべきではない。いずれ明日くわしく話を聞こう」との宮司の対応に、一旦宮司宅を辞去して宮の前の旅館に泊まった。

翌日は、安積と外記は小河と会うために豊後の竹田に発ち、残った清河は昨夜の話の続きをするためにふたたび宮司を訪れた。

しかし、結局は清河の満足する返事は得られず、宿で安積と外記の帰りを待ち、連れ立って熊本へ引き揚げた。

途中安積らは大津で清河と別れ、山鹿を経て久留米に向かい、清河は一人で熊本に向かい河上彦斎を訪れた。

しかし、河上が不在であったため、本妙寺の清正公《きよまさこう》（土地のものは「せいしょこさん」と呼称）の廟に詣でたあと永鳥三平を訪ねた。

永鳥は、前に甥の大眞から清河のことを聞かされたときから胡散臭い人物との先入観も手伝い、会っても自分より年下ということもあって、一方的にまくしたてる清河には、人物定めといった程度の対応しかしなかった。

そのため清河はすっかり気分を害し、永鳥を中身のない尊大さだけが鼻につく人物と見て取り、そこを辞してふたたび河上宅を訪れた。

清河がこれまで接してきた肥後人は、議論はするが、これといった方向性も信念も抱いているようには思えず、いわゆるまとまりのない議論倒れの輩としか思えなくなっていた。

ところが、河上に会ってやっと救われる思いがしたのである。

肥後勤王党の中でも、特に河上は、色白で女性のような柔らかな口調で語る反面、直情径行の性格も持ち合わせていた。

思ったら直ちに行動するという面では、清河もそれに似た性格であったため、二人は会ったときから意気投合し、肥後の赤酒を酌み交わしながら夜更けまで慷慨《こうがい》し合った。

鼎蔵が肥後に入っている清河とはじめて顔を合わせたのは十九日のことである。

先に深蔵から報せを受け、清河と会う承諾をしたもののつい山から下りなかった。

だが、中山大納言という宮人からの使いという点がどうしても頭から離れず気になっていたため、もう少し詳しい話を聞こうと思い立ち、玉名の松村家を訪れたのである。

ところが、ちょうど松村の家には、河上と別れた清河が来ていた。

例によって清河は、幕府の横暴と京都での決起のことを論じ、有志の肥後人の上京を呼びかけたのであるが、鼎蔵としてはどこか胸に落ちるものがなかった。

第一幕府の批判は分かるが、朝廷をお護りして決起する少数の有志だけで事がなろうなどとは到底考えられないことである。

それに、河内介の添状はあるが、はたして中山大納言はもとより、そのほかどのような公卿たちがそのような意思を持っているのかは不明であった。

そしてなによりも、清河の物に取り憑《っ》かれたように語る様子からも、どこか信用できない軽薄な浮浪人との思いをますます強くしたのである。

当然鼎蔵も、清河の話に疑問点を差しはさみながら持論を述べる。ところがそれが、激しやすい清河としては、すでに、自分の中に出来上がっている構想を論破するだけの理屈屋に見えて仕方がない。

そのような二人の話に一致する何かが見出されるわけはなく、結局お互いの会見は打開のないままに終わった。

十二月二十四日、薩摩に行っていた伊牟田と平野が松村の家に帰ってきた。

その日は河上も熊本から出て来ていたため、滞留していた清河と松村父子ともども薩摩での成果を聞いた。

ところが二人の話は、成果どころの話ではなかった。

国境の出水の関で早々に役人に捕まってしまい、書類はすべて押収され、途中で伊牟田の方はかろうじて同志の家まで逃げ延びたものの、平野は身柄を鹿児島城下まで送られたが、これも隙を見て薩摩を逃れ出たため、有志らとの連絡は出来ないままやっと帰り着いたということであった。

一同この報告に気落ちしながらも、松村父子が二人の労をねぎらって酒食の席を用意した。

ところが酒がすすむうち、大成は二人が失敗のわりには快活に痛飲し、出発のときの様子と、意気揚々として帰り着いたときの様子との食い違いにも矛盾を感じ出し、これは裏に何かあると見抜いたが黙っていた。

しかし、さすがに不審そうな大成の様子に気づいた平野は次第に苦しくなり、その夜遅く河上にだけ、

「肥後の諸君には実にすまなく思っている。とくに松村父子、永鳥、轟木、大野どののごときは大丈夫であり、ことに松村どのに対しては私の首二つ差し上げても足らぬ思いである。そこで、河上どのには、昼間お話しした薩摩のことは虚偽であり、首尾はうまく運んだということだけ申しておく。だが清河君が、肥後でお会いした轟木どのや永鳥、宮部どのにはまったく信を置いていないため、事の仔細は今お話しできない。だが、この苦衷は私の死後に了察してほしい」

と、密かに事情を打ち明けた。

一方薩摩での事実については、これまた伊牟田から清河に報告された。

清河には、

「実は満座の席ではあのように申したが」

と断ったあとで、次のようないきさつを語った。

薩摩入りの際、伊牟田の方は脱藩人であったため間道から、平野は久留米の真木和泉守の御使者として本道から入り、どちらも役人に捕まったことには変わりはなかったが、その後が違った。

のちに両人とも鹿児島につれて行かれ、小松帯刀《たてわき》の屋敷に押し込め置かれた。そこで、平野がかねてからの知己である大久保一蔵（利通）に連絡をとってもらい、久留米水天宮神主真木和泉守から薩摩国主島津大隅守（久光の長男忠義）への建白書を差し出し、これを取り次いでもらうよう頼んだ。大久保はこころよくこれを引き受け、藩主の許へ届けた。

大久保からは、大隅守は一々ご了解されたよしで、しかし事を挙げるには少なからぬ時を要するとの返事を得たあと、その上に餞別として金子十両ずつもの路銀をもらって帰り着いたということであった。

これが事の真相であったが、清河が信用していない肥後人の前では、薩摩とはそこまで至ったことを話すには時期尚早との判断から、気を利かせた二人がこのことを明らかにしなかったのである。

万事を打ち明けられた清河は大いに勇んだ。

そして翌二十五日には、早速伊牟田、平野と一緒に、久留米と玉名の中間点にある筑後の瀬高まで、真木和泉守に出向いてもらって落ち合い、田中河内介を介して大原三位か中山大納言を奉じ、青蓮院宮の令旨を護してふたたび戻ってくることとし、平野は真木を中心として筑豊の同志を糾合して準備を整え、彼らの西下を待つことにした。

あとは軍資金の調達であるが、これは豊後の小河を訪ねて相談することにし、二十六日、清河ら三人は豊後への途中また松村家に立ち寄って一泊したあと、翌朝熊本へ向かった。

ところが、途中で熊本から帰る深蔵と出会った。深蔵としては、清河らが伝えた京都決起のことに強く惹かれる思いがあったため、もう一度他の同志たちと話し合うことを清河にすすめ、一緒に熊本へ引き返すことにした。

熊本に入った彼らは宿をとり、清河が熊本で気心が通じ合った河上を招いた。

その夜宿を訪れた河上は、ちょうど明日は宮部も熊本に来ることになっているので、永鳥の家で再度話し合おうと言い出した。

だが清河は、彼らと話し合っても所詮議論倒れになるのが落ちだと言って反対した。

肥後勤王党の中でも、清河の持ち込んだ話に強い感動を受けている深蔵や河上は、どうしても宮部や永鳥ら先輩たちの同調を必要としたため、渋る清河をやっとなだめ、一応永鳥の家に行って会見する手はずをつけた。

永鳥の家には、河上彦斎のほか、轟木武兵衛、山田十郎、永井金吾、愛教左次馬など数人が前後して集まり、昼過ぎには鼎蔵も現れた。

鼎蔵が加わったときには、一座の話は相当熟してはいたが、相変わらずまとまりはついていなかった。

その後もさらに議論はつづいたものの、実の入った計画まで行き着く気配も見出せず、はじめに清河が案じたとおりの成り行きになってしまった。

そして、とうとう我慢しきれなくなった清河は、伊牟田と平野をうながし、席を蹴るようにして宿に帰ってしまったのである。

設定された座の中心人物が去ったあと、一瞬座は動揺したが、たちまち肥後の同志らによる闊達な意見の飛び交う場が出現し、かえって肥後人だけで話がまとまりそうな雰囲気さえあった。

しかし、この場を設けた深蔵と河上は、清河にこの会合を強いた手前、しばらくして宿に清河を訪ね、今日の不首尾を謝したあと、国事のためには、お互い些細な個人感情を捨て、共に協力し合って力を尽くそうと清河を鎮めたのである。

翌日清河らは豊後に発った。

しかし、彼らの言う議論倒れの肥後人の意見がまとまらなかったにせよ、清河が投げ込んだ一石の波紋は、肥後人一人ひとりの琴線に微妙な共鳴を奏で始めていた。

その中でもっとも大きく共鳴したのは松村父子であった。

十二月に入ってはじめて松村家を訪れて以来、およそ一カ月の間に四度も清河はこの家に宿泊しているのである。

その血を吐くような熱烈な言葉と行動力を目の前にして、共鳴しない方がどうかしている。まして松村父子の真髄には勤王の精神が流れていた。

だが、清河を前にした熊本の同志である鼎蔵をはじめ永鳥や轟木らが、まったく清河を受け入れようとしない姿勢にはほとほと困ってしまった。

しかし、松村父子の話し合いの際、深蔵から、熊本の会合で清河が席を立ったあとの同志たちだけの会話のなかで、清河への反論が激しかった鼎蔵が一番心の動揺を隠しきれない様子であったことを聞かされた大成は、

「やはり」と手を打った。

そこで直ぐに深蔵を南田代の鼎蔵のもとへ使いさせた。

大成の読んだとおり、もとより鼎蔵も清河の言動に心が動かされなかったわけではない。それより、松村父子以上に揺さぶられ、たぎる思いがあった。

胸の中に、これまで蓄積されていた反幕の思いに加え、ことはついに和宮降嫁という、直接宸襟《しんきん》を悩ませる事態にまで推移していたのである。

清河の説は、幕府の横暴に対し、この機に朝廷からの綸旨《りんじ》を賜って一気に倒幕運動を起こし、王政復古までやり遂げようとの、いわばはっきりとした政治運動であった。

だが、鼎蔵にはまだそのような政治手法は二の次、三の次のことであった。

彼の心の内にあるのは、国生みにはじまる国柄と、国家安寧《あんねい》と民の幸を祈る帝《みかど》のおわす神聖な朝廷である。ところがその朝廷が、世塵《せじん》にまみれた幕府のゴリ押しによって、まさに冒されつつあるというそのこと自体が、決して許されるべきことではなかったのである。

師走の風が冷たい暮れも押し迫った日、深蔵と一緒に山を下りた鼎蔵は松村家に向かった。

鼎蔵を迎えた大成は、すでに事が成ったような喜びようであった。

その松村父子の前で鼎蔵は、

「清河が申した中山大納言どのはじめ幾人かの公卿たちの意向が、幕府の所業が宸襟を悩ましているからであろうことは、昨今の情勢から十分推察できる。

ただ、どうも清河の朝廷を奉ずる心の内に、どこか不純めいたものを感じる。

この機に乗じて、彼自身がすべてに采配を取ろうという策士的な手法が、言葉の随所に見られたため、清河の話にどうしてもついていけなかった。

しかし、それはそれとして、いずれにせよまさに今、朝廷が未曾有の危機に直面しておられることはこれではっきりした。

その実態については、我ら自身で急ぎ確認すべきことであり、そのためには、同志の中から誰か使者を選んで上京させるべきであろう」

と、はじめて胸のうちを明かしたのである。

鼎蔵の考えを聞いた父子はうなずいた。

彼が隠棲中の七年間というもの、国情はますます風雲急を告げるような事態になっていた。

この間大成は、何度か、同志の会合の席でも指導的立場にある鼎蔵が山から下り、同志を率いて江戸や京都で気勢を挙げる有志たちとともに一働きすべきだとの誘いはかけたが、その度に鼎蔵は自重の態度を変えなかった。

それが、清河の肥後入りを期してやっと動く気配を見せたのである。

この鼎蔵の決意は、たちまち永鳥や大野、河上、轟木など肥後勤王党の同志に伝えられた。

もとより皆は、鼎蔵さえその気になれば異論をはさむ者はない。急転直下話はまとまり、選ばれて鼎蔵と深蔵が上京することに決まった。

このとき大成は、

「いよいよお国の大事に立ち上がるときが来たようですな。

この時のために、父から『これまで蓄えた金は、国事のためとあらば、たとえ家を傾けても出し惜しみするな』と申し渡されておりました。どうか遠慮なく必要なだけお申し出ください。

きっと泉下の父も、お役に立つときが来たと喜んでいることでしょう」

と、皆が一番頭を痛める軍資金の提出を申し出たのである。

肥後勤王党にとってこれは大きな力であった。

いかに胸のうちに激しい情熱を燃やし、構想を抱こうとも、それを実際に結実させるには、資金という裏付けがなければ動こうにも動けない。

彼らには、その資金を融通してくれる豪商の支援さえなかった。同志の中でなんとか資金繰りの出来るものといえば、住江甚兵衛の父松翁の千石ぐらいのものであるが、これくらいの資金だけでは、到底組織を縦横に動かせるだけの資金源にはならない。

その点、同志の中に潤沢な資金を蓄えていたものがいたことは光明であった。

大成は、これより五年後の慶応二（一八六六）年に没するまでの生涯にかけて、同志たちのために活動資金を融通しつづけたのである。

三

文久元（一八六一）年十二月晦日、昼近く鼎蔵の家に有吉家から一匹の鯛が届けられた。

鼎蔵は、熊本の同志から京都偵察使に選ばれると、ただちに藩庁へ旅行の許可を届け出た。代々家老職の家柄にある有吉家は、市郎右衛門のときから鼎蔵になにくれとなく目をかけてくれており、この鼎蔵の京都出立のことを聞きつけ、さっそく門出の祝いとして捕りたての鯛を贈り届けたのである。

ことの仔細を聞かされていない妻の恵美が、このことを鼎蔵に尋ねると、

「この度有吉家では、長崎に金山を掘ることになり、ついては私に山の目締りとして来ぬか、というお話があったため快くお引き受けすることにした。これも、私どもの昨今の窮乏を見かねてのお誘いであったのだろう。実は明日出発の約束をして帰ったので、そのご苦労祝いの意味で贈られたものであろう」

と鼎蔵は答えた。

鼎蔵としては、今度の上京自体が海のものとも山のものとも判別ができない未知のことである。場合によっ

ては死をも覚悟してかからねばならない務めであり、加えて同志だけが知る極秘のことでもあるため、たとえ妻とはいえ、女性に知らせるべき事柄でもなく、無用の心配はかけさせたくなかったため、このように説明したのである。

これを聞いて妻は、いつもの通りに鯛を下ろそうとすると、義姉の千恵が障子越しに、

「鯛の頭は刎《は》ねずにおきなさい」

と注意した。

鼎蔵の肉親である姉は、このときすでに何かを察知していたのである。

その夜家では、家例の忘年の宴を催した。

妻恵美に弟春蔵、姉千恵に加え、早くから床に就いていた幼子で長女の楽《らく》、幼児で長男の鷹《たか》、二女の光《こう》や、千恵の娘多須《たす》まで呼び起こして、家中団欒のうちに酒を酌み交わした。

だが鼎蔵の心中は例年とは違っていた。

今度の上京は大任である。京の情勢如何によっては帰れるかどうか、これが最後の別れになるかもしれないという離別の思いがあった。

酒の席では家族のものたちを諭すように、

「しばらく辛抱してくれれば、多少の仕送りもできることと思われる。しかし、一月で帰れるか一年で帰ってこられるか、行ってみなければ分からぬことであるから、留守中は十分気をつけてやっていってほしい」

などと、いつにもない注意をするのであった。

この時になってはじめて妻も、昼間の出来事と重ね合わせ、何か不審なものを感じはしたが、午後九時近くになって年送りの酒を交わし、例年どおりお互い歌を詠じたりして過ごした。

宴も終わり、みなが床に就いたあと、深夜十二時を過ぎて、鼎蔵は家の前を流れる嘉永井出から若水を汲んで水垢離《みずごり》をしたあと、別室の滄浪軒に入り、硯を清めて弟春蔵（増正）への遺訓をしたためた。

孝忠

文久二年歳壬戌之正月、
余有故将東遊于京師之日、
用神水謹書以附授増正。
兒鷹也梢長願授之、
以明論余意。
嗚呼當今之時
汝若有決命之事、
宣托之後人以達余意、
令世々子孫、
敬奉二字同根一体之大義焉。
斯則、家祖遺訓而、神聖垂教之大道也。

宮部増実識

文久二年歳《とし》壬《みずのえ》戌《いぬ》正月、余《よ》故《ゆえ》ありて将《まさ》に京師《きょうすい》に東遊《とうゆう》せんとす、元日神水を用いて謹書《きんしょ》し、増正に附授《ふじゅ》す。児《こ》鷹《たか》稍《やや》長ずれば願わくば之を授けて余の意を明らかに諭《さと》せよ、嗚呼当今の時。汝の死生も亦《また》予期し難《がた》し、汝もし決命の事あらば宜《よろ》しく之を後人に託し、以《もっ》て余が意を達しめ、世々子孫をして敬《つつし》んで二字同根一体の大義を奉ぜしむべし。これ則《すなは》ち家祖の遺訓にして、神聖垂教《しんせいすいきょう》の大道なり。（以上書き下し文）

これを書き終わったあと春蔵に手渡すと、静かに鼎蔵は家を後にし、文久二年の元旦の夜がまだ明けやらぬ深夜の山道を下っていった。

鼎蔵が元旦の初日の出を迎えたのは城下に入ってからであった。

その日の朝日は、彼が背を向けて下ってきた飯田山の背後に連なる、南阿蘇外輪山の尾根の頂の一角から光を放ちだした。

おもわず振り返って柏手を打つと、放射された暁光が彼の全身を包み込み、東上の決意に、全身に何者かが宿るかのような不思議なすがすがしさを覚えた。

城下で同志らと会い、深蔵と落ち合って旅装を整え、熊本を発ったのは文久二（一八六二）年正月四日であった。隠棲実に七年、すでに四十三歳を数えるにいたっていた。

十五日、はやくも二人は京都に入り、仏光寺通壬生川にある肥後藩邸に旅装を解いた。

二人はさっそく先に京都に着いていた清河と会った。清河は、熊本を発ったあと予定通り豊後の岡に入って小河と会い、三佐にでたあと後藤今四郎の家にしばらく滞在したのち、七日に三佐を発ち十一日に京都に入っていた。

清河は、深蔵から彼が去ったあとのいきさつを説明され、形勢が好転して鼎蔵の上京が実現したことを我事のように喜んだ。

ただ、鼎蔵自身としては清河に全面的な信頼を置いていたわけではなかった。使命完遂のためには、どうしても公卿たちに顔の利く清河を通じて朝廷との接触を試みるしか手がなかったのである。

十七日、鼎蔵と深蔵は田中河内介を介して、議奏の中山忠愛卿を宴席に招待した。この席には清河も参席していて、互いに酒を酌み交わしつつ時勢を談じ、腹蔵なく意見を述べ合った。

その後、中山卿と別れた鼎蔵らは、会見の労をとってくれた清河を誘って祇園の一力に遊んだ。

一力は、赤穂義士の討ち入り前に大石内蔵助が遊興したところとして知られる。

また討ち入り後は、内蔵助以下吉田忠左衛門、原惣右衛門、堀部弥兵衛、片岡、間など十七名が高輪の肥後藩中屋敷に身柄をあずけられ、屋敷庭先での切腹の場を与えられている。

そのような赤穂義士と肥後藩との関係もあって、興ずるにつれ、彼らは義士たちの壮挙と、まさにこれから彼らが起こそうとしていることを重ね合わせ、大いに血をたぎらせた。

このように、鼎蔵らが京都の生々しい現実に触れだしたとき、ふたたび江戸で事件が起きた。くしくも、京都で鼎蔵らが清河と合流した日の文久二年正月十五日、江戸城坂下門外で、登城中の老中安藤信睦《のぶゆき》が尊攘志士たちによって襲われた。

この日は上元の佳節で大名の登城日であった。

信睦の襲撃は、先の桜田門外のこともあって五十人ほどの警護の者たちが周りを固めていた。襲撃したのは水戸浪士平山兵介、黒沢五郎、それに下野の河野顕三ら六人であった。

だが、五十人もの警護を相手の六人では結果は見えている。彼らはすべてその場で倒された。

この志士たちが行動を起こしたのは、和宮降嫁は安藤信睦らが強引に実現させたものととらえて憤ったのに加え、孝明天皇を退位させ、幕府の意のままに動く天皇を立てるという陰謀があり、その首謀者が老中の安藤であるとの風評を信じたためであった。

世にいう「坂下門外の変」である。

この事件は数日後には京都に届いた。

これを聞いた清河は、「これ天罰なり」と悦び、機はまさに熟したととらえ、尊王の義挙を起こすべきはこの秋にあるとして気を高揚させていた。

関東における米国通弁官ヒュースケン事件、東禅寺のイギリス公使館襲撃事件、それにつづく坂下門外の変、さらにこれらの騒動に刺激されて陸続と上京してくる西国の志士たち、そして薩摩義挙の風聞など、鼎蔵はこれらの実態を直接肌身に感じるにつれ、肥後熊本にあって聞知していた時局の展開が予想以上に切迫していることを知った。

それと同時に、この尊王の義挙にわが肥後の同志らは、一刻も早く藩論をまとめ、幽斎以来の勤王の藩として、他藩に遅れをとるべきときでないとの沸々たる思いに駆られた。

さらに清河も、両人は一旦帰藩して肥後の同志らに警鐘を鳴らし義挙への準備を整えるよう勧めたため、二十二日、鼎蔵らは京都を発ち帰熊の途に就いた。

この二人の京都出立に際し、大納言中将中山忠愛は、時節の到来を祝して一首を餞《はなむけ》とした。

武士の矢たけ心の梓弓
　引きはなつへき時は来にけり

さらに次の檄文を河内介を通じて渡し、河内介は二月中旬には、自ら令旨を奉じて西下することを約束して、九州の有志らの決起を二人に依頼した。このとき、二人の上京の画策から旅費にいたるまで奔走した松村大成にも懇切な一通を託した。

中山忠愛卿檄文

宮部鼎蔵
蒲生太郎

今度右の者共上京の趣意、赤心の程、感入候。報国の企、此時に可有之候間、速に帰藩、同志相結、弥々義挙決断可有之候。且其許下向可有相待様、両人の者共へ可申含事。

正月二十二日

羽林中将忠愛花押

臥龍先生へ

（田中河内介の添書）

別紙の通可申入旨、従中将殿被仰聞候。御帰国の上、早々御同志の人々へ、御披露可有之候。尤も来る二月中旬、拙者當地発駕、奉令書、至下向候間、萬期其時候。以上。

正月二十二日

田中河内介綏献

宮部鼎蔵殿

蒲生太郎殿

両方の文に蒲生太郎とあるのは、松村家が蒲生氏郷から出ているということから、松村深蔵のことであり、臥龍先生は、田中河内介の号である。

なお鼎蔵らは、この正月の在京の折に、孝明天皇の、

矛《ほこ》執《と》りて守れ宮人九重《ここのえ》の

み階《はし》の桜風そよぐなり

の御製を聞知しており、中将中山忠愛の一首と合わせ、帰熊後の運動に並々ならぬ決意を固めたのである。

京都を後にした二人は大坂で別れ、深蔵は豊後に廻って小河一敏を訪ねたが、不在であったため嫡子の小河六郎左衛門をはじめ、中川伝次郎、野溝甚四郎、赤座弥太郎、矢野勘三郎、広瀬健吉（広瀬中佐の父）、田近陽一郎などの同志と会って、こまやかに京都の情勢を告げて一同の奮起を促したのち帰熊の途に就いた。

一方鼎蔵は長州に向かった。彼は松陰没後の同志を訪ねて親しく弔辞を述べ、福原越後等に会って京都の事情を語り、今後の提携を契りあって筑後に向かい、久留米の真木和泉守の家に寄った。

真木はすでに脱藩して薩摩に行っていたため、子弟たちと会って京都のことを伝えた。
このとき和泉守の娘は、

梓《あずさ》弓はるかに来にけり
　武士のはなのさかりと世はなりにけり

の一首を詠み、鼎蔵に、父和泉守に会う機会があれば元気でいることだけを伝えてくださいと頼み、けなげにも、父和泉守の勤王の志が、幼い少女にも伝わっていることを知った鼎蔵は、強く胸を打たれる思いであった。

薩摩藩

一

鼎蔵が熊本に帰り着いたのは二月五日である。道中で別れた深蔵より四、五日早かった。途中玉名の松村家に立ち寄り、河内介から託された大成への、

「今般御賢息並びに宮部御差登らし、御赤心の程実に感じ入り候。此上弥々《いよいよ》以て御同志御募り、報国の義旗押立て、御上洛の結構肝要に候。云々」

と書かれた手紙を渡し、京都の情勢を仔細《しさい》に報告した。

この時松村家には、豊後の小河一敏と広瀬健吉も来ていて一緒に鼎蔵の話を聞いた。彼らは、鼎蔵らの上京のことは知っていて注意を払っていたため、二月三日に小河らが竹田を発って上京の途に就き、筑後に廻ったところで鼎蔵らが視察から帰り着き、松村の家に立ち寄ったことを聞きつけて玉名に来たのである。

松村家に一泊した鼎蔵は翌日熊本城下へ向かい、永鳥の家に同志を集めて京都視察の報告を行った。鼎蔵は、京都で見聞したすべてについて丁寧に説明した。

今更ながら、皇室の衰退のさまを聞くにつれ多くの同志たちは涙した。この事だけでも、鼎蔵の報告は同志の心を動かすに十分であった。

粛然とした座の雰囲気は、やがて一人ひとりの熱した発言の場に変わっていき、この際藩論を動かすことの急なることを確認し合った。

そのような熱のこもった座の中で、同志の山田十郎がたまりかねたように言った。

「イギリス公使館の焼打ちにしろ、老中安藤の襲撃にしろ、関東における攘夷の実行はすべて水戸藩だけによるものである。彼らは幕府のお膝元に近いがゆえ、思ったとおりに行動がとれ、我らはあまりにも離れているゆえ実行に移せない。これは地理的事情からして致し方ないことかも知れぬが、水戸以上の思いに駆られる我らとしては歯痒くてならん」

このどうにもやるせない思いの山田を諭すように鼎蔵は、

「清河どのの話によると、あのような水戸の動きについては、すでに水戸と長州が盟約を結んでいるためであり、その盟約どおりの行動をしているとのことである」

「ほう！　で、その盟約とは？」

「『成破《せいは》の盟』とかいうもので、去る万延元年七月に、江戸品川沖に停泊中の長州藩軍艦丙辰丸の船中で、長州と水戸とが盟約を結んだという。

盟約の内容は、水戸藩が破、つまり攘夷の破壊活動を行って幕府を混乱させ、これに乗じて長州が成、すなわち事態の収拾を行うというもので、水戸はこの盟約どおりのことを実行していると申していた」

「では、なぜ長州の動きが見られないのでしょうか」

「帰る途中に長州に立ち寄った際、そのことが知れ申した。

松陰どの亡きあと、松陰どのの考えを引き継いだ久坂や桂、井上、来原などの同志方によって盟約のことが運ばれようとしていた矢先、直目付の長井雅樂《うた》が藩政を取り仕切るようになり、すべてが長井の意見によって動くようになったからということであった」

「藩状がどのように変わったというのですか」

と、さらに山田が問いかける。

「昨年の文久元年三月に、長井が毛利慶親公に提出した『航海遠略策』を公が大変気に入られてからのことであるという。

この策は、かいつまんで申せば、先ず公武合体をはかり、今日に至ってはもはや破約攘夷は不可能であるので、一旦開国して進取の方針をとり、その後国威を張って五大州（世界）を圧倒すべしとする意見であるという。

これを以て毛利公は幕府と朝廷を口説いたところ、特に朝廷内の九条関白をはじめとする一部の公卿らが、五大州を圧倒するなどという快気炎にたぶらかされ、大いにこの意見を取り上げたため、気を好くされた毛利公がいよいよ長井の信任を厚くされており、このため同志らの動きが上から封じられているとのことであった」

今まで黙っていた河上彦斎が、ここで口をはさんだ。

「しかし、このままでは、長州の同志たちは水戸との約束を果たす機会がないのではないでしょうか」

「そこで、お会いした福原どのはじめ尊攘派の方々に京都の情勢を縷々《るる》お話しし、やがて令旨も下されることであるから、志ある方々の意志固めを急ぐよう呉れぐれも申したところ、非常に意を強くされ、方々は昨年来より盛んに長井の弾劾運動を行っており、これが近く成る見透しができたとのことで、その折には長肥連合しての義挙が可能な情勢となるため、肥後の藩論固めの方も急いでほしいと、かえって注文をつけられたほどであった」

この鼎蔵の報告を聞いた同志らは、頼りにしていた水戸や長州の同志たちの内情を知り、一様に自分たち肥後藩の陋習《ろうしゅう》から一歩も抜け出せないでいる藩庁首脳部らの顔を思い浮かべた。

肥後藩の場合は、それでさえ尊攘派の意見が遠ざけられている今日、水戸のように、上層部に尊攘派に理解あるもののいる藩や、長州のように、藩主の考え次第によっては、近いうちにいつまた急進尊攘派が藩政を奪回するか分からない藩とでは、藩状がまったく異なるのである。その藩論統一の困難さは並大抵のものではなく、よほどの覚悟をもってかからねばならないことであった。

この話題が絶えたところで、思いついたように魚住源次兵衛が鼎蔵に尋ねた。

「攘夷のことは、現帝の譲るべからざるご意向であり、我らもその御心に沿って義挙することはいささかの揺るぎはない。

されど、同じ尊王攘夷の立場を貫かれる真木和泉守どののお考えは、あまりにも現実の政情とかけ離れたお話であり、事を起こすにしても、あのような拙速な政変論では不安さえ覚え、はたしてこれで皆が従うものとは思われないが、宮部どのはいかがお考えか？」

この問いかけには、さすがに鼎蔵も直ぐには答えられなかった。そのため、ゆっくりと自分にも問いかけるような慎重な返事をした。

「真木どののお考えは、以前『大夢記』にも記されたように、帝《みかど》が天下の政治を行い、徳川は元の駿府、甲斐二国の領主に返れという説を唱えておられる。

これは真木どのが神官なればこそのことで、祭主の大元であられる帝の治められる政《まつりごと》が、天地の道理に適った日ノ本の正しいあり方であるとのお考えであり、間違ったことを申しておられるわけではござらぬ。

さらに真木どのは、この十二月には『義挙三策』なる構想を明らかにし、第一策として──諸侯にすすめて事を挙げる──、第二策として──諸侯の兵を借りて事を挙げる──、第三策として──義徒のみによって事を挙げる──とし、第一、第二策では、その兵力で大坂城を占領すべしとし、第三策では五、六百人ほどの同志では大坂城は無理だから、京都市内攪乱戦術をとって、帝を比叡山に移すべしと述べておられる。

そこで、私の考えでありますが、まず事を挙げるには、これだけの大きな気構えがなくては何事も達成できないと考えております。

ただ、今日の状況下で拙速に幕府から朝廷へ政《まつりごと》を奉還されたとしても、今の朝廷の公卿のどなたにこの複雑難儀な問題山積する政治をお任せできる方がおられましょうか？　かえってその混乱に乗じ外夷につけ込まれる隙を与えることにもなりかねません。

今日の幕府の中にも、井伊や安藤のような者ばかりではなく、天朝を第一に奉る有能な幕吏なしとは申せません。そのことに幕府が早く気づいて御政道を正し、そのような幕府を、賢公とよばれる大名をはじめ諸藩の大名たちが一致協力して支える体制さえ備われば、攘夷など容易《たやす》いことと心得ます。

今はまずそのことの実現のために力を注ぐべきで、それがどうしても成り難い状況に至れば、真木どのの唱えられる第二策の——諸侯の兵を借りて事を挙げる——方針をとってはと考えております」

「なるほど、やはり宮部どのも真木どのの方針では直ちには無理とお考えか。

では第一策と第三策はなぜ採られないのかお聞かせ願いたい」

魚住はどこかほっとした表情でこう言った。

これに対して鼎蔵は、

「現実問題として、二百五十数年の長きにわたって続いている幕府という政体が現存している以上、当面はこれに期待するしかないということであり、政の基本は真木どののお考えと異なるものではありません。

第一策の——諸侯にすすめて事を挙げる——ことは、我が肥後の場合を考えますと、畏れ多いことではありますが、もとより、我が殿にどれほど勤王のお志がおありになろうとも、これまで、それが藩の動向を決める藩論となったことはありません。

幸いにも、弟君の護久《もりひさ》さまや護美《もりよし》さまにはその志をお持ちのことは窺い知れますが、それとても、利口者の学校党が支配する藩政にあっては、なかなか身動きのとれる事情にないのが実態であります。

その意味で、やるだけの事はやらねばなりませぬが、我々の思いがどこまで上の方々のお気持ちを動かし、殿を動かすことができるかはなはだ疑問であります。

また、第三策の——義徒のみによって事を挙げる——ことは、やはり多勢に無勢という言葉どおり、仮に一時は成ったとしても継続性という点で多くの問題がありましょう。

このことから、どうしても第二策に落ち着かざるを得ないのです。

その点で私は、長州や薩摩の同志たちに大いに期待するところがあります。いずれにせよ、どの策でいこうとも、一刻も早く我々は近隣諸藩の同志たちとの連携をはかり、出来得れば、我が藩論の統一まで全力でかからねばなりますまい」

　鼎蔵の言葉に皆は一様にうなずいたが、長州はまだ良しとして、細川家が島津氏の監視の役目も担うため肥後に転封された来歴を知る薩摩が、はたしてどのような態度に出るのかという不安はあった。

　さらに、当の肥後藩庁の上層部が、下級武士たちの集まりである一握りの勤王派の考えを、どれほどまともに取り上げてくれるか、これらの難題を乗り越えて義挙へと向かう前途の多難を思い、あらためて皆で気を引き締めあった。


　その後鼎蔵は、佐々、永井、今村らの家を転々としながら、河上らと共に同志の間を廻って、さらに薩摩との連携、藩論統一のための具体的方策などを練りあった。

　その結果、この三月に薩摩藩国父島津久光が兵を率いて上京する前に、松村深蔵と堤松左衛門を先発として情報収集のため入薩させ、続いて鼎蔵と山田十郎が連携工作のため薩摩に向かい、魚住源次兵衛や今村など在《ざい》熊《ゆう》の同志らで藩庁首脳部説得を行うことに決めた。

　一方松村家から熊本に立ち寄っていた豊後岡藩の小河も、久光に随行して上京する大久保一蔵（利通）と途中で接触して会見するため、二月二十四日、鼎蔵らがもたらした京都の情勢を豊後に伝える広瀬と別れ薩摩に向かった。

　そのような肥後同志らのあわただしい動きの最中に、二十七日長州から、長肥連合を画策する来原良蔵が来肥した。

　来原は肥後に入るに際し、江戸で鼎蔵や永鳥らとの交流はあったものの、肥後との往来ははじめてで、事情も不案内であったため、最初に永鳥の兄松村大成の家に立ち寄った。

ここで長州藩義挙のことを告げ、熊本の同志らの名前などを調べたのち熊本に入った。

二十九日、彼は鼎蔵が宿泊している本荘の今村乙五郎の家で、集まってきた肥後の同志らと会見した。

出席したのは、鼎蔵のほか、住江甚兵衛、魚住源次兵衛、末松孫太郎、佐々淳二郎、山田十郎、永井金吾、河上彦斎、加屋栄太、草刈十郎などであった。

来原が切り出した長肥連合の構想は、出席していた同志らも考えるところは同じであり、十分その思いは伝わっていたが、このことはまだ藩論として成立していたわけではなかった。そのため、同志らの対応としては、彼らの考えを即藩論を代表した答えとしては出せなった。

『航海遠略策』をもって長州を動かしていた長井雅樂を、久坂や桂ら尊攘派による激しい弾劾運動によって失脚寸前に追い込み、まさにこれから尊攘派による藩論を統一して義挙へ向かおうと意気盛んな長州と、これから藩論をまとめあげなければならない肥後の事情のずれがそこに生じていた。

肥後との連携を目的に、その可能性に賭けてはるばる肥後までやってきた来原にとって、肥後の同志らの態度は煮え切らないことこのうえもなかった。

そしてとうとう辛抱しきれず、

「貴藩は実に多士済々で、真に為すあるの士に富んでおられるから、必ずや一大勇断を試みられるであろう。幣藩もまた久坂義助（玄瑞）など赤心燃える若干の志士がいるので、一旦緩急の場合は、旗一流、幕一流をもたらして、貴藩の驥尾《きび》に付し、いささか勤王の微意《びい》を表し、あえて遅れまいと決心している。その時には幸いに幣藩の面目を失わぬように、なにとぞ力になっていただきたい」

と、暗に肥後藩の議論倒れを、それとなく当てこするように言った。

これを聞いた短気な草刈は忽ち激怒し、満面朱を注いで立ち上がると、長押に掛けてあった槍をとるやいなや、キエーッ！　という奇声とともに近くの柱を突き、

「長人、あんまり肥後んもんばやすがうな！　俺どんたちもやっ時きゃやっとぞ！」

と大喝した。

いかに来原を知る鼎蔵でも、この突然の草刈の剣幕にはなす術もない。

一瞬座は森閑となったが、草刈と仲のいい同志の一人が立って興奮する草刈をなだめすかし、ようやく事をおさめたため、それを潮時として来原との会合を終えた。

その夜来原は、しばらくぶりに鼎蔵と旧交を温める中で、肥後藩の子細な事情を聞き、松陰への思いなどを語り合って一夜を過ごし、翌三月一日早朝、先に来原が宿を出立した後、鼎蔵と山田は今村の家で一旦旅装を整えたあと熊本を離れ、途中松橋で来原と落ち合って、三人連れ立って薩摩へ向かった。

二

薩摩は、開明的盟主として知られた島津斉彬が、安政五（一八五八）年七月十六日に急逝したのち、世子がなかったため、その年の十二月斉彬の弟である忠教（久光）の子忠徳（忠義）が襲封《しゅうほう》していた。

忠義はこのときまだ十九歳の若さであったため、事実上藩政の意向は後見人である国父の久光が握っていた。

ちなみに、島津家は代々中将・従四位の格であり、藩主の忠義にはその官位はあるが、父とはいえ久光には官位はない。藩内での実権は久光にあるものの、公の場、つまり藩内から一歩出た世間では無官であり、朝廷はいうに及ばず、諸大名の間ではいかに政治的意見を持とうとまず通用しない。久光はそういう立場にあった。

しかし、時代は外夷が次々と押し寄せ、まさにこの日本国そのものが列強うごめく世界の動きに大きく翻弄《ほんろう》されだしていた。

嘉永四（一八五一）年二月、斉彬が襲封したのはまさにその真っ只中にあった。

天の人を選ぶ絶妙さには遠く人智のおよぶところではない。

斉彬は生まれつき英明にして気宇宏量《きうこうりょう》、その上広い世界的視野の持ち主であった。

彼は、彼独自の開国主義の立場から、一橋派に属して画策していた。その開国主義とは、朝廷を中心に幕府以下諸藩がそれに従う公武一和の体制で、武備を固め、外国と対等に立つ開国であり、外国に押されて開国する幕府の弱腰外交とは異なっていた。

そのため、彼が藩主となった時から富国強兵に力を入れ、造船工業はもとより、鉄砲製造の溶鉱炉である反射炉の建設も行い、「集成館」を中心として、薩摩一国で西洋にひけをとらないほどの一大事業を起こしたのである。

その彼の信念は、

「今は薩摩一藩のみの安全に凝り固まるべき時世ではない。日本国あっての薩摩藩である」

との強い思いにあった。

その七年にわたる斉彬の施政の中で、多くの逸材ある若者たちが育っていた。

西郷吉之助（隆盛）、大久保一蔵（利通）、岩下佐吹右衛門（方平）、有馬新七ら百余名の「精忠組《せいちゅうぐみ》」と呼ばれる志士たちである。

彼らは、安政の大獄が吹き荒れているときなどは、京都に上がって九条関白、酒井所司代らを誅殺《ちゅうさつ》し、江戸の有志らには井伊大老の暗殺を決行させ、倒幕の機運を盛り上げようとの激しい考えを持つ若者たちであった。

つまり薩摩には、たとえ下級武士や郷士といわれる階層であっても、前藩主斉彬が育んだそういう思想の若者たちが藩論を左右するまでの土壌があった。

このような気運を盛り上げた精忠組の首領は、斉彬に可愛がられた西郷であったが、この当時彼は、井伊大老による安政の弾圧のため、故郷に逃れて錦江湾に僧月照と身を投じ、一命は助かったものの、幕府の厳しい追及を恐れた藩によって、安政六年一月から大島に左遷の身を送っていた。

そして彼の不在の間、精忠組を指揮していたのが朋友の大久保一蔵である。西郷も大久保も、幕府に改革を迫るには、藩兵という武力を背景としたものでなければ成功しないとの考えは同じであったが、斉彬を信奉する西郷は、久光が嫌いであり、久光もまたそのような西郷が鼻についていた。その点、大久保は囲碁の好きな久光にうまく取り入って、今では異例の抜擢を受け藩主側近の御小納戸役《おこなんどやく》という地位にあった。

もっとも内心では、藩を挙げて尊攘運動にまい進するために久光に奉仕しているだけで、精忠組としての方針を捨てたわけではない。

一旦若者たちに浸透しだした斉彬が敷いた薩摩の政治路線は、日本の国情という視点に立ったとき、時代の波に押されるように、久光も兄の路線を踏襲せざるを得なくなっていた。というより、いわば国父として、その当時斉彬が考えていた、大兵を率いて上洛し、さらに江戸へ入って幕府に政治改革をうながし、一気に桧舞台に躍り出たいとの野心の方が強かった。官位を持たないがための空威張りに過ぎないが、本人は大真面目であった。

大久保の働きかけで、文久二年二月、許されて大島から帰った西郷がこれを聞き、出立を前にした久光に兵を伴う上洛の時期尚早を説いたが聞き入れなかった。

西郷にしてみれば、斉彬公が生きておられた時はその手段も不可能なことではなかったが、このように現に開国が進み、公卿や諸侯らが勝手な思いのまま動いている混乱状態の中での出兵は、まったく意味のないただのデモンストレーションに過ぎず、なによりも無官の久光がいかに兵を率いて上洛しても、まず禁裏への参内は拒否されるであろうし、たとえ江戸へ入っても、藩主でもない立場の者を誰がまともに取り扱ってくれるか、それこそ意味のないことであった。

そのようなことさえ判別できない久光に、嫌悪感さえ覚えたのである。

久光が、兄斉彬の遺志である、幕政の改革と朝権の回復のための公武合体を実行すべく、千人の藩兵を率いて上京することを公表したのが文久二（一八六二）年一月、そのときの予定では二月二十五日としていたが、西郷が大島から帰ってからの意見具申による藩論調整などで遅れ、久光の意向どおり三月十六日に鹿児島を発つことになった。

肥後から鼎蔵らが向かおうとしている薩摩は、このような事情をはらんでいたのである。

もちろん彼らにそのような内情など分かろうはずはない。

「いよいよ薩摩は、国父の久光どのが、朝廷の復権と幕府の改革を迫って千人の兵を率いて上洛される。我々肥後も、この機を逃すことなく藩論を統一して薩摩との連携をはかり、共に義挙する」

肥後勤王党の同志たちにとって、久光の上洛は時代を動かす英雄的存在とまで映った。

薩摩へ発った鼎蔵ではあったが、一方では三月には令旨を奉じた河内介が来るとの約束があった。そのためなにかと気ぜわしさがあり、二月の末近くになるとちょいちょい山鹿まで出迎えに行っていたが、出発の日も早朝から一旦山鹿まで出向き、昼過ぎには帰って来てその足で山田十郎を伴って来原と共に薩摩へ向かったのである。

先に発っていた松村深蔵と堤松左衛門が、国境の水俣に投宿したのは二十八日であった。

薩摩へ向かう小河にしろ、松村や鼎蔵らにしろ彼らがたどった道は薩摩街道であった。

この道は薩摩では出水筋《いずみすじ》といい、薩摩藩主が参勤交代の際使う道で、よほどのことがない限り他の街道は使わない。

それは他の道がいくつもの難儀な山越えを強いられるのに対し、比較的平坦な場所の多い交通の便にすぐれていたことにもよった。

そのため、薩摩街道を選べば、途中で上洛する久光の行列に行き会う確率が高いのである。

だがこの国に入るには、他国を通過する際のそれと比較にならないほどの厳しい詮議《せんぎ》を覚悟しなければならない。

肥後水俣に隣接する薩摩側は出水である。国境は境川と呼ばれる小さな川が流れているが、ここを越えて出水郷に入り、しばらく行った村の入り口に野間《のま》ノ関と呼ばれる関がある。ここでは昔から、特に他国者の入薩に際しては徹底した詮議が行われていて、公務以外、藩内によほどのツテがあるものか、特別の用件のあるもの以外はすべて不審者とみなされて追い返された。

深蔵らが一旦水俣に宿をおいたのは、この関を前に、いかにして薩摩に入るかということをじっくり練る必要があったからである。

水俣の集落が途切れ、入江のある袋地区を過ぎると国境の境川がある。深蔵らより先に熊本を出た小河は、野間ノ関を越えられずに、そこで大久保、西郷、有馬、田中謙助などに手紙を書き、出水村の郷士花北宗右衛《はなきたそうえ》門《もん》に、もし自分の入関が許されれば、境川まで人をやってほしいとの言付けを託していた。

深蔵と堤が、水俣からその小河を訪ねて境川へきた。

小河が書簡を送った当人たちからの返事は未だないものの、宗右衛門がもたらした薩摩の情報として、いよいよ久光公が三月十六日には鹿児島を発駕《はつが》するとの確実な情報を得ることができた。

当初、久光の東上が二月二十五日にあるものと考えて行動してきた彼らにとって、これは貴重なものであった。肥後の藩論を左右できる時間に幅ができたことである。

そこで深蔵ら三人は一旦水俣へ引き返して、深蔵は久光東上日変更を一刻も早く同志に知らせるため一旦熊本に帰り、堤は薩摩に入っている真木和泉守が、小川内《おごうち》関付近に潜んでいるとの情報を得ていたため、その知らせのため深蔵らと別れて小川内村へ向かった。

小川内村は、正確には出水郡小川内村（現大口市小川内）、薩摩の領内である。肥後水俣から直接峻険な山道へ分け入り、薩摩の大口筋へ出る道である。

あまりに嶮しい道筋であるため他国者の旅人の利用は少ない。普段は両国の近郷の村人たちの往来に利用される筋であった。

そのため、肥後側には丸石口番所があり、薩摩側には亀嶺峠《きれいとうげ》を経て嶮しい亀坂を下ったところに境目番所があるだけで、出水の野間ノ関の厳しさに比べれば比較的ゆるやかな国境の警備体制であった。

真木和泉守が薩摩に入って精忠組に持説を説き、義挙への連携を訴えたあとそこに潜んでいるというのである。

一方遅れて熊本を発った鼎蔵らは、三月二日に野間ノ関を越えるため、鼎蔵と山田が飛脚を装い、来原は産物取引の商人を装った。

だが、来原の方は長州を発つときから連絡をとっていた精忠組との関係から先へ進めたものの、薩摩へのツテがない鼎蔵と山田だけは米ノ津で足止めを食ってしまった。

そこへ小川内で真木の消息を探っていた堤が、米ノ津に下ってきて鼎蔵らと合流することになった。

ここで鼎蔵は、先に鹿児島に行った来原が、次の市来関の官許手形を届けて来るようになっているから、薩摩に入れないで水俣に留まっている小河や、長州の堀らと一緒に関を越えることを伝えさせるため、堤を水俣へ使いに出した。

さっそく堤は、小河と堀を伴って、境川の宿にしている伊佐治という者の家に引き返してみると、山田の置手紙があり、二人は先に賄賂を使って野間ノ関を越え市来に向かうので、小河らには海上から急ぎ市来に廻るようにということであった。

これは、大勢で野間ノ関を越える危険性を恐れた先を急ぐ鼎蔵らの考えであった。

取り残された小河ら二人は、国境の船問屋で船を捜したが、危険を恐れて断られたため仕方なく一夜を明かし、翌朝ふたたび船を捜すため水俣に引き返したが、ここでも庄屋から薩摩行きの船止めの指示がなされているからと断られた。

一方鼎蔵と山田も、計画どおり野間ノ関を越えはしたものの、出水に入って武家屋敷の多い麓《ふもと》というところを通過する際に、役人らに取り調べを受けて領外へ追い出されたため、ふたたび境川の伊佐治の家に引き返さざるを得なかった。

ところが、その夜更けに伊佐治の家の戸をたたく者があり、不審に思いつつも山田が床を抜け出し戸を開けると、兄の松田重助である。

まさか、こんなところで兄に会うなど思ってもいなかったことなので、驚きつつも部屋に通して経緯《いきさつ》を尋ねた。

重助はすでに脱藩していて、大坂富田林に潜み、長州の同志らと連絡を取りつつ京都の情勢を探っていた。その彼がこの地に足を延ばしたのは、二月の初めごろ、松田が大坂から長崎へ行く途中、京坂の情勢を肥後の同志たちへ知らせるため、永鳥三平に連絡をとり、京都から戻ったばかりの鼎蔵や山田と松村の家で落ち合い語り合っていた。

そこで鼎蔵から、河内介が熊本に来ることを聞かされたため、二人で山鹿まで河内介を出迎えることにしたが、熊本の同志との連絡などで山鹿を離れていた鼎蔵が、急に薩摩へ発ってしまったため、一人山鹿に残って河内介を待っていたのである。

つまり、鼎蔵は松田に薩摩行きのことを連絡できないまま、熊本に来た来原の行動に合わせて、あわただしく山田とともに薩摩に向かったのである。

これを後で知った松田が、あわてて二人のあとを追い、薩摩入りの困難さを知っているため、途中で小船を調達して境川に上がり、二人を訪ね当てた、という次第であった。

松田を迎えた翌日、水俣から堤が小河と堀を連れて帰ってきた。

伊佐治の一室で、鼎蔵、山田、松田、堤、小河、堀の六人が今後の行動を話し合うことになった。

ここで今度は、野間ノ関を越えるのを避け、天草へ渡って牛深から市来に上陸する海路を選ぶことにした。

同時に、松田は弟の山田と交代して薩摩に向かい、山田と堤は熊本に引き返して、先に帰り着いている松村深蔵と共に藩論統一に専念することになり、翌朝二人は皆と別れて熊本に帰って行った。

その後鼎蔵、松田、堀、小河の四人は、一旦松田が乗り捨てた船に乗って牛深へ向かった。波の穏やかな内海の獅子島と長島の間を抜け、日の高いうちに牛深に着いた。

上陸してさっそく市来行きの船の手配をしたが、ここでも水俣と同じように薩摩入りの出船はすべて止められている事情を知った。

その夜は、降り出した雨音を聞きながら宿で酒を酌み交わした。

翌朝松田が一人で出かけて行き、しばらくしてどこかで手配した船に皆を誘った。皆が乗り込むと、彼は船頭に水俣へ向かうよう行先を告げたのである。

これを耳にした皆もあっけにとられたが、何かあると思って任せていると、しばらく船を走らせたところで、おもむろに松田が船頭に耳打ちし、「市来に向かへ！」と言い出したのである。

しかし船頭はこれに驚く様子も見せず、すなおに舳先を南に回し、この船では船底が浅いので外海を乗り切るには無理だから、一応牛深に引き返して別の船の用意をすると言い出した。

刀を差した侍たちに囲まれた船の上で、なす術のない船頭の言い訳であったが、幸いなことに西の方に厚い雲がかかり出したのを見て、天候を読んだ彼の機転であることを松田らには見抜けなかった。

船頭の言うままに牛深の港に上がり、夕方には船頭の用意した船でふたたび港を出たが、しばらく走ったところで急に船頭が市来行きを拒みだした。これに怒った松田が腰の物を抜いて脅しつけたため仕方なく船を進めたものの、次第に東シナ海から吹き寄せる風波が高くなって船も波に翻弄されて船足も遅々として進まなく危険になったため、ふたたび牛深に引き返さざるを得なかった。

風波を避けて近くの入り江に錨を下ろしたが、風はいつまでもおさまらず、ついにそこで一夜を明かすことになった。

翌朝になると、船頭が食料の調達を口実に船を離れたまま昼近くになっても戻ってこないため、一同が不安にかられながら待ちあぐねていると、問屋からの使いの者が来て、昨夜の嵐で村が大火に見舞われ、船頭の家も類焼したため船出はできないとの知らせが届いた。

鼎蔵も松田もこれにはほとほと困ったが、気を取り直して船頭探しにとりかかり、ようやく一艘の漁船から水夫を一人雇い入れることができたため、乗っていた船を操ってもらい昼過ぎようやく入り江を離れることが出来た。

その日は昨夜の風が嘘のように静まり、波も穏やかで船足も順調に進んだ。

日暮れて間もない頃には羽島に着岸できたが、ここから先は見えにくい岩礁も多いため、危険を避けて一夜を明かし、未明に羽島を出て、早朝ようやく市来の港に入ることが出来た。

三

市来の番所は港にあった。そのため直ぐには上陸できないで思案しているところに、近くを通り過ぎる船があったため、これを呼び止めて上陸の手続きなどを聞いてみた。

すると、どこの国の船でも、船頭の国元の送り状を港の船問屋へ持っていけば、問屋が番所まで同道して行き、番所の改めののち上陸が許可され、船も返すことができるということであったので、早速堀が持っていた矢立を取り出して船頭の国元の庄屋からの送り状を偽作した。

一船一艘

但二反帆

船頭　　重太郎
水主　　善五郎
重太郎女房きく
此船牛深ノ船ニ相違無之候、病気若クハ破
難ノ時ハ其地定法ノ通リ御取計被下度候
牛深村庄屋何某
国々浦々役人中

これを、途中船頭に雇った水夫に問屋まで持たせてやると、問屋からは乗客の往来証文を出すようにいってきたため、ふたたび偽作の証文を仕上げ、松田は備中の寄合御旗本山崎主税介領内郷士三宅又三郎、鼎蔵は同じく日谷三八郎とし、堀は小河の従者として上陸し、問屋に証文を渡して鹿児島行きの取り計らいを依頼した。

しかし、番所では城下での訪問先や用件など事細かに問いただし直ぐには許可が下りなかったため、一旦問屋に引き返して策を練り、大久保、西郷、村田（新八）などに入薩したことの手紙を書き、それを番所に頼んで城下入りの許可を待つことにした。

その夜床に就いていたところ、小河が市来に来ていることを探り当てた精忠組の美玉《みたま》三平が訪ねてきたが、役人に怪しまれてはということで長居せずにすぐ帰っていった。

翌朝食事が終わったころ、突然来原良蔵が訪ねてきた。

鼎蔵らと顔が合ったとたん、さすがにきまり悪そうに、

「いや、誠に申し訳ない。鹿児島に入って直ちに関越えの許可をもらうつもりであったが、なかなかこちらが思うように事が運ばず、諸君らにご苦労をおかけ申した。これ、この通りでござる」

と、部屋に入るなり畳に額を着けんばかりにして謝った。

安堵と同時に、さすがに小腹も立った鼎蔵らも、彼の先手を打った詫びにその思いも消し飛び、ただちに入薩後の経緯を聞いてみると、鼎蔵らと別れて先に薩摩に入った来原は、何の障害もなく鹿児島城下へたどり着くことができた。そこで直ぐ、二、三の同志たちに連絡をとり面会を申し込んだがその意が達せず、空しく二、三日宿で過ごしているうちに、不審に思った宿の主人から急に宿を出るように促され、手紙の取り次ぎさえ断る始末でどうにもならず、宿を出たあと大山格之進と有馬新七だけには会うことが出来た。

その話の中で、美玉が市来にたどり着いている鼎蔵らと会ったことを洩れ知ったため、急いで駆け付けたということであった。

鼎蔵らは、薩摩入りの苦労だけして、肝心の目的を果たさないまま日数を食ったもどかしさに耐えかね、ついに正面から大久保と小松帯刀に飛脚を立て、一刻も早く城下への通行許可が出るようにとの斡旋を依頼した。ところが三月七日、飛脚と入れ違いに有馬新七と鈴木五郎が早馬で駆けつけ、来原の件は、長州訛りからあやしい他国者と感じた宿の主人が役人に届け出たため、藩庁の監察府が宿の追い出しを促したというもので、このことを聞いた小松どのが藩主忠義のお耳に入れたところ大いに気の毒がられ、さっそく来原のあとを追うようにとの命が下されたため、こうして挨拶に出向いたということであった。

やっと大手を振って鹿児島に行ける。有馬の言葉にこれまでの苦難が一気に吹き飛び一行は歓喜した。

有馬が一行の城下通行の便を引き受けて帰ったあと、九日の午後にはふたたび田中謙助と村田新八をつれて現れ、国事のことを語り合い、近い将来肥後の同志らと行動を共にすることを誓い合った。

そこで、あらためて襟を正した松田から、

「決して諸君らの胸中を疑うものではないが、今日ここでの誓いは天下の大事であります。であればこそ、ぜひこの機会に貴藩の君侯信頼厚き方と聞き及ぶ大久保や小松どのにお会いしてその志をお聞きしたいものです」

と、要求を切り出し、有馬もこれを快く聞き入れて城下に案内し二人に引き合わせた。

ここで再び薩摩の内情に触れてみると、一概に「尊王攘夷」といっても、その思想の生じる原因となったのは外夷に対する軟弱な幕府の外交方針にある。しかし、現幕政に対する批判と、朝廷を第一に考えることにおいて一致はしていても、そのあり方は百人百様であった。

現幕藩体制のままでも政治改革さえ行えばよしとするもの、その政治改革の手段として、反朝廷派や外国人に対する各個攻撃で揺さぶりをかけるもの、そのためには全国の有志の決起を図ろうとするもの、即王政復古を断行しようとするもの、そして、藩兵と言う大兵力を背景に事を起こすべきだと主張するものなど様々であった。

早い話、久留米の真木和泉守や筑前の平野國臣などはすでに倒幕を考え、王政復古を主張していたし、その考えに一部は同調するものの、藩主に対する忠義の面からそこまでは一挙に行けない鼎蔵らのような同志もあった。

薩摩においても同じである。

ここでは三派の勢力がうごめいていた。まず、小松帯刀、中山尚之助、大久保一蔵らが現実路線として推し進めているこの度の久光の上京組もその一つである。

久光には倒幕などといった考えは毛頭ない。その久光の動きに合わせ、藩兵を率いて上京し、勅命を奉じて幕府に政治改革を迫り、公武合体による政治体制を敷くという主流派。

これに反対する島津下総《しもふさ》、蓑田伝兵衛、椎原国幹《くにもと》、桂久武《ひさたけ》といったどこか肥後藩のそれと似た守旧派。

これらとはまったく別な、有馬新七、田中謙助、柴山愛次郎、橋口壮介、是枝柳右衛門、美玉三平といった精忠組激派とよばれるものたちであった。

西郷や大久保が首領であるはずの精忠組でさえ、選択する行動の振幅が大きかった。

そういう中で、当の藩主より権威を持つ久光という男が、下々の雑多な思惑を踏み越えて上京という行動を起こしたのである。

だがこの波動は巨大であった。これが引き起こした波は、当の久光の思いとは関係なく、様々な思惑を秘めた人々によって、さらに別の波を生じさせていく引き金となったのである。

鼎蔵や松田ら肥後勤王党が薩摩と誓い合ったのは、まさに有馬や田中、美玉といった精忠組激派の人たちであった。

そして、先に薩摩に入って義挙への提携を講じ合った真木や平野にしてもすべて彼らであり、それを西郷の不在の間、精忠組指導者として薩摩藩の上層部をあおり、また調整していたのが大久保である。

だがその大久保は、久光との上京を共にする一方で、京都において精忠組激派が鼎蔵ら肥後勤王党、真木や平野といった尊儒派と結託して激発するのを警戒し、その押さえを西郷に託していた。

この大久保の考えには伏線があった。

大島から戻った西郷が、大久保から精忠組の現状を聞かされて眉をしかめたからである。

それは、真木や平野、それに小河、松田、宮部らが次々に薩摩に入って精忠組と連絡を取り始めた実態を知ったためであった。

西郷には薩摩武士としての強い誇りがあり、薩摩に生まれ育ったという強い愛郷心があった。そこに根ざす考えは、どうしても他国者への信頼感が薄くなる。

この土地と、歴史と空気を共有して育ったものたちだからこそ、いちいち「議」を言わなくても心から分かり合えるものがあるという、どうしようもない資質であった。これは理屈で説明できるようなものではない。

「一蔵どん、そいはいき申はん。

他国ん者んがどげん言うち来やってん、そん者んたちん言葉に乗って軽々しゅう動いちゃいき申はん。ないごちやっとでん、俺《お》いどんたちゃ俺いが国んもんばっかで動かんと、しまいにゃ大ごてなり申そ。

他国ん者んは、そん国ん同志だけで先ず藩論ば固めんならんて、ないごち他所《よそ》ん国来てまでそげんこつば求めんばならんとか」

西郷はこう言って大久保に注意したことがあった。

大久保にとっては西郷の言い分も理解できるが、今藩兵というまとまった兵力を動かせるのは久光あればこそである。

この動きはもう止められない、ある意味では絶好の機会でもあった。

しかし一方では、彼がたきつけた有馬や精忠組激派の動きも、今となっては止められない勢いにあったのである。


鼎蔵や松田ら一行は、有馬の案内で小松や大久保らと会見できた。

久光の出立を控えた城下は慌ただしい雰囲気が漂っていたが、彼らは快く対応してくれ、鼎蔵らも思うところを述べ、彼らもこれをよく聞いて有馬らと誓い合った連携のことも了解した。

しかし、大久保はさすがに自分の深い心情までは吐露しない。肥後人の意気も十分理解できるため相槌は打つが、鼎蔵らが話を誘う、この旅の久光の上京を一つの機会ととらえる肥後の義挙のことに関しては、一切触れようとはしなかった。

だが、それでも鼎蔵らは満足であった。特に松田などは、大義のために国父自ら兵を率いる薩摩の姿勢に強い感動を受け、帰熊の途中で来原の手を取り、

「我が肥後は時勢に暗く、いまだに藩論の決着ができない有様です。

私は脱藩の身であるため、国に入って藩論統一に奔走できないのが残念です。

ぜひ来原君には途中八代に立ち寄ってもらい、国家老松井佐渡を訪ね、薩摩の実情と天下の形勢を説いていただき、君の口から直接長肥連合の議をはかっていただきたい」

と頼み込んだ。

しかし、来原にしてみれば、熱に浮かれたように頼む松田の心情は分かるが、その気はあっても、直接、し

かもはじめて国家老という重職にある立場のものに、他藩の者が会ってそのようなことを説得できる自信などなかった。

だが、鼎蔵や小河にしても、急ぎ熊本や豊後に帰ってやらねばならないことが山ほどあり、今の時点でこの中で時間を割けるのは浪人の松田を除けば来原だけであった。

一旦は断ったものの、誰かがやらなければならないということで、先を急ぐ鼎蔵や小河らと別れ松井家を訪ねることにした。

しかし、やはりこの策は無理があった。

松田は一応八代に宿をとって首尾を待ち、来原一人松井家を訪れたが、予想した通り国家老の面会は断られたため、対応に出た家臣に意向を告げただけで引き下がざるを得なかった。

これを聞いた松田も失望し、宇土から船で玉名の高瀬まで渡り、そこから密かに熊本の城下へ入った。

その後ただちに鼎蔵と山田に会い、松井家の事情を説明したあと、しばらく永鳥の家に潜伏してその後の策を練ることにした。

皮肉なことに、高揚した気持ちで鼎蔵らが薩摩を引き上げたあとの三月十日、久光は上京に際しての訓示の中で、諸国の浪士と交わりを結び、またこれと交渉する一切の行動を禁じたのである。

藩論

一

鼎蔵ら入薩組とは別に、熊本にあって藩論を決するために動く同志たちは、まず二月下旬に、魚住源次兵衛、今村乙五郎、廣吉半之允、岩佐善左衛門らが、鼎蔵らが京都からもたらした朝廷の衰退の情況と、在府中の大野鐵兵衛が通報してきた江戸の形勢を建白書にまとめ、他藩に遅れをとらぬよう挙兵を急ぐべきことを説き、これを国家老の長岡（米田）監物是豪《これひで》に提出していた。

しかし、三月十四日に鼎蔵らが熊本に帰り着いた時点になっても、何の音沙汰はなく、監物がその意見を取り上げ、藩侯慶順《よしゆき》の耳に達したかどうかさえ定かではなかった。

なお帰国途中の慶順は、十五日にはまだ大坂にあった。

そこで十七日、いよいよ今村乙五郎、永井金吾、佐々淳二郎の三人が、久光公の肥後通過も間近に迫っており、このままでは埒《らち》が明かないとみて、直接八代にいる国家老松井（長岡）佐渡章之《あきゆき》に当たることにした。

肥後にあって、下級武士の身にある者たちが、このような行動をとるには切腹覚悟の勇気がいった。つまり一か八かの決死の賭けである。

だが、案に相違して佐渡はこころよく応じた。

佐渡としても、世情が尊攘派らの活発な動きによって変化をもたらしつつあることは分かる。分かりはするが、現実としてどのような情況になっているのか、藩政のお膝元から離れた八代の地にあっては、なかなかその実態や動きがつかめなかった。

それが今度は、長州の来原という他国者ではなく、家臣である肥後勤王党の連中の方から会いにやって来たのである。彼としても断る手はなかった。

幕府が敷いた一国一城令のある時代、肥後には八代にも城があり、代々細川家筆頭家老職の松井氏の居城となっていた。

肥後国主である細川家の役目は、関ヶ原の戦いで西軍についた島津氏の監視にあったこともあって、薩摩に近い抑えとしてこの城は例外として取り崩されずにいた。

昔から八代の地には、南北朝のころ名和、相良の時代、山麓に山城が築かれていたが、小西行長がこの地方を治めてから、本格的な城造りがなされ、球磨川河口の三角州に平城の麦島城が築かれた。

小西氏が関ヶ原で滅んだのち、加藤清正の重臣加藤右馬允《うまのすけ》正方が入ったが、城が地震で崩壊したあと、熊本寄りの対岸の地に八代城を再築した。この後加藤氏のお家御取潰しによって空き城となり、細川忠興（三斎）の隠居城として使われ、忠興がこの城で亡くなってのち松井氏の居城となった。

つまり、島津氏は一番難儀な日向越えを選ばない限り、この八代城と熊本城を抜けなければ、豊後へも筑後へも出られない地勢上の制約を受けていたのである。

筆頭家老とはいえ、熊本に常駐していない松井氏には、書簡や伝聞で聞知する以外、どうしても確たる情勢の把握という点ではほかの家老たちより疎くなる傾向はあった。

会見した今村らは、まず清河入肥のこれまでの経緯を述べ、肥後勤王党同志らのことについても明らかにし、他藩に遅れをとるようなことのないよう強く訴えた。

佐渡は、今村らの建議をじかに耳にして小さな感動を覚えた。家格の違いもあって、これまで佐渡が接してきた家臣たちから、直接このような意見を聞いたことはなかった。

はじめは、いつものように自分とは異質な生き物がなにかぶつくさ申していると思って聞いていたが、話が次第に本題に入りだすころから真剣に耳を傾けだした。

とるに足らないと思っていた彼らでも、これほどの情熱で国を憂い、藩の立場を考えている。佐渡にとっては、その姿勢そのものが感動であった。そしてその感動がつい言葉となった。

「あい分かった。近いうちに出府の予定ゆえ、そなたたちの意見を万事取りはからうことにいたそう」

賽の目は吉と出た。


彼らは、早速熊本に帰って同志たちにこのことを報告すると、皆はまるで緊張の糸がほぐれたような面持ちになり、藩論を決するきっかけをつかんだ喜びを感じ合った。

鼎蔵はこの報告を聞き終わって、はじめて皆の表に立つことを決意した。

彼は、弟春蔵の不祥事が原因で、山鹿流兵学師範の職をはく奪され、以来今日まで、およそ七年の間隠忍自重の態度を堅持してきた。

そのため、同志の意見を集約し、京都へ走り、薩摩へ行くなど決して表面に立つことを避け、藩庁への働きかけも差し控えてきた。

だが、筆頭家老である松井佐渡に我らの意見が通り、これを藩庁が取り上げるという事態にまで至ったのである。

彼は、その識見、人物ともに同志たち衆目の一致する男であった。

学識、遊学経験、なかでも口下手な肥後人の不得意とする弁舌力は、同志たちの追随を許さなかった。

この報告会合の席で、彼は同志たちから担ぎ上げられるように、いつの間にか首領格として前に押し出されていた。

そしてその会合の席で、これから臨む己の決意を、
いさ子とも馬に鞍置け九重《ここのえ》の

　み階《はし》の桜ちらぬその間に

と、歌に詠んだ。

この歌は、正月の上京の折に、孝明天皇が詠まれた、

　矛執りて守れ宮人九重の
　　み階の桜風そよぐなり

を強く意識したものであった。

これに和して魚住も、

　一度《ひとたび》は誰《いずれ》も死ぬちう命をは
　　などかは君に捧けさらめや

と、これも強い決意を歌にした。

三日後の三月二十日、前の今村たち三人に加え、鼎蔵と、三百石取りの魚住源次兵衛を加えた五人で、ふたたび八代の松井佐渡を訪ねた。

彼らは、携えていた建白草案を佐渡に差し出し、鼎蔵から、長州や薩摩・肥前・筑前・豊後岡藩などの形勢を説明し、朝廷の現状と事態の切迫を述べて、これらに遅れを取らないためにも、藩論の統一が急であることを切々と訴えた。

兵学者として修行を積んだ鼎蔵の力説は、物静かで淡々とした語り口ではあったが、それだけになおさら佐

渡の心をつかむものがあった。そしてこの時も佐渡は、今村の時以上に鼎蔵の訴えに賛同し、藩侯に意のあるところを伝えることを快諾した。

この日、豊後岡藩に行っていた松村深蔵が熊本に帰って来て、同志らに、十八日小河ら十三人の岡藩士らが脱藩して上京したことを伝えた。

久光上京の報せは、まるで台風の目に吸い寄せられる飛雲のように、諸藩の志士たちを京坂へいざなった。三月二十日には、あの清河八郎も大坂の薩摩屋敷に入った。

このころ熊本でも、なかなか藩論が決まらないのに業を煮やした、内田弥三郎、竹下熊雄、樋口直次などの若者たちの脱藩が相つぎ三月二十一日には、鼎蔵の弟春蔵までも脱藩して京坂へ走った。

若者たちの脱藩前、彼らの決意を知った同志たちはさすがに哀れを覚え、魚住源次兵衛、有馬次郎助、永井金吾、小橋恒蔵、魚住彦三郎、今村乙五郎らが急きょ集まってその善処策を講じた。

そして、藩庁には脱藩同士の上京を黙認してもらい、藩論が決する前に事変が発生したなら、上京している他藩の藩士らと一緒に戦闘に参加し、事が成ったら藩の先発隊ということにさせ、もし成らなかった場合は、脱藩が誤りであったとして自刃の責を負えば、藩侯に累を及ぼすこともなく、藩としての立場も立つとして藩庁に提言した。

しかし、藩庁はこれを許さなかった。

そこで脱藩の決意が固い若者たちに、年長の魚住と住江が、

「我らの勤王は、藩侯をして楠公や菊池氏たらしめることにある。いかに朝廷をお守りするとは申せ、家臣として主を捨てるということは忠義に反することである。

このような行為で、大事は決してならないのであり、軽挙妄動に走るべきではない」

と言って諭したが、彼らにはその思いが通じなかった。

弟春蔵の脱藩に対する鼎蔵の心情も魚住らと同じであった。

だが、彼はあえて引き止めなかった。春蔵には彼なりの思いがあり、それが肉親なるがゆえによく分かっていたからである。

自分の起こした不祥事によって、兄をはじめとする宮部家一族にどれほど苦難の道を歩ませることになったか、今日まで弟はこの自責の念を背負い続けて鼎蔵についてきた。

兄鼎蔵の薫陶《くんとう》を受けてきた彼は、兄の心を十分に引き継いでいた。

藩論をまとめるために駆けずり回っている兄の苦悩は痛いほど分かっている。

なればこそ、松田重助が脱藩したように、その兄の分身として、自分が脱藩して自由な身になって上京し、朝廷をお守りしつつ事変に備える役を担わなければならない。

それがまた、少しでも兄への恩返しにもなる。そういう決意であった。

「……桜花ことさかんなり、その別離愛情述べむと欲すれ共言葉に能《な》らず　筆を染むを思ふといへども又その器なし……」

と文書にしたためたように、鼎蔵には弟の気持ちが十分に理解できるためよけい不憫であった。

その春蔵は、脱藩するに際し、

「……昔賢《かしこ》き大丈夫《ますらお》の　三十一文字の国歌《くにうた》に

『武士《もののふ》の日本魂《やまとごころ》を人とはば朝日に匂う桜花』と詠ませられぬる言葉は　実にゆかしく聞こへぬる……云々」

と、郷里を離れるに当たっての思いを長歌にしたため、

古里の花を見すてて飛ぶ田鶴は
　雲井の空に羽をやうつらむ

と、歌一首を記して南田代の家を後にしたのである。

国家老松井佐渡に対する二度にわたる交渉が順調にいったことで同志一同は歓喜した。

そこで次に、同志七、八十名の連署の建白書を差し出そうということになったが、それではあまりにも強訴がましくなり、藩庁に不穏当と受け取られかねないと考え直し、熊本へ出府してくる佐渡を待ってふたたび会見することにした。

三月二十一日、佐渡に会う前に、岩佐善左衛門、小坂小半太、佐々淳二郎、岩間廣之助、山田十郎らは、思うところあって、川尻のお茶屋に遊ぶ藩主の弟たち、長岡護久、護美を訪ねた。両公子のどちらかが率先して上京すべきことを申し入れたが、いまだ藩侯も帰熊の途にあり、そのお考えをお聞きしたあとでなければ決められないとして断られてしまった。

その翌日の三月二十二日、出府してきた佐渡に会うため、岩佐ら五人は、松井氏の熊本出府の際の滞在所である「一日亭」を訪ねた。ところが佐渡はそこには居ず、国家老の米田（長岡）監物が来ており、佐渡は病気のため自分が代わって話を聞きに来たといって、直接佐渡への面会を拒んだのである。

監物へは、先に建白書を差し出していたのになしのつぶてであった。

だが、監物には先の建白書のこともあるため、こちらの申し述べることは分かっている。

そこで単刀直入に、薩摩の国父久光が、明日熊本を通過することになっている今日、なお肥後藩が藩論を決めかねているようでは、ついに大事を誤ることになる。この際は、万難を排して護久、護美両公子のどちらかを急ぎ上京させ、同時に御《お》備《そなえ》頭《かしら》衆《しゅう》一備《ひとそな》えも出発させて、肥後藩としての勤王の真心を明白にさせられたいと主張した。

これに対して監物からは、彼らの要求には応じなかったものの、近く東上させる浦賀詰めの警備の一隊をしばらく大坂に留め、もし京都に急変が生じた場合、とりあえずこれを急派させ、その時二公子のどちらかを備手の指揮官として上京させることは差し支えない。

しかし、まだ何の異変もない今日では、早計に失することになる。

だが、浦賀詰めの一隊を急変に備えることも、この場で確実に引き受けることはできないが、このことは十分骨折って藩侯の許しを得、諸君らの希望の一端に沿うよう努めるとの申し渡しを受けた。

なんとも意味不明な返事ではあったが、浦賀詰めの一隊をどうにかするということだけは確実なようであったため、彼らも、これで満足して引き下がるほかなかった。

実のところ、家老・中老職にある松井佐渡、長岡監物、有吉與太郎、三渕志津摩、朽木内匠などの藩庁上層部にあっては、現在藩主慶順《よしゆき》が、早めの参勤江戸出立で帰熊途中のさ中、勤王党による死を覚悟した激しい突き上げに対して、言を左右にして答えを引き延ばすのが精一杯の手段であった。

そのため佐渡は、鼎蔵や今村らに彼らの純粋な決意に押されるようにして八代では約束したものの、熊本に出府して他の首脳部の考えを聞いて急に腰が引け、直接彼らと顔を合わせることを避け、代わって監物が応対して、彼らをどうにかなだめたというのが事の経緯であった。

翌三月二十三日、鼎蔵、魚住、佐々、今村ら四人は、久光の川尻到着前に熊本から出向き、千人の兵が騒然とするなか、供頭有馬新七と田中謙助らに面会を求めた。

だが、薩摩訪問の折、あれほど固く約束を契りあったにもかかわらず、会見を断られた。

同じ日、河上彦斎も大久保一蔵への面会を申し入れたがこれも断られていた。

薩摩出立を前にした、久光の訓示が徹底していたのであるが、肥後藩士の彼らに分かるはずはなかった。

薩摩への不信が生じた。

しかし有馬らは、久光の従者として道中にあり、川尻という小さな宿場町での表立った面会を拒否したままのことで、内心は、できれば隠れてでも肥後人と会って、本意を伝えたい思いはあったのである。

その証に、二十五日には、まだ肥後路にあった久光道中の中から、薩摩藩士坂元彦右衛門、森山新五左衛門、大脇仲左衛門、指宿三次、山本四郎ら五人が脱藩し、彼らは住江甚兵衛を訪ねて語り合い、翌朝には京坂に向かっている。

二

この文久二年三月における肥後勤王党の藩庁に対する働きかけは、凄まじいものであった。

『改訂肥後藩国事史料』によれば、国家老たちに対する死を決した面会のほか、魚住源次兵衛が、同志総代として、時局に関する建白書を藩庁に提出し、この文言にも、「……死罪を顧みず左に言上仕り候……」との書き出しにはじまって、これまでの天下の形勢と、勤王同志の動きを述べ、「たとえ天下一人も勤王の者これなくとも、菊地氏・顔真卿《がんしんけい》がごとく、御当家より義を挙げられ、上は奉安宸襟、下は天下蒼生《そうせい》の苦を救いたまわんこと恐れながら至当なるべき儀と存じ奉り候……」と、訴えており、さらに轟木武兵衛もまた時局に関する建白書を藩庁に提出している。

しかし、いかに久光の東上に合わせた働きかけをしても、肥後の藩論は決しなかった。

一面では当然の事ではあった。熊本の本藩でどれほど藩首脳部が勤王党らの主張による動揺を受けていたとしても、これを決するのは藩主慶順《よしゆき》でしかない。

その当主が不在の時期に、いかに家臣による藩論が討議されても、彼らのみの裁量によって決せられるものではなかった。

ただ、本藩自体は、この熱を帯びた鼎蔵や魚住らの働きによって、確かに、何か事を挙げなければならないとの空気が漂い始めていた。

三月二十六日には、彼ら一党の激発を心配した公子長岡護美は、魚住源次兵衛、永井金吾、佐々淳二郎、今村乙五郎らを花畑の屋敷に召して、公武合体を藩是として推す考えを示し、そのために挙国一致した行動を取るため、軽挙を慎むよう諭した。

同じ日、藩庁は京都の形勢の実態を探らせる必要から、沼田勘解由《かげゆ》の上京を命じた。

追って二十九日、久光の上京にともない、京都における変事勃発を予想した藩庁は、その時に備えての情勢探査を、沼田と共同して行うよう番頭西山大衛に上京を命じた。

その前日の二十八日、長岡護久・護美の二公子は、川尻のお茶屋にふたたび住江甚兵衛、魚住源次兵衛、永井金吾、佐々淳二郎、今村乙五郎ら五人を招き、彼らの述べる時局を聞き、禁裏守衛のための兵を差し出す必要性の建言を受けた。

このとき公子らも、国家老たちの説得に苦心している事情などを説明し、さらに彼らへの建議を推し進めることなどを約束して、住江らの意向に同調する姿勢を示した。

役職のない部屋住みの身にある二人は、いかに藩主の弟たちとはいえ、藩の政治に口を挟む権限はない。そのため身分の権威を盾に建言はするが、藩政を動かせるのはあくまでも家臣である松井や米田などの藩庁首脳部である。

制度上当たり前のことではあるが、他の御連枝《ごれんし》たちと同じように、お飾りだけの体のいい扱いだけに終わっている立場には、男子の一人としてやはり不満であった。

この国家の大事に、細川家の一人として何かを成さなければならない。二人は大いにその意気に燃えていた。そこへ、勤王党の者たちだけが、二人の公子のどちらかに、禁裏守衛を率いる一隊の将となることを推薦し、政治の表舞台に立たせようとしているのである。

また特にこの時期、肥後藩を見る薩摩をはじめ攘夷に動こうとする藩の目は、徳川幕府の犬としての位置づけが強かった。であればこそなおさら幽斎以来の勤王家として、他藩に遅れをとるべきでないとの思いがあった。

四月一日、藩主慶順《よしゆき》が帰国した。

翌二日には、ただちに家老以下重臣たちを花畑の屋敷に招集し、朝廷や幕府に対する藩として取るべき姿勢、および家臣たちの動揺を招くような施政の有様に対する自重をうながす訓示を行った。

この訓示により、即刻、これを受けた重臣たちは謹慎の姿勢を示した。

つまり、藩主慶順の帰国によって、ようやく動き始めた藩論の空気が、ここで一気に遮断されてしまったのである。

この時の慶順の「公武合体」は、皇女和宮降嫁に象徴される、井伊大老から引き継がれた老中安藤信睦《のぶゆき》が打ち出した「公武一和」、つまり、公家（朝廷）と武家（幕府）との協力一致で国難に対処しようとする論であるが、しかし、それはあくまでも朝廷の権威を借りて、湧き上がる尊王攘夷論を封じ、幕府権力を強化した「公武合体」を認識したものであった。

さらに、京都の情勢に対しては「無風」状態にあるとの認識があった。

この認識は、彼が帰国の途中、東上する自藩の浦賀詰めの隊に出会い、彼らから京都はこちらが考えていたより平穏で、まったく兵など急派する必要などないとの情報に根ざすものであった。

事実、京都は平穏であった。しかし、それはあくまでも表面上のことにしか過ぎなかった。

この時まで、争乱の舞台はまだ江戸にあった。だがそれも、二月に挙行された将軍家茂と皇女和宮の結婚式が終わるまでのことで、次第にその舞台は薩摩の久光の東上とともに、刻々と京都に移りつつあった。

この三月末の時点で、すでに大坂の薩摩屋敷には、主に九州をはじめとする全国からの志士たちが続々と入っていた。中山大納言家士田中河内介・左馬介父子、清河八郎、安積五郎のほか、筑前平野國臣、備中飯居曾《と》平、肥前中村主計《かずえ》、京都青木頼母《たのも》、久留米原道太以下六人、豊後岡小河一敏以下二十九人、筑前秋月海賀宮《みや》門など六十七人もの九州の浪士たちであった。

ここで、「公武合体論」に触れてみると、単純に公武合体といっても、そこには様々な思惑が入っていた。

幕府側の立場は、安藤信睦《のぶゆき》が打ち出した幕府主導のものであったが、これに近い考えが、長州の長井雅《う》樂《た》が論じた『航海遠略策』で、「幕府が行った開国を、朝廷が追認して勅命を出し、その勅命を幕府にとって守らせることによって、公武合体を図る」という考え方であった。

ところがこれでは、諸藩はこれまでどおり幕政に対して何ら発言力や影響力はない。

だが、この考え方は、肥後藩主の慶順《よしゆき》も同じ思いであったから、帰国して直ぐ家老に命じて、長州藩に公武合体の周旋に関する交渉を行わせている。

しかし、島津久光の打ち出した公武合体論は、「薩摩や長州などの雄藩の幕政参与を朝廷の命によって権威づける」という、雄藩が朝廷と幕府の間に入って、発言力を持とうとする姿勢である。しかし、それも幕藩体制維持の中での考え方であって、彼には倒幕などということは思いもよらないことであった。

さらにこれが発展すると、公議政体論といわれる、幕府独裁論、倒幕論に対して、広く衆議による政治を主張する論が加わってくる。

いわゆる、政治は公《おおやけ》のものであり、地位や階層を問わず選ばれた能力ある者が行う、という考え方であった。

だが、封建社会の真っ只中にあるこの時代にあって、社会を構成する人々にとってはほとんど理解されず、また到底受け入れられる要素の少ない理論であった。

この論は、文久二年のこの時期、熊本の沼山津《ぬやまづ》で隠棲生活に入っている横井小楠が論じ、さらに土佐の坂本龍馬や後藤象二郎などに影響を及ぼした考え方であった。

ちなみに、坂本龍馬は、この年の三月二十四日に土佐藩を脱藩した。

慶順の家臣に対する訓示は、これまで下級武士の集まりに過ぎない勤王党の動きを、苦々しい思いで見ていた体制派を勢いづかせた。

まず藩庁は、慶順の意思と公武合体の藩論決定のことを、江戸藩邸老臣に通知するとともに、あわせて、これまで勤王党同志総代として、これまで建言してきた魚住源次兵衛の動きを警戒する内容の書簡を送った。

京都の留守居藩士川添弥右衛門からは、藩庁に対し、京都の情勢と浪士たちの動向、これに加えて宮部鼎蔵と浪士たち、及び、大納言中山忠愛、家士田中河内介らとの密接な関わりに対する批判的内容の通報がなされた。

帰国後短期間の間に、本藩老臣たちからの報告によって、これまでの勤王党の動きのすべてを掌握した慶順は、四月十一日、内使として御取次中山左士右衛門を住江甚兵衛宅に遣わし、同志らの一連の行動に対する覚悟を問う四カ条にわたる詰問を行った。

続いて十八日には、直接住江を花畑の屋敷に召して、国事に関する同志たちの勝手な動きに対して叱責し、

「我が細川家は、関ヶ原以来今日まで、徳川家から深い恩顧を賜っている。そのご恩に奉じるためにも、国難に際し、やむなく、幕府が開港という手段を選ばざるを得なかった苦衷をお察しし、かつ、畏れ多くも、朝廷が皇女を降嫁された公武一和のこの度の国策に対し、これを粛々とお守りして推し進めることこそ、肥後細川家の取るべき道と心得る。

その方らも、これを我が藩の藩論と心得、以後、決して幕府の非を指摘するような、不穏当な言動をいたしてはならぬ」

との戒諭がなされた。

その後、別室において公子護美からも、

「万一京都に変事が起これば、直ちに兵をつかわして禁裏の護衛に当たらせるので、十分に備の準備を怠らないようにしておくこと。その時は別に内達をするので、それまでの間、勝手な行動は差し控えるよう」

と、さらに注意が与えられた。

花畑の屋敷を辞した住江は、ただちに同志たちを集めてこのことを伝えた。

「このような次第に立ち至っては、もはや我々にはこれ以上藩論を動かす術が断たれたと申し上げるしかござらん」

住江の悲壮な言葉であった。

聞いていた同志たちも、しばらくは誰も声を発する者はなかった。

それほどこの挫折感は強かった。

あれほど、良かれと思って駆けずり回り、再三にわたる働きかけに希望が見え出した矢先、藩主の一声によって、その苦労は微塵に打ち砕かれたのである。

さらに不幸なことに、これに追い打ちをかけるような事件が伝わってきた。

寺田屋の変である。


肥後藩を通過した久光が、下関に着いたのは三月二十八日であった。

ここでは、先に大久保一蔵の依頼を受けて薩摩を発った西郷吉之助が、久光を出迎えるはずであった。だが、彼はすでに大坂に発っていた。

もともと西郷の使命は、大坂に集まっている精忠組同志たちの暴挙を押し留める役目であった。

しかし、西郷の気性を知っている久光は、彼が、説得よりかえって同調して事を起こす向きがあることを恐れたため、単独で大坂には入らず下関で待つように命じていた。

ところが、その西郷がいなかった。

「あん和郎《わろ》は、分際もわきまえんで、おいが命に背き、不逞《ふてい》の輩《やから》んもんばかりの人気取りばしおって、不忠・不義の賊臣じゃ、そん叛心《はんしん》は安禄山に劣らず、ひっ捕らえて厳罰に処せえ！」

久光は怒り心頭に達した。

実は、西郷が下関に入り、昨文久元年に薩摩藩御用商人となった、廻船問屋の豪商白井正一郎の家に立ち寄ったところ、そこで上京する豊後岡藩の脱藩浪士小河一敏ら二十七人と出会った。小河らが語る燃えるような勤王の思いと、国難を憂う姿勢に打たれた彼は、なおさら、まだ機が熟していないこの時に、あたら、彼らのような大事な命を落とさせるべきではないとの思いに駆られ、もともと虫の好かない久光を待って時を過ごすことより、一刻も早く同志たちの暴挙を抑えることを選び、下関を後にしたのである。

四月十日、久光は千人の兵を率いて大坂に着いた。

ここで久光は、大久保一蔵ら家臣に命じ、薩摩藩邸二八番長屋にたむろする、精忠組激派の説得に当たらせるとともに、西郷を捕縛させ国元に送還した。

この措置に激昂した精忠組の有馬新七、柴山愛次郎、橋口壮介、田中謙助らは、ますます一蔵らの説得に反発し、ついに藩邸を出て伏見へ向かった。

この時期、大坂の薩摩屋敷に集まっていた清河八郎や小河一敏、それに精忠組ら浪士たちの計画は次のようなものであった。

万延元年の桜田門における井伊大老襲撃、今年一月の坂下門外における老中安藤の襲撃は、いずれも水戸藩尊攘浪士たちによるものであった。

これに対し、清河をはじめ諸国の勤王浪士たちには、遅れを取ったという感は拭えず。次はいつ、誰を襲《や》るかという思いに駆られていた。

そこで、清河らの到達した計画として、久光の上京を利用して事を起こそうという構想である。

兵を率いて京に入る久光の動きは、必ず京都の情勢を一変させる。この激変に乗じて、関白九条尚忠と所司代酒井忠義を襲撃して、二条城、彦根城を占領し、安政の大獄以来相国寺に幽閉されている青蓮院宮《しょうれんいんのみや》を救出し、これを奉じて勅旨を受け、久光に勅命を下させて、幕府征討に踏み切らせるというものであった。

しかし、彼らにそういう思いはあっても、肝心の久光には、幕政の改革はあるが倒幕などの考えは微塵もない。激変の混乱に乗じての策にしては、あまりにも出たとこ勝負の感は否めない。彼らに同調する西郷でさえ危ぶむのはもっともな計画であった。

だが、この暴発計画は、長州の尊攘派とも結ばれていた。

この藩では、大坂藩邸頭人役宍戸《しし ど》九郎兵衛が京都藩邸に入り、久坂義助（玄瑞）、品川弥二郎ら二十余人も、精忠組に呼応して決起する支度を整えていた。

さらに、長井雅樂が打ち出した『航海遠略説』の公武合体策の藩論に背を向ける、同藩家老浦靱負《ゆきえ》も行動をともにするため、百余人の兵を率いて藩邸でその時期を待っていた。

なお、同時期大坂薩摩藩邸にいた筑後の平野國臣と薩摩脱藩浪士伊牟田尚平は、参勤のため東上してくる、久光の大叔父にあたる福岡藩主黒田長溥《ながひろ》が、京都に入る久光に対し、卒兵上京を引き止める説得を行うとの噂を聞き、連れ立って大坂を離れ、明石の大蔵谷で長溥と会見した。このとき平野は、伊牟田を久光の使者の薩摩藩士と紹介して説得したため、これが功を奏し、長溥は福岡に引き返した。

彼らも、行きがかり上長溥と同行して福岡に着いたところで平野は投獄され、伊牟田は鹿児島に身柄を送還された。

そのため、伏見騒動の際には二人はその場にはいなかった。


有馬新七ら四十九人が、大坂を出て伏見寺田屋に集まったのは、四月二十三日の七ツ半（午後五時ごろ）であった。

彼らは途中、京都錦小路の薩摩藩邸にいる久光のもとへ、早駕籠を飛ばして、有馬らが伏見へ向かったことを報せに行く高崎左太郎（正風）と、淀川の堤で出会っている。

この時橋口壮介が、高崎を見るなり、「斬れ！」と叫んだのに応え、森山新蔵の長男新五左衛門他一人が飛び出したが、柴山龍五郎が止めた。彼らは、このことが運命の分かれ目になろうとは知るよしもない。

高崎の報告を受けた中山尚之助、堀次郎からこれを聞いた久光は激怒した。

しかし久光は、西郷の処分で精忠組の気が立っていることを用心し、彼らを説得して藩邸に連れてくるよう命じた。

だが、中山や堀が、

「仰せのとおりにし申《も》んどが、これに従わんときはいけんし申んそ?」

と問いかけたのに対しては、思い切ったように、

「そんときは、臨機の処分ばせい!」

と答えた。上意討の許可であった。

鎮撫使《ちんぶし》に選ばれたのは、鈴木勇右衛門、大山綱良、奈良原喜八郎、道島五郎兵衛、江夏仲左衛門、山口金之進、森岡精右衛門の七人であった。正確には後で二人が加わり九人になる。

彼らはいずれも有馬らとは親しく、内五人は精忠組の同志であった。

奈良原は槍の名手、他はみな薬丸自顕流《じげんりゅう》の遣い手であった。

寺田屋に到着した有馬らは、夜間の所司代襲撃に備えて、みな籠手《こて》、脛当、腹巻、鎖帷子《くさりかたびら》などを着けていた。

亥刻四ツ(午後十時ごろ)、大山たちより一足先に寺田屋に着いた、鎮撫使の奈良原、江夏、道島、森岡らは土間に入り、対応した主人伊助に有馬を呼びに行かせた。

有馬ら襲撃組はみな二階にいたが、階段の近いところにいた橋口伝蔵が、下の声を聞きつけて不審に思い、

「有馬などおらん!」と答えた。しかしその声を聞いた江夏と森岡がかまわず二階へ上がった。

そこには物々しい身なりの多数の浪士たちがいたが、その中から柴山愛次郎を見出して声をかけ、さらに有馬新七と田中謙助、橋口壮介を見つけて、薩摩の同志だけ別室で話を持とうと誘った。

同志の誘いに応じて四人が階下に下り、一室で八人が向かい合った。

鎮撫使の四人が、国父久光の君命を伝え、情を込めて中止するよう説得したが、きっぱりと拒否した。こうなっては致し方ない。

突如道島が、「上意!」と叫ぶとともに、抜き放った刀を前にいた田中の眉間に打ち下ろした。田中はそのまま深手を負い立ち上がれない。自顕流の一太刀の効き目であった。

それを見た有馬は、そのまま道島を壁に押しつけ、そばにいた橋口に「こ奴ば、おいごと刺せ！」と命じた。

橋口は一瞬躊躇したが、殺《や》らなければ殺られる。抜き放った刀で、渾身の力を込めて二人を串刺しにした。

有馬と討手の道島はその場に倒れた。

薩摩隼人は、お互い刀を向け合ったら、いかなる時も後ろを見せない教育を受けている。

あとから到着した鎮撫使の三人が加わって、階下ではすさまじい斬り合いがはじまった。

だが、不思議と二階の者たちはこの騒動を知らない。

隣の部屋にいた田中河内介父子や、真木和泉守でさえ気づかなかった。

小河一敏は、惨劇が終わったあとで寺田屋に着いた。

この寺田屋の変で、襲撃組は有馬新七のほか、田中謙助、柴山愛次郎、橋口壮介が討たれ、西田直五郎と弟子丸龍助も討たれた。

また、森山新五左衛門と橋口伝蔵は重傷を負い、翌日久光から切腹を命ぜられた。山本四郎は二十七日切腹し、都合九人の同志が命を落とした。

鎮撫使側は、道島五郎兵衛が討死、森岡精右衛門、山口金之進、江夏仲左衛門の三人が重傷を負った。

あとに残った者たちは、錦小路の薩摩藩邸へ移され、真木の身柄は久留米藩へ引き渡された。

そのあと、薩摩藩士二十二人と、河内介父子、河内介の甥千葉郁太郎、秋月の海賀宮内、肥前島原の中村主計らは、二十七日海路鹿児島へ送られた。

この寺田屋の変のとき、肝心の清河八郎は、すでに大坂の二十八番長屋を出ていて、同志で備前出身の医師飯居簡平《いいおりかんぺい》の住まいである、河原町二条の家に居候していた。

策士である彼は、尊王攘夷をやり遂げるために、久光や薩摩藩士たちを利用はするが、彼らの下で一緒になって事を為す考えなど毛頭持ち合わせていなかった。

久光が身内の薩摩藩士ばかりでなく、久留米藩の真木をはじめ、中山大納言の家士河内介父子や、豊後岡藩小河一敏らにまで捕縛して処分することが出来たのには理由があった。

久光は、四月十三日に大坂から半数の兵を率いて淀川を遡《さかのぼ》り、いったん伏見の薩摩屋敷に入った。

京都には、錦小路と二本松に藩邸はあるものの、この時非公式の立場にある久光としては、これらの藩邸には入れなかった。

そのため、亡兄斉彬の養女貞姫が、左近衛大将近衛忠房《ただふさ》の室になることが決まっていた関係を通じ、密かに、尊攘派公家の中山忠能《ただやす》と正親町《おおぎまち》三条実愛《さねなる》との会見を取り次いでもらい、忠房からの使者を迎えるという形を整えて十六日近衛邸に入った。

ここには、二人の他に岩倉具視《ともみ》も来ていた。

久光は彼らに対し、幕府の勅諚なしの外夷との通商、および勤王公家や水戸・一橋・尾張・越前公などに対する処罰、さらには安政の大獄に対する批判を行い、これによって禁裏を悩ませ、皇国が乱れたため、関東へ出兵して所存を建白する旨を述べ、このことを天皇に奏上してほしいと依頼した。

またそのあと、大坂に立ち寄った際に、諸国の浪士たちが集まって、何か事を構えている不穏な情勢についても付け加えた。

これには公家たちが、京都の治安が悪くなるのを恐れていることを十分承知していたため、率いて来た兵力の誇示と、正当化を図ることにより、公家たちが久光を頼るであろうとの計算が働いていた。

だが、このような不穏な情勢に立ち至らしめた理由の張本人が、久光であることに気付いていないという滑稽さがある。

まして己が、国家の大きな歴史的転換期の舞台づくりを演じていることなど夢想だにしなかった。

その久光の建言の内容は、

◆青蓮院宮・近衛忠熙・鷹司政通父子・一橋慶喜・松平慶永などの謹慎処分の解除
◆将軍後見役の田安康頼と老中安藤信睦を解任し、近衛忠熙を関白、松平慶永を大老、慶喜を将軍後見役とする
◆老中久世広周を上京させ、以上の件の実行を命ずる
◆外交政策については、公論により決する

などの政策であった。

この建言に同意した議奏中山忠能は、三条実愛《さねなる》とともに直ちに参上して奏上した。

この結果、

「久光は、京都に滞在して不穏浪士の鎮撫に当たるべし」

との勅令が出された。

これによって、はじめて久光の立場は公的なものになった。

藩主でも、世子でもないものが入京を許され、しかも浪士鎮撫の権限を与えられるという、前代未聞の出来事となったのである。

こうして十七日、久光は堂々と錦小路の自分の薩摩藩邸に入ることが出来た。

つまり久光には、「京都滞留と浪士鎮撫」の勅令という所司代を超えた権限が与えられていたのである。


肥後勤王党の動きを、精神的にも拘束してしまった決定的出来事となったのは、田中河内介らに対する薩摩藩の処置であった。

久光の、寺田屋における同じ薩摩藩家臣に対する有無を言わせぬ措置も去ることながら、捕縛した田中河内介父子や、秋月藩士海賀宮内らを、海路鹿児島へ送る途中、日向沖の姫島において、久光から命を受けた中山

忠左衛門の手によって斬殺してしまったのである。

この事実は、肥後勤王党のこれまでの働きが否定的駄目押しとなる、面目丸つぶれの出来事であった。

彼らは久光の上京に合わせ、鼎蔵や松田重助らの薩摩入り、筆頭家老松井佐渡への今村乙五郎らの決死の直談判、魚住源次兵衛や轟木武兵衛らによる度重なる建言書の提出など、薩摩と連携する藩論統一の上書建言を幾度となく行ってきたのであった。それがこの結末であった。

事ここに至って彼らは、薩摩藩過信の罪と、公子上京を懇請した軽率を、藩主慶順《よしゆき》に深く謝罪しなければならなかった。

だが慶順は、一人の同志も叱らなかった。

国を思い、藩を思う彼らの純粋な情熱が、その手段を誤らせただけのことであり、主人の訓示を受け止めて、隠忍自重した彼らの心情を汲み取り、その責を負わせることはしなかった。

勤王党の義挙への行動指針となっていたのは、あくまでも、朝廷に対する勤王の家柄として細川家が他藩に遅れをとってはならぬという思いに貫かれていたことであった。

細川家家臣として、主君を第一に思う忠義の心が、慶順にも十分伝わっていたのである。

以後、勤王党による表立った活動は、しばらくは差し控えなければならなくなった。

三

軍を率いて在京する久光の威光は、親幕派公卿たちに少なからぬ影響を与えた。

四月三十日には、尊融親王、鷹司輔熙、近衛忠熙らが蟄居・謹慎を免ぜられ、同じ日関白九条尚忠が職を辞した。

江戸においても、五月七日尾張藩主徳川義勝、一橋慶喜、前越前藩主松平慶永（春嶽）が江戸城に登営して将軍家茂に謁し、この日慶永は政務参与の命を拝した。

久光には、己にほどこした使命があった。「関東に入って、幕政改革を迫り公武合体を推し進める」という大きな使命感である。彼の頭の中には、酔ったようにこのことでいっぱいであった。

そのため彼にとっては、「京都滞留の許可と浪士鎮撫」などということは、取るに足りない瑣末《さまつ》なことでしかなかった。

その彼が次に打った手が、勅使を幕府に派遣する建言であった。

久光を迎えた尊攘派公卿たちにとって、彼の武力を後ろ盾に、これまで抑えられてきた幕府に迫る行為は、「これでは我らも国政に口が出せる」という、血をたぎらせるなにものでもなかった。これが聞き入れられ、江戸へ下る勅使として、年は六十二歳ではあったが、硬骨漢として知られる公卿大原重徳《しげのり》が選ばれた。

勅使護衛には、久光が連れて来た千人の兵を率いてこれに当たった。

物々しすぎるほどの堂々とした勅使の行列は、五月に京を発ち、六月には江戸に入った。

当時、久光が辞職の建言をしていた老中安藤信睦《のぶゆき》（信正）は、坂下門外の変のあと退職し、残留した久世広周《くぜひろちか》とともに、備中松山藩主板倉勝静《かつきよ》、山形藩主水野忠精《ただきよ》が老中となっていた。

しかし、あとで久世も六月には辞職し、龍野藩主脇坂安宅《やすおり》がこれに代わった。

江戸に入った大原は、はじめは陪臣の島津久光の無位無官を理由に、幕府首脳部から勅使の要請を受けられなかった。

だが、結局は朝廷の権威と、武力を背景にした久光の強引さに押し切られて受けざるを得なくなり、久光の建言どおり、七月には、一橋は将軍後見職に、松平慶永は大老職と同じ権限を持つ政治総裁職に任ぜられた。

彼が念願としていた「公武合体」が、これで実現できる。そう確信し、一応の目的を果たした久光は、八月、満足して江戸を離れた。

だが、彼が江戸へ去ったあとの京都は思わぬ事態になっていた。

武力で抑えたはずの尊攘派が、その寺田屋の変をきっかけに、非常な盛り上がりを見せはじめていた。

「天誅《てんちゅう》」の横行である。天誅とは、天に代わって罪ある者を誅伐することである。

その対象となったのは、安政の大獄など、幕府の活動に協力して尊攘派の恨みを買った者たち、さらに、幕府の「公武一和」に加担し、和宮降嫁に関係した公卿たちなどであった。

その中でも、「四奸二嬪《しかんにひん》」と呼ばれた、岩倉具視、千種有文《ちぐさありふみ》、富小路敬直《たかなお》、久我建通《こがたけみち》、女官今城重子《いましろしげこ》、堀川紀子《のりこ》などは、ついには官を辞して、頭を丸め、京都郊外に住まざるを得なくなるほどの脅迫を受けた。

天誅の最初の犠牲者は、関白九条尚忠の家士島田左近であった。

彼は安政の大獄の弾圧の際、井伊大老の腹心長野主膳の命を受けて動く、裏の実質的指揮者であった。

九条関白は親幕派で、将軍継嗣問題では紀伊派であり、井伊が大老職になる有利な環境づくりに大きな手助けをした。

そのような井伊大老との深い関係から、島田はすばしこい博徒あがりの目明し、猿《ましら》の文吉を手先に使って多くの情報を集め、志士たちを次々と獄に送った。

井伊が桜田門外で暗殺されたあと、和宮降嫁問題でも暗躍していたが、この問題がさらに尊攘派浪士たちの怒りを掻き立てることになってから、島田の周りには暗殺者の影がちらつくようになりだした。

そのため、所在をつかまれないよう用心に用心を重ね、居場所も転々としていたが、文久二年七月二十日夜、木屋町二条下ルの妾宅にいたところを襲われた。彼はいったん外へ逃れたが逃げ切れず、ついに暗殺された。

襲撃したのは、薩摩藩脱藩浪士田中新兵衛と、土佐勤王党脱藩浪士岡田以蔵らであった。

三日後の二十三日、青竹に刺された左近の首が、斬奸状《ざんかんじょう》に添えられて、先斗町の鴨川沿いに晒《さら》された。

ちなみに、島田の妾は手先に使っていた文吉の娘であった。

その文吉も、八月三十日三条河原で殺された。この時の実行者も、岡田以蔵ほか二名であったが、刀で斬るのも汚らわしいと紐で絞め殺し、丸裸にして、河原に打ち込まれた晒し友禅の杭に晒《さら》された。

井伊大老の腹心であった当の長野主膳は、尊攘派が勢いづきだした影響の中で、井伊家彦根藩によって、八月二十七日同じ宇津木六之丞とともに斬刑に処せられた。

その後十一月には、長野主膳の妾村山たか（可寿江《かずえ》）も、さすがに殺されはしなかったものの、三条大橋の橋柱にしばられて晒され、女として最大の恥辱を受けている。

この尊攘派浪士たちによる、安政の大獄に対する一連の狂ったような復讐劇は、同じ尊攘派同志である越後の浪士本間精一郎に対してもその刃《やいば》は向けられた。

彼は、清河や土佐の吉村寅太郎などと尊攘運動を行っていたが、出自が商家のため金があり、頭脳は明晰で弁は立つものの、金遣いも荒く酒色の日々を送り、身なりも派手で目立つため、極端に金のない他の浪士たちから不審の目で見られるようになって誤解を受け、終いには幕府のスパイとされ狙われはじめた。

そして閏八月二十一日夜雨の中、木屋町三条から先斗町に入ったところで、数人の男たちから襲われ、首は四条河原に晒された。

襲ったのは、薩摩の田中新兵衛、土佐の岡田以蔵、平井収二郎、広瀬友之允らであった。

さらに二日後の閏八月二十三日九条家の家士宇卿玄蕃の首が鴨河原に晒された。

このような「天誅」騒動は、一人尊攘派だけの手によって大きくなったものではない。

きっかけをつくったのは尊攘派浪士たちであったが、この恐怖感を悪用した「偽勤王」の横行もまた拍車をかけていた。

特に京坂地方を舞台に、幕府役人や両替商、貿易商などに対して、その姿勢、態度を改めなければ天誅を加えるという、脅迫の張り紙や投げ文などがさかんに行われたが、この風潮に乗じ、勤王を名目に豪商の家に現れて、軍資金調達と称しての恐喝や、押し込み強盗まで現れ、この地方に不気味な雰囲気を醸し出しはじめた。

このような、最初に京坂における一連の残虐な殺りく行為の幕を開けたのは、久光の命による寺田屋の変であったが、彼はまた江戸から帰りの道中で、有無を言わせぬ主人の意を大した家来の手によって、夷人への刃を一閃させた。

文久二（一八六二）年八月二十一日の「生麦事件」である。

彼らの行列が生麦村にさしかかったとき、大名行列に対する作法を知らない、馬の遠乗りをしていた男三人女性一人のイギリス人たちが、行列を妨害したとして、その内の男一人を斬殺、二人に重傷を負わせた事件である。

この事件は、のちに犯人引き渡しと損害賠償を要求するイギリスと、これを拒否する薩摩との間に「薩英戦争」を引き起こすことになる。

肥後藩上洛

一

持って行き場のない気持ちを抱え、もんもんとした日を送る肥後勤王党の同志たちにとって、やがて光が差し込むような出来事が訪れる。

文久二（一八六二）年七月二十一日、朝廷から、左大臣一条忠香をして藩主慶順《よしゆき》へ内勅が伝えられたのである。

内容は、関東へ勅旨を下され、七月一日には幕府もこれを謹んで受け入れた。だが、公武一和によって攘夷が決行されなければどうにもならないことである。そのため、薩摩も長州もその周旋のため動いているので、「細川家も同様国家のための丹誠《たんせい》を抽《く》んで周旋の儀御内を御依頼遊ばされ度御沙汰候。此段《このだん》早々御内達有之《これある》べく候事」

というものであった。

これに対し慶順は、藩庁に対し東上のための準備を整えておくよう内示するとともに、八月十四日用人田中八郎兵衛を特使として、内勅拝承の書を一条左大臣に発した。

ただ、上京させるのは公子護美に代え、長岡刑部にすることに決めた。

しかし、元来細川家の立場は、慶順《よしゆき》も言うように幕府を司る徳川将軍家への忠節に重きを置いている。いわば佐幕派大名としての立場をとっていた。

これでは、朝廷への返事と内心考えているところとは相反する行為になる。もし、表面だけの内勅拝承という返事であれば、臣子の立場としてははなはだしい不敬にあたり、藩としての面目もたたないことになる。

この矛盾に対して、ふたたび勤王党は行動を起こし始めた。

魚住源次兵衛、永井金吾、今村乙五郎、佐々淳二郎、山田十郎らが、まず川尻のお茶屋に護久・護美の二公子を訪ねたあと、同じ日家老に申し出て、藩政府の意見を聞くことになり、家老小笠原美濃守長洪を訪ねた。

そこには、奉行の平野九郎左衛門と荒木甚四郎の二人も来合わせていた。

最初に彼らは、二奉行らに対しこの矛盾を突くと、

「そのことについては、今評議中のことであり、まだ内容を伝える時期ではござらん」

と突っぱねたため、魚住が美濃に、

「それでは、美濃殿お一人のお考えは？」

と詰め寄った。これに対し美濃は、

「江戸にいたころは、横井平四郎（小楠）の開港説ももっともと思っておったが、今日に至っては現状維持が至当と心得、この上開港の必要はないとの考えに至っておる」

と答えるため、魚住らは膝を乗り出して詰め寄り、

「去る嘉永六年のペリー来航、翌安政元年の日米和親条約の締結以来、今日までの間に、十分戦闘準備が出来たのちに攘夷を決行すべきであるとの説もございましたが、それらの説は、いってみればその場しのぎの論にしか過ぎず、現にあの時から八年も過ぎた今日に至っても、何一つ戦備は整っておりません。

このような状態で、これからまたずるずると五〜六年も諸外国と通商を続けていては、国家は実に衰退の極みに至ることは明らかなことであります。

この際、断固戦端を開くか、あるいはこのまま平和のうちに通商を続けていくか、二つに一つの道を決するに至っていると言えましょう。

もしそうであれば、和戦いずれにご賛同あられますか」

と問い詰めた。だが美濃は、

「和戦はともかくとして、全国諸藩は常に戦闘の覚悟がなければ、開港も鎖港も到底でき得るべきものではない」

と言って彼らの矛先をかわしたあと、一息ついて、

「叡慮がもとより攘夷にあられる以上、和戦に論が分かれる場合は、もちろん戦の方に賛同する」

との決意を明らかにした。

そこで佐々は、平野、荒木の両奉行に対しても、開港・鎖港いずれに与するかを問いかけたところ、両奉行の意向も鎖国攘夷にあるとの返事を得た。

彼らは、これで我が意を得たとして退出し、その日のうちにこの日の問答の結果を覚書として文書にしたため、ふたたび美濃を訪れて、

「もし、当日の対談と相違箇所があれば、付箋をしていただきたい」

と申し出た。

これには美濃も驚いた。彼らの執拗な詰問に、意の沿うよう適当に返答して退席してもらったつもりの言葉が、伺取書《うかがいとりしょ》として明文化され、このような表沙汰になろうとは思いもよらないことだった。

しかし、書類になってしまっていてはやむを得ないことである。一、二の相違はあるが、大体要領は誤っておらぬから付箋の必要もないといって、そのまま魚住らに返してしまった。

だがこの措置は、彼らの尊王攘夷論に時の家老が裏書きしたに等しいことだった。

これで力を得た魚住らは、さっそく藩庁と二公子、および重役たち各々に上書し、もとより美濃一個人の意見であるが、家老衆の筆頭たる重要な位置にある美濃と奉行と列席の席上で聞き取った意見である以上、ほとんど藩論同様である。願わくは藩政府においても美濃の意見のように、すみやかに尊王攘夷の藩是を決定され

たいと希望を申し出た。

これを手にした美濃は、あまりにも性急な彼らの行動に不安を感じたため、魚住に使いをやって、自分との対話はあくまでも私個人の考えに過ぎない。もし上書するようであれば、一応見合わせ、しばらく伺取書を借り受けたいと申し入れた。

そこで魚住も、使いに伺取書を渡して返すと、今度はそこ此処に付箋をほどこして送り返してきた上に、すでに差し出した上書を、ぜひ取り下げてもらいたいと頼んできた。

このように事が複雑な様相を呈してきだしたため、ここで魚住は、主だった同志たちにこの件を諮《はか》ることにした。

しかし同志たちとしても、苦心と熟慮のすえかろうじて得た伺取書を、今さら反故《ほご》にしてしまうことには抵抗があった。

そこで同夜、今度は山田が佐々と一緒に美濃を訪ね、対応に出た取り次ぎに、

「今回のことは、もともと筋々に願った上で公然とご意見を伺い、念のために伺取書として閲覧もお受け願い、大体において誤解なきことをお確かめ申し上げた上での上書で御座います以上、今になって願い下げを申し出されるようなことでは、第一殿に対して軽率の罪を謝すべき言葉がありません。しかるに、幸い美濃殿は殿にお会いになる機会も多いことですので、もし我々の上書についてご意見がありますなら、直接殿に御自らのご意見をお述べ遊ばされるようになさいませ。いずれにしても、この際願い下げの件は相談に応じかねることにございます」

と言い渡して帰ってきた。

これを聞いた美濃もさすがに当惑し、さらに使いを魚住のところへやって、穏便に上書願い下げのことを重ねて懇々と頼み込んだ。

しかし、同志の多数が情実の無用を述べ、美濃の依頼に耳を貸す者はほとんどいなかった。

なかでも住江甚兵衛は、願い下げの不必要を主張する急先鋒であった。

ところが、当の魚住の方が柔軟な姿勢を見せ始めたのである。

彼は美濃を問い詰めた張本人であり、最初からの経緯を一番よく知っている。それだからこそ、時の筆頭家老が彼を男と見込んだがゆえに、何度も頭を低くして願い下げを頼んでくるため、「実」を取りはしたものの、「情」としてはすっぱりと割り切れないものがあった。そこで、

「ご家老が、見込み違いの付箋までほどこして、せっかく願い下げを頼んでこられた以上、一応願い下げてご家老に考慮の余地をお与えし、我らとご家老との意見の合致を待って、ふたたび願い出ても別に差し支えはござるまい」

と、美濃の立場に同情し、緩和の態度に出たのである。

だが住江は、

「事急を要する場合でないなら、幾度意見を伺い直しても差し支えないが、すでに長岡刑部殿の上京まで決している今日、さような余裕など到底ござらん。

度々意見を交換する面倒を避けて、伺取書として確実を期すため、校閲まで乞うておいたのである。

それを今さら見込み違いなどということは、まったく根底から覆すもので、到底融和の見込みはない。

この上はただ初心の貫徹に努めるよりほかござらん」

と、どこまでも急進説を持して譲らなかった。

この事案以後、魚住と住江の間には溝ができ、これまで多くは魚住の家に会合してあらゆる相談を行っていたのが、それ以降、住江の家に会する一派ができていった。

それまで魚住と行動を共にしてきた佐々淳二郎、山田十郎でさえ、住江の方に走って急進派の中心となり、穏健派は魚住のほか永井金吾、今村乙五郎の三名が中心になった。

勤王党の勢力が二分される状況になったことは、特に桜園門下で重きをなす鼎蔵や大野鐵兵衛、加屋栄太ら

にとって憂慮すべき事態であった。

このため、一致団結の力を崩さないよう、八方調整に努めたが、動けば動くほどかえって双方の反感はひどくなり、ついに住江派から魚住派に絶交状が送られ、今後国事に関しては、一切相談せぬ旨言明するという状態にまでなった。

鼎蔵は困ったことになったと思った。

一条忠香を介したとはいえ、攘夷のための公武合体周旋について、直接細川家当主に朝廷からの内勅が下されたのは、これが初めてのことであり、これこそ我々が念願としていた立ち上がるべき好機到来であった。その大事な時期に、よりによって伺取書の一件を巡っての同志割れは痛かった。

彼としては、藩論一決のことはすでに内勅が伝えられた時点でその環境が整いだし、情況が動き出したと思った。その折に、一家老の伺取書のやり取りなどで、事態が左右されることはないと考えている。

藩論がどうあろうと、あとは藩主の慶順自身が実行に移して行くかどうかだけにかかっていた。

鼎蔵は、必ずや慶順が、先祖代々の原点に立ち返って、勤王家としての道を選ばれるはずだとの確信があった。

それが今直ぐなのか、情勢を見てからなのかまでの判断はしかねる。しかし、その時は真っ先にお供に加わって上京する。今は、そのための準備をしておかなければならない。

我々として取るべき姿勢は、いつその命が下されてもいいように、慶順の決断を待つしかないと思った。

朝廷が肥後藩主慶順《よしゆき》に伝えた内勅は、薩摩と長州の周旋のことが述べてあったが、その内容は久光の薩摩が思っていたことと、長州のそれとは相当な開きがあった。

長州藩では、久光が上京したころには、長井雅樂が失脚し、尊攘派による藩論によって動いていた。

それは安政期に打ち出した「朝廷には忠節、幕府へは信義、祖先には孝道」といった方針から抜け出し、朝廷に対する忠節を第一とし、これがならないときは、幕府への信義も欠けるときがあり、防長二国を投げ打ってでも尽くさねばならぬとする、過激ともいえる徹底した尊王攘夷への変化である。

この藩論を打ち出したのは、松陰の影響を受けた久坂義助（玄瑞）や桂小五郎、高杉晋作、井上聞多（馨）などの若者たちであった。

こういった長州の藩論がくるくる変わるのは、藩主毛利慶親《よしちか》の姿勢によるところが多い。彼は久光のように我の強い人物ではなく、「そうせい公」とよばれたほど、政治のことはすべて部下に任せ、優れた意見だと考えると、「ああ、そうせい」と言って自分の意見をあまり押し付けなかった。その点で下の者の藩主の操縦は容易であった。

文久二年七月に、その慶親と世子定広《さだひろ》（広封《ひろあつ》）が入京した。

これは、在京の長州尊攘派による朝廷工作の成果であり、五月十日大納言中山忠能が、長州藩家老浦靱負《うらゆきえ》を召して、藩主へ公武合体の周旋と浪士鎮撫に関する叡旨を伝達したことによるものであった。

さらに世子定広の方は、久光に代わり、八月十九日江戸に行っている勅旨大原重徳の警護として江戸へ入った。

そこで定広は、大原をつうじ、新たに朝廷からの勅命を幕府に伝えた。

長州はすでに尊攘派の意見で動いている。

勅命も彼らの意向に従った内容のものになっていた。

それには、安政の大獄以降の殉職者らを手厚く葬るようにとの条項が含まれていた。その中には、彼らの師である松陰も含まれるため当然のことではあったが、その殉職者の中には、「近クハ伏見一挙等ニテ死失致シ候者ドモ」というのも含まれていた。

いわゆる、久光が下した寺田屋の変の殉職者たちであった。久光が在京のときに出された勅命に比べ、長州の定広が携えてきて幕府に伝えた勅命は、さらに強引過激なものになっていた。

これでは薩長の溝が生じない方が不思議である。

定広は、江戸到着と同時に使いをやって久光への面会を申し入れたが、久光の方はこれを拒絶したため、翌二十日にやっと会見ができた。だが双方の意見の隔たりは大きかった。

早々に江戸を離れた久光が京に入ったのは閏八月七日であった。

二日後の閏八月九日参内した久光は、幕府が勅命を受けたことによって、公武合体の基礎がなったことを奏上した。

天皇はその功を賞して褒勅を与え、剣一振りを下賜《かし》した。

実は、江戸出発のとき、無位・無官の久光を従五位に叙し大隅守に任ずるとの内意がなされたが、これが幕府に伝えられるや幕府首脳部の猛反発にあった。さらに生麦事件のことも重なり、外国から久光の行った措置に対する強い抗議や交渉がなされている最中に、その本人に官位を与えるなどもってのほかであるとの申し入れなどもあって、褒勅と剣の下賜だけにとどめられている。

久光は入京はしたものの、はやくも京の政治の舞台が様変わりしているのに気付いた。

公卿たちが、生麦事件で夷人らを殺傷したことに対して、藩士らをさかんに称賛していることに不快を覚えた。

久光の家臣が行ったことは、ことさら夷人という意識をもっての処置ではない。

大名行列が通るときは、何人なりともこれに妨害的な行為を行ってはならず、通過する間は道端に控えて土下座するか、蹲踞《そんきょ》の姿勢で待つことになっており、これを犯す者は斬り捨て御免も構わないことになっており、このことは日本の習慣でもあり、また公法でも認められていた。

生麦の場合は、相手は避けてはいたものの、馬上のままであり、そのうえ神聖な行列に馬を乗り入れて乱してしまったのである。斬りつけられても文句の言える筋合いではない。

しかし、相手が悪かった。夷人であり、それがまた不幸にも習慣など知らなかっただけの事案に過ぎず、ことさら公卿たちから称賛されるほどのことではなかった。

そこで、長州藩急進攘夷派の影響下にある朝廷の危惧を感じた久光は、関白近衛に対し、公武合体の推進につとめてほしいこと、我が国には海軍力もなく、いたずらに攘夷を叫んでこれを強行すれば、敗北を見ることは明らかであり、今は武備の充実に専念することが先決であることの意見書を送った。だが、攘夷論に凝り固まっている公卿たちには何の影響も与えることができなかったため、次第に嫌気がさしだした。

八月三十一日には、イギリス代理公使ニールが、軍艦三隻で品川に来てクーパー准提督とともに江戸に入って老中らと会談し、生麦事件の下手人の引き渡しと処罰の要求に加えて、久光を捕えて吟味することを求めた。

その内容が京にいる久光のところにも伝わったため、一刻も早く鹿児島へ帰って、イギリスの来襲に備えての防備を強化する必要に迫られた。

こうして、東上のときと違い、すっかり意気消沈してしまった久光は、閏八月二十八日行列とともに早々に京都を後にした。

土佐藩主山内豊範《とよのり》が、多くの尊攘派藩士らを従えて入京してきたのは、久光がまだ江戸から京に帰り着く前の八月二十五日であった。

もともと土佐藩は、同じ外様である薩・長より佐幕的藩風が強かった。前藩主山内豊信《とよしげ》（容堂《ようどう》）は、信頼する吉田東洋を起用して藩を運営していたが、時代の潮流に押されるように、ここでもまた尊攘派が頭をもたげてきた。

その中心的人物は、郷士出身の武市瑞山《たけちずいざん》であり、彼は土佐勤王党を組織した。この組織は日を追って膨れ上がり、ついには二百名近くの大勢力になった。この中に、坂本龍馬や中岡慎太郎、吉村寅太郎などがいた。

彼らは文久二年四月吉田東洋を暗殺した。

暗殺はしたものの、かえって藩庁首脳部はさらに佐幕的傾向の強い者が多く登用されていた。それがなぜ、尊攘派に押されるようにして藩主豊範が上京してきたかといえば、これもまた時代の流れとして、「薩・長に遅れをとるな」との気運にのったためである。

上京した武市は、他藩応接掛に就任し、その立場を大いに利用して諸藩の尊攘志士らと連携を持った。そして、「政令はすべて朝廷がご施行され、諸大名もまた、朝廷に参勤するようにすべきである」との、極端な王政復古論を打ち出した。

しかしこれは、前藩主山内豊信の公武合体論と相反する方向であり、主に対する裏切りともいえる行動であった。

薩摩の島津久光が京都を去った九月、薩・長・土三藩主の名で、ふたたび幕府に対し攘夷の勅命を伝えてもらいたいとの建議が朝廷に提出された。長・土の藩主は在京しているが薩摩はいなかった。それなのに薩摩藩主の名があるのは、長・土の急進尊攘派と、残留組の薩摩の尊攘派が連携した強引なやり方に、薩摩藩邸の留守役たちが抗しきれず、独断専行のもとになされたことであった。

この建議書に攘夷派の公卿たちで占める朝廷は動いた。

九月二十九日、二十六歳の攘夷派公卿三条実美《さねとみ》と姉小路公知《きんとも》が勅使に任命され、江戸への勅使護衛は土佐藩主に命ぜられた。

二

薩・長・土の藩主らは、それぞれが尊攘派藩士らの思惑とは決して同じといえないにもかかわらず、京へ上り江戸へ下っていた。時運に乗り遅れまいとの外様大藩としての意識であった。

だが肥後は動かない。

肥後藩としては、すでに七月二十一日には一条左大臣からの周旋に関する内勅が下され、八月十四日には、特使として田中八郎兵衛に内勅奉承の返事を持たせて京へ発し、二十七日にはこれを一条家に提出していた。

さらに丁寧なことには、閏八月十日には藩主慶順《よしゆき》から、内勅奉承に伴う行動を起こしたいとの内願口上書を一条家に提出し、これに対して、閏八月十五日大納言中山忠能から、一条家用人伊地知豊前之介を通じて、内願どおり致されたいとの朝旨が伝えられた。

それでも肥後は動かなかった。

ところが今度は、一カ月ほど経った九月九日、しびれを切らしたようにして、公卿三条実美と高松保実《やすざね》が京都藩邸留守居役を引見し、藩主の上洛を促すよう伝えた。

さらに二日後の十一日には、実美は藩士の桜田覚助を召して、藩主か公子どちらでもよいから上京するよう促した。

十三日には、高松保実が知恩院末寺に藩士橋本喜弥太を召し、急ぎ公子の上洛を促し、翌十四日には、今度は実美が橋本を召していつ上洛するかの期限を問うた。

この畳み掛けるような上洛の催促には、さすがに留守居役だけの一存ではどうしようもないため、橋本が高松のところを訪れて、藩主らの上洛延期を嘆願するしかなかった。

尊攘派若手公卿のホープとして、政治の表舞台に押し出されだした実美の気負いを感じさせる行動ではあるが、同時にあせりとせっかちも垣間見える異常な行動であった。

しかし、さすがに本人もそのことには気づいていたのか、十五日には高松が藩邸にやってきて、「本年中の藩主の上洛は不要」との伝達を行うとともに、実美の方も、慶順に朝廷警衛の功を挙げることをのぞみ、その意思の有無を問う書簡を送った。

一方、京都でこのようなやり取りがなされていることを察知した勤王党は、ふたたび好機が訪れたとみて攻勢に転じだした。

住江甚兵衛や河上彦斎らが藩庁へ建白書を提出しはじめ、九月二十七日には魚住源次兵衛、永井金吾、佐々淳二郎、今村乙五郎などがふたたび家老小笠原備前と会見して京都の時局を論じ、この動きに乗り遅れることなく尊攘に藩論を統一すべく意見を述べた。

鼎蔵が見通していたように、伺取書の一件で分裂した同志たちも、京都の動きによって、少しずつ足並みをそろえだす兆しが見え始めてきた。

九月二十八日三条実美を正使、姉小路公知を副使とする、江戸への勅使が発せられた日、実美はふたたび藩主慶順《よしゆき》へ書を送り、内勅降下の報告とともに、慶順自身または公子のどちらかでも、すみやかに上洛して褒勅の実を示すよう促した。

このようにして肥後では、京都での尊攘派勢力の高まりと連動するように、藩庁に対する勤王党の働きかけも活発化し、藩主は藩主で三条実美や一条忠香など公卿たちからひんぱんな上洛への誘いがある一方、佐幕で占める在府江戸藩邸からは、もし将軍上洛という事態になった場合、幕府としては出願した諸侯の中から随行を命ぜられるとのことであるから、本藩も是非出願しておかれるべきなど、藩主・首脳部ともいずれの道をどう採るべきか、その選択の苦悩がつづいていた。

勅命による攘夷決行をかかげて国政の改革を迫る尊攘派勢力に対して、幕府側もただ手をこまねいていたわけではない。

まず時局対策として、この気運に諸国の大名たちが踊らされないよう、諸侯の顔を幕府から背けさせないことが肝要であるとして、文久二年閏八月十五日、諸大名を江戸城に集め、大名の参勤を三年に一勤とし、溜間詰・同格は一カ年、それ以外の大名はおよそ百日間の江戸滞在とし、さらに大名の妻子を国元に帰すことを許可することを告げた。合わせて軍制改革として、陸軍総裁職、陸軍奉行、歩兵奉行、騎兵奉行が設置されること、洋式による将軍親衛隊を組織することがあきらかにされ、諸藩による武備の充実を促した。

その後さらに、海軍力の充実と、西洋軍備を学ばせるためのオランダ留学生の派遣、学制の改革なども行われた。尊攘派組織対策のため、所司代の上に京都守護職を設置し、のち文久二年十二月には会津藩主松平容保《かたもり》を配置した。

特にその中でも、参勤をゆるめるなどということは、幕府はじまって以来の大改革ともいえることであった。この案を幕府の将軍や老中など首脳部に提言したのは、前越前福井藩主松平慶永（春嶽）であるが、そのもとになる建言を慶永に行い、老中板倉勝静《かつきよ》などの閣老や大目付岡部長常《ながつね》などの根回しを行ったのは、肥後藩士の横井小楠であった。

彼の「国是七策」と言われるものである。

一　大将軍上洛謝列世之無礼
　（将軍は上洛して朝廷にこれまでの無礼をわびる）

二　止諸侯参勤爲述職
　（諸侯の参勤をやめて述職《じゅっしょく》とする）

三　帰諸侯室家
　（諸侯の室家を国元に帰す）

四　不限外藩譜代撰賢為政官
　（外様・譜代を限らず有能な人物を撰んで政官とする）

五　大開言路与天下為公共之政
　（大いに言路を開いて天下と公共の政を行う）

六　興海軍強兵威

（海軍を興し兵威を強くする）

七　止相対貿易為官交易

（相対貿易を止めて官貿易とする）

この「国是七策」の諸大名への正式な公布は閏八月二十二日であった。

面白いことにこの公布については、将軍、後見職、総裁職、老中、三奉行らによって、この方針が討議された閏八月三日の大会議に、政治改革用掛に任命されていた林大学（昇）、林図書頭（晃）の両儒役も列席していて、第二条にある「述職」の説明が求められた。

「述職」は、儒教の古典『書経』からとられたもので、「大名が登城して、将軍に領内の政務に関して報告すること」という意味であったが、これに即答できず、後刻調べの上申し上げると返事したため、列席者の笑いものになったという。

幕府の儒者とふんぞり返っていても、肥後熊本藩一藩士の学殖には及びもつかない実態であった。天才的ともいえる小楠のこの政治手腕は、さびしいことに、肥後藩士でありながら、他国の藩での建策であった。

その「国是七策」が、まだ事務的に煮詰められていた閏八月十二日、はじめて小楠は一橋慶喜と顔を会わせたが、慶喜はその卓見に感服し、翌十三日慶永に対し、

「昨夜横井平四郎に対面せしに、非常の人傑にて甚だ感服せり、談話中随分至難と覚ゆる事柄に尾ひれをつけて問ひ試むるに、いささかも渋滞する処なく返答せしが、いずれも拙者共への思へる所よりは数層立ち登りたる意見なり」

と絶賛した。

慶喜同様、小楠の建策や識見の深さに感服した幕閣一同も、彼を幕府奥詰に登用したいと申し出たが、身分

は肥後藩士で、福井藩の賓師の立場ということもあったうえ、肥後藩邸からの意見も、「小楠は細川家家臣であり、恩義をこうむっているので、幕府などより扶持をいただくようなことになっては、本意をそぐことになるほか、小楠の身分では、従来技芸で召しだされた過去の事例にも反することになる」と、相変わらず能力より身分に価値観を求める、藩首脳部の頑迷固陋《がんめいころう》さであった。

それでいて、幕府中心に近いところにいる小楠から、幕府内の情報を聞き取る術《すべ》だけは心得ていた。

結局、己の立場がよく読めている小楠自身が辞退したため、この件は決着した。

過去に幾多の優れた藩主や家臣を輩出した五十四万石の大藩として、幕末のこの時期、上に人を得なかったことは惜しまれる。

こうして幕府側は、政治総裁松平春嶽（ここから号を使用）の提言による政治制度改革によって、協力一致のもと進行していくかに思えたが、その中でも政治の筆頭職にある春嶽と将軍後見役の一橋慶喜との関係がおかしくなった。

それは、勅使三条実美らが江戸に入ってからのことである。

こと朝廷が迫る「攘夷」断行に関して、老中の板倉や小笠原らが、慶喜に対し、あくまで開港は時勢のやむをえないことであり、攘夷は不可能なことであることを連署で建言したりして、この問題に関しては、将軍後見役、政治総裁、老中、それぞれの意見の一致を見ないままの状態の中に勅使を迎えることになったのである。

慶喜の方は、勅使そのものを疑ってかかり、叡慮そのものが、御本心から出たものであるかどうかさえ信じがたいなどと言い出し、春嶽の方は、攘夷はもとより無謀であるが、このことによって天朝尊崇の大義を失うようなことがあってはならぬ、出来るだけ勅使を諌《いさ》めて、もし入れられなければ、職責を負う幕府としては、これをあくまで拒否して天皇を苦しめるようなことがあってはならない。若しそのことが出来ないなら、この際政権を朝廷に返上して、徳川家は降って一諸侯に列し、攘夷のことは、諸侯とともに朝令に従って応分の忠勤をつくすべきであるとの説を述べた。

こうした状態のままで勅使を迎えた幕府は、奉答の結論は容易に出ず、この間慶喜や春嶽は何度も辞表を出したり、引っ込めたりの混乱状態が生じていた。

十月十二日に勅使の三条らが京都を発し、刻々と江戸へ迫っているなか、肥後藩にも左大臣一条忠香から、藩主慶順にふたたび召命の内勅が伝えられ、十月十五日には、「攘夷」決行の勅諚を持った勅使が江戸へ向かうことが伝えられた。

ここでついに、再度の内勅を受けた家老小笠原備前は、時局の切迫を覚り、公使護美を上京させることにした。

これは、このことを促す魚住源次兵衛らの建白書提出の働きも手伝っている。

そうした折、長州の使者土屋矢之助が、毛利筑前、益田弾正二家老の肥後藩家老宛の書簡を持って来熊した。そして、二十五日には長岡（米田）監物に会見を求め、京都の近況を知らせるとともに、朝廷を補佐し、攘夷決行を幕府に迫る長州藩の現況についても説明し、一刻も早く公子長岡護美を上京させることの必要性を説いた。

こうした切迫した情勢の中で、やっと慶順は重臣らを集め、内勅降下を奉承して上京するとの決断を下し、二十七日には、公子長岡護美を先発させる旨家中の者に達した。

また、土屋の滞在中、肥後勤王党の諸子も、彼の宿舎を度々訪ねて、最近の京都の情報を得、意気投合した同士仲間として腹蔵なく時局を語り合った。

さらに住江松翁《しょうおう》・甚兵衛父子が、二本木の別邸に土屋を招待してもてなした。

松翁は千石の禄高を有していた。すでに歳は七十歳を超えていたが、士気はいたって軒昂で、本宅のほかに別邸を持つほど、同志の中で一番の羽振りのよさであった。

三百石取りの魚住を除き、肥後勤王党の多くの同志が、小身の武士や足軽身分の者たちであったため、松翁は玉名の松村大成とともに度々活動資金の援助を行っていた。

その日の午後には、鼎蔵と轟木武兵衛が別邸を訪れ、おおいに談論風発し、夜に入って山田十郎、河上彦斎、青木彦兵衛らも訪れたため、芸子三人を呼んで互いに痛飲しあった。

ただ、客の土屋だけは病のため一人梅酒をたしなんだが、主人の松翁などは升酒をあおるほどの酒豪、健啖ぶりであった。

いよいよ公子護美の下に、上京が秒読みの段階に入った悦びで、座はいやが上にも盛り上がっていった。

三

ついに肥後藩では京都警衛の陣容が決まった。

率いるのは公子長岡護美である。二十一歳の精気溌剌たる青年指揮官であった。

護美の傍に陪従《べいじゅう》するのは、年長の楯岡慎之助、下津久馬、鎌田軍之助、木下眞太郎らである。

隊士となる従者は、住江松翁、魚住源次兵衛、永井金吾、廣吉半之允、岩佐善左衛門、佐々淳二郎、山田十郎、長沼小十郎、小坂小半太、今村乙五郎、岩間廣之助、岩間次郎助、野尻武右衛門、河上彦斎、青木彦兵衛、加屋栄太、益坂栄蔵の十七人である。

なおこの時、隊士の一人で、家老詰め掃除坊主の身であった男が武士身分にとりたてられ、束髪《そくはつ》を許された。それまでを小森彦次郎といい、実父の死後河上姓を名乗っていたが、これを機に彦斎と称した。これまでの国事尽力の功を認められたのである。

さらに先発隊として、住江甚兵衛、轟木武兵衛、宮部鼎蔵の三人が決まった。

さらに間近になって、玉名の松村大成も陪従が許された。

護美側近の年長者を除き、あとの陪従者はいずれも勤王党の面々であった。

この人選に当たったのは、指揮官である護美自身である。

藩内には、勤王党のほかに学校党、実学党の三派が鼎立していた。

そういう藩情のなかで、よりによって勤王党ばかりを選出した護美の案を重臣たちは危ぶんだ。いわゆるミイラ取りがミイラになるという危険性であった。

尊攘派がうずまく京都に上っての警衛である。彼らは薩・長・土など諸藩の尊攘派と結びついて勝手な行動を取る恐れがあり、そうなれば寺田屋の二の舞になる可能性が危惧された。

だが、護美は断固所信を貫いた。

彼には、勤王党の諸士たちが誠意を裏切らないとの確信があった。彼らが護美に託する信頼関係は、久光や薩摩藩士のような関係にはないということである。

川尻の御茶屋で何度彼らと膝を交えたことか。天朝のお膝元での任務がどれほど重要なことかを真に理解できるのは、勤王党の諸士しかいないことを十分理解していた。

しかもその任務が、自分たちの主家である細川家の名で役に立てる悦びを彼らほど感じているものはない。

その決意を、家老たち重臣に書簡で示し、勤王党に対する護美の態度も明らかにした。

つまり、

この度の上京は天朝のみのご都合だけで行くのではなく、幕府への志節をつらぬく意味もあるということを、住江甚兵衛や魚住源次兵衛にはしっかりと申し渡している。

また、薩摩との隣好は申すまでもないことではあるが、さりとて、決して長・土らの下に立つことのないよう。また、彼らに深入りしないよう申し渡し、これも承知している。

勤王とは申しても、中には余計なものもいて、それらが治安を乱すようなことがあれば、それの鎮撫にもあたらねばならない。

いわゆる、悪しく申せば、毒をもって毒を制する事態も覚悟せねばならぬ。この私の考えに太守もご同意なされておることゆえ、彼らを私にお任せいただきたい。

任せていただいた以上は、決して心配されるような不心得者の出ないよう、十分配慮する。さらに、寺田屋のようなことが起こったり、隊士の中から亡命者でも出るような事態にいたったときは、魚住と轟木が討ち果たすとの申し出もなされ、彼らも約束している。

この度の人選は、かねてより、命を受ければ真っ先にお供したいという彼らの考えは聞いていたが、この時に当たって特別内々に願い出たものは一人もなく、あくまでも護美自身の申しつけによって決めたことである。

藩としても、様々な意見があろうが、この度は京都に対しての格別の御用向きであるから、どうか急ぎ決議いただきたい。

との大意であった。

こうして、文久二（一八六二）年十一月十三日、青年指揮官長岡護美率いる肥後藩の警衛隊士らは熊本を出立した。

鼎蔵は家を離れるにあたって、南田代の実家にいる妻恵美《えみ》と幼児で長男の鷹《たか》、それに楽《らく》・光《こう》の二人の娘を、妻の実家である熊本の田崎にある中尾平馬《へいま》の家にあずかってもらった。

ちなみに、鼎蔵の跡取りになるはずであった長男の鷹は、残念なことにのちに幼死している。

義父の平馬は、鼎蔵のことを、婿だけは天下一の者を取ったのでもう安心と、いつも口癖のように言っていたほど心底から信じ切っており、表立った政治活動などはしなかったものの、鼎蔵の信念と行動についても最もよき理解者の一人であった。

さらに平馬の老母は、我が子に詩経や春秋左氏伝を読み聞かせるほどの賢婦人でもあったため、恵美や子供を引き受けるにあたり、万事私が引き受けたので、決して心配することなく、国事のために思う存分働いて忠勤に励むようかえって激励するほどであった。

出発を前にして、妻の恵美は、新婚当時に仕立てて持ってきて、まだ一度も袖を通したことのない小紋縮緬《ちりめん》の晴着を簞笥《たんす》から取り出し、それを鼎蔵が携えて行く具足の下着に仕立て直して夫の武運を祈った。

鼎蔵もこの支度の様子を見て、

「そなたの決心のほどを見届けたので、わしもまったく安心した。この度の京入りは、まかり間違えば、そなたたち家族の身にまで公儀の手が回らぬともかぎらない。その時には、宮部鼎蔵の妻として決して名を辱めることのないよう、くれぐれも頼みおく」

と言い含めた。

鼎蔵四十三歳の晩秋であった。

文久二年から文久三年にかけての京都は、幕府がこれまで大名の入洛を禁じていた施策をあざ笑うかのように、まるで堰を切ったかのような諸大名の入洛が相次いだ。

これも久光のデモンストレーションが皮切りとなっていた。長州藩主父子、土佐藩主がこれに続いたあと、筑前黒田藩主、肥前鍋島藩主、芸州浅野藩主、宇和島伊達藩主、さらに真木和泉守の久留米有馬藩主、小河一敏の岡中川藩主など十数藩にものぼる諸大名が続々と京都にのぼってきた。

これに対し幕府側は、十二月二十四日会津藩主松平容保が上洛して京都守護職に就任し、翌文久三年正月五日には将軍後見職一橋慶喜が上洛した。

政治の舞台は、この時点で完全に江戸から京都へ移った感があった。

そういった洛中の喧騒のなか、十二月五日若き長岡護美率いる肥後熊本藩士ら一行が堂々入洛し、宿舎である南禅寺塔頭《たっちゅう》「天授庵《てんじゅあん》」に入った。

その二日後の七日には、早々に小河一敏の岡藩主中川久昭が使いをよこして、志士への処罰に対する朝廷からのけん責が解かれ、八幡山崎砲台新築の任務を与えられた旨のご機嫌伺いがなされた。

これを手はじめに、京都での護美の活動が開始され、十日にはさっそく坊城家、中山家、近衛家を歴訪し、その後京を去る文久三年二月までの三カ月の間、公卿や諸大名らとの間を精力的に往来して、周旋活動に奔走し続けた。

ちなみに護美が接触した人々をあげると、

公卿――関白近衛忠熙、一条忠香、野宮定功《さだいさ》、三条実美、正親町三条、青蓮院宮（のちの中川宮）、六条有容《ありよし》、鷹司輔熙（のち近衛に換わり関白へ）、中山忠能《ただやす》
諸侯――前福井藩主松平春嶽、鳥取藩主松平（池田）慶徳《よしのり》、宇和島藩主伊達宗城《むねなり》、徳島藩主松平（蜂須賀）伊予守・淡路守父子
諸士――薩摩藩士藤井良節《りょうせつ》、長州藩家老益田弾正、前田弥右衛門

などである。

このうち、鳥取藩主池田慶徳は水戸徳川斉昭の五男であり、藩士安達清一郎（清風）は江戸昌平黌に学んだついで水戸に遊学し、弘道館の会沢正志斎の門に入って水戸学を学んでいる。また、宇和島藩主伊達宗城は会沢正志斎、藤田東湖の著書を藩に備え付けるほど水戸学への造詣が深かった。

なかでも、三条実美との会見は実に十数回に上るほどのひんぱんさで、朝廷側の若き攘夷派公卿と、武門の若武者護美との間には、初対面のときから気心の通じ合うものがあった。

これらの人々の屋敷や宿舎を訪問するときの護美は、いつも馬である。

美丈夫の護美が、従者をつれてさっそうと都大路を疾駆する姿は、たちまち京童《きょうわらべ》の噂にのぼった。

彼らは細川家がどのような家柄か知っている。遠くは足利幕府の管領家の傍流とはいえ、藩祖幽斎（藤孝）以来、その血筋は洗練された京文化の雅を自然と身につけた家系である。

上洛してくる他の諸侯らより、まるで身内が帰ってきたかのような親しみと期待感を持った。

それは彼らの謡にもよく表れていた。

「文久二年まじゃ、薩州土佐意地張りおれど、今は長岡で留め刺す、肥後の牛若さん早く乱世おさめいね、庶政は小御所で関白と相談すりゃ、この世が静かになるわいな」

牛若とは護美の英姿を形容したものである。

鼎蔵ら勤王党の苦労が、ここにはじめて花開いた感があった。

公卿や諸侯らの家々を回る護美の精力的活動と並行するように、鼎蔵や轟木、住江らが三条・姉小路など公卿の家臣らとの交流を深める活動によって、これまで彼らの間に佐幕派と見られていた細川家が、ようやく見直されるようになり、肥後藩は一躍列藩の間に頭角を現すようになった。

この間鼎蔵は、十二月十七日には山田十郎、佐々淳二郎らとともに、伏見から淀川を下って大坂河口摂津海岸の地理視察の別命を受け、二十八日にはこの復命書を提出するという任務を果たしている。

さらに翌文久三年正月二十七日には、東山翠紅館《すいこうかん》において、彼らが公卿や諸藩の諸士らと交流の中で得た情報を持ち寄って、時局を論じ合った。

この時の顔ぶれは、肥後藩士が鼎蔵のほかに、住江甚兵衛、佐々淳二郎、山田十郎、河上彦斎。土佐藩士が武市半平太（瑞山）、平井修次郎。対馬藩士が多田荘蔵、青木達右衛門。津和野藩士が福羽文三郎。水戸藩士が梶清次右衛門、下津隼次郎、金子勇次郎、山口徳之允、住谷七之允、大胡聿蔵、高畑孝蔵、林五郎三郎、岡部藤助、大野謙助、西宮和三郎、川又才助、林長左衛門、赤須銀蔵。長州藩士が中村九郎、佐々木男也、久

坂義助（玄瑞）、松島剛蔵、寺島忠三郎、神村斎宮、大和弥八郎、嶺内蔵太、志道聞多ら三十三人の多きにのぼった。

この席には、たまたま近くを散策していた長州藩世子の定広も、彼の側近の神村が参加していた関係もあって会合に立ち寄り、彼らの話し合いに加わっている。

三条実美や一条忠香から、再三にわたって上京を促されていた藩士慶順《よしゆき》が、明けて文久三年正月十七日、やっと長岡監物以下の家臣を率いて上洛してきた。

ちなみに、参勤交代の解かれた江戸からは、藩主夫人の峯《みね》が慶順上洛前の十二日に京に着き、実家である一条忠香邸に入った。藩主夫婦は、くしくも政情不安定な京都で落ち合うことになったが、夫人は慶順が到着した翌日の十八日には京都を離れて熊本へ向かっており、京では束の間の逢瀬となった。

京都では、護美率いる家臣に藩主の家臣らも加わったため、天授庵の宿舎は一度に多くの藩士を抱えることになった。当然慶順の家臣団の中には学校党が多かった。

そのため双方の対立を懸念した首脳部から、在京藩士への心得が達せられ、特に対立の原因を起こしやすい活動的な勤王党の行動規制を行う必要から、他藩との交際についてはその帰宿門限を決め、違反した場合厳しく取り締まることが申し渡された。

ところで、同じ肥後藩士でありながら、藩主らと別行動をとる実学党派の横井小楠のことである。このとき彼は江戸越前藩邸にあった。

当時にあって、すでに先駆的思考をもつ小楠は、鼎蔵ら勤王党の思いとはまったく異質で、かつ壮大な構想をもって行動していた。

尊王だ、攘夷だ、はては佐幕だと称えて絡み合った糸を、彼なりのやり方で解きほぐそうとしていたのである。

極端にいえば、「破約必戦・全国会議・真の開国」論であった。

つまり、外国との条約をいったん破棄し、攘夷派を含む全国会議を開いて、政権をその会議の上に戴いたのちにあらためて開国するという方策論である。

この論は、攘夷派の論をいったん受け入れるという点では尊攘派の抵抗は少ないだろうが、はたして朝廷内部や諸藩のせめぎあっているこの時期に、全国会議が可能かどうかが最大の難事であった。

では、このころの小楠は攘夷派のことをどう捉えていたか。

文久二年十一月十九日、彼のところを訪れた幕臣の勝海舟との会話のなかで、海舟が、

「此の頃世間開鎖《かいさ》（開国か鎖国か）の論諍々《そうそう》（あらそい）、皆服さざる処也、それ開鎖は往年和戦を論ぜしと同断（同じこと）にして唯文字の換りしのみ、何益かあらん」

と尋ねたのに対し小楠は、

「実は然り、当分しばらく此の異同を言はずして可ならん、それ攘夷は興国の基を云うに似たり、しかるを世人徒に夷人を殺戮し内地に住ましめざるを以て攘夷なりとおもふは、甚だ不可なり、今や急務とすべき興国の業を以て先とするにあり、区々として開鎖の文字に泥《なず》む（こだわる）べからず、興国の業、侯伯（諸侯）一致、海軍盛大に及ばざれば能《あた》はず、今や一人も爰《ここ》に着眼する者なし、又歎ずべし」（松浦玲『横井小楠』、ルビ筆者）

と答えている。

つまり、幕府が外国の圧力に屈服して条約を結んだことを非難することは、国民として当たり前のことであり興国の基であるから、そのことばかりに目を捉われるなと言っているのである。

卓見である。が、忘れてならないことは、それが、当時のすべての流れが分かっている後世の我々にはそうであっても、長年鎖国状態にあって、世界の動きを知らない幕藩体制下にどっぷりと浸かってうごめく人々にとっては、まず無理な解釈であった。

現に小楠に理解あるあの春嶽でさえ、文久三年の将軍上洛後の大会議の席上行き詰まった際、小楠の「藩を

つぶす覚悟を持って」の提言にはさすがについて行けなかったのである。

物事を、一歩退いた覚めた目で見ることのできる、当時は異質と見られていた海舟や小楠なればこそのことであった。

小楠の理論や思想が、広く討幕派によって注目されだすようになるのは、二年後に起きた、幕府側の手によって鼎蔵らが襲われる「池田屋の変」以降のことである。

この事件は、新撰組という幕府側の殺戮《さつりく》集団による、尊攘派志士たちへの問答無用の凄惨《せいさん》な殺戮という弾圧行為によって、それまでは倒幕の考えにまで至っていなかった者たちさえ、倒幕の渦に巻き込み、そのうねりの波を鎮める政治構想として生かされだすのである。

そして小楠は、この理論を持って上洛する春嶽に随行して京都に乗り込み、上洛を予定している将軍家茂の入洛を待って大会議を開くつもりであった。

ところがここで、大きくつまずく事件を起こしてしまう。天保十年の江戸遊学のときに起こした事件のように、またもや酒がからんでいた。

文久二（一八六二）年十二月十九日の夜のことであった。

この日小楠は肥後藩江戸留守居役吉田平之助と、桧物丁にある吉田の妾宅の二階で酒を酌み交わしていた。そこに同じ肥後藩士の都筑《つづき》四郎、谷内蔵之允《くらのすけ》も加わり、酒肴も出て宴会のような状況になり、谷内が先に帰って三人が飲みつづけていた夜九時ごろ、覆面抜刀のものが二人罵声をあげながら二階座敷へ斬り込んできた。

部屋の上り口きわに座っていた小楠は、刀を取るひまがないので、侵入者と行き違いに階段を駆け下りると、途中でもう一人とすれ違った。刺客は三人である。うまく逃れた小楠は、常盤橋の越前藩邸まで駆け戻り、差し替えの刀を持って直ぐ引き返した。しかし、犯人はすでに立ち去っており、吉田と都筑は傷を負い、ことに吉田は重傷（のち死亡）であった。

いわゆる小楠の「士道忘却事件」と呼ばれるものである。

報せを受けた肥後藩では、翌二十日の朝、重役の沼田勘解由《かげゆ》が越前藩邸にきて中根雪江に会い、小楠を引き取って国へ帰らせたいと申し入れてきた。

肥後藩にとっては、狼藉者を見ながらその場で戦いもせず、越前藩邸までわざわざ刀を取りに帰るという行為そのものが、すでに武士としてあるまじき行為だと受け取った。

肥後藩では切腹ものだといきまいている行為も、越前藩としては「命さえこれあり候へば為すべき事もある」の見識だとして小楠の行為を認める空気が強かった。

この解釈のやり取りに対して小楠本人は、「士道へ掛けての御懸合《かかわりあい》は一切なく、武士は棄《ほう》り候と成し置れ候」と開き直ってしまった。

つまり、小楠の武士の面目を保つようにと藩に掛け合えば、それでは死罪になる前に切腹せよという理屈になる。そのことを読んでいるため、自分の士道はすでにすたってしまっているとして、放り投げてしまったのである。

体制批判の権化ともいえる言動であるが、いかに藩内でもがいてもそれが生かされることのない、これまた因循固陋《いんじゅんころう》の権化のような肥後藩特有の風習の中に育ったが故にこそひらめいた、やけくそともいえる処世術であった。

福井藩としても、ただちに小楠を肥後藩邸に引き渡した場合の身の危険を察知し、色々やり取りをするうちに、事件三日後の二十二日には、こっそりと小楠を早駕籠で福井へ向け出発させてしまった。

その後小楠は、京都にあって難局に苦渋する春嶽へ、福井からの書簡を通じて色々と指南していたが、藩内の政治情勢の変化などもあって熊本へ帰ることになり、文久三年八月帰熊した。

彼を迎えた肥後藩では、凍結していた処分の審議がされたが、福井藩主父子から繰り返し寛大処分の依頼もあったため、十二月十六日に出された処分は、切腹はまぬがれたものの、「知行召上げのうえ、士籍差放たれ」

となった。

以後ふたたび、沼山津の「四時軒」と名づけた私塾に隠棲した小楠は、大政奉還・王政復古のなった慶応四年三月一日、新政府に登用されるまでの間、政治の表舞台から去ることになる。

だがこの間の元治元年二月十四日、幕命を帯びた勝海舟が、坂本龍馬をともなって長崎に来ていることを知った小楠は、門下生の荘村省三を長崎へやって、自著『海軍問答書』を贈り、さらにその後の度重なる書簡の交換を通じたりして、大事な国の転換期に多くの示唆を与え続けた。

なお、律儀にも福井藩は、知行を召し上げられた小楠に対し、これも難渋する肥後藩を説得のすえ彼の家計を援助しつづけた。

さらについでながら、「士道忘却事件」のとき小楠らを襲った犯人らは、同じ肥後藩士らであった。主犯は堤松左衛門、それに江戸藩邸の足軽黒瀬市郎助と安田喜助である。

肥後勤王党派に属していた堤は、同じ勤王党から長岡護美が選考した京都警衛の隊士には選ばれなかった。当時彼は脱藩して長州にいたが、十二月京都警衛隊として肥後藩の同志たちが入京したことを知ると、彼らを追って京都に入り、その中で、開国論の首謀者的立場にある小楠を、長州や土佐の連中が斬る計画を知った。そして、京都にいても任務のない彼の務めとして、「このことは他藩には任せられぬ、肥後の者は肥後人で斬る」と決意し、黒瀬や安田を誘って襲ったのである。

江戸藩邸の二人は、屋敷を出る際、今夜門限まで帰らないときはそのまま藩を出る、その時は吉田を始末して行くと言い残したまま帰らず、失敗した堤は、肥後勤王党で占める京都警衛の仲間たちのいる京都に戻り、文久三年三月、天授庵近くの南禅寺山中で自殺した。

もし士道忘却事件が起こらなかったなら、また歴史の推移は違った様相を醸《かも》し出していたかもしれず、日本の一つの分岐点となる事柄であった。

藩主慶順《よしゆき》の上洛にともない、在京の藩士の数も膨れ上がったため、護美の宿所は天授庵から二条川東の妙伝寺に移った。

護美は慶順の到着と入れ代わりに肥後に帰る予定であったが、彼の忠誠心を信頼している朝廷ではなかなか帰そうとしなかった。

やっと許しが出たのが二月二十日のことで、二十四日には京を離れた。

このとき、護美から朝廷のお役に立つようにとの申し渡しを受けて滞京を命ぜられたのは、鼎蔵のほかに住江甚兵衛、廣吉半之允、山田十郎、河上彦斎、加屋栄太の六人であった。

この中にあの武辺者の轟木武兵衛が入っていないのは、過激な行動が目立ちすぎたためである。

彼は、二月十一日長州の久坂義助（玄瑞）、寺島忠三郎とともに、関白鷹司邸に押しかけ、多くの者に発言の場を与えること、人材を登用すること、攘夷の期限を定めることなど、国定確立の三策を献言し、命を得なければ絶食してもこの場を去らないなどと強硬な姿勢を示し、これに同調する若手公卿の議奏や十余人もの堂上なども列席して関白を促した。

関白はこの勢いに押されるようにしてただちに上奏し、朝廷はその夜三条実美らを勅使として、一橋慶喜の宿所である本願寺に遣わし、攘夷の期限を督促した。

武兵衛らによる押しかけ談判によって下された勅問をもって、夜中三条以下の公卿たちに押しかけられた慶喜の方は驚愕した。一人では決めかねることであったため、すぐに政治総裁職の春嶽や在京していた前土佐藩主の山内豊信（容堂）、守護職の松平容保らと協議したが、彼らの勢いに押されて、将軍帰府の二十日後と答えてしまった。

この協議のなかで、春嶽と慶喜の考えの違いが出た。春嶽は、朝廷側の攘夷、幕府側の開国という二つに政令が発せられるような混乱した状態のなかでは、もはや、朝廷がこれまでのように政権を幕府に委ねるか、幕府が政権を朝廷に返上するか、二つに一つの選択しかないと主張した。つまり小楠の「大開港論」の線で情勢を打開しようとしたのである。

だが慶喜は、全面委任説には賛成ではあるが、政権返上という点では強固に反対した。肝心の慶喜がそうでは、この先議論は進まなくなり局面の打開はできない。

このころから、春嶽もだんだん手詰まりになってきたため、辞職をほのめかすようになった。

結果としては、幕府に攘夷の期限を定めるという主旨が伝えられたことに変わりはないが、将軍家茂がまだ上洛途上の旅先にある段階でのことである。あまりにも性急すぎる行為であった。

しかも、関白という朝廷内の最高位にある者の家に押しかけてまでの強硬談判は、それがいかに承知したものとはいえ、鷹司輔煕自身は不快な思いであった。

その後護美が鷹司邸に赴いて謁《えっ》した際、関白は事の次第や思いを語っている。

轟木武兵衛の行為は、それがいかに目的を達するための行為であったとはいえ、朝廷に対する不遜な行為であり礼を失したものであった。

さらに丁寧なことに、幕府の顔色をうかがう肥後藩京都留守居役は、幕吏の永井主水正に武兵衛が鷹司邸に参じた理由を説明し、言い訳をしていた。

この状況を十分察知した護美は、残すべき人物とは考えてはいたものの、帰国を前にして一条忠香に挨拶に行った際、わざわざ武兵衛の名をあげて彼を連れて帰る旨報告している。

若い護美にしてみれば、信頼を置く勤王党のものたちにこそ、一番訓示を厳守してもらいたかったことであり、自分のあずかり知らぬところで勝手な行動を取った武兵衛には、やはり責任をとってもらうしかなかったのである。

このように、文久三年に入ってからは、朝廷急進派公卿たちの思惑どおり、急激に事が進展しだした。

ちなみに、この年前半のおおまかな朝廷内の体制を見てみると、まず正月二十三日には関白近衛忠煕に代わって鷹司輔煕が就任し、その他左大臣・右大臣以下の重職者とともに、前年の十二月から新しく設置された国事御用掛に、三条実美、姉小路公知、三条西季知《すえとも》ら若手急進派公卿たちが任命されていた。

さらに翌三年二月には、国事参政、国事寄人《よりゅうど》の二職が加えられ、これらの職にはいずれも若い急進派が任ぜられるなど、朝議はほとんどこれらの急進派によって動かされる状態になっていた。

この頃慶喜や春嶽などの諸侯と通じていた公卿は、中山忠能《ただやす》、前関白近衛忠熙《ただひろ》、正親町三条実愛《さねなる》らであり、彼らの発言力は弱まっていた。

なお、和宮降嫁問題で尊攘派の反感を買っている岩倉具視《ともみ》、千種有文《ちぐさありふみ》、九条尚忠《なおただ》、久我建通《こがたけみち》は謹慎中の身であった。

八・一八政変

一

天誅は文久三年に入ってさらにひどくなった。正月には公卿千種家の家臣賀川肇《はじめ》が殺され、その両腕が、千種・岩倉両家に投げ込まれた。さらに、千種家に出入りしていた百姓惣助までが殺され、その首は前土佐藩主山内豊信の宿舎である土佐藩邸の塀に掲げられた。

尊攘派の土佐藩邸に掲げられた趣旨は、一緒に掲げられた文面から、豊信の蹶起《けっき》を促すためのものであったが、当の豊信は「……無益の殺生、憐れむべし憐れむべし」と、取り合っていない。

さらに二月二十二日、洛西等持院に祀られてあった足利尊氏・義詮《よしあきら》・義満三代の木像の首と位牌が持ち出され、これが罪状の書かれた立札とともに鴨川原に晒された。

この木像梟首《きょうしゅ》事件は、足利将軍家にかこつけた、徳川将軍家に対する脅迫行為であった。将軍上洛前のこの事件は、さすがに幕府側としては安閑としてはいられなかった。

これまでは天誅の犯人逮捕までには至らなかったが、今度は京都守護職と町奉行は総力を挙げて取り組み、三輪田《みわた》綱一郎、師岡《もろおか》節斎ら九人の逮捕にこぎつけた。

だがこれも、尊攘派勢力の働きかけにより、釈放までは至らなかったものの、諸藩お預けという軽い処分で落ち着いている。

そして、この事件翌日の文久三年二月二十三日（陽暦四月十日）、江戸から清河八郎率いる浪士組が入洛した。

ただし、浪士組を率いたのは清河であるが、幕府側からは鵜殿長鋭《うどのながとし》を取り扱いに、山岡鉄太郎（鉄舟）、佐々木只三郎、速見又三郎などといった剣客らが取締役に任じる監視役がついていた。

またこの浪士組の中には、やがて江戸へ引き返す清河らの組と分かれて、京に残留して、のちに『新撰組』を旗揚げする近藤勇ら江戸試衛館道場組と、芹沢鴨の一派が入っていた。

この時代の武士社会の様子を窺い知るのに、幕府側浪士組の結成ほど如実に示すものはない。

泰平の世に慣れた二本差しの武士たちの多くは、いざ戦いとなるとその気構えも技量も廃《すた》れてしまっていた。

そのため、将軍家茂の上洛を前に警護の供揃いはできたものの、天誅の横行する京洛にあって、はたして己の身を挺してまでその任務に当たれる者が幾人いるか不安であった。

三年前の桜田門外における井伊大老暗殺の際も、討つ側、討たれる側双方ともに、刀を抜いての斬り合いの恐怖に震え、凄惨な闘争場面を出現させた。

このことは未だ記憶に新しい。刀を帯びているとはいえ、一度もそれを抜き、まして人一人さえ斬った経験のないものばかりである。

この警備の実態に目をつけたのが清河であった。彼は京都における将軍警護役を名目に、幕府の金をあてにした浪士殺戮集団の結成構想を幕府に持ちかけたのである。

本当の目的は別のところにあったが、これは秘めていた。

この清河の提案に幕府は飛びついた。各藩の家臣を募って警護につけた場合、もし犠牲者でも出ればそれぞれの藩の責任問題まで波及する。しかし、天下の浪人の身であればその者だけの犠牲ですむ、しかも剣客たちである、申し分はなかった。

入洛した浪士組が落ち着いた場所は、四条南下ルの坊城通りにある新徳寺であった。

清河が、幕臣らとともに、将軍警護の浪士たちを率いて上洛したことを知った鼎蔵ら肥後勤王党の者たちは驚いた。

あれほど熱心に尊攘を説いて諸国を回っていた清河が、よりによって幕府側に寝返ったその真意が理解できなかった。その真意を知らなければ、以後清河との接触は断たなくてはならなくなる。

それを探る使者を鼎蔵が引き受けた。

浪士隊が入洛して数日後、彼は使いを新徳寺へやり清河との会見の手はずをととのえた。

落ち合う場所は、以前清河が京坂で活躍していたとき一時居候していた河原町二条の医師飯居簡平《いいおりかんぺい》宅である。

人目を忍ぶようにして訪れた鼎蔵を、ニヤリと笑って玄関で迎えた清河は、部屋に通すと開口一番こう言った。

「ついに上洛に踏み切られたか。じつに結構なことでござる。だが、ちと遅すぎに失した感がなきにしもあらずというところですかな」

二年前、なかなか上洛の藩論がまとまらず、ついに業を煮やして肥後を去ったことへの皮肉めいた言葉であった。

自分も田舎の庄内藩の郷士の出であるにもかかわらず、なぜか肥後人を田舎者と決めつけ、高飛車な態度に出る男であることを知っている鼎蔵は別に腹も立たない。

清河はさらにつづけて、

「私が幕府側についたかどうかのお探りでござろう？　私がなんで今さら幕府に寝返ることがござろうか。そんなお考えで御有りになるから、攘夷決行の良策など浮かぶはずもござるまい」

相変わらずの横柄な物言いである。

「では、お聞かせいたそう。

これは攘夷決行のための策でござる。

皆があれこれ議論している最中に、いつの間にかどうしようもないほどに国中が混乱してしまい、挙句の果てには、生麦事件に対して、増長して我々を舐め切ったイギリスが、戦も辞せじと強引に犯人引き渡しと賠償を要求する始末です。

こうなっては、もはや攘夷決行しかなく、そのためには朝廷や諸侯らの決意を促すため、その起爆剤となる兵を用意するしかございますまい。

せっかく薩摩や長州・土佐、それに宮部どのの肥後の藩兵が在京しているにもかかわらず、諸侯らの堂々巡りの議論ばかりで事態はなかなか進展せず、持ち駒を生かすこともできない状況ではありませんか。

ここで真っ先に我々浪士組が、攘夷決行のさきがけとなって行動を起こせば、雪崩を打ったように、みなが攘夷へ向けて走り出す。こういうことです」

だがその兵が、なんで幕府の雇った浪士組なのか分からない。鼎蔵は尋ねた。

「では、浪士組をどうお使いになるのか？　彼らはあくまで大樹様警護の役目と聞き及んでいるが？」

「そこです。彼らは幕府が金で雇った浪人ども、明日の糧にも事欠く貧窮の身であれば、金でどちらにも転ぶと申すもの。それも、みな困窮の大元が開港であることを知っている者たちばかりで、攘夷への思いは誰よりも強いものがあります。しかも腕には少々自信のあるものばかりですから、勅諚が出ればその命に応えて身を捧げる覚悟のあるものばかりです。

それにすでに勅諚は下されております。京へ着いたその日のうちに、私が決死の思いで胸中を打ち明け、『尊王攘夷の大義達成を願う浪士組』として署名を募ったところ、なんと二百三十五人もの全浪士が署名を申し出たのです。そこで、さっそくこれを持って学習院へ上書したところ、ただちに勅諚が下されたという次第です。

幸いなことに、江戸からご一緒している幕臣の山岡鉄太郎どのも、尊王攘夷の思いのお強い方でしたから、いざ浪士たちへの説得の際も心強いものがござった」

「では、山岡どのも最初からこのことはご存知なのか」

「まさか、そこまでは申していませんが、上書の件をみなに述べたあとで、くわしく説明いたし了承を得ております」

「しかし、まだ大樹様が上洛なされていない今、朝廷に対する攘夷決行の御返事もされていない段階では、ちと急ぎすぎるように思いますが」

清河は又かという顔をしながら、

「どうしてこう肥後の方は慎重すぎるのか、そんな考え方でやっておられるから、何事も好機というものを失するのでござる」

あとは、鼎蔵に対する見下げたような物言いだけであった。

鼎蔵もそれ以上話を続ける必要もなかった。清河には、あくまでも尊王攘夷の志を貫く強い思いがある事だけを確認すればよかった。

だが、清河のこの傲慢ともいえる思い込みは、すでに彼自身の目を曇らせてしまっていることまで気づいていない。

金に左右されない浪士組もいたのである。

それは、多摩郷出身でしめる近藤勇ら試衛館道場の者たちであった。

彼らは在京中、清河のために自分らが利用されたことに気付いたとき、すでに彼への殺意が生じていた。

それは、尊攘のために利用されたということよりも、同じ郷士出身としての矜持《きょうじ》として許せることではなかった。

しばらく清河の隙をつけ狙っていたが、その機会が訪れたときは、剣豪の山岡鉄太郎と同道のときであったりして、そのうち清河が江戸へ下ったため討ち漏らしてしまった。

ところが、京へ同道した幕府側取締役のなかにも、清河の詐術を許さない者がいた。

佐々木只三郎と速見又三郎であった。

文久三年四月十三日暮、江戸で清河が上山藩重役金子与三郎宅で酒を酌み交わし、かなり酔った足取りで帰る途中、麻布の一ノ橋を過ぎた柳沢邸の近くを通りかかったとき、この二人の手によって斬り殺された。ちなみに彼の首は、知らせを受けて駆けつけた金子の手によって持ち去られ、山岡鉄太郎の家の縁の下にしばらく隠されていた。


十四代将軍家茂が、老中水野忠精《ただきよ》、板倉勝静《かつきよ》以下随行三千人を率いて入洛したのは、文久三（一八六三）年三月四日（陽暦四月二十一日）であった。このとき十七歳である。

将軍上洛は、寛永年間の三代家光以来実に二百数十年来のことであった。ただちに宿所の二条城に入った。

将軍の上洛を待っていたのは、幕府関係者や諸侯ばかりではない。手ぐすね引いていたのは急進派公卿たちであり、尊攘派の者たちであった。

翌五日、朝廷から家茂の名代として参内した一橋慶喜に対し、

「征夷将軍の儀は、すべてこれまでどおり委任する。攘夷についてはできるだけ忠節を尽くすよう」

との政務委任の勅命があった。

ところが、七日に参内し天皇を前に直接大政委任の勅諚を承った家茂に対して、朝廷から、

「政治問題の事柄によっては、直接諸藩に対して指令することもあろう」

との方針が伝えられた。前言の補足である。

万事を委任してしまえば、全くこれまで通り幕府側の政策が絶対視される危険性があるため、朝廷側からの直接指示もあるとして風穴を開けたのである。

三月十一日には、攘夷祈願の賀茂神社行幸が行われた。関白以下の公卿はもとより、一週間前に上洛したばかりの将軍家茂、一橋慶喜以下老中らも随行した。この中には当然鼎蔵ら肥後勤王党の同志のほか、二月九日

江戸から帰京していた長州の桂小五郎らも加わっていた。

ついで四月十一日には、石清水八幡宮への行幸がなされた。このとき家茂は風邪で起き上がれないとの理由で随行しなかった。

この行幸では「攘夷の節刀」（天皇から出征する将軍に任命の印として与えられる刀）が授けられることになっていたが、将軍代行として随行した一橋慶喜も、神社の山の下で突然腹痛に襲われたため拝殿まで登れず、このため節刀は行われなかった。

これを知った世間は、「どうせ攘夷などできないから、真の御太刀《みたち》は受けられなかった」と解釈し、家茂も慶喜も仮病であったとの噂が流れた。

薩摩では、将軍の上洛を知った島津久光がふたたび鹿児島を発ち、将軍入洛の十日後に京に入った。久光を迎えた在京幕府側首脳部の公武合体派による、勢力挽回のための会合が持たれた。

ここで久光は、無謀な攘夷の回避・浪士や急進派の暴走の排除・天誅を放任しない・急進派の説を取り入れる公卿の免職などといった持論を展開したが、同席の者たちも同じ思いはあるものの、そのための具体策が浮かばないため苦慮していたのである。

その状況を読み、自分の策の実現不可能なことを知った久光は、イギリスとのことも控えていたため、三月十八日にはさっさと京都を去ってしまった。

もはやこの時点では、京都の政局は三条実美ら急進派公卿の思いどおりに事が運ばれていた。

その同じ日に朝廷は、幕府に叡旨を伝え、これを奉じた幕府は、十万石以上の諸侯に対し、一万石に一人の割合で禁裏守衛の兵を出すよう達した。

実はこの案を強く建策したのは長州藩の定広である。先に幕府が朝廷守衛の兵差し出しを拒否したことを好機と捉え、諸藩の勤王に対する試金石を兼ね、かつ朝廷の名において堂々と京都に兵を送り込める手段でもあった。

さらに久光につづくように、二十一日には松平春嶽も勅許を得ないまま福井へ帰ってしまった。

三月二十七日には、朝廷から肥後藩の重臣が学習院に召喚を受け、住江甚兵衛以下勤王党同志の中から禁裏貢献の兵を選出するよう命ぜられた。

四月に入って、鼎蔵は長州の久坂義助と連れ立って老中板倉勝静に面接し、大坂沖摂海《せっかい》の防備と攘夷の励行を建言した。

同六日、攘夷決行に備え、藩内の沿岸および天草島の防衛対応を理由に帰国願を申し出ていた藩主慶順が、許されて京を発った。

この時鼎蔵ら数人の勤王党も藩主の帰国と前後して、国元の攘夷対策のためいったん京都を離れて帰国した。

こうした動きのなか、攘夷撤回の対応策の講じられないまま追いつめられた幕府は、ついに四月二十日将軍家茂が参内し、文久三（一八六三）年五月十日（陽暦六月二十五日）を期して攘夷を決行する旨奏上してしまった。

ただし、なるべく事を起こしたくない幕府としては、日本側からの積極的戦闘方法はひかえ、諸大名に対して「彼（外国）より襲来したならば、これを打ち払え」との消極策を布告するにとどめた。

しかし、尊攘急進派の長州はこれを待っていたかのように、翌二十一日、下関での攘夷実行のため帰藩を許された世子毛利定弘は、久坂義助、吉田栄太郎、赤根武人らとともに京都を出発して帰国の途に就き、これに従うように帰国の尊攘派浪士ら数十人も西下した。

その翌日の二十二日には、一橋慶喜も攘夷実行のためと称し江戸へ帰ってしまった。

あとは、周囲に賢臣を欠いた十七歳の将軍家茂だけが、人質のような状態で京都に取り残されたのである。

家茂は、攘夷期限決定を奏上した翌日の二十一日、摂海沿岸巡視のため大坂に下った。この時将軍警護の初仕事として、のちに新撰組と呼ばれることになる、近藤勇たち壬生浪士が道中の警備に当たった。

二十三日家茂は幕艦「順動丸《じゅんどうまる》」に乗り、軍艦奉行勝海舟の案内で摂海を巡視、二十五日には国事参政姉小路公知も同乗して摂海を巡視、この警備に長州の桂小五郎も随行した。

だが、この幕府軍艦による姉小路の巡視行動は、一部尊攘派の間に大きな誤解を生じさせ惨事を招くことになる。

その後六月九日、やっと帰国の許しが出た家茂は大坂に下った。ここから江戸までは順動丸である。

実は、家茂に対する帰東の許可には、老中格小笠原長行の動きが朝廷に対する圧力となっていたことは間違いない。これは、江戸から老中格小笠原長行が、元勘定奉行水野忠徳、町奉行井上清直、目付向山一履を率い、イギリスから借り入れた汽船二隻を加えた五隻に、歩兵、騎兵を合わせた約千六百人の軍隊を運んで京坂に乗り込むという動きであった。

つまり、江戸で京都の成り行きをやきもきして見守っていた彼らが、攘夷派でしめる京都に軍隊を引き連れて乗り込み、武力を盾に攘夷政策を撤回させることが可能と見込んでの独断専行の実力行使であった。在京老中と、江戸留守居老中の考えの齟齬《そご》である。

しかし、在京の水野忠精や板倉勝静ら老中が淀まで出かけ、兵を率いて上京してくる彼らを説得して、ようやく入京が阻止され、家茂の命もあって事は大事に至らなかったが、それほど攘夷問題については、幕府首脳の間でさえ統一した意思というものはなかった。

しかしまた、結果としてそれが人質のような家茂を、京都から救い出すことになったのは皮肉なことであった。

二

五月四日、肥後藩では朝廷から要請のあった禁裏守衛差出のための重臣会議が開かれた。

肥後藩は五十四万石であるため、一万石に一人、つまり五十四人の差し出しになる。朝廷側に希望どおり勤王党同志のうち住江一派からの兵士選出を決め、九日人選を彼に通達した。

ここにおいても、まだ魚住一派との完全修復には至っていなかったのである。

この時期藩主慶順《よしゆき》から、住江に対し細川家紋入りの衣服が下され、時局の労が賞された。

住江が選出した衛士は次のとおりである。

総師　住江甚兵衛

幹部　宮部鼎蔵　轟木武兵衛　佐々淳二郎　山田十郎　加屋栄太　河上彦斎　松村深蔵

隊長　小坂大八

伍長　住江庄太郎　岩間廣之助　木原彦四郎　長沼小十郎　野尻武右衛門　小坂小半太　岩間次郎助

親兵　廣吉半之允　長沼英之助　小坂小次郎　財津熊之助　小橋武雄　澤村復四郎　加賀見源之進　伊豆野團助　高木元右衛門　青木彦兵衛　益坂栄蔵　西島亀太郎　富永萬喜　加屋四郎　緒方匡彦　菅野嘉右衛門　瀬井兵馬　野尻熊之允　清田百太郎　松村大眞　鶴田倍一郎　津下助左衛門　宮村乾助　上村己八　中島武兵衛　野口一太　藤井長作　宇野潤左衛門　田中敬助　下川三郎助　出田仙甫　小堀掃部　轟木九蔵　牛原次三郎　寺崎三郎　今村啓作　宮田信助　山邊蘇十郎　中尾七蔵

以上住江を含む五十五人であった。

なお、この選出された者たちのうち山田十郎など数人は、京都に残っていた。

五月十三日、住江は鼎蔵ら数人の幹部と一緒に、燃えるような楠木の若葉薫る熊本を後にした。鼎蔵らは帰郷後数日も経たないうちの再出発となった。

つづいて二十日、隊長小坂大八率いる四十余人の隊士が出発した。

これら十万石以上の諸藩からの差し出しによる守衛兵の数はおよそ千二百名にのぼった。これを統括したのは京都守衛御用掛となった三条実美である。総督の三条は、この守衛兵の中から、もっとも信頼できる参謀役の衛士曹史として、肥後勤王党の宮部鼎蔵を抜擢した。文久二年に鼎蔵が松村深蔵とともにはじめて上洛して以来、彼のことは急進派公卿の間ではすでに広く知られるようになっていた。かつては藩内で山鹿流兵学師範までつとめた力量に加え、同志内では何事も控えめではあるものの、才徳兼備の士であることを十分見極めたうえでのことであった。

この時以来、鼎蔵は三条実美の信任篤く、たえず実美の傍にいて、参謀役としての活動を展開することになる。

九門と呼ばれる御所の外門は、寺町・境町・下立売《しもたてうり》・蛤《はまぐり》・中立売《なかたてうり》・乾《いぬい》・今出川《いまでがわ》・石薬師《いしやくし》・清和院《せいわいん》の九門から成る。

肥後藩が守衛として受け持たされたのは寺町御門であった。

ところで、隊長小坂が率いる肥後勤王党の守衛隊一行が熊本を出発した五月二十日、三条実美とともに若手急進派公卿の一人である姉小路公知が、同じ尊攘派浪士の手によって暗殺された。

これは、姉小路の幕艦による摂海沿岸視察が、尊攘派に不信を抱かせたものであったにしろ、そのことがただちに、急進尊攘派公卿に対する同じ尊攘派浪士による天誅という、実に不思議な事件であった。

この日、夜を徹しての朝議が行われた帰途、御所北東角「猿ヶ辻《さるがつじ》」で兇徒のため斬殺されたのである。昔から土地や建物の東北（艮《うしとら》）の角は鬼門とされ、邪気の出入りするところとして忌み避ける方向とされている。そのため御所のこの角には、魔除けとして御幣をかついだ木像の猿が飾られている。そこでここを「猿ヶ辻」とよんだ。

深夜公知が、吉村右京と金輪《かなわ》勇、ほかに沓持ちと提灯持ちを供にこの場所に差しかかったところ、突然三人の刺客に襲われた。

最初の一刀で公知はこめかみから鼻の下へ斬られた。彼らは集中的に公知だけに攻撃を仕掛けてきた。公卿の中でも気丈夫な方の公知は、太刀持ちの金輪へ「刀を」と叫びながら、必死で持っていた扇で攻撃を避けるが、肝心の金輪が逃げまどっているためどうにもならない、そのうち提灯持ちなどの小者とともに刀を持ったまま逃げ去ってしまった。吉村も懸命に公知への襲撃を防いだが多勢に無勢、ついに斬り伏せられてしまった。

さらに翌日三条実美邸の門前に、「三条は姉小路と同腹にて、公武御一和を好候に付、代天誅可殺戮也」と書かれた貼り紙が成された。

朝廷は、ただちに京都守護職松平容保と在京の会津・米沢両藩に犯人の調査を命じ、肥後藩に対しても三条側近の鼎蔵と轟木武兵衛を通じて命が出された。

結果的には、薩摩藩士田中新兵衛の刀が殺害現場に捨てられていた関係から、嫌疑を受けた新兵衛が逮捕されたものの、奉行所内で取り調べ中、証拠の刀を確認していた新兵衛が、突然その刀で自殺してしまったため真相は闇に包まれてしまった。

だが、政局の上で表面化してきたことは、この事件により薩摩藩はそれまで守衛していた乾御門の警衛を解かれたうえ、御所内への出入りを一切禁止されたことである。

つまり、朝廷に対する薩摩の発言権はこれで完全に封じられることになった。

こうした一連の流れを見てくると、あらためて朝廷内急進派公卿たちに深く食い込んで政局をリードする、長州藩の動きの激しさが浮かび上がってくる。

六月八日、寺田屋の変以来久留米藩に拘束されていた真木和泉守が、長州藩の強いはたらきかけによって禁を解かれ入京してきた。

真木の上洛によって尊攘派はいよいよ活気づいた。

六月十二日には、さっそく三条邸に宮部鼎蔵、轟木武兵衛、山田十郎、佐々木男也、伊達五郎らが真木を囲んで現情勢を語り合い、福井藩上洛の情勢に対処するため、各藩から召集の親兵をいかに有効に活用するかなどの協議を行った。

翌十三日鼎蔵は真木と二人で会合した結果、難局を打開するには、真木の持論である主上によるご親征しかなく、一刻も早く、急進派公卿の力によって勅諚が発せられる気運を作ることにした。

十六日、東山の翠紅館で真木をかこみ、長州藩家老清水清太郎や桂小五郎、佐々木男也、寺島忠三郎らが会談した。

ここで真木は、長州に対してはじめて、のちに朝廷へ献じた『五事建策』と同じ内容の攘夷親征の構想を示した。その内容は、

一　攘夷の権を朝廷がとる

一　親征の部署をしるし、在京の兵に親征の部署を命じる

一　天下の耳目を一新する

一　天子を大坂へ移す

というもので、いわゆる攘夷親征を王政復古の端緒にしようという狙いがあった。

この時点での王政復古の構想は、神官である真木だからこそ思いつくことであったが、現実路線を模索しつつ苦闘している長州勢にしてみれば、まだそこまで極端な構想には同調できかねた。

一方この頃、打開策を講じられないまま政務を投げ出して福井に帰ってしまった春嶽の福井藩では、一つの騒動が持ち上がっていた。これは小楠の打開策が発端である。

「生麦事件」は未だに解決していない。イギリス代理公使ニールによる幕府と薩摩に対する責任追及は、ますます激しさを増し、謝罪と賠償の期限付き要求が成され、要求を断れば、イギリスは天皇や将軍のいる京都に

近い大坂、または薩摩に軍艦を差し向けるという切迫した事態になっていた。

ここで小楠が打ち出した策は、外国艦隊が大坂湾に乗り込んで来る機会をとらえ、各国公使を京都に集め、朝廷や幕府の要人、諸侯や重臣の大会議を開き、その席で鎖国を打ち出す。これをやればかならず諸外国公使たちとの談判になり、この交渉の過程で対等の開国論が展開できる。そう読んでの策であった。つまり、小楠の持論である攘夷決行をカードにした外国との対等開国であった。

この壮大かつ大胆不敵ともいえる策は、政治総裁職にあった春嶽にとって、手詰まり状態にあった政策の死中に活を求める手段となった。

五月二十六日春嶽、藩主茂昭《もちあき》出席による重臣会議が開かれ、この策の実行を期すため、藩兵四千人余り、その他農兵など大挙動員させ、さらに加賀、肥後、薩摩などと連合して上洛し、朝廷と幕府に国是確定を迫るという決定をなし、六月一日城中において藩士にこれを布告した。

ところが、その前日に京都から中根雪江が帰国していた。

彼は、朝廷や幕府要人その他雄藩の重臣たちと会見して得た京都の情勢を報告するため帰って来たのであるが、この藩論決定を知って驚き、挙藩上洛のあまりにも時期尚早であることを強力に訴えたため、中根の意見を受けて六月四日緊急の重臣会議が開かれた。

その席上小楠が、藩主父子の上洛は決定したことではあるが、進発の時期は、京都に人をやってその好機を確かめた上で決めようと述べたため、ただちに牧野主殿介《とのものすけ》、青山貞、村田氏寿《うじひさ》の三人が京都に派遣された。

彼らは加賀、肥後、薩摩への使者も兼ねていたが、上洛してすぐの六月六日、将軍家茂が京都を離れて江戸へ帰るという情報が藩に届いた。

この情報を受け翌七日に開かれた会議においては、藩主茂昭の参府をめぐって藩論が二つに分かれた。

実は、この七月には茂昭の江戸参府の年にあたっていたが、将軍上洛のためこれを見合わせていたのである。ところが将軍が江戸へ帰るとなると状況は違ってくる。参府が優先か上洛か、この二論に藩論が分かれたのである。

中根を中心とする保守派は参府、小楠をはじめ松平主馬、村田氏寿ら改革派は上洛であった。たがいにゆずらないまま、結局は茂昭の参府を延期することになった。議論に敗れた中根は翌日から出仕しなくなったため、蟄居謹慎の処分を受けたが、この対立は後々まで尾を引き、その後幕府閣老連署の出府を促す督促状が届くなど、藩論は二転三転し、最終的には改革派の方が処分を受ける結果になった。

この騒動によって、いたたまれなくなった小楠が福井を去ったのは八月一日のことであった。

先に、真木和泉守を京都に迎えた、鼎蔵ら肥後勤王党や桂小五郎など長州尊攘派による、たてつづけに開かれた会議も、兵を率いて上洛する福井藩の動きに対処するためのものであった。

彼らは、「福井藩が加賀、会津と結んで大挙上洛し、尊攘派を一掃のうえ開国論をもって国事周旋に乗り出そうとしている」と受け取ったのである。これを阻止するため、今の少ない親兵でどう対処できるか。この時の在京尊攘派はまさに浮き足立った状態にあった。

小楠の開国、鼎蔵の尊攘、この時くしくも京都を舞台に、肥後を代表する二人の対決が秒読みの段階に入ろうとしていたのである。

しかし、福井藩での小楠の策が廃されたため、ついにそのような事態にはならなかった。

ただし小楠の場合、福井藩主の参府と攘夷決行の上洛の件がからんで藩内の対立になりはしたものの、倒幕の成ったのちに、尊攘派による『尊王開国』という形で生かされるという皮肉な結果を生むに至る。

彼の構想は、朝廷に政府の任免権を与えることである。そしてその政府は、外様大名からも有能な人物を起用、諸役人も幕府、諸藩から選出登用して、それを朝廷が統治するということにあった。

公的には、これは春嶽の持論として尊攘派首脳たちの間にも知られていた。

尊攘派の中でも根っからの政治家で、神経質なほどの情勢分析を行う桂小五郎は、福井藩との衝突を避ける手段を考えていたが、入京した真木との会合で彼の打開策を聞き、春嶽の構想と、真木の構想との共通点を生かそうと思い立つようになった。

「この行き詰まった政局を打開するためには、将軍が朝廷に大政を返還して、幕府を含む挙国一致体制をつくる以外にはない」

つまり大政の奉還である。

そこで桂は、真木に長州との談話の中で披瀝した持論を、朝廷に建策することをすすめ、六月二十五日真木は『五事建策』を上書した。

ついで七月一日には、それを受けて壬生基修《みぶもとなか》、四条隆謌《たかうた》、沢宣嘉《のぶよし》ら急進派公卿たちも、攘夷親征を布告して人心の一新をはかるよう建言した。

さらに翌二日、鼎蔵は久坂玄瑞、轟木武兵衛とともに真木をともなって三条邸を訪れ、先に朝廷に提出した『五事建策』の実行を促すとともに、福井、会津の出兵を当面の緊急措置として、詔諭による阻止が可能か伺いをたてた。

このような尊攘派による、積極的かつあわただしい動きがある一方で、穏健派の抵抗も強く、近衛忠煕、二条斉敬《なりゆき》らの公卿たちも朝廷に対し、「事は重大であるから諸大名を召集して衆議にかけるべきことである」と上申した。

三

ところで、文久三（一八六三）年五月十日（陽暦六月二十五日）を期しての攘夷決行日以降の長州藩と、「生麦事件」問題をイギリスとの間に抱える薩摩藩の動きである。

五月十日のこの日の夕刻、横浜から上海へ向かうため、下関海峡を通過しようとしていたアメリカ商船ペムブローグ号が、風波と潮流の逆行のおさまるのを待つため豊前田野浦沖に錨をおろしていた。久坂玄瑞らは下関から長州軍艦庚申丸《こうしん》に乗り込み、僚艦癸亥丸《きがい》とともに、夜陰に乗じてこのアメリカ商船に発砲を加えた。これに驚いた同船は、早々に錨をあげてたちまち走り去ってしまった。

これが、長州が行った最初の攘夷行為であった。

ついで五月二十三日早朝、下関海峡の豊浦沖に停泊していたフランス軍艦キンシャン号が、壇ノ浦などの長州藩砲台から砲撃を受けた。これに乗じて庚申丸、癸亥丸も発砲してキンシャン号に迫ってきたため、応戦しながら玄界灘に脱出した。

二十六日早朝、長崎を出航して横浜に向かうため下関海峡を通過しようとしていたオランダ軍艦メジュサ号が、突然長州砲台や庚申丸、癸亥丸から猛烈な砲火を浴びせかけられた。このため、メインマストや煙突は破られ、被弾三十余り、死者四名、重傷者五名を出したあげく、やっとのことで豊後水道に逃れた。

オランダ側にこれほどの犠牲が出たのは油断であった。メジュサ号の艦長は長崎を出航する際、被害を受けたフランス軍艦キンシャン号の艦長から海峡通過の危険性を聞いてはいたが、古くから何事もなく日本との通商が許されていたため、まさかオランダに対する攻撃はないものと思い込み、一応臨戦態勢だけは敷き、それでも悠々と狭い海峡に入って来たのである。

幕府によって許されていたものではあっても、今の長州にとってはすべての外国が攘夷の対象であった。待ち構えた獲物が狭道に入って来ただけのことである。取り逃がしはしたものの、瀕死の重傷は与えることはできた。長州の尊攘派はこれで大いに意気があがった。

ところが、六月一日報復のため横浜から来航したアメリカ軍艦ワイオミング号によって、庚申丸が沈没、癸亥丸も大破させられた挙句、亀山砲台も猛攻撃を受けて沈黙させられてしまった。

さらに六月五日フランス軍艦セミラミス、タンクレードの二艦が下関海峡に入って猛攻を加え、藩の砲台を沈黙させ、陸戦隊二百五十名が上陸して前田、壇ノ浦などの砲台を占領し、備砲を破壊し、弾薬を海に投げ捨て、残された刀、鎧、兜、鉄砲などを奪い去った。

長州藩の攘夷実行は、惨憺たる目に遭ったのである。

だが、これが朝廷に報告されると、これに対し賞賛の沙汰書が下され、諸藩に対しても長州藩支援が呼びかけられた。

一方で幕府は、長州の行動に対する詰問をなしたが、もはや長州は幕府の言うことなど耳を貸そうとはしなかった。

それからおよそ一カ月後の七月二日正午ごろ、今度は薩摩の鹿児島湾に、生麦事件の犯人引き渡しと、二万五千ポンドの賠償金支払い要求のため来航したイギリス艦隊七隻と、薩摩藩との間で交戦が開始された。六月二十七日（陽暦八月十一日）、イギリス公使ニールを乗せたキューパー提督率いる旗艦ユーリアラス号以下七隻の艦隊は、鹿児島湾に入り鹿児島市内から約十二キロの距離にある児島郡七ツ島付近に停泊した。

生麦事件で大名行列に無礼をはたらいた者を斬り捨てたのは、こちらとしては当然のことをしたまでのことであり、何らイギリスの要求など受け入れる必要ないと考える薩摩藩との交渉が進展するはずもなかった。

業を煮やしたニールは、七月二日交渉を断念、湾内に停泊していた薩摩藩の汽船三隻を捕獲した。これが開戦のきっかけとなった。薩摩藩の砲台は十カ所、せいぜい一キロの射程距離しかない備砲十三門、一方イギリス艦隊の中には四キロもの射程距離のあるアームストロング砲を入れた艦砲百一門。この日の戦闘は三時間におよんだ。

その後イギリス艦隊は三日桜島砲台を攻撃しながら湾口に退却、四日には鹿児島湾を去って行った。

この戦闘によって両者の受けた被害は大きかった。イギリス側は旗艦ユーリアラス号の大佐ジョスリング艦長と中佐ウィルモットが戦死したのをはじめ、ほとんどの艦船が被弾、その他士官、水兵など六十余名の死傷者を出した。薩摩もほとんどの砲台が沈黙させられ、集成館や琉球貿易船も破壊された。特に大きかったのは鹿児島市街の大火による被害である。打ち込まれた火箭（ロケット）によってあちこちで発火した火は、折からの烈風にあおられてたちまち市街地の一割を焼失させた。

この実戦経験によって薩摩が学んだ教訓は、「小攘夷」を捨て、外国の長所を採用し、外国にひけをとらない武力をもって世界に対峙する富国強兵の「大攘夷」へ向かうということであった。

「喧嘩した後の仲は良くなる」の例えどおり、その後のイギリスと薩摩の間に講和の気運が生じ、十一月一日江戸で行われた交渉において、二万五千ポンドを幕府からの借用で支払い、犯人引き渡しについては、逮捕処罰のことを約束した証書を交付することで決着した。

この薩摩の戦闘に対しても在京の尊攘勢力は小躍りして喜び、ただちに朝廷から褒勅《ほうちょく》が下された。さらに、これによって、「猿ヶ辻」事件以後後退していた薩摩への信頼が一挙に回復し、朝廷への発言力も増していった。

姉小路暗殺以後、鼎蔵らの肥後藩は三条邸の警備を強化した。

だが、京都では相変わらず攘夷にともなう天誅はつづいている。特にこの頃は、中筋の河内屋など、外国貿易を取り扱う商人たちが狙われだし、鴨川の河原に首が晒されるようになっていた。

七月下旬鼎蔵と山田十郎は、土佐藩土方楠左衛門と攘夷親征および時局に対する建白書を朝廷に提出したが、朝廷へ親征を迫る点では、長州藩の勢いはすさまじいものがあった。

長州では、藩主慶親の意によって、家老益田右衛門介が上京し、長州藩代役吉川監物と協力して、在京の藩兵二千人を背景に攘夷親征の実現を迫るよう命ぜられ、関白鷹司輔熙以下諸卿に要請を行った。

しかし、これを受けた関白は、七月十九日因州、備前、阿波、米沢の四藩に親征の可否を諮問したが、二十一日四藩が連署で行った返書によると、朝廷の軽率をいましめる回答がなされている。

二十日にはさらに、桂小五郎、中村九郎、久坂玄瑞が三条実美に対し親征の実現を迫った。つづいて八月に入り、彼ら三名は朝廷に対する四藩連署の慎重論をなした米沢藩主に面謁を求め、攘夷親征への協力を訴えた。

ちなみに、四藩主らの考えは時局打開に苦悩する穏健派公卿や諸侯の大方の思いを代表するものであった。いわゆる、攘夷には賛成であるが、天皇の親征には反対であるということである。

これに対して尊攘派は、それらの考えを封じるために、過激派による天誅で威嚇するという図式である。鼎蔵個人としても、いかに天誅の行為を厭う思いがあったにせよ、もはやこの流れは止めようのないものとなっていた。

八月九日、西国鎮撫使の命を受けていた中川宮が突然辞退した。「猿ヶ辻」での姉小路暗殺のとき、「われ攘夷の先鋒とならん」と憤慨していた宮の豹変に尊攘派はみな驚いたが、これには重大な理由があった。

尊攘派が強引ともいえる手法で事を運ぶ危うさに、肝心の天皇自身が慎重な姿勢を示しはじめたからである。その御心を知っていたのは中川宮だけであった。時の孝明天皇としては、攘夷という一点に関しては誰にもひけをとらない思いがあった。だが、その実現のために現政治体制を変革してまでやろうとのお考えまではない。あくまでも幕府を中心とした公武合体で行おうとの意志であった。

攘夷親征に悩まれていた天皇の考えは、次の中川宮に伝えた自分の意志のなかに表れている。

「前月から、公卿、諸大名から、幕府が勅旨を奉ぜず、今に攘夷を実現しない、ゆえに朕の親征を仰ぐが、徳川には和宮がおり、今自ら徳川を討伐すると、和宮を討たなければならない。そうすれば先帝に対しても、また肉親としても、大いに忍びないところである。

さりとて興国のために、やむを得ないときには討伐するが、深く時機を考えてみると、慶喜、容保らの奏上するように、まだ武備が充実していないのに開戦するのは、時期尚早である。ゆえに、時日の迫った朕の親征は、しばらく延期すべく、よって征幕のこともやむであろう。汝らは、朕の意志を心得て、よろしく計画するように」

それでも八月十三日、ついに攘夷祈願大和行幸の詔勅はくだった。

この日これを知った薩摩藩士高崎左太郎が動き出した。

彼はただちに、会津藩士秋月悌二郎、広沢富次郎、大野英馬、柴秀治らが寓居している三本木に走った。そして、大和行幸が長州や真木和泉守らの倒幕決起の陰謀であること、これが実行されればゆゆしき事態を招くことになり、この陰謀を打ち砕くには、相手に一刻の猶予を与えることなく、守護職である会津中将の決起と、薩会連合して当たるほかないことを訴えた。

会津藩士らはこの意見に同意し、高崎は秋月と連れ立って、ただちに会津藩主の宿所である黒谷の金戒《きんかい》光明寺へ向かった。

二人の意見を聞いた松平容保もこれを受け入れ、ちょうど藩兵交替時期で新たな兵が到着しており、これに帰国途中の兵を加えるため、飛脚を飛ばせて呼び戻し、合わせて千八百人の藩兵を手元に擁した。

高崎と秋月はさらにその足で、広小路の一乗院里坊にある中川宮邸に急行した。

ここで二人は、はじめて中川宮から天皇の攘夷親征が本意でないことを聞かされてさらに勇躍し、皇居内にある前関白近衛忠熙、今出川門北東の二条斉敬《なりゆき》の屋敷を相ついで訪ね、親征阻止の密議を重ねた。

長州を主体にした、急進尊攘派による攘夷親征が推し進められている陰では、このように、中川宮を中心とした公武合体派公卿らによるクーデター計画がひそかに練られていたのである。

公武合体派がこれほど事を急いだのには訳があった。

急進派によるこの日の大和行幸決定以前、すでにその周辺においては様々な動きが見られたが、なかでも前日の十四日侍従中山忠光を擁する土佐の吉村寅太郎、備中の藤本津之助（鉄石）、三河の松本謙三郎（圭堂）らの天誅組三十八人が攘夷のさきがけとして方広寺で旗揚げし、大和へ向かったのである。この動きは大きかった。

忠光は、文久三年一月二十九日正親町三条実愛《さねなる》とともに議奏を辞めた中山忠能《ただやす》の第七子であり、早くから国事に関心を持ち、土佐の武市半平太（瑞山）や長州の久坂義助（玄瑞）、土佐の吉村寅太郎などと交わり彼らに心服していた。

ちなみに、忠光はのちに明治天皇になられる祐宮《さちのみや》の生母一位局《いちいのつぼね》（中山慶子）の弟にあたり、幼児期には宮と一緒に育てられている。

このときの天誅組の心情は、吉村寅太郎が故郷の母に送った次の手紙で読み取れる。

「二度にわたる手紙を、有難く拝見致しました。仰せの趣は承知致しましたが、人におくれをとりましては、家を捨て国を去りました申し訳もないと存じます。この度、天朝のため、中山公を大将として、義兵を揚げます。……どうか人を恨まぬようお願い致します。御機嫌よく、千年も万年も、御長寿のほどを、ひたすらお祈り申し上げます。……今日の出立には、黒革の甲に、銀の筋金入りの兜《かぶと》、半月前立《まえだて》、五枚シコロ、赤地飾小袴、猩々緋《しょうじょうひ》の陣羽織著し、鉄砲二十五の早合付け、家来正一郎には、八尺の槍を持たせ、四貫目木砲九挺、大桃燈（提灯）十張、弓張三十、各大藩の紋付け持たせ候。勝利知るべきなり」（小西四郎『日本の歴史⑲ 開国と攘夷』）

彼らは、政変前日の十七日、大和五条の幕府代官所を襲撃し、代官鈴木源内を斬り、桜井寺を拠点にして挙兵の趣旨を宣言した。

挙兵のことを知った三条実美や鼎蔵、真木和泉守らは、大和行幸を前にあまりにも無謀な行動だとして、急きょ平野國臣を派遣して挙兵を阻止しようとしたが、すでに矢はつるを離れてしまっていた。

その後天誅組は、十津川郷に入り、ここを拠点に、朝廷と称して十津川郷士に呼びかけ、一時はおよそ千人の兵を集めたが、高取藩城の攻撃に失敗し、彦根、紀州などの藩兵らの攻撃をかわしながら転戦、逃避をつづけ、ついに九月二十五日大和吉野郡鷲家口《わしがくち》の戦いで、中山忠光公ら七人の脱出者を除き、全滅してしまったのである。

八月十五日、くしくもこの日は尊攘派、公武合体派双方とも、それぞれが具体的計画案を練る山場となった。尊攘派は、鼎蔵のほか長州の益田右衛門介、桂小五郎、久坂玄瑞、久留米の真木和泉守、水野丹後、土佐の土方楠左衛門、筑前の平野國臣らが学習院に招集され、三条実美、東久世《ひがしくぜ》通禧《みちとみ》が同席して次の計画を練った。

大和行幸の発駕を八月下旬ないし九月上旬とする。

薩摩・長州・土佐・肥後・加賀・久留米の六藩に、軍資金十万両の調達を命じる。

などである。

対する公武合体派は、中川宮、近衛忠熙・忠房父子、二条斉敬《なりゆき》、徳大寺公純《きんいと》と、会津、淀、薩摩、因州、米沢、阿波、土佐、桑名などの諸藩が連携して、クーデター計画を練り上げた。

その計画の中の一条に、「特に取締りいたすべき者ども」として、宮部鼎蔵、真木和泉、久坂玄瑞、桂小五郎、佐々木男也、益田右衛門介、松村大成、轟木武兵衛など十二名の名を挙げた。

寅刻八ツ半過ぎ（午前三時半前）、深夜までかかって作り上げた計画案をもって中川宮がひそかに参内し奏上した。

翌十六日夕刻、天皇から中川宮に内奏勅許の密旨が伝達された。

十七日子刻九ツ（零時ごろ）、会津兵に守られた中川宮が御所北東の石薬師門から参内した。これにつづくように、京都守護職会津藩士松平容保、京都所司代淀藩主稲葉正邦がそれぞれの藩兵を率いて御所内に入った。前関白近衛忠熙、権大納言近衛忠房節も薩摩が護衛して入って来た。

右大臣二条斉敬《なりゆき》、内大臣徳大寺公純《きんいと》が入ったあと、会津、淀、薩摩の藩兵が九門を固めた。召命のない者の参内は阻止せよとの命がくだった。

寅刻七ツ（午前四時）一発の轟音が兵の配備完了を告げた。

夜が明けた十八日（陽暦九月三十日）辰刻五ツ過ぎ（午前八時ごろ）、召命を受けた諸大名が武装した藩兵を率いて参内してきた。

御所の門前は、大のぼりや馬印が立ち並び、弓、鉄砲さらには大筒までひいた藩兵たちでごった返した。

武装兵らの騒音に不審を抱いた東久世通禧《みちとみ》、錦小路頼徳《よりのり》、三条西季知《すえとも》、四条隆謌《たかうた》、壬生基修《もとなが》の五卿が参内しようとしたが九門でさえぎられた。そのためやむなく一同は河原町の長州屋敷に向かった。

そこから今度は、長州が守衛を任されている堺町門から入ろうと、益田右衛門介や桂小五郎ら四百人の長州兵に守られて、門内にある関白鷹司輔熙の屋敷へ向かった。関白にあって事情を聞くためである。

だが、堺町門はすでに会津・薩摩の兵で固められていた。守衛責任を盾に入ろうとしたが、会・薩の多数の兵を押し切ってまでの無理をさけ、屋敷へ通じる裏門から中へ入った。

しかし屋敷内に関白の姿はなかった。すでに宮中からの召集を受けて参内していたのである。

そこへ、長州兵を率いた清末支藩主毛利元純《もとずみ》、岩国領主吉川経幹《きっかわつねまさ》も合流した。

鼎蔵は真木和泉守とともに小坂大八以下五十余人の肥後の親兵を率いて、梨木町西にある三条実美屋敷へ駆けつけた。身につけた具足の下には、上洛の折、妻の恵美が新しく仕立てた下着を着込んでいた。

彼らは事態のあまりの急変に施す術がなかった。

つい先日大和行幸が決まった矢先の出来事である。だれもがその手はずに頭が向けられ、浮かれた思いの中にあった。

その虚を突かれたのである。すぐには以後とるべき行動の策が浮かぶわけがない。

呆然自失の感のまま、激しい反撃の雰囲気だけが、それぞれに勝手な意見を戦わせているだけの集団に陥っていた。

そうした状況の分からないままいたずらに時が過ぎたころ、やがて朝廷からの沙汰が届いた。

「三条実美の参内および他人との面会を禁ずる」

これを聞いた鼎蔵は、やはり武門に生きる兵学者としての立場から、今のこの動乱の時期を失することなく、ただちに実力行動に移るべきだとして、

「ただちに親兵を率いて参内し、理由をただしましょう」

と進言した。

だが実美は、沈痛な面持ちでこれを制した。

武門の立場からの対応の処し方と、相手に玉（天皇）を取り込まれてしまった以上、すでに勝敗は決してしまったことを悟った宮廷政治を知る宮人との違いである。

そこで協議の結果、関白に頼んで実美の赦免を朝廷に願い出ることになり、実美とともに千名の親兵を率いて鷹司の屋敷へ向かった。時はすでに四ツ半（午前十一時）を過ぎていた。

いったんは寺町門の正門から鷹司邸に入ろうと試みたが、門を守衛する会・薩が勅令を盾に激しく入門を拒んだため、仕方なく裏門から屋敷内に入った。

彼ら一行が鷹司邸に着いたころ、相前後して九門でさえぎられた沢宣嘉《のぶよし》、滋野井実在《しげのいさねあり》、橋本実梁《さねやね》の三卿も訪ねてきた。

主のいない鷹司邸は、三条実美をはじめとする急進派若手公卿たち、鼎蔵や桂小五郎、真木和泉守らが引き連れた親兵と長州兵らでごった返した。

そこへ九ツ半（午後一時）、柳原光愛が勅諚をもたらした。

「攘夷親征の儀、かねがねの叡慮あらせられ候えども、行幸の儀については、粗暴所置《そぼうしょち》これあり候段、御取調べあらせられ候」

要は、攘夷親征のことはかねがね御上においてもお考えになっていることではあるが、こと今度の大和行幸については、あまりにも叡慮に違う粗暴な計画であるため、お取り調べの必要があり、それまで神妙に沙汰を待て、という内容のものであった。

ことここに至って、もはや彼らの攘夷親征の計画は完全に打ち砕かれたのである。

なおこの日、藩主慶順に代わって肥後藩の指揮をとっていた長岡内膳が、諸隊に令を発して守衛持場の寺町門へ兵を急行させた。

ところがすでに門は会津藩によって固められ、肥後藩の守衛を拒否した。

つまり、クーデター実行の新政権による命を受けていない肥後藩にその資格はないとの立場である。

しかし肥後藩にしてみれば、政権担当者がどう変わろうと御所をお守りする役目はつづいているのである。

会津が勝手に他人の領域を侵したのであり、到底承服できるものではなかった。

双方ともあわや一触即発の激しい応酬がつづいたが、会津もよく考えて見れば新政権の命はなくとも、御所をお守りするという肥後の主張にも理があり、目くじらを立てて敵対することもないため、これを受け入れ、寺町門は会津・肥後両方の藩兵によって固められることになったのである。

同じ肥後藩でも、長岡内膳率いる藩兵は九門を固め、急進派公卿を擁する鼎蔵や親兵隊長小坂大八以下五十余人の肥後藩士らは門外に閉め出されるという、長州とはまったく異質な構図を呈していた。

だが、この政変でなによりも哀れだったのは、肝心な天皇の意志が、三条ら急進派公卿、それに長州藩や鼎蔵、真木らの思惑とはまったく別のところにあったことである。

変後の八月二十六日、京都守護職松平容保、所司代稲葉正邦ら在京の諸藩主らの参内した席において、

「これまでは、かれこれ真偽不分明の儀があったけれども、去る十八日以降に申し出ることが、真実の朕の存意であるから、この辺り諸藩一同、心得違いがないように」

との天皇の手紙が示された。

この真実の存意とは、中川宮、二条斉敬、近衛忠熙あての手紙にこう記されている。

「元来攘夷は皇国の一大事にて、なんとも苦心に堪えがたく候。さりながら、三条はじめ暴烈の処置は、深く痛心の次第。いささかも朕の料簡《りょうけん》を採用せず、そのうえに言上《ごんじょう》もなく浪士輩《やから》と申し合わせ、勝手次第の処置多端《たたん》、表には朝威を相立て候などと申し候えども、真実の朕の趣意相立たず、誠に我儘《わがまま》、下に出る叡慮のみ、いささかも朕の意は貫徹せず、じつに取退《とりしりぞ》けたき段、かねがね各々へ申し聞かせおり候ところ、去る十八日に至り、望《のぞみ》どおりに忌むべき輩を取退け、深く悦び入り候事に候。……重々不埒《ふらち》の国賊の三条はじめ取退け、

じつに国家のための幸福、このうえは朕の趣意の相立ち候事と深く悦び入り候」

とされ、三条実美などは国賊よばわりされたのである。

特にこのとき、守護職松平容保に対する信任はもっとも厚く、のちに孝明天皇は容保に対し書とともに、次の和歌二首を授けられている。

たやすからざる世に、武士《もののふ》の忠誠の心を喜びてよめる
和らぐもたけき心も相生の
まつの落葉のあらず栄む

武士とこころあわしていわをも
つらぬきてまし世々のおもいで

再挙

一

文久三年八月十八日、公武合体派によるクーデターは成功し、そして急進尊攘派は敗れた。

だが、大和行幸に乗じた親征計画が成らなかっただけのことで、大勢的にはこの年四月二十日に将軍家茂が奏聞した「攘夷」の公約は生きている。

そのため、同時に長州へ下された勅諚は、正式に堺町門の守衛の任を解くとともに、「攘夷の儀は、叡慮確乎あらせられる事ゆえ、長州にも向後いよいよ御依頼の思召しに候間、忠節相つくすべく候」とされてあった。

つまり、攘夷の方針は変わらないので、今後ますます長州の忠節を頼みにしているということである。

これは、鷹司邸に集合している親兵を交えた総勢二千六百人の長州兵の暴発を危惧した公武合体派勢力側の懐柔策であるが、維新の方針に変わりがないのであれば、長州勢をそこまで切り離す必要もないという矛盾が生じてくる。

長州側はその矛盾をついて挽回をはかったが、もはや聞き入れられることはなかった。

さらに朝廷側は、刺激を回避するため、長州が目の敵にしている、会・薩を堺町門の警備からはずし、淀藩と交代させる手はずさえ実施した。

もはやこれ以上鷹司邸にとどまる必要を失った長州勢は、折から降り出した薄暮の小雨の中を東山大仏妙法院へ移動を開始した。

その夜行われた会議は主戦の意見が多かった。なかでも山鹿流を修めている肥後親兵の松村深蔵などは、具体的戦術面にも触れ、「この機を逸しては、もはや起死回生の機会はござらん。金を散じて賭博の親分百二十人ばかりを募り、都のあちこちに火を放って混乱させ、九門の警備が手薄になったのに乗じて御所に乗り入れるべし」といった意見。また真木和泉守も、「河内か摂津の堅固な山に拠って、義兵を起こすべし」といった提言がなされたが、衆議は、「今ただちに兵を挙げて君側の奸を一掃するのはよいが、もし万一不幸にもそれが失敗に終わるようなことがあっては、畏れ多くも御上の御身の上に累を及ぼさぬともかぎらない。ここは、耐えていったん長州へ退き再起をはかることが肝要だと思う」との実美の意見で決まった。

だが親兵とはいえ、任務の性質上藩内でも特に尊王の志の篤い者たちが選ばれている。帰藩はやむを得ないことだが、たとえ数カ月の短い間ではあっても、三条実美を総師と仰いで忠節を誓った者たちであった。若い公卿たちへの行く末を思う情は深かった。

残留して長州までお供したいと申し出る者たちが続出したが、実美はあえてこれを制した。親兵の中から特に許された数人を除き、あとは別離に涙しながら妙法院をあとにした。

肥後藩も、実美の側近の参謀格としてあくまでも最後まで行動を共にする覚悟の鼎蔵を除き、小坂隊長以下五十余人の親兵も、寺町通の彼らの宿舎である清浄華院《しょうじょうけんいん》へ引き揚げた。

このとき鼎蔵は、小坂に宛てて一書を託し、上役に対し実美と行動を共にすることの許しを依頼した。

私儀今日三条様大仏え御開《おひらき》に付随従仕候《つきずいじゅうつかまつりそうろう》。
又長州表え御下向《おげこう》に付《つい》ては、御間柄《おんあいだがら》とは申《もうせ》、兼《かね》て御懇命《ごこんめい》を蒙《こうむ》り居り、旁以御見捨難申上《おみすてがたきことともうしあげ》、情状不得止《じょうじょうやむをえず》、
御行末《おんゆくすえ》御見届申上度《おみとどけもうしあげたく》、直に随従《ずいじゅう》下向《げこう》仕候《つかまつりそうろう》。
此段《このだん》御届《おとどけ》仕候間《つかまつりそうろうあいだ》、可然様《しかるべく》被成御達可被下候《おたっしくだされそうろう》、以下

八月十八日

宮部鼎蔵

小坂大八殿

十九日朝、雨足の激しい中、七卿らはぬかるみに足をとられながら悄然と都を落ちていった。

三条実美、三条西季知、東久世通禧《みちとみ》、四条隆謌《たかうた》、錦小路頼徳、壬生基修《もとなが》、沢宣嘉《のぶよし》ら七人の公卿たちである。五十二歳の三条西のほかはみな二、三十代の少壮であった。

この日一行は午前中に伏見の長州藩邸に入って一時休息をとった。ここで急きょ乏しい先行きの費用のことが検討され、七卿は協議のすえ、鼎蔵を使いとして京都・大坂の富豪に周旋して資金を調達することにし、

「攘夷軍費多端《たたん》に付、大坂富商中、金子納進之儀、有之度《ありたく》、周旋の儀頼入候事《たのみいりそうろうこと》」

八月十九日

との書簡を記して託することにした。

そしてその出発というとき、長州の同志が、鼎蔵に次のような勇気付ける助言を与えた。

「いかに命とはいえ、面識のない宮部どのが京坂の富豪に訴えても、短期間の間に大金を徴収することは困難なことである。

そこで、幸いなことに今夏長州藩士慶親公から朝廷に一万両の献金の申し出がなされ、さきに三千両を奉り、残金がなお残っている、今は火急の場合であるからその金を使用する以上の良策はないだろう。

もっとも、献金を使用することは、これを私するように思われるが、今回の七卿の西下は決して私事などではない。前勅を奉じてあくまで攘夷を遂げるのであるから、まず京都藩邸留守居役の乃美織江を訪ねてこの件を述べ、乃美の紹介で大坂蔵屋敷やその他の豪商らに当たるのが良策である」

と、一面識もない他人に会って献金を依頼するという、はじめての任務を請け負わされた鼎蔵にとって、実

に心強い助言であった。

長州の助言どおり、京都に乃美を訪ねて仔細を述べたところ、乃美も了承し、さっそく京都三条縄手の長州藩出入りの近江屋難波伝兵衛と、大坂蔵屋敷の藩吏川上忠左衛門に会見の手はずを図ってくれた。

しかし、事があまりにも急なため、どちらも入用な金額の用意が出来ず、とりあえず合わせて三百両だけの調達しかできなかった。

七卿らが期待する資金額とあまりにも差があったため、鼎蔵も何かおぼつかない気持ちを抱いたまま、二十日、七卿らが既に到着している西宮へ向かい、経過を報告した。

翌二十一日、西宮を発った一行は湊川の楠木正成の墓に詣で、夕刻兵庫へ着いた。

七卿らは兵庫から船で海路を進むことにし、これまで供をしてきた長州藩士益田右衛門介、中村九郎、桂小五郎、久坂義助、佐々木男也ら十数人は、ここで別れて京都へ引き返した。

その後夜遅くまで船の手配に時を費やし、二十余隻を準備することができた。

翌二十二日夜乗船する間際に、七卿らは鼎蔵を召し、ようやく攘夷の大詔が全国に行き渡り、目の前の四国の諸藩も尊王の大義を唱えていることを告げ、この際さらに士気を鼓舞して長州へ駆けつけるよう、七卿連署による檄文を言付け、阿波、土佐藩などへの遊説を託した。

鼎蔵にとっては、慣れない金策のため苦労しつつ京坂を往来して一行に追いつき、席の温まる間のない使いとなったが、檄文を懐にしてふたたび七卿らと別れて阿波へ渡った。

二十三日夜、阿波徳島に上陸した鼎蔵は、蜂須賀斉裕《なりひろ》に目通りを請うたが、病床にあったために会えず、世子茂韶《もちあき》は藩主の名代として上京しており、やっと二十七日になって老臣の蜂須賀駿河に三条からの書簡を渡すことができたが、対応する家臣たちでは去就を決めることができず、九月一日に実美への返事だけは受け取ることができた。そのため九月四日まで阿波に足止めを食ってしまった。

土佐へ入る前に金毘羅宮に詣で、いざ入国という段になって、警戒の厳しい国境で役人の阻止にあった。そのため、潜入するためにあちこち阿波や土佐の山中を歩き回ったが、それにしても阿波から土佐城下に向かう山越えの道中はあまりにも厳しかった。一八〇〇〜一九〇〇メートル台の標高を持つ、剣山や三嶺が連なる四国山脈の嶮しい山並みが行く手を阻むうえ、地理不案内のため、秘かに猟師や村人に道を尋ねながらの旅となった。

夜露をしのぎながらの野宿に聞くせつなげな鹿の声が、ひとしお挫折感をあおり、阿波での期待がはずれたうえに、土佐入国まで拒まれた現実が重く胸にのしかかっていた。

四国の山中にあって絶えず鼎蔵の頭をよぎるのは、大和行幸計画に端を発した政変に対する責任であった。文久三年三月十一日の攘夷祈願のための賀茂神社への行幸、翌月四月十一日の石清水神社への立て続けの行幸、特に石清水神社のときは、風邪を理由に将軍家茂は供奉をことわり、一橋慶喜も途中で引き返している。しかし、それよりなによりあの時肝心の孝明天皇でさえお風邪を召されていたにもかかわらず、予定どおりの決行が大事と、中川宮や中山忠能らの反対意見を押し切り、無理やり鳳輦《ほうれん》にお乗せしようとしていた。あの時からすでに無理が生じていたにもかかわらず、勢いの赴くまま、勝手に大和行幸のことを決めてしまったのである。

天皇側近の公卿たちが反対するのももっともなことであった。にもかかわらず、あの時その空気が読めずに突っ走り、一歩引いた冷静な客観的意見の一言も発せなかった、参謀格としての己の過ちが、今日のような結果を生んだという忸怩《じくじ》たる思いが鼎蔵にはあった。

このような鬱屈《うっくつ》した思いのまま幾日か山中をさまよった挙句、ついに土佐遊説の気力もいつの間にか消沈してしまっていた。

少年のころの熊本城下から郷里の南田代へ日帰りの軍見坂越え、吉田松陰との数カ月に及ぶ東北遊歴の旅等々、かつて心の高揚の赴くままにそれらを敢行した鼎蔵でさえ、すでに四十四歳の齢を迎えていた。

堺町門の政変による都落ちの憂き目に遭いながらの道中、身一つに立て続けに背負わされた金策と遊説である。これも親兵の衛士曹史として引き立ててくれた三条の期待にそえず、敗北の憂き目に遭わせた責任と受け止めていたが、さすがに気力と体力の衰えを感じざるを得ない年を数えていた。

七卿らの船を囲むようにして兵庫を離れた二十余隻の船は、途中風や潮の流れによって次第に離れ離れになり、東久世通禧、沢宣嘉の二人の乗った船は、八月二十六日午後三田尻（山口県防府市）に着き、毛利家の客舎である大観楼（招賢閣《しょうけんかく》）に入った。三条実美、三条西季知、壬生基修、四条隆謌、錦小路頼徳の五人の乗った船は二十七日昼過ぎ徳山港に着岸し、そこで一泊ののち翌日駕籠で三田尻に着き大観楼に入った。

その後九月二十五日、七卿護衛のための長州奇兵隊が入って正福寺に本陣をおき、三田尻は一挙にものものしい雰囲気につつまれだした。

鼎蔵が三田尻にたどり着いたのは九月十七日であった。

三田尻に着いた鼎蔵を驚かしたのは、なつかしい松田重助との再会である。

脱藩後の重助とは、かつて鼎蔵らが薩摩遊説の折、重助が熊本に帰郷したとき、ともに薩摩入国を果たしたあと、彼が近畿の富田林に立ち去って以来の再会であった。

その後重助は、富田林を拠点に京坂在住の尊攘派同志らと秘かに連絡を取り合い、決起の機会をねらっていたものの、脱藩の身であるため、京都で親兵として正規な藩命によって奉仕する、鼎蔵ら勤王党の同志らとの連絡は控えていたのである。

ところが、八月十八日の政変により、七卿の長州への都落ちとなったため、この機会に再起を図ろうと、西下する途中の七卿らに加わって三田尻まで供をしてきていたのである。

さらに鼎蔵を喜ばせたのは、京都で別れたはずの轟木武兵衛、重助の弟の山田十郎、小坂小次郎、高木元右衛門、加屋四郎らとの再会であった。

八・一八クーデター以降、京都では政権を掌握した公武合体派の指示のもと、守護職松平容保旗下の会津藩兵と所司代、京都奉行所以下の役人らによる、乱の首謀者とされた長州の桂や久坂、それに肥後の鼎蔵ら十二名らに対する追捕の目が厳しさを増していた。

なかでも、はじめて公式に任務を与えられた会津藩預かりの新撰組は、残党浪士狩りに躍起となっていた。

特に政変のその日、会津藩兵とともに命を受けて蛤門に集結した近藤勇、芹沢鴨ら壬生浪士組は、長州引き揚げのあと御所内の建礼門の守衛を任せられたが、このとき初めて武家伝奏から「新撰組」の隊名を授けられた。

この日彼らは、浅葱麻《あさぎあさ》（薄青色）の段だら羽織の隊服を着込み、赤地に白く「誠」の文字を染め抜いた隊旗を引っ提げての出陣であったため人目を引いた。

やがて、新撰組成立後の八月二十一日、彼らの京都市中見回りの事が公に触れられ、このとき「もし手余り候節は斬り捨て御免」という権限が与えられたのである。

以後、この段だら羽織の浪士組の一団が、京の巷を震撼させる恐怖の殺戮集団になっていくことなど、この時の京童たちはまだ知るよしもなかった。

新政権による追捕の手配者の中に、長州藩士らに交じって宮部や轟木武兵衛、松村大成ら肥後藩士の名が入っていることを知った京都滞在肥後藩兵の総指揮官である長岡内膳は、八月二十三日轟木と山田十郎を呼び、三条公の長州での生活を報告するよう申し付けた。

これは、あくまでも京都に残って今後のことを図ろうと思っていた二人を、幕吏の目から遠ざけるための方便とした内膳の苦肉の策であった。

さらに、藩命を受けた二人の西下に便乗して、親兵の加屋、小坂、高木らも同志として追従することを申し出たため、これも許可したのである。京都に残って何をしでかすか分からない彼らが、積極的に帰藩してくれることは、内膳にとって願ってもないことであった。

また、二十六日には京都留守居役青地源右衛門が、手配の宮部鼎蔵が三条らとともに西下したことを武家伝奏野宮定功《さだいさ》に報告した。

つまり、在京の肥後陣内には、一人の手配関係者もいないことをここで宣言したわけである。

しかし、肥後藩の意向はどうであれ、三田尻における同志らの再会を喜び合ったその十七日、三条実美はあらためて鼎蔵や轟木らに、三田尻会議所詰を命じた。

なお、その前の九月七日、正式に新政権による親兵解散が命ぜられ、同十八日肥後藩からの親兵隊長小坂大八以下三十四人が京都を離れた。

さらに、この動きと交差するように、九月二十八日、あらためて公武合体派諸侯の一員として朝廷から召集された肥後藩から、在京肥後藩兵指揮官長岡内膳に代わって、藩主慶順の名代として上洛した弟の長岡護久・護美兄弟が西本願寺の宿所に入った。


十月三日、三条実美が鼎蔵をともない山口へ行って留守の三田尻から、七卿の一人沢宣嘉が消えた。

この報せは、ただちに轟木武兵衛をともなった錦小路頼徳によって三条へ届けられたが、沢の突然の失踪は彼らにとって寝耳に水の出来事であった。

さきに、京都で三条らの命を受け、天誅組挙兵制止のため大和五条に飛んだ平野國臣は、十八日の政変を知りいったん京都に引き揚げた。

だが形勢の逆転を知って激昂し、孤立無援に陥った天誅組を支援するため、但馬において挙兵を準備した。

これに応じた同志は、長州藩士野村和作、因州藩士松田正人《まさんど》それに但馬藩豪農北垣晋太郎や中島太郎兵衛といった草莽《そうもう》の志士たちであった。さらに城崎温泉に潜んでいた薩摩脱藩浪士美玉三平も、北垣らと連絡をとりあって挙兵に加わり農兵を組織した。

平野國臣らはこの挙兵のため、秘かに三田尻にいる沢宣嘉を説得し、主将に擁したのである。さらにこれに呼応して、三田尻にいた奇兵隊総官河上弥一や三十数人の尊攘派浪士も加わり、十月八日海路三田尻から播磨に上陸した。

ところが、彼らが但馬に入ろうとしたとき、先に挙兵していた天誅組全滅の報が伝わった。

だが、一度火のついた炎は、勢いのまま挙兵の目的から弔い合戦となり、十月十二日幕府領である備中生野銀山の代官所を襲撃しこれを占拠した。

たまたま代官は不在であったため難を逃れたが、彼らはここを本営として農兵を召集し、鉄砲や竹やりをもった約二千人にも上る農兵を集めた。

しかし、この代官占拠の報が周辺諸藩に伝わると、たちまち姫路、出石、豊岡などの諸藩兵が出兵してきた。いかに勢力的に勝っているとはいえ、急ごしらえの農兵では正規の藩兵との勝敗は明らかである。さすがにこの時点で冷静さを取り戻した首脳部は、挙兵の解散を告げざるを得なかった。

はやくも十三日夜には最初に主将の沢宣嘉が脱出し、つづいて平野國臣も鳥取へ向けて逃げ出した。沢はのちに四国を経て長州へ帰り着くことができたが、平野は途中で捕えられ京都へ送られて六角獄に入れられた。美玉三平は途中農兵に狙撃されて死んだ。

河上弥一ら長州勢の十数人は妙見山に立て籠もったが、怒りに駆られた農兵らの逆襲を受けて全員自殺した。

農兵らにしてみれば、尊攘義兵の旗のもとに立ち上がったものの、その実態が自分たちの希望を叶えてくれるものではなく、期待外れのものとなったため、その矛先を彼らを捨てて逃げる者たちへ向けたのである。

そして農民らのやり場のない怒りは、そのまま近隣の庄屋や豪農、酒造業やらにまで襲撃の手を伸ばすという、一揆にまで発展していったのである。

通称「生野の変」と呼ばれるこの戦いと、吉村寅太郎らの大和での挙兵は、同僚であるはずの三条や鼎蔵らでさえ無謀と危ぶんだほどの暴挙であった。

だが、この時期京坂を中心とする周辺でぼっ発したこのような計画性のない小規模の戦や一揆が、これまで万全と見えた幕府の体制を揺るがす力として天下に示され、討幕へ向けてのエネルギー結晶の先駆けの役割を果たしたことは確かである。

長州のことに触れてみる。

長州藩の政治は、「そうせい公」と呼ばれるように、藩主慶親（敬親）公自身の意思によって動かされるのではなく、政権を掌握する家臣たちによって提言された政策を、藩主が「そうせい」と命を下すやり方で行われていた。

そのため、早くから藩内には二大政党的なものが構築され、中央の政局の変化に応じて政権交代も行われていた。

その交代劇はすさまじく、双方が相手を奸臣と呼び合うほどの憎悪の感情でもって対し、一方が政権を握ると他の党の者を投獄したり、謹慎させたり、ひどいものは死罪まで科すという処分をなした。

その組織の一つは、村田清風を党祖とする改革派であり、藩を封建農業体制から産業国家にしようとした。この系列から吉田松陰が出て「尊皇攘夷・幕府否定」という世界観をもって、藩のみならず日本国そのものを改革しようとした。久坂玄瑞、桂小五郎、高杉晋作などはこの系列にいる。

この時期、その代表格が周布政之助であり、与党として現在の政権中枢部を握っていた。

これに対し、現実是認派または俗論党と呼ばれる保守派の坪井九右衛門を党祖とし、主に城下の門閥階級を地盤とした。この時期の野党になっていた代表者は椋梨藤太《むくなしとうた》であった。

この藩特有の政権交代劇は、八・一八の直後にも起こった。

文久元年以来政権の座を追われていた保守派が、改革尊攘派の京都での敗北を知って巻き返しに出たのである。

彼らは、萩から山口にいる藩主の許へぞくぞくと駆けつけて藩政改革を迫り、ついに藩主側近の周布政之助らの追放に成功した。

しかしそれもつかの間、百人ほどの奇兵隊を率いた高杉晋作の素早い行動によって、ふたたびひっくり返してしまったのである。

この逆転劇の立役者である高杉は、この功によって、奇兵隊総督から藩政の中枢に抜擢され、新たに知行百六十石を与えられ、世子定広の奥番頭に召し抱えられた。

七卿や鼎蔵らが都落ちして三田尻に入るまでの道中、長州藩の中枢部ではこのような政権奪取のドラマが進行していたのである。

この長州が生んだ奇兵隊は、のちの倒幕運動の際、既存の藩士による正規の部隊に代わって目覚ましい働きをすることになる。

ちなみに、藩の桂や久坂はもとより、それ以外の他藩士である西郷吉之助、大久保一蔵、平野國臣、真木和泉守ら多くの人々が出入りし、彼らに活動資金を融通した下関の豪商白石正一郎も奇兵隊の一員であった。文久三年のこのとき齢五十二歳であったが、起死回生の挙兵のため、一奇兵隊士として初めて弓矢の教えを受けるほどの激情家であった。


七卿らと兵庫で別れ、京都に潜入してさまざまな挽回策を講じていた桂小五郎、久坂義助、中村九郎、来嶋又兵衛らは、十月初旬なす術もなく長州へ引き揚げてきた。

長州には政変直後の二十九日に、

「去る十八日に毛利讃岐守（元純）、吉川監物以下家来たちにふつつかな行為があったことについて取り調べよ。長州藩士が九門を出入りすることは禁止し、慶親・定広父子の上京を差し止める」

との朝命が出されていた。

このため、九月十三日藩家老の根来上総《ねごろかずさ》が朝廷に毛利の忠誠の嘆願書を持って上京し、京都留守居の乃美織江を通じて朝廷に伺いを立てたが、これが受け付けられないままになっていた。

そこで長州藩は、釈明のため十月六日世子定広の上京をいったん決議したが、これも実行に躊躇《ちゅうちょ》していた。

そういう中、十月二十二日には真木和泉守が『出師三策』という、世子と六卿（沢宣嘉不在）が長州の大軍を率いて東上し、京都を制圧するという過激な戦略を展開した。

だが結局実行に移されたのは、十月二十五日老臣井原主計に命じられた『奉勅始末』と『査点書』二通を朝廷に上書することであった。

『奉勅始末』とは、安政五年三月の通商開国拒絶の勅諚を奉じたのち、いかに長州藩が尊皇攘夷に尽くしてきたか、その顚末を述べたものであり、『査点書』二通は、さきに藩主が受けた毛利元純、吉川監物に対する取り調べ結果報告である。

どちらも、当日の行為はこの日の情勢から誠にやむを得なかった次第、とほとんど同じ文言で弁明し、『奉勅始末』の方で、

――それにもかかわらず、この度いわれのない罪をこうむった。その罪をそそぐ機会を是非与えられるように――


と訴えた嘆願書の形になっていた。

しかしこれも、井原や乃美の不手際なども重なって、長州藩の趣旨は朝廷に通じなかった。

八・一八政変後の長州藩の情勢は以上のような展開を見せていた。

だが肥後の場合は違った。

熊本では、十月二十二日から二十五日にかけ、解散後帰郷している元親兵に対して、外出・他人との面会・文書等禁止の処分がなされた。

処分を受けたのは、木原彦四郎、長沼英之助、小橋武雄、澤村復四郎、住江庄太郎、岩間廣之助・同次郎助、佐々淳二郎、野尻武右衛門、財津熊之助、小坂大八・同小半太らであった。

おって十一月七日には住江松翁・甚兵衛父子、廣吉半之允に旅人面会・他所文通を禁ずる処分を行った。

さらに十一月六日、久留米藩から、帰郷途中の轟木武兵衛、山田十郎を捕えたとの知らせを受けた肥後藩は、この護送のため、二十人の郷士と十五人もの点検吏を久留米に送り込み、九日熊本へ護送させた。

このいきさつは、十月二十九日二人は先に長岡内膳から与えられた命を実行するため、七卿の生活実態を藩へ報告のため三田尻を離れることにした。その際、真木和泉守から家族への書簡を託されたため、久留米に立ち寄ることを約束した。ところが、政変以降公武合体派の姿勢をつらぬく肥後藩としては、京都留守居の青地源右衛門からの報告により、すでに三条ら七卿に従って長州へ下った鼎蔵や轟木、山田らを亡命（脱藩）者扱いとしていたため、反体制派の彼らを捕縛して取り調べ、相当な処分をする必要があった。

そのため、二人の足取りの確かな久留米藩に彼らの捕捉を依頼していたのである。

長岡内膳の都合による恣意の命を、藩命と受け取って行動してきた二人にとっては哀れな結果であった。

もちろん、三条ら七卿に従って西下することを、親兵隊長の小坂を通じて藩に言付けた鼎蔵などは、本人がすでに脱藩者として取り扱われていることなど、この時点で知るよしもなかった。

その鼎蔵は、二人が三田尻を去る六日前の十月二十三日、三条らの命を受けて京情を探るためふたたび長州を離れていた。

またこの日、沢を除く六卿らは三田尻から山口城下に近い湯田に向かった。一つには錦小路頼徳が患った肺患の回復がおもわしくなく、その湯治療の療養も兼ねてのこともあったからである。

二

文久三年十月から同四年一月にかけて、公武合体派諸侯の上洛が相次いだ。薩摩藩島津久光、宇和島藩主伊達宗城《むねなり》、土佐藩主山内容堂、越前福井藩松平春嶽らが上京、さらに、昨文久二年来、三条らの再三の催促にやっと応じるようになった肥後藩は、藩主名代として慶順《よしゆき》の弟である長岡護久・護美兄弟が兵を率いて入京した。

十一月二十六日には、将軍後見職の一橋慶喜も入京してきた。

朝廷は、十二月晦日、慶喜、松平春嶽、松平容保、山内容堂、伊達宗城の五人を、朝議に参画できる参与に任命した。

このときまで、島津久光は無官のままであったため、二週間後の文久四年一月十三日、あらためて従四位下左近衛権少将の叙任を受けて参与に列した。

鼎蔵が、三田尻から再入京したのは、まさにそのような時期であった。そして、彼自身が自藩からどのような取り扱いを受けているかも知った。

公武合体派政権に加え、自藩からも追われる身になっていたのである。

七卿に従って西下するあわただしい中、親兵隊長の小坂に藩への許しの言付けをした意味は、その体を成していなかったのである。

京都留守居役青地源右衛門は、鼎蔵らのことを伝奏にこう伝えていた。

「右の者私情においては余儀なく候えども、重き御守衛として差し出しおき候者の心得違いの儀――」

と、ここではすでに鼎蔵らのことを、禁裏守衛の任務を放棄した不心得者の脱藩者、として取り扱っていた。

鼎蔵が松陰と違うところは、あくまでも、この一大変革時を、藩とともに対応して行こうとする姿勢にあった。それゆえに、自ら進んで主に背を向ける脱藩という形をとることだけは避けたかったのである。

愕然たる思いであった。

よかれと思って打つ手に、いつも逆風がからんでくるのである。

入京はしたものの、桂と同じように、打開の手段を見出せないまま、年が明けた文久四年正月十一日、長州へ戻って京情を三条らに報告した。

こうして、都落ちした三条らと長州勢は、このような手詰まり状態のまま文久四年を迎えた。

文久四年正月十五日公武合体派の天下になった京都に、将軍家茂が上洛してきた。

二十日には右大臣の宣下がなされるという、昨年京都を逃げ出すようにして江戸へ帰ったときの待遇と、まったく異なる状況になっていた。

翌二十一日、一橋慶喜、紀州藩主徳川茂承《もちつぐ》など在京の大名など四十数名をしたがえて参内した家茂に、朝廷から、

「汝は朕が赤子、朕汝を愛すること子の如し……汝朕を親しむこと父の如くせよ、其の親睦の原簿、天下挽回の成否に関係す、豈《あ》に重きに非ずや」

との天皇からの勅書と、公武合体推進の勅諭が下された。

そしてこの勅諭は、以前のような攘夷の督促は影を潜めていた。

だが、急進尊攘派を追い出した公武合体派にしても、当面解決しなければならない問題が二つあった。外交問題としての横浜鎖港対策と、内政問題としての長州対策である。

この横浜鎖港問題は、昨年の八・一八政変直後に当の幕府が打ち出した策であった。政変によって急進尊攘派の追放はなったが、孝明天皇自身の強硬な攘夷論に変わりはない。また残った公卿の中にもこの主張は強い。

そこで幕府は、窮余の策として、横浜港を鎖港し、長崎と箱館の二港に限って貿易を行うという、朝廷に対

する申し開きをしようとした。

しかし、現実問題として、開港後すでに列強が幅広い貿易拠点として運用している横浜港の鎖港は、幕府にとっても相当のリスクを覚悟しなければならない問題であり、悪くすれば列強と一戦を交える事態をも招きかねない国際問題であった。

当然列強からの反発は強かったが、たまたまフランス公使からの、特使をフランス本国に派遣して本国で直接政府と話し合えば、便宜が図られることもあろうとの提案を受け入れた幕府は、特に成算があったわけではないにもかかわらず、とにかく時間稼ぎのためということで、文久三年十二月二十九日、外国奉行池田筑後守長発《ながのぶ》を正使とする三十四人の使節団を横浜から出航させた。

つまり、そういう攘夷に向けての努力は見せていたのである。

文久四年二月二日、将軍のいる二条城で、参与と老中の合同会議が開かれた。

その会議において、幕府側の一橋慶喜、松平容保、それに土佐藩の山内容堂は横浜鎖港の推進を主張、薩摩藩の島津久光、宇和島藩伊達宗城、越前藩松平春嶽らは、いまさら鎖港など所詮無理なことであるとして開港を主張した。

特に薩摩藩などにいたっては、先の薩英戦争で得た教訓に基づくもので、対英接近によって知った貿易のうま味である。これを幕府の独占にしてなるものかという思いであった。

他の藩にしてもその利益にあずかりたいのが本音である。つまり、公武合体派政権の主導権争いであり、ここには天皇や急進派が考えるような精神論的な攘夷論は影をひそめ、現実的経済上の利害をどう自藩の利益と結びつけるかという政争の場となっていた。

以前は幕府の方が開港で、諸雄藩が攘夷鎖港論であったのが、もうこの時点で主張が逆転するという時局の急変さである。

つまり、幕府としても無理なことは重々承知のことであったが、朝廷に攘夷手段として鎖港方針を打ち出した以上、諸大名の開港意見に従えば、政局を彼らに握られ、ただでさえぐらつきだした幕政が危うくなることを恐れたためのことにすぎない。

また内政問題としての長州対策に対しても、意見の一致は見なかった。

幕府側の代表者である一橋慶喜は、長州藩父子に隠居を命じ、これに応じないときは長州征伐すべしとする意見、松平容保も同意見であった。

島津久光や伊達宗城は、まず征長軍を発し、その勢力を背景に藩主父子を大坂城に召致して処分を言い渡すべしとする意見など、お互いが微妙なところで食い違っており、他の諸侯の意見も硬軟さまざまで、具体的長州征伐の計画までには至っていない。

ただ幕府としては、いずれ近いうちに征長軍は発するつもりでいるため、出師《すいし》の準備だけはしておくよう薩摩、阿波、因州、備州、肥後、出雲の諸藩に命じた。

その後、十五日中川宮、晃親王《あきら》、関白二条斉敬《なりゆき》、右大臣徳大寺公純《きんいと》、近衛忠房に参与諸侯が陪席した朝議においても、一橋慶喜があくまでも鎖港方針を崩さないため、ついに参与会議は分裂し、二十八日山内容堂が参与を辞任して帰国したのを皮切りに、残る参与も三月に入っていずれも参与を辞任し、久光も宗城も相次いで帰国した。

なお、文久四年は二月十九日で終わり、二十日改元して元治元年（陽暦一八六四年三月二十七日）となる。

三月二十五日には一橋慶喜も将軍後見職を辞任したが、あらためて朝廷から禁裏御守衛総督・摂海防禦指揮を仰せ付けられた。

五月に入って将軍家茂が江戸に帰った後は、一橋慶喜、京都守護職松平容保（一時、松平春嶽が守護職となり、軍事総裁職に就いたが再び復帰）、所司代松平定敬《さだあき》、老中稲葉正邦・水野忠精がとどまっていたが、公武合体派の有力な諸侯が帰藩してしまったため、京都の政局はこの時期一時空白状態ともいえる状況を呈していた。

このことは、追放された三条ら急進尊攘派公卿や長州藩にとって、ふたたび再起へ向け、つけ入るスキを与えられたことになる。


久留米藩によって捕捉され、文久三年十一月九日海路肥後に護送されてきた轟木武兵衛と山田十郎は、そのまま牢獄送りとなり、以後厳しい取り調べが続いた。

なんのことはない、つい半年の間に、同じ朝廷から発せられた親兵差し出しの命によって、藩から衛士として選出された彼らが、政変によって朝廷が公武合体派に握られた途端、今度は謀反者として取り扱われ、その選出した藩庁から追及を受ける身に変わったのである。時局の変遷の急なること甚だしい限りであった。

公武合体派の都合に合わせた追及であるから、九門守衛の任務を放棄して、三条らの命に従って大和親征、いわゆる倒幕の兵を挙げようとした不届き者という立場であった。

しかし、轟木や山田にしてみれば、本来倒幕などといった大それた目的意識など持ち合わせてはいなかった。天皇親政がなされれば、その御威光によって幕府も諸大名もひれ伏し、新しい御代が創られるといった単純な思いの方が強い。後で考えれば夢のような考え方ではあるが、その時代の渦中にある彼らにとっては真剣な思いであった。

そのような信念のもとに動いた彼らにとっては、取り調べを受けること自体が理不尽なことであり、不快なことであった。

しかし、当事者でない世間はそのようには解さない。内情がどうであれ時の藩庁が反逆者と見なし、不忠・不義の輩として判を押せば、噂はそのように広まり、それが世間の価値観として定着する。

これは、藩に捕捉されていない鼎蔵にとっても同じことが言えた。

当事者である彼らもつらいが、それ以上につらい思いをするのが家族であり、親族らである。

口さがない人々からの冷ややかな非難や中傷は、尋常な神経では到底耐えられるものではない。特に彼らが罪として問われているのは、人を殺めたとか、物を盗んだとかいった破廉恥罪的犯罪行為ではない。思想的信念に基づいて行動した結果が、たまたま周囲の時勢にそぐわなかっただけのことであった。当人らにとっても、家族にとっても犯罪者という意識はまったく無いのに、世間ばかりが騒ぎ立てるのである。これればかりはどう申し開きしても、相手が承知しない限り説明しようのないことである。

この非難の目は、同じ勤王党の仲間たちにも向けられた。いくら申し開きをしても理が通らず、また家族や仲間らにもみじめな思いをさせている状況に悲嘆した轟木は、申し訳なさと、武士として忍び難い恥を受けたとして、文久四年二月五日とうとう牢内で自殺を企てた。だがこれは失敗に終わっている。

鼎蔵にしても、実家のある南田代村の方は、周囲が農家の田舎であったためそれほどの思いはしなかったものの、城下に住む叔父方の野村家や、田崎の妻の実家である中尾平馬、それに実家に寓居している妻恵美と子らにとっては、周囲からの中傷や非難をまともに浴びつつ、役人による鼎蔵探索の目が注がれるという、二重の苦汁を味わわなければならなかった。

さらに平馬は、これが原因で隠居生活に入っていた。

郷里の実情を伝え知る鼎蔵にとって、身は国事に委ねつつも、夫不在の妻子が、たとえ実家とはいえ、他家に寄寓していとなむ心情の苦しみを考えると、心のさいなまれる思いであった。

その思いを示すように、二月十四日には中尾平馬に三田尻における己の動静と時勢の概要を知らせるとともに、轟木や山田らの不運を嘆きつつ、弟春蔵とともに国事周旋に当たる覚悟を述べ、今後の妻子の扶養を依頼する書簡を送っている。

なお平馬には、前年の文久三年十月九日三田尻から送った手紙にも、八・一八政変のいきさつや自分の心情などを報告しており、この時も弟春蔵を手元に置いて兄弟二人国事に身を挺する覚悟を記しており、脱藩で離れ離れになった弟春蔵とは、三条と長州へ落ち延びたあと行動を共にしていたのである。
つづいて二月十七日、鼎蔵は南田代村の実家を守る姉千恵と、城下田崎の中尾平馬の家に寄寓する妻恵美あてに、自己の進退心事の覚悟を告げ、留守家族としての心構えを諭すとともに、子らを偲ぶ手紙を送っている。

(姉千恵への手紙)

……武士の常とは申しながら、暫《しば》し御国に後ろを向け奉り候様に相成り実に恐れ入り参らせ候。其上あなた様へお別れ申し候段、甚《はなは》だ心痛限りなく恐れ入りまいらせ候。併し私共兄弟は御国のため京都の御為に一命を捧げ申し候段は、かねて知ろし召下され候通りの事にて、今更兎角は申上げず候。譬《たと》へ討死仕り候とも人に笑はれ申さず候間、此段は御安心遊ばしくだされべく候。……誠に誠に如何御暮し遊ばされ候やさぞ〳〵御難儀遊ばされ候と、それのみそれのみ、御案じ申上げ候。……田鶴（多須。姉の長女）はさぞ〳〵成人致し候と存じやりまいらせ候。……併し宮部の家に生まれ候故、御先祖様方の思召を女ながらも能く継ぎ申し候て、孝行に厚く、是非々々家を継ぎ候様、くれぐれ御さとし遊ばしくだされ候様願上候。定めて情なき親と、うらめしく存じ申すべく、日夜案じやり申し候。武士の道を立て候ては、上は上々の御ため、下は万民のため、家にも身にもかへられぬ深き訳は、申上げずに及ばず、さて〳〵是非なき者に御座候。……

二月十七日

宮部鼎蔵

御姉上様　まゐる人々御中

特に、鼎蔵にとって心残りなことは、三人姉弟のうち、男兄弟の二人とも国事のために宮部の家を出たため、残った姉の一人っ子である田鶴にだけは是非とも宮部家を再興してもらいたい願いがあった。

これは弟春蔵も同じ思いであったようで、彼が翌十八日に姉に宛てた手紙にも田鶴のことに触れている。

（妻恵美への手紙）

……御母上様いかがおはしまし候や、文も差し上げ申さず候まゝ、よろしく〳〵御申上げたまはるべく候。御姉様はいかが御くらし遊ばし候やと御案じ申上げ候。楽（長女）、光（次女）、さかんに候や。わもじ居り申さず候まゝ、楽は人心もつき候に依て、さぞ〳〵あんじ申すべく、日夜あんじや申し候。さぞ〳〵なさけなき親とうらめしく思ひくらし申すべく、実に腸《はらわた》も切々におもひまいらせ候。しかしかねてわもじが心は承知の通り、上々の御為には家をも身をもかへりみ申さず覚悟のだんは、申すに及ばず。去年京都の御大事につきては、その節ともかくもなり申すべきところ、今日まで命ながらへ居り候事、まことに不思議とも思ひ居り候。如何にも去年死に申したると思ひあきらめたまはるべく候。武士たるものは、不忠不孝にしては、生きて甲斐なきもの故、忠義の道に死ぬる事は本望の至りに候。然し、国の評判は不忠もの、不義ものと、さぞやいろ〳〵申したて候と察し候。よって、さぞ〳〵無念口をしく思ひ申さるべく候へども、人の口には少しもかまひ有まじく、おっつけわもじが心は知れ申すべく、たとへ知れずとも神々の照覧ましますにて、安心致し申さるべく候。そもじも遍照院様の子、鼎蔵が妻と申す事、朝夕忘れずして、人に笑はれうしろ指さゝれざる様ありたく存じ候。人の盛衰は世の習ひ、我々までの事にこれなく、唯々如何にうきめにあふとても本心を失はぬ様につとむるが人間の道なりと、一途に思ひ込み申さるべく候。そもじは気細き生まれつきの上、病気もあり右のわけ聞届け、篤《とく》とのみこみ出来候やと、大いにあんじ申し候。暮々もよく〳〵得心にて、此の上は、御母上様へ孝行、又わもじに代わり、子供両人の生い立ちをくれぐれ頼み入り候。楽は手習針仕事肝要に存じ候。光はさぞ〳〵ふとり候と目先にちらちらいたし候。……

二月二十七日

おゑみ殿

宮部鼎蔵

哀しいほどに、己亡きあとの家族の行く末に心をくだく鼎蔵の優しさである。

そしてこの手紙が家族への遺言となった。

三

長州へは、京都へ潜入していた桂小五郎から、正確な分析を交えた情勢が刻々と伝えられていた。

彼は、河原町通りに面する長州藩邸から二百メートルほど南に下がった対馬藩邸を主な宿舎として、自藩邸を行き来していた。

長州藩に好意を抱く他藩との協調、いわゆる『正藩従合《せいはんじゅうごう》』論を唱える彼は、これら正義の藩との連合を図るためには、まず政治の舞台となっている京都へ出るのが先決であるとして藩庁を説き、許されて山口をあとにしたのである。対馬藩邸に入ったのは一月二十日のことである。名は林竹次郎と偽名を名乗っていた。

長州勢は、八・一八の政変後京都を追われていたが、正式には朝敵として取り扱われていないため、幕府は、連絡事務所としての藩邸と、留守居役乃美織江以下数十名ほどの届け出た藩吏だけの出入りは認めていた。

しかしその後の藩邸内には、正式に届け出た藩士らのほかに、いつの間にか、幾人かの他藩の浪士たちも潜り込んでいた。

もともとこの長州藩邸は、天保十三年に類焼に遭い、翌年四月に再建された千八百四十余坪の程のものであった。だが文久二年、尊王攘夷運動の高まりとともに親兵その他大勢の藩兵や藩士が上京しだしたため、拡張工事の必要に迫られ、翌三年の間に四千坪にも達する広大な屋敷を完成させていた。藩主父子の宿所である南御殿をはじめ、御文庫、客殿、役人の執務所兼宿所、厩、書類庫、武器庫など十数棟の蔵のほか、藩士たちの宿所である長屋がびっしりと敷地内をうめ、優に千人以上を収容できる施設となっていた。

堺町門の変後、がらんとなった屋敷内は、他藩の尊攘派浪士たちの格好の隠れ家となっていた。迷惑なことこの上もないのは留守居役の乃美であるが、藩自体尊攘の立場で動いている以上、飛び込んで来る浪士たちをむげに追い出すことも出来ない。

その桂から、文久四年二月二日二条城で開かれた老中と参与会議の結果が山口の藩庁へ伝えられてきた。いわく、公武合体派の参与諸侯の意見が一致せず分裂の危機にある、と。

これまでの間、やきもきしながら京都の情勢を見守っていた真木や鼎蔵らは勇躍した。

鼎蔵や弟春蔵が、二月に入って立て続けに、肥後熊本にいる義父や妻、そして南田代村の姉たちに出した手紙からも、この時すでに死を覚悟する厳しい決意を固めていたことが窺える。

元治元年二月末には、鼎蔵は真木、それに出兵を藩庁にしきりに促す来嶋又兵衛らと相談し、

「いまや朝廷内には、誤った考えを持つ悪人たちのために、天子様の優れた徳というものが塞ぎ閉じられてしまっている。

もはやこういう事態に立ち至った以上、哀訴嘆願などという手ぬるい手段では、到底我らの誠意を天朝に達することはできない。

これまでのように手を拱いて時節の到来を待つ時期は過ぎたと考える。

もとより、出来得る限り穏和な道を講じなければならないが、若しそのような手段を以てしても聞き届けられなければ、防長二州の精鋭を率いて堂々京に上り、畏れ多いことではあるが、伏して宮門において干戈を交えることにより、我らの真心をお示しするまでである。

君側の奸を払うためには、そして聖慮《せいりょ》を安んじ奉るためには、あえて鮮血を持って帝都を清めることを厭《いと》う

ものではない」

として、誓紙に血判して上京を期した。

そして三月、鼎蔵も三条実美の命を受け再び京情探索のため上京した。

現政権から手配を受け、加えて脱藩者として取り扱われている鼎蔵である。これまでのように、普段肥後藩士らの宿所となっている天授庵には表立った出入りは出来ない。

そのため、これまでの在京の折に培った人脈を通じて、あらたに小間使いとして忠蔵という下僕を雇った。

京都での鼎蔵のアジトは幾つかあったが、主な所としては、木屋町四条上ルに、「枡屋《ますや》」という割木薪炭商の店を構える枡屋喜右衛門こと古高俊太郎方、縄手通り三条下ル西側の旅館「小川亭」、さらに三条小橋池田屋惣兵衛や四国屋重兵衛の旅館などであった。

このうち一番気心の通じ合っていたのが古高であった。そしてさらに、男勝りのリセ、テイ母娘が営む、多くの勤王浪士たちが出入りする旅館「小川亭」は、尻の温まる暇のない鼎蔵にとって、唯一気の休まる場所であった。

平安の昔より帝のおわす京都の庶民感覚としては、どちらかといえば、政権を握る幕府関係者より、勤王を掲げる浪士たちを支援する気分が強かった。

だがこの時分、特に堺町門の政変以後の京都にあっては、勤王浪士を支援することが知れれば、命取りともなりかねない情勢にある。

その中にあって、気丈夫というか健気というか、小川亭のリセ、テイ母娘は勤王浪士たちを支援し、かばいつづけていた。

鼎蔵が入京したこの時期、すでに平野國臣は天誅組の生野の変に加担して捕縛され、六角獄に投獄されていたが、その後の平野横死後、新しい御代になったとき、テイは平野國臣の銅像を彼の故郷に建設する際、肖像の検証役を務めたという。維新後、「小川亭」には世話になった多くの志士たちが訪れ、大変繁盛し、大正九

（一九二〇）年まで営業した。その後は後継者もなく、店を他人に譲ったテイは、同年九十歳まで長寿をまっとうしている。

入京した鼎蔵が「枡屋」を訪ねたとき、別棟には播磨林田藩の革具足師大高又次郎とその弟子北村善吉が寄寓していた。

北村は文久三年足利将軍木像梟首《きょうしゅ》事件の実行者の一人で、八月の天誅組大和挙兵に加担し、敗れて京都にもどったあと、大高が枡屋にいることを知って、一緒に潜伏したのである。

「枡屋」は古高が学んだ和歌の師が、急進攘夷派公卿の一人烏丸光徳だった関係から、尊攘派の宮家や公卿の家士侍たちが集まり、国事を論じ合う場所になっていた。

そのような関係から、多くの尊攘派藩士や浪士たちも出入りするようになり、特に河原町の長州藩邸から二十分ほどの距離にあることも手伝って、京都留守居役の乃美織江をはじめ、久坂玄瑞、寺島忠三郎など長州藩との交流は深く、古高自身もいく度となく長州藩邸へは出入りしていた。

そういう環境にある「枡屋」は、京都に潜入した鼎蔵にとってはかけがえのない情報収集の場所でもあり、仮の宿所でもあった。

だが、公武合体派首脳部の分裂状態という好機を前にしたこの時、鼎蔵が頼みとする長州藩内尊攘派の間でさえ、かならずしも一致した方針のもとに動いていたわけではなかった。

つまり、一つは文久三年六月、真木和泉守が、長州藩主慶親に建策し、のちに朝廷に献じた『五事建策』を、一刻も早く実行しようという久坂玄瑞、来嶋又兵衛、中村九郎らの進発論派である。なかでも出兵論の急先鋒である来嶋などは、藩庁を手こずらせるほどの激しさであった。

当然、建策の当人である真木と同じ歩調をとる鼎蔵ら六卿の周辺にいる衛士たちも彼らと同じ思いである。

一方、最初は真木の建策に同調していた桂小五郎であったが、八・一八の政変に敗れて以降は、高杉晋作の唱える「防長割拠」に同調して考えを変えていた。これは、今暴走して兵を損じ国をつぶすより、周防と長門は独自に割拠して兵力を養い幕府との決戦に備えるべしとする論である。そして桂はこれをさらに一歩進めて、

――割拠しても、諸藩の理解と協力がなければ長州は孤立するだけである。ゆえに現在の周布体制を堅持しつつ、水戸・対馬・阿波・備前・因州・安芸・津和野など、長州に好意的な他藩と強調連合して、会津・薩摩の包囲網をつくり、これらの世論で長州の冤罪をはらしつつ、武力・財力の充実に努めなければならない――

とする、『正藩従合《せいはんじゆうごう》』論を持つようになっていた。

このような考えを持つ桂や高杉にしてみれば、久坂や来嶋の急進的行動は、なんとしても抑えなければならないことであった。

それと同時に、さらにこの頃桂の心の中では、久留米藩の真木和泉守や肥後藩の宮部鼎蔵、土佐藩の土方楠左衛門など六卿側近に対するかすかな警戒心も芽生えていた。

一言で言えば、自藩の兵を他藩の者の策で勝手にされることだけは御免だとの思いである。それでいて基本的には真木らとも尊攘の立場に変わりはない同志である。桂に芽生えたこの微妙な思いは、その後たえず付きまとって離れなかった。

鼎蔵が三田尻へ戻ってきたのは、元治元年四月二十六日であった。

その前日の二十五日、下関の豪商白石正一郎の家で療養中であった錦小路公知が亡くなっていた。死に際に土佐の田所壮之介と正一郎を枕元に呼び、次の辞世の歌を残した。

はかなくも三十路《みそじ》のゆめはさめてけり

赤間のせきの夏の夜の月
君のためすてむ命のいたつらに
露ときえゆくことをしそ思ふ

その悲しみの冷めやらぬ中、鼎蔵は三条実美に参与会議の分裂と、再挙への好機到来という京情を報告した。目を閉じて静かに鼎蔵の報告を聴いていた実美の目蓋から、公知の死という悲しみと引き換えに、気運復興への兆しが見えはじめた悦びの涙がこぼれ落ち、うっすらと頬をつたって流れた。

幕末期の尊攘運動がさかんになりだしたこの時期は、どの藩でも大なり小なり尊攘派（改革派）と保守派さらに中間派などの内訌は生じていた。当の長州でも尊攘派が政権を握っていたからこそ、七卿（この時期五卿）らを藩抱えでかくまうことが出来た。

それは、薩摩藩にしても、土佐藩にしても似たようなことが言える。

だが、細川藤孝・忠興とつづく、保守派ががっちりと上層部を握る肥後熊本藩などは、鼎蔵ら勤王党が中、下級武士だけによって構成されていたこともあってか、藩の政治さえ左右できない藩情であり、内訌など起こりようがなかった。そういう状況下のなかで、彼ら尊攘派は簡単に反逆者・脱藩者としての烙印を押されて、長州藩や京洛の巷に放り出され、信念を貫くためにほそぼそと命脈を保っているのである。

さて長州藩のことである。

二月高杉晋作がひょっこり桂のいる京都対馬藩邸を訪ねてきた。脱藩してきたのである。

これには訳があった。罪なことであるが、晋作の脱藩には強行進発派の来嶋又兵衛がからんでいる。

八・一八の政変で、尊皇攘夷の旗を掲げながら、一夜のうちに朝敵となった長州としては、なんとしても天皇に長州の真意を聴いていただきたいとの、いじらしいまでの思いがあった。

そのため、桂や久坂なども京都に残留してさまざまに手を尽くしていたが、つまるところ、結論としては、「世子（定広）みずから京にのぼられて誠意をつくして陳情されるしかない」との案は出ているが、さて上京となると薩摩や会津の藩兵によって入京を阻止されることが予想されるため、これを跳ね返すためこちらも強力な一軍を組織しようということになった。

だが、藩庁としても正式な武士集団の藩兵を組織してというには躊躇がある。といって奇兵隊はまだ解決していない列国とのことがあって、下関警備のためこれを引き抜けない。そこで、武士以外の隊士五十人ほどで組織する「狙撃隊」というのを設置し、その隊長に豪遊でなる来嶋又兵衛を置き、それ以上の組織化と指揮・運営一切を彼に任せた。

このとき又兵衛は四十七歳であり、いわゆる二、三十代の志士の中でも飛び抜けて高齢であった。

この組織は、藩内のさまざまな職業階層からの有志で組織され、神主たちは神祇《しんぎ》隊、僧侶たちは金剛隊、力士たちは力士隊、百姓たちは豪勇隊、町人たちは市勇隊などと名づけられ総勢六百人ほどの遊撃隊が出来上がった。

つまり、世子上京のときの護衛隊である。

彼らに訓練をほどこし、出動可能な組織に仕上げた来嶋にしてみれば、その気性も手伝って何としても自分の隊を使ってみたい衝動に駆られる。この兵が三田尻にいる。

さらにここには、三条など六卿とともに、真木など、次の機会をうかがう政変敗走当事者である、いわゆる急進尊攘派が手ぐすね引いているのである。

しかしここで、京都の情勢を見ていた桂小五郎から、「今はまだ世子が上洛する時期ではない」と、となえる慎重論が出てきた。そして藩庁もこの意見に変わった。そのため出兵は無期延期の状態に陥ってしまったのである。

おさまらないのは来嶋である。

「脱藩して浪人になり、藩に迷惑をかけない身になって遊撃隊を率いて出発する」

といきまき、その準備に取り掛かりだした。

来嶋の動きを知った藩庁はさすがに驚き、この難物の説得役として高杉晋作を選んだ。

三田尻に赴いた晋作に対し、来嶋が、

「おぬしゃ、いつ骨のやわらこうなったんじゃ。新知百六十石が、どうやら寅次郎（松陰）ゆずりの魂を溶かしてしもうたようじゃのう」

と発した言葉が晋作をカッとさせた。

それでも上使の手前、三日間三田尻に泊まって来嶋を説得したが聞き入れないため、

「どうしてもと言われるなら、これから手前が上洛して京都の様子を見てきますので、それまでは動かんでいてください」

と押しとどめ、世子の許可を得ないまま、三田尻を飛び出し京へ向かったのである。

桂は京都での長州の不人気を語り、そして言った。

「さいわい今のところは、参与会議でも長州征伐に対する意見が割れている。この時期、来嶋どのが兵を率いて上洛すれば、幕府や薩摩、それに会津は、これを口実として長州征伐に意見を一致させるに決まっている。来嶋どのの上洛はその罠に落ちるようなものだ」

だから、早々に三田尻に帰ってその旨を説得し、暴発を抑えて欲しいということである。

この時期の二人は、すでに八・一八政変が薩摩の久光やその側近たちによって引き起こされたことを知っており、薩摩の陰謀に対する憎悪の思いは一致している。ふたたびその罠にはまりたくない。

晋作は桂の情勢報告と、来嶋説得のことは十分納得はしたものの、なぜか京都の酒楼などで毎晩のように遊び、すぐに帰国しようとはしなかった。

晋作には、いかに来嶋を説得しても、決して聞かないことを知っていたからである。

たとえ情勢が長州に不利であるということが頭では分かってはいても、已むにやまれぬ思いというものは別である。そこのところが、怜悧な情勢分析をする桂の考えとは違っていた。

その屈折した思いを多少救ってくれたのは、土佐の中岡慎太郎であった。

「おぬし死に場所を探しているのであろう。わしはこの陰謀の元凶である薩摩の久光を殺す段取りをしているが、のらないか」

中岡はそう言って晋作を誘った。

晋作はすぐにこの話にのり、久光の行動を探る土佐の連中の報告を待ちつつ、酒楼通いをつづけていた。

そうこうしているうちに、

——家老国司信濃に遊撃軍二百人、膺懲隊《ようちょうたい》三十人をつけて、ひとまず大坂へ上らせ、大坂にいる井原主計を助けて、伏見まで出向いた上、長州藩主勤王の趣旨を貫徹する——


という藩議決定の情報がもたらされた。

しかしこの件は、桂小五郎の策により、在京中の因州藩主池田慶徳から毛利慶親へ暴挙いましめの親書を渡すことによって一応東上の中止をみたが、この情報は長州出兵の噂となって上方へ伝わり、幕府ならびに京都守護職、所司代などの取締当局に緊張感をもたらすことになった。

一方、久光を狙って死ぬ覚悟までしていた晋作は、世子定広からの召喚の手紙に接した。

およそこの時代、世子が家臣である藩士に直筆を執るなどということはまずあり得ないことである。

「すぐ帰国するように」

という文面に接し晋作は泣いた。

これは、晋作が脱藩者でないと世子自らが証明する思いやりもある手紙であった。

しかし藩庁は、若い晋作の思い上がりの行動として不快感を示し、三月末帰国した晋作を、かつて師の松陰が入獄した同じ野山獄へ送り込んだ。

池田屋の変

一

三月末、久坂玄瑞、来嶋又兵衛、寺島忠三郎ら十三人が、京坂情勢探索の名目で三田尻を出立した。

一旦大坂藩邸に留まって様子を見ていたが、彼らの後を追って遊撃軍の浮田八郎以下五十人ほどが脱走してきたため、来嶋らは彼らを率いて京都に潜入し、河原町の長州藩邸に潜り込んだ。

つまり、この三月から四月にかけて、三田尻にいた急進尊攘派の主なものは、ほとんどが京坂の地に入り込み、京都の情勢を窺っていたことになる。

そして彼らは、参与会議の完全な決裂状態を知り、四月十八日の伊達宗城、四月十九日の松平春嶽らの離京、さらには五月七日将軍家茂の摂海視察を兼ねての帰東を見て、京都の政局が空洞化した状態を確認した。

世子定広の入京の時来る。

そう判断した久坂と来嶋はさっそく大坂に下り、留守居役宍戸《ししど》左馬之助に相談した。然し首をたてに振らない宍戸に、らちが明かないと見た彼らは、山口の藩庁に直接相談するため長州へ引き返して行った。

久坂や来嶋の生の報告を得て藩論は湧き立った。三月下旬に抑えられていた国司信濃の出兵が再び復活し、家老福原越後とともにあらためて準備に取り掛かる命が下された。五月下旬のことである。

一方四月二十六日に三田尻に帰って京情を報告した鼎蔵は、落ち着く間もなく五月二日、今度は因州と加賀藩主に宛てた三条実美の手紙を持ってふたたび長州をあとにした。

五月十三日には鳥取城下に入り、十九日には加賀へ向かった。

そうした中、京坂では天誅が依然として続いていた。

これらの犯罪を取り締まる治安機関として、京都にあっては、京都守護職松平容保の指揮する会津藩兵約二千人とその傘下の新撰組五十人。京都所司代松平定敬《さだあき》の指揮する桑名兵約三百人、京都奉行長井筑前守、西町奉行滝川播磨守らの与力・同心合わせて約百四十人という体制であった。

そのほかに、急きょ江戸で、腕の立つ旗本の次男、三男から選出して結成した見廻組四百人が五月下旬に入京していた。

幕府はこれらの治安部隊に対して、三月二十二日武家伝奏を通じて京都市内の巡察を命じた。

新撰組
右は市中夜回り御用仰せ付けられ候間、帝都御警衛筋ひときわ奮発致し、出精相勤め候よう申し渡さるべく候。もっとも、持ち場割り合いならびに勤め方等心得方、委細の儀は掛かり大目付へ相達し置き候間、承り合わさるべく候事。
(『武家伝奏達』)

大目付への通達文
守護職人数
町奉行組の者ども
新撰組
右、京師御警衛のため市中昼夜見廻り仰せ付けられ候間、見廻り御取り締まり向き行き届き候よう致さるべく候。
右の通り、向き向きへ達されべく候事。
三月

（『青山家書類抜粋』）

このとき新撰組が受け持たされた見廻り地域は、北は蛸薬師通りから南は松原通りまで、東は鴨川辺りより西は御土居際までとされていた。

三月某日、新撰組は「幕府に嫌疑ありて出京にさわりある」水戸藩士に紛れて入京した長州人を捕縛したのを手始めに、四月六日には新撰組の名をかたって金策をはたらいた介石という僧侶と、その仲間ら四人を捕縛するなど、この通達が出てからいよいよ新撰組の警戒が活発化しだした。

その新撰組が、直接長州や尊皇攘夷派浪士の動きの一端を捉えたのは、四月二十二日酉刻六ツ半（午後七時）に発生した火災によってであった。

この火災は、彼らの見廻りの地域である木屋町通り松原付近が出火場所であった。五、六軒焼くほどの火災であったため、混乱に備えて新撰組が出動した。このとき不審な動きをしていた男一人を捕縛して屯所へ連れ帰り、拷問をともなう厳しい追及によって、「長州人、京地へ二五〇人も入り込みおり候趣まで白状」（『改訂肥後藩国事史料』）

ことを白状したのである。これによって彼らは一層緊張を高め、見廻りに気を引き締めだした。

——長州人（中略）……三〇〇余人身をやつし三条大橋辺りの宿屋に泊まりおる。当組、島田（魁《かい》）、浅野（藤太郎）、山崎（烝《すすむ》）、川島（勝司）これを探索し、会津候へ達す。

（『島田魁日記』）

実はちょうどこの頃、新撰組自体も内部に大きな課題を抱えていた。

隊員の厭戦気分による相次ぐ脱走である。

新撰組は芹沢鴨一派の粛清以後、近藤勇の試衛館道場派によって取り仕切られていたが、その後の隊員補充の際、思想的に尊攘派の浪士や長州浪士などの潜り込みなどもあって、これらの隊員に対する粛清が相次いでいた。

つまり、隊務である市中見廻り、将軍警護といった任務に相対しつつ、片方では疑心暗鬼が渦巻く内情にあった。

当初からの試衛館道場一派は別として、特に攘夷派の隊員たちにとってはうっとうしい日々であった。

その脱走事件が山場を迎えたのが、新撰組が将軍家茂の帰東を大坂に送って帰京した五月下旬以降のことである。

組織を束ねる近藤にしても、将軍警衛のために結成された組織が、命によって、将軍や幕府の閣老らが京都にいる間、不穏分子に対する見廻り役を行っていたのであり、その守るべき将軍が彼らを取り残したように立ち去ろうとしている今、その存在目的自体があやふやになってしまって、やっていられない心境に陥っていたのである。

この思いは、将軍が京都を離れる前の五月三日に、近藤が幕府に対し、会津藩を通じて隊の解散を示唆する訴えをなしたが、聞き入れられるはずもなかった。

元治元年五月下旬のこの頃は、新撰組にとって、近藤の、隊そのものの存在意義に対するジレンマと、眼前に果たさねばならない任務、そして隊員の相次ぐ脱走という士気の乱れが重なって不安定な時期でもあった。

だが、そのような新撰組が内包する問題に関係なくまさに時代は動いている。

眼前にあるのは、長州藩を中心とする尊攘派浪士たちの相次ぐ入京の情報であった。

ともかく、必死な探索によって不穏な行動を早急に突き止め、ふたたび大事に至らない防護策を確立すること。京都守護職会津藩預かりの新撰組として、今果たさねばならない務めはこのことに尽きた。

そのような厳しい警戒の中、四月には鼎蔵の弟春蔵と高木元右衛門が実美の命によって上京した。

つづいて五月には、三田尻に残っていた松田重助、重助の門弟で矢筈嶽《やはずだけ》のしこ名を持つ力士出身の中津彦太郎らも入京してきた。さらにその後を追って、三条に断りはしたものの、脱走のようにして三田尻を抜け出した河村半蔵、加屋四郎、萱野嘉右衛門と弟の黒瀬市郎助たちも入京した。そして彼らは、いずれも一様に『枡屋』に顔を見せた。

そんな中、加賀で実美の使いを果たした鼎蔵が、一旦大坂に立ち寄ったあと五月二十五日京都に入った。そしてそのまま松田重助のいる『枡屋』の二階に潜り込んだ。

ここの別棟には、すでに播磨林田藩の大高又次郎と北村善吉師弟が潜伏している。

彼の入京は、その日のうちに在京の同志らに伝えられ、真っ先に長州の吉田稔麿《としまろ》が鼎蔵に会いに枡屋を訪れた。

吉田稔麿、吉田松陰の愛弟子《まなでし》である。

名は栄太郎といった。長州藩足軽の一人息子である。家は松陰の実家である杉家の裏にあった。

安政三（一八五六）年十一月、十六歳で松下村塾に入門した。秀才肌の彼には、久坂玄瑞と桂小五郎の目が絶えず注がれていた。

万延元（一八六〇）年十月、松陰の『草莽崛起《そうもうくっき》』の遺志実現のため、福知山の農民騒動へ合流するため脱藩した。

その後流れて江戸へ入った栄太郎は、桂小五郎の手配によって、五百石の旗本で奥右筆の妻木田宮《でんきゅう》のもとで監査役までつとめた。

文久二年七月、妻木家を辞して上京、閏八月久坂玄瑞のとりなしで、世子定広から帰参を許される。

文久三年六月、長州において奇兵隊に入隊して士籍に加えられ名を稔麿に改めた。このとき同じようにして士籍を与えられたなかに、入江九一、山県小輔（有朋）、伊藤俊輔（博文）らがいる。

直後の七月、長州において幕府側の不手際によって起こった、「朝陽丸事件」解決のため、十一月十三日密命を帯び、藩を代表して江戸との折衝を行うため出発したが、このとき世子定広から稔麿に笄《こうがい》、目貫《めぬき》、小柄《こづか》の三所物《さんしょもの》が下賜された。

元治元年、稔麿は幕府との問題を解決して江戸を離れたが、途中京都の情勢を探って帰国する命を受けたため、長州には四月十五日に帰り着いた。

五月に入ってふたたび上京となったが、これは藩主慶親の命によるもので、江戸へ向かい、稔麿と老中板倉勝静との関係を通じて、板倉に願って慶親の嘆願書を将軍に上奏せよという使いの途中であった。

ところが、立ち寄った京都の長州藩邸で、迎えた桂小五郎と久坂玄瑞から、「将軍が在京中のいま江戸まで行くこともない、こちらで手はずを考えるから」という先輩たちの意見にのり、桂らに処置を委ねたのである。

稔麿から引き継いだ桂は、五月六日、藩主の嘆願書を月番老中の酒井雅樂頭《うたのかみ》（忠績《ただしげ》）のもとへ持参した。しかし酒井は将軍家茂について大坂へ下るため、京都所司代を松平定敬《さだあき》と交代して、就任したばかりの淀藩主稲葉長門守へ差し出すよう申し渡されたため、これを淀藩公用人田崎雄策を通じて長門守へ渡した。

このように藩主慶親の嘆願書は、確かに月番老中稲葉正邦の手には渡ったものの結末は出ていないのである。その間稔麿は京都を離れることが出来ない状況にあった。

その稔麿が、枡屋に入った鼎蔵を真っ先に訪ねたのも、師松陰の盟友である鼎蔵を、師と同じように慕っていたからである。

なお、五月のこの時期、政権をとった公武合体派から、「取締り致すべき者ども」、つまり指名手配者である桂が、なぜ堂々と老中に会える立場にあったかといえば、実は長州藩外交の正面に立てて、彼の身を保障しようとの考えから、四月十八日乃美と並んで京都留守居役という最高責任者の辞令を出していたからであった。

すでにこの時期桂は、同じように手配されていた鼎蔵や真木らのような潜伏者らと、立場が大きく違っていた。

長州西下という都落ちの責任を、一身に担い続けている鼎蔵には、どうしても自分らの手で三条らを復権させ、王政復古の道を探りたいという焦りがあった。そのため、入京二日後の五月二十七日の夜、間近に迫った長州藩出兵に備えて、在京する諸藩の同志の召集を仕掛けたのである。

つまり、長州をどういった形で支援し、政局の立て直しを図るかということを話し合うことにあった。

場所は東山の料亭「栂尾《とがのお》」、集まったのは、因州、対馬、安芸、筑前、津和野、岡、備前、福山、浜田、久留米、柳川の諸藩士であった。

これを呼びかけたのは、因州藩士河田佐久間、松田正人、山部隼人であるが、本来は潜行中の鼎蔵の呼びかけであることは、召集のさい秘かに伝えてあるので、集まった者には皆その認識があった。

このときすでに四十五歳になっていた鼎蔵は、尊攘派浪士の間では発言に重きをなす存在であった。

行動する勤王家としての風評、亡き松陰との深い朋友関係、そして何よりも三条実美の信頼篤き側近として、尊攘派公卿の意中を一番知る人物である。そういった経歴からして、特に二、三十代の若い浪士たちにとっては、彼らの方向性を左右する指導者として仰ぎ見られる存在であった。

この会議では相当具体的な案が検討され、それらは今後の彼らの行動方針として、次の三点が決議された。

一つは、長州藩出兵支援のため、出席した諸藩の内で京都に最も近い備前と因州が、なるべく迅速に援兵を出すこと。

次に、彼ら浪士組の襲撃目標を、中心人物である中川宮と、治安機関の責任者である京都守護職松平容保にしぼり、烈風の日を選んで御所の風上に火を放ち、あわてて参内する両人を要撃して、中川宮は幽閉し、容保は討ち取る。さらにその混乱に乗じて、畏れ多いことではあるが天皇を一時長州へお遷《うつ》し申し上げる。

こうして打ち出された方針のもと、彼らはそれぞれの立場で着々と準備を開始しだした。

六月一日朝、いつものように枡屋に顔を出した下僕の忠蔵に、鼎蔵は天授庵への使いを頼んだ。

八・一八政変後、帰郷後蟄居を命じられている松村大成への京情報告であった。謹慎の身の彼に果たして届くかどうか不安であったが、おそらくはこれが最後となるであろう手紙を、天授庵に滞在する肥後藩士の知己へ託してもらうためである。

四条小橋西詰北入ルにある枡屋から、南禅寺天授庵までは、往復一時《いっとき》（二時間）もかからず用事を済ませて帰り着く距離である。

ところが忠蔵は、その日の夕方になっても戻ってこなかった。仮に私用で寄り道したにしてもあまりにも帰りが遅すぎた。忠蔵が会津か新撰組の見廻りに捕縛された疑いが濃厚になった。

そう悟った鼎蔵は、すぐさま一緒に潜伏している松田重助、高木元右衛門、中津彦太郎ら肥後の同志や、別棟に潜伏する大高又次郎と北村善吉らに事の次第を報せ、用心のため当分の間枡屋を留守にすることを申し合わせ、河原町の長州藩邸に移動した。

その後鼎蔵自身は、忠蔵のことが気になるため、安否を確かめるべく、彼の潜伏場所の一つでもある「小川亭」に出かけた。

通された一室で、大女将のリセと話し込んでいるところへ若女将のテイが帰ってきた。「なんや鼎蔵はん、うちところに来てはりましたんか」

ほっとした表情でそう言ったテイは、今度はしょうもないお人やなぁと言って、

「母からお聞きになった通り、忠蔵はん新撰組に捕まりはって、南禅寺の三門に結わえられておす。わては、てっきり枡屋に居りはる思うてお知らせに走ったんどす。

今までどこに居てはりましたん？」

「長州屋敷におった」

「忠蔵はん、どないなりますん？」

「気がかりではあるが、どうすることも出来ん。めったなことでは口を割るような男ではないが、それも痛めつけられようによっては白状いたすこともあろうが、致し方あるまい。

走り使いの身であるゆえ、嬲り殺されるまでのことにはなるまいと思う」

鼎蔵としても、今はそう言い切るしかなかった。

動けない鼎蔵の苦衷を察したテイは、

「そうですなぁ、分かりました。わても何とか考えてみましょ」

彼女としても、いつも鼎蔵の使いとして走り回っている忠蔵の身を案じる思いは一緒である。

その後しばらく小川亭で時間をつぶした鼎蔵は、やがて長州藩邸に戻って行った。

その翌日の夜遅く、南禅寺三門下に下男をともなったテイの姿があった。彼女は三門に縛りつけられた忠蔵の番をする番人に近寄ると何かを渡していたが、やがて番人は忠蔵の縄を解き放してやった。テイが番人を買収したのである。

放たれた忠蔵は、黙ってテイの方に会釈をすると、そのまま境内を出て京の街中へと消えていった。

上手く忠蔵を解放したテイであったが、やはり女である。

街中へ消えた忠蔵の後をつけ出した黒い影にはさすがに気付かなかった。

二

この頃鴨川の東で、中間風のあやしい男二人を取り押さえた新撰組は、拷問によって、

――南の大風の日を狙って京に火を放ち、尹ノ宮（中川宮）や会津藩主を討ち取る――

といったおだやかならぬ情報を得たこともあり、これまで怪しいとにらんでいた二十数カ所ほどの不審な箇

所を、早急に捜索する必要に迫られた。

六月四日、新撰組は疑っていた箇所の一つである三条井筒の父子を召し捕り、これを取り調べたところ、木屋町四条上ルの割木薪炭商枡屋こと枡屋喜右衛門宅に、長州や土佐、肥後など多くの浪士らが出入りしていることを知った。

これまでの調査で、三十五、六歳にもなる主人が妻帯もせず、屋敷の広い割には雇っている下男・下女もあまり見かけず、さらに近所づきあいもないなど、枡屋も疑わしい場所の一つに挙げてはいたがこれまで確証はなかった。

ところが、偶然にも六月一日に捕まえた宮部鼎蔵の下僕を、そのまま南禅寺三門に晒していたところ、二日目に小川亭の若女将が現れて番人を買収し、その解き放った機会を狙って後をつけた結果、同じ枡屋へ戻って行ったとの探索方からの報告もあがっていた。

近藤と土方は、これらの情報から、少ない隊員を割いて不審箇所を各戸に当たるより、浪士潜伏の可能性の高い、枡屋をはじめ二、三カ所に捜索の的を絞ることにした。

五日早朝、副長助勤武田観柳斎《かんりゅうさい》の指揮する隊士八人が枡屋に踏み込んだ。

だが、一人も浪人らしき者の姿はなかった。

枡屋喜右衛門こと古高俊太郎は武田の尋問には頑として口を割らなかったが、隊士が取り押さえた下男から、出入りの浪士たちは立ち去って居ないものの、多くの武器類を預かっていることを聞きだした。

古高を壬生の屯所へ連行したあと、隊士が屋内を捜索したところ、母屋と別棟の蔵から、

——槍二五筋、弓一〇数張、矢五〇〇本、甲冑一〇組、鉄砲二、三挺、菰包みにされた木砲四、五挺、小石鉛玉とりまぜて樽詰めにしたもの、火薬竹詰め大小数本、ほかに密書のたぐい多数——

（冨成博『新撰組・池田屋事件顛末記』）

が発見された。

古高に対する屯所での取り調べは、当初局長の近藤勇自らが行ったが、名前を名乗っただけであとは黙秘をつづけたため、業を煮やした副長の土方歳三が拷問にかけて白状させることにした。

古高に対する拷問は凄絶《せいぜつ》をきわめた。

拷問は、新撰組が屯所として借り受けている壬生村前川荘司家の蔵で行われた。

庭の奥にある二つの蔵のうち、西向きの蔵である。

蔵の中は二階づくりになっていて、一階は土間で、二階は十五坪ほどの板張りになっている。二階の天井にはむき出しの大きな梁があり、その梁に結わえつけられた太い綱が、床板の一部を開けたところから階下へとぶら下がっている。

両手を後ろ手に縛られた古高は、足首に綱をかけられ、梁から垂れ下がった綱に結わいつけられて、逆さに吊り下げられた。

顔面は次第にうっ血してくる。

その恰好のまま、土方に命じられた隊士の一人が激しく鞭打って責め立てた。それでも頑張って口を開かないため、しまいには、足の裏に五寸釘を突き通し、そこに火を点けた百目蠟燭をたてた。みるみる熱蠟燭が足裏を焼き、脛へと垂れてくる。これが小半時《こはんとき》（三十分）ほどつづいたとき、やっと古高が、中川宮焼き討ちの計画を裏付ける白状をしたのである。

もっとも、この拷問と同時に、枡屋から武器や具足のほかに押さえてきた、密書という物証を突き付けられての取り調べがなされたことから、古高の頑強な否認もつづかなかった。

その内容が、「新撰組より差出候書付写」として『維新前後之雑記』に記録されており、その一部を抜粋すると、一昨亥年より私方へ止宿させ候浪人名前左の通り。
肥後萱野嘉右衛門、同加屋四郎、同河村半蔵、同安田名不知、同黒瀬市郎助、同宮部俊蔵、丹羽園部、前田名不知、丹州生野小山三郎

一大高又次郎儀は十年前より馴染みの者にて、長州具足師にて御座候て、河原町屋敷に罷りあり候ところ、当年正月より手前裏借家に差し置き候。当時、因州藩と申したて候。

一木大砲、焼耐薬とも昨亥年八月、河村半蔵より預かり置き候。もっとも、中川宮を焼き撃ち仕るべく用立てに御座候。

—中略—

一甲冑は加屋四郎以下の人々より預かり候えども、その仁、一々覚え申さず候。

一六月四日、因州家来山部隼人参り申し候ところ、いよいよ近く中川宮を放火致し候よう相談のところ、急考にはいまだ時節も少し早く存じ候に付き、しばらくのところ差し止め置き候。この剄《くびつ》玉《たま》は預かり候くれよう申し聞き、剄玉一ツ預かりおき申し候。

（菊地明『新選組全史』）

これを見ても分かるとおり、古高の供述は、出入りの浪士として、差し押さえられた密書に記された名前だけを白状しており、中川宮襲撃についても、密書に述べられていたからこそ観念せざるを得なかったのである。そして一番肝心な、長州との関係、鼎蔵や松田重助など、会津や新撰組が追っている重要な人物の出入りについては、一言も白状していなかった。

さらに、本人自身も尊攘派浪士によって利用された一商人であり、これらの計画への関与は一切ないことを押し通したのであった。

中川宮襲撃に関するこれまでの情報の裏付けと、武器・甲冑類や密書などの物証の発見。これ以上具体的計画の確証はなかった。

また、関係ないと言い張る古高の自供も、尾行した宮部鼎蔵の下僕が戻って行った先が枡屋であるにもかかわらず、彼のことには一切触れようともしない。そのような古高の供述をおいそれと信じる新撰組ではなかった。

ただちに供述書をまとめて会津藩へ急使を立てた。これを見た藩士の広沢富次郎なども、「会合所ばかりを貸し与えていたのではなく、そやつ（古高）も、連中の一味に相違ない」と語っており、会津藩も新撰組と同じ見解に立っていた。

なお、その日の夜、枡屋捜索のことを知った一部の浪士らが、大胆にも新撰組が封印しておいた枡屋の土蔵を破って武器や甲冑などを盗み出した。

せっかく封印しながら、見張りも置けないほど人手が手薄だったこともあろうが、この新撰組に対する挑発の行為は、確証をつかんで危機感をつのらせていた彼らに対し、一層浪士たちに対する憎悪感を掻き立てることになった。

新撰組は、ただちに長州浪人をはじめとする浪士狩りに取り掛かるため、翌五日午前中、会津藩に「ただいま出張、長州（人）召し捕り候間、御人数拝借」、つまり、取り締まりのために人手をお借りしたいと申し出た。

この申し出を受け、会津藩では緊急会議を開いた。

松平容保は、会議の結果を禁裏守衛総督一橋慶喜に報告、京都所司代松平定敬旗下の桑名藩、町奉行所等に出動を要請するとともに、夜五ツ時（午後八時ころ）四条通八坂神社門下の祇園会所へ集合する旨命じた。

この時容保は病床にあったが、わざわざ隊長の近藤らを御前に招いて、その功を褒め労をねぎらったため彼らは感涙にむせんだ。

古高捕縛の第一報は、五日早朝長州藩邸へもたらされた。報せたのは対馬藩士の多田荘蔵である。藩邸は火のついたような騒ぎになった。

中でも、長州藩邸に潜伏している肥後藩の浪士たちにとっては、つい先日まで世話になっていた枡屋であった。

何が何でも古高を新撰組から奪還したい思いに駆られたのは道理であった。

さすがの鼎蔵も興奮のあまり、

「これからただちに壬生へ乗り込み、古高どのを奪い返そうと思う。そのためにも、ぜひ長州からの人手をお貸し願いたい」

と、桂と乃美に頼み込んだ。

だが、長州藩邸責任者としては、実際にこれを行うとなると、新撰組だけでなく、後ろに控える二千人の会津藩兵、ひいては幕府勢力との全面対決にもなりかねないことになる。桂にとっても、そこまで持ち込むには完全に時期尚早であった。

特に留守居役の乃美としては、あきらかに長州藩との関わりが表面化するような、無責任な行動はとれなかった。

また彼の立場として、尊攘派であれ保守派であれ、長州藩邸の管理責任者として、他藩の者でも納得できる理由さえ得られれば藩邸の利用を拒むものではない。ましていまは、藩主父子ともども尊攘派路線をとっているため、復権運動に携わるものであれば、桂や久坂らに免じて藩邸を自由に利用させている。

が、彼らほどには潜伏浪士のことを理解し、許容しているわけではなかった。面倒だけは起こしてくれるな、これだけが彼の願いであった。

特に今回の鼎蔵の申し入れに対しては、

「人の褌で相撲を取ろうなどと、あつかましいにもほどがある」

との思いがあったが、さすがに口には出さず、ただ、

「お気持ちは分からないでもないが、この件で藩邸から人をお貸しすることはできない」

といって、きっぱりとこれを拒否した。

この時、さすがに鼎蔵はじめ他の浪士たちも、長州藩自体に迷惑のかかることに気付いたのである。他藩のお世話を受けながら、いつの間にか自藩にいて物事を考えている錯覚と、突然の驚愕がなさしめた失態であった。

しばらくして鼎蔵は乃美のところへ行き、

「先ほどは、恥ずかしながら突然の事態に動転いたし、誠に身勝手な申し入れを致したことをお許しいただきたい。

私どももよくよく思案した結果、古高どのの件はすでにここに至っては致し方ない事態であることを承知致し、残念ながら奪回を諦めざるを得ないことに至った次第にござる」

と、詫びと奪還計画の撤回を申し述べた。

だが、彼らは古高救出のことをあきらめたわけではなかった。

「有志の者たちだけでも、なんとかしてやりたい」

との思いに駆られた者たちにだけ、秘かに鼎蔵から緊急の会合召集が呼びかけられた。

指定の場所は、三条小橋の「池田屋」、時刻は戌刻五ツ時（午後八時）。

この時刻は、くしくも守護職旗下の会津藩が、新撰組に祇園会所集合を指示した時刻と一致していた。

三

元治元年六月五日（陽暦一八六四年七月八日）当日、脱走者の相次いだ新撰組ではあったが、それでも四十人の体制は維持していた。

このうち、屯所の警備要員と病人や怪我人を残し、祇園八坂神社石段下の祇園会所に集合したのは三十四人である。

会津藩の命によれば、集合後新撰組は四条通りより北上し、会津藩は二条通りより南下しながら捜索をつづけ、三条付近で落ち合う約束であった。

彼らは隊士を二手に分け、局長近藤勇以下、沖田総司、永倉新八、藤堂平助、谷万太郎、浅野藤太郎、武田観柳斎、奥沢栄助、安藤早太郎、新田革左衛門の十人が木屋町通りを北上しながら捜索し、副長土方歳三が、井上源三郎、原田左之助、斎藤一、篠塚峰蔵、林信太郎、島田魁、川島勝司、葛山武八郎、谷三十郎、三品司、蟻通勘吾の十一人と、松原忠司、伊木八郎、中村金吾、尾関弥四郎、宿院良蔵、佐々木蔵之允、河合耆《ぎ》三郎、酒井兵庫、木内峰太、松本喜次郎、竹内元太郎、近藤周平の十二人を総括指揮して、祇園界隈から縄手通りの捜索に当たることにした。

土方の方の人数が多いのは鴨川の東側のこの地域には、西と比べ旅館や料亭などが多いためである。

しかし、「浮浪の輩の潜伏場所およそ二十カ所あまり」と、会津藩への探索結果報告にもあるとおり、目をつけていた箇所の二十カ所に加え、しらみつぶしとまではいかなくとも、受け持ち地域内にある旅館や料亭は一応外観だけからでも見て回っておく必要はあった。

そのため、すでに薄暮時の六ツ半（午後七時ころ）には、会所に近い祇園や縄手通りを受け持つ土方隊は捜索を開始し、近藤の組が会所で会津藩を待ったのである。

ところが、集合時間の夜五ツ（午後八時ころ）を過ぎても会津が現れないため、とうとうしびれを切らした近藤隊も、午後九時過ぎごろ、会所を出て割り当てられた河原町方面へ向かった。

一方その日の夕刻、鼎蔵は弟春蔵とともに、

「三条公のご用のため」

と、留守居役の乃美に外出許可を願い出て長州藩邸をあとにした。

その前後には、肥後の松田重助、中津彦太郎、高木元右衛門らのほか、長州の有吉熊次郎、播磨の大高又次郎、北村善吉、大和の大沢一平、筑後の渕上郁太郎など藩邸に潜伏している諸国の浪士らも、祇園祭宵の前日でもあるこの日、祭り見物などと断ってそれぞれ藩邸を出た。

このとき、まさに事を起こすかのような、決心にも似た動きをして藩邸を出たのが長州の吉田稔麿であった。

彼は乃美に対して、

「内々に人と会うため外出します」と述べたあと、

「ついては、若殿より拝領しておりました三所物《さんしょもの》を預かっていただけませんか」

と、昨年十一月、朝暘丸事件解決のため密命を帯びて江戸へ向かう稔麿に、世子から下賜された笄、目貫、小柄を置いて出たのである。

そこでさすがの乃美も、古高奪回計画の動きではないかと薄々感づきはしたが、同じ留守居役の桂が外出する際、

「今夜池田屋で会合があり、私も参会することにしているので今から外出いたす。

この会合では、古高の件その他を論じ合うことになっており、何らかの結論が出れば、おそらく藩邸にいる者たちへの支援呼びかけもなされよう。

だが、今の時点で長州として動くことはできない。残留のものたちがみだりにこの挙に走らないよう、私が出たあとは門を厳重にし、一切の出入りを差し止めるようお願いいたす」

と申し残したことで、はじめて事の重大さを悟ったのである。

この時代の時間の観念というものは、実に悠長に流れていた。今でも田舎などでは約束した時間より二、三十分ほど遅れて事が始まることはざらである。

その中でも桂は几帳面な方で、池田屋に顔を出したのは丁度指定の五ツ時であった。

店の表戸はさすがに閉まっていて、くぐり戸を開けて中に入ると、右側にある帳場に一人、四十過ぎの池田屋の主人入江惣兵衛が座っていた。

「長州の桂だ、皆は来ているか？」

と尋ねると、サッと薄暗い行灯の明かりに主人の緊張が走った。

極秘の会合である。辺りに人の気配はないにもかかわらず、思わずくぐもった声で、

「いえ、まだどなたはんも……」

来ていません、とまでは言わないうちに桂のほうから、

「そうか、まだか。ではもうしばらくいたしてまた参る」

と言って店を出て行った。

桂が池田屋を出たのと行き違うように、鼎蔵と春蔵兄弟が入ってきた。

この五日は陽暦の七月八日、梅雨明け前の名残の雨が、

——午前中雨がやみ、午後また小雨がパラついた、そして夜になると晴れあがった。——

（冨成博『新撰組・池田屋事件顛末記』）

とあるから、この時間ごろは日没後どんよりとした雲が多少は残っている、じめじめとした蒸し暑い夜で

あったはずである。

あたりは十数軒ほどの旅館や民家が軒を連ねる街中ではあるが、それら屋内の行灯の光が、道路に面した障子や戸の隙間からもれ来る程度で、人の顔などしかとは判別できないほどの薄暗い通りではあったが、ただ、祇園祭宵宮で、ちらほらとした人の通りはあった。

しかし彼らは、お互い人の視線を避けるように行動しているため、知っている者同士すれ違っても判別は難しかったと思われる。

鼎蔵は、呼びかけた当人であるため一番乗りではあったが、それでも約束の時間は過ぎていた。その後小半時のうちに三十人ほどの参会者が集まったので酒が運ばれ、酒宴の中で会議がはじまった。

議題は二つ、一つは古高奪還を決行することの是非。一つは、長州挙兵に呼応しての中川宮襲撃決行の件。だが、この二つの問題を同時に解決しようとすること自体に矛盾があった。何ら整合性がないのである。つまり、中川宮たちへの襲撃計画が漏れない前の段階での古高奪回は急を要することである。しかし、その計画が十分に漏れたと考えられる今の段階でこれを決行すれば、最早彼らの目的である長州兵との連携行動がとれなくなる危険性をはらんでいたからであった。

酒の勢いも手伝って、喧々諤々《けんけんがくがく》意見は一向にまとまる気配はなかった。

そしてこの頃、皆が集合していない時に一旦は宿に顔を見せた桂ではあったが、なぜか池田屋から二、三分ほどの対馬藩邸で大島友之允と話し込んでいた。

三条河原町東入ル、通称三条小橋通り池田屋。

——表構え間口三間二尺（六・六メートル）、奥行き一八間半（三七メートル）、総建坪約八〇畳数六九、二階は京都独特の紅殻《べんがら》格子で、ひさしがひじょうに低く下がっている。玄関を入ってすぐに半間のたたきで狭い式台が続く。

一段上がると三畳の表の間、これは板の間であったかもしれない。左側は物入れ、正面板戸の奥は六畳の調理場へと続く。表玄関入って右側突当りが、二畳の帳場、その裏が二畳の居室、土間を奥に入って中仕切戸を開けると、右側に板場があり、井戸、かまど、流しなどがある。……――

（ＮＨＫ『歴史への招待』新撰組・池田屋騒動元場面より）


鼎蔵ら三十人ほどの志士たちが会合を開いたのは、すぐそれと知れないように、中仕切戸を抜けた先の突き当たりにある裏階段から上った、奥二階八畳と四畳半二間つづきの座敷を使用していた。

指定の時刻を過ぎても来ない会津藩を待ちきれずにやっと祇園会所を出た近藤ら十人は、取り掛かりの時間を取り戻すように、一気に四条通りを西下して鴨川を渡り、高瀬川に架かる四条小橋ぎわから木屋町通りを北上、三条通りに向かった。

三条通りに出ると一帯は旅館街になっている。左にある三条小橋を河原町通りの方に渡った通りの北側に、手前から亀屋、中屋、そして池田屋。池田屋の隣がすみや、十文字屋、編笠屋、ふで屋、大津屋とつづき、南側にも七軒ほどの旅館がある。

この時間帯のため、さすがにどの旅館も大戸は閉められていた。

付近の旅館に対する宿改めを開始した直後に、近藤らは、

「池田屋に長州人二十人ばかりが酒宴を開いている」

との情報を得たため、ただちに池田屋へ直行した。

やはり不審なことに、池田屋の潜り戸だけがかすかに開いて、中から明かりが漏れでていた。

これは、集会にまだ来ていない同志のため、気を利かせた主人の惣兵衛が、そこだけ戸を閉めきらずにいたためである。

間違いないとにらんだ近藤は、谷、浅野、武田、安藤、新田の五人に表、奥沢に裏口を固めさせ、沖田、永倉、藤堂を率いて四人で池田屋に乗り込んだ。亥刻四ツ時を少し過ぎた午後十時半ごろのことである。

右にある帳場には行灯だけが燈っていて人はいない。潜り戸を入った土間正面の式台に鉄砲・槍十挺ばかりが立てかけてあるのを目にしたため、沖田が素早く縄でからげた。

さらに近藤らは中木戸まで進み、

「頼もう」

と近藤が奥に声をかけた。

あわてて出て来た主人惣兵衛に、

「今宵、お宿改めである」

と申し向けると、驚いた惣兵衛は奥へ駆け込みながら、

「みなさま、宿改めにございます」

と叫びつつ中庭を抜け、裏階段を上ろうとしたため、追いついた近藤がこれを殴り飛ばし、一気に階段を駆け上がった。つづいて沖田、永倉、藤堂も上がってきた。

近藤が、主人の声で一斉に行灯の灯が吹き消された二階八畳間の襖を引き開けざま、

「無礼すまいぞ！」

との恫喝の声を発すると、思わず一瞬部屋が静まり返った。真っ暗な部屋からは、二十数人の志士たちの不気味な息遣いだけが押し寄せてくる。

鼎蔵らが、下の異変に気付いたのはもちろん慌てた惣兵衛の声によってである。

それほど、座は酒の勢いも手伝い激論の場となっていたのである。だがこのとき、会合を呼びかけた鼎蔵自身の結論は出ていた。

――古高が捕縛された以上、仮にすべてを自白しなかったとしても、密書などが持ち去られているからには、我らの計画の九分九厘は握られてしまっていると見ていい。

そうなるとこの時点で、もはや計画は実行に値しなくなってしまったのである。

気の毒なことではあるが、古高救出は不可能なことである。いま事を起こせば、待ち構えている会津や新撰組らの、火中に栗を拾いに行くようなものだ。

今や、長州も兵を挙げる準備が整っているとき、早まって事を起こすことだけは避けねばならない。とにかく、一旦この場は解散して再度計画を練り直す必要がある。――

ところが、新撰組は待ち構えてなどいなかった。彼らが結論を出す前に向こうから襲ってきたのである。

「しまった！」

血を吐くような痛切な思いが鼎蔵を襲った。

灯りが消えて真っ暗闇になった二階は、階下三畳間前の廊下に吊り下げられた、「八間《はちけん》」（白い紙を貼った七、八十センチ四角の笠の中に、舟形のカンテラが吊るされていて、十四、五メートルを照らすほど明るかった）と呼ばれる大型の吊《つり》行灯から、吹き抜けの二階に漏れてくる薄明かりだけが頼りである。

彼らが気付いたときには、襖は引き開けられ、すでにその薄明かりを背にして、階段を塞ぐように四人の襲来者が立っていた。

そのかすかな薄明かりのなかで、真っ先に鼎蔵の頭をかすめたのは、赤穂浪士討入りのことであった。

主君の仇を求めて討ち入る側には勢いというものがあり、不意を突かれた吉良側に逃げの本能はあっても、闘う心準備は皆無にひとしい。

さらに、奥に細長い池田屋の出入り口は、表出入り口のほかに、裏庭の奥に一カ所狭い裏口があるが、そこはどちらもすでに固められているはずであった。

また、それぞれ剣の心得はあるものの、口角泡を飛ばして叫ぶ理屈のようには、剣の腕がともなっているものなどない。まして、天井の極端に低い京風町屋づくりの狭い空間で、刀をさばけるような独特の技法など習得しているものなどなかった。

何とかして逃れたいが、それが不可能なら、若い春蔵や吉田をはじめ同志たちの幾人かでもどうにか逃げ延びて欲しい。

鼎蔵の頭をしめたのはただその願いだけであった。

一瞬の静寂を破って、志士の何人かが、手元にあった徳利や皿などを近藤らに向かって投げたのをきっかけに、中庭に飛び降りて逃げ延びようとするもの、やみくもに斬りかかって行こうとするものなどで、二階は騒然となった。

その中の一人が真っ先に若い沖田に斬りかかったが、一瞬のうちに沖田得意の突きによって倒された。だが、沖田はこの突きの勢いで刀の帽子が折れてしまい、同時に彼自身も激しく咳き込み血を吐いてその場に倒れ込んだ。

そこで咄嗟に近藤は、二階での戦闘の不利を見て取り永倉らに、

「下へ！」

と指図しつつ、沖田に肩を貸して彼を下へ運んだ。沖田はそのまま戦闘集団からはずれて会所へ引き返したため、屋内は近藤、永倉、藤堂の三人で志士たちと対することになった。

三人が戦闘の場所として選んだのは、奥の間階段下の廊下に近藤勇、中庭に藤堂平助、中仕切戸外表階段下付近に永倉新八であった（ＮＨＫ『歴史への招待』新撰組・池田屋騒動戦闘図）。

これでは二階からも裏の屋根に出て裏庭へ飛び降りないかぎり、浪士たちはどこかでかならず手練れの剣士たちと刀を交えなければならない。

二階は真っ暗闇、階下と中庭は八間の明かりで、どうにか人の動きはつかめる状態であった。

その中での戦闘である。逃げようとすれば、立ちふさがる隊士と斬り合わねばならない。

あとは対峙している相手の横をすり抜けるしかないが、それも易々とはできない。たとえすり抜けて表に逃れても、通りには六人の剣士が待っているのである。

鼎蔵や重助ら尊攘浪士らにしてみれば、突っかかっては手傷を負うか斬り殺されるという、剣の腕の違いをまざまざと見せつけられる、まさに修羅の地獄絵をはじめて目の当たりにしたのであった。

もちろん、志士らにしても新撰組にしても、相手が誰かなどといった識別などあろうはずがない。

こちらが、到底歯の立たない相手であることを早くから見抜いていた鼎蔵ではあったが、責任者として自らこの難関を切り開こうと試みたものの、その都度、兄の身を守ろうと傍らから離れない春蔵に、

「どうかこの場は、私たち若い者にお任せくださり、何といたしても、兄上にはこの場をお逃げいただかねばなりません」

といって引き止められていた。

だが、それも時の経過とともに、数カ所に及ぶ傷口からの出血や年のこともあって、次第に気力が衰えていくのが分かった。

もはやこの状況下において、自分は逃れきれないし、また逃れようとも思わなかった。

それにしても、少数の人員で乗り込むとはなんと勇気のあるものたちか、その気魄と剣さばきの鋭さ、おそらく新撰組の中でも選ばれた剣士たちに違いない。

であれば、彼らのような男たちと斬り合って事を終わることも、いい死に場所を与えられたといえよう。成すべきことが出来ずに終わることは無念ではあるが、かならずや我々の志は誰かがやり遂げてくれる。

そう決断した鼎蔵は、重助を近くに呼び、襲撃者に対してはまともにやり合わず、春蔵とともになにがなんでも逃げ延びて再起を期すよう厳命した。

やがて鼎蔵は、すでに自分の周りに春蔵や重助、それに高木元右衛門や中津彦太郎ら肥後勤王党の同志の姿が見当たらないことを確かめると、裏階段の下にどっかと座り込んだ。

――我が思いついにかなわず。

こと志と違い、御上の宸襟《しんきん》を安んじ奉るべきはずのものが、かえって、逆に穢《けが》すという畏れ多い事態を招いてしまった以上、もはやこれまで。――

そして、藤田東湖の詩『正気の歌』の末節、

死為忠義鬼　死して忠義の鬼となり
極天護皇基　極天皇基を守らん

をしずかに口ずさむと、やおら御所の方に向かって深々と一礼ののち、素早く腰の脇差を抜くやいなや、左手で引き開いた下腹部に真っ直ぐに突き入れ、左手を添えて真一文字にかっさばいた。そしてなお前に傾きかける体をこらえつつ、脇差を下腹から引き抜くと、右頸動脈を断ち切って見事に己の始末をつけたのである。

かつて郷里熊本において山鹿流軍学師範を務めていたころ、初めて入門に訪れた若者に、
「貴公は腹を切る法を知っているか」
と問いかけ、知っていると答えたものだけに入門を許したほどの鼎蔵である。

事ここに至って敗れたと悟ったとき、既にこの場において腹を切ることは、彼の人生の節理を全うする何ものでもなかった。

階段近くを持ち場に剣をふるっていた近藤にも、鼎蔵の切腹する姿は目に入った。年恰好といい、従容とした自刃の様子から、チラッと、これが首領の宮部鼎蔵か？　と頭をかすめたが、もちろん本人の顔など知るよしもない。次の瞬間にはすでに目線は逃げようとする他の志士の方に注がれていた。

四

土方や、遅れて出動した会津藩兵らが池田屋に到着したのは、近藤らが討ち入って四十分ほど経った四ツ半過ぎ（午後十一時過ぎ）のことであった。

この間において池田屋の中で倒された志士は六人、切腹した鼎蔵を入れて七人が亡くなった。長州藩邸が池田屋の変事を知ったのは、杉山松助が重傷を負いながらも逃れて帰ってきてからである。時刻は十一時半ごろのことであった。その頃から長州藩邸は七百人ほどの会津藩兵によって囲まれだした。藩邸の門はこのとき閉ざされた。

そのような情況の中に、次々と池田屋を逃れ出た志士たちが駆け込んだ。肥後の宮部春蔵、高木元右衛門、中津彦太郎、長州の有吉熊次郎などである。

藩邸では、しばらく桂小五郎の消息が分からなかったが、対馬藩邸に無事でいることが判明した。だが、桂は藩邸にはもどらず、思うところあってしばらくして対馬藩邸からも姿を消し、市中に潜伏した。

吉田稔麿は、傷を負いながらも池田屋を逃れ出て、藩邸へ向かったものの、門が閉ざされていたため入れず、周囲を取り囲む会津藩兵とふたたび一戦を交えたのち門外で自害して果てた。

鼎蔵と最後まで行動を共にした松田重助は、鼎蔵の命を受けて池田屋を逃れ出はしたが、途中で捕えられ、二日後の六月七日奉行所へ連行される途中隙を見て逃れたものの、河原町でふたたび会津兵と遭遇し、縄付きのまま槍に突かれて死んだという（冨成博『新撰組・池田屋事件顛末記』）。

実際のところ、池田屋にどのような人物が何人集まっていたかなどという確たる資料は何もない。あくまでも、長州藩邸留守居役乃美織江による『乃美織江覚え書』や、長州老臣浦靭負の日記、『改訂肥後藩国事史料』などの記録や伝聞からの推測に頼るしかないのである。

池田屋を無事脱出できたのは、先の長州藩邸にかくまわれた四人のほかに、播磨の北村善吉、美作の安藤鉄馬、大和の大沢一平、因州藩京都留守居役河田左久馬、筑後の渕上郁太郎の九人、死亡したもの以外は、新撰組や会津藩兵によって捕えられた。

事を終えた新撰組はいったん祇園会所に集合し、翌六日の昼ごろ、祇園祭の山鉾巡行本祭りの前日で、いやがうえにも物見高い見物客で賑わっている四条通りを、意気揚々と隊列を組んで壬生へ引き揚げていった。だが、最初に池田屋に乗り込んだ近藤や藤堂、それに永倉らはさすがに全身に返り血を浴び、特に傷だらけの藤堂は釣台で運ばれるなど、凄まじい戦闘を物語る隊列の生々しい姿は、見物の京童にとって怖いもの見たさのなにものでもなかった。

翌七日、会津藩は新撰組に対して幕府が給付している「浪士金」の中から、報奨金五百両のほか、刀と酒一樽、五人の負傷者一人に対し二十両を授けることを決し、この日刀と酒を授け、八月四日六百両の目録を与えた。

一方この事変の事の次第を長州藩に知らせたのは、軽傷を負って藩邸に逃げ込んだ有吉熊次郎である。六月十二日、彼は飛脚に変装して京都を抜け出し長州に着いた。

有吉は、池田屋から抜け出すまでの情況を、真木和泉守や久坂玄瑞らにうながされるままに、詳しく語って聞かせた。

しばらくはみなの慟哭がつづいた。

――宮部鼎蔵や吉田稔麿など、われわれの近しい多くの同志たちが、幕府手先の新撰組によって無残な最期を遂げた。――

悲しみと怒りの噴出であった。

「もはや一刻の猶予もできない。いかに入京を拒まれようと、この際会津や新撰組のやつらを血祭りにあげてこれを切り開き、直接御所へ乗り込んで請願申し上げるしかない」

これが長州勢の一致した考え方であり、もはや誰にも止められない勢いであった。

この時はじめて、彼らに復讐心と同時に、幕府に対するはっきりとした憎悪感が芽生えたのである。「倒幕！」もはやこれなくしては回天の目的は達せられない。

真木や久坂らが感じたこの思いは、「池田屋の変」をきっかけにして、急速に全国の志士たちの思いとなって伝播していくことになる。

池田屋の変の衝撃というものが、当時にあっても決して尋常なものではなかったということは、単に関係者のいる長州をはじめとする諸藩の志士たちばかりではなく、事変の直後に、備前、因州、筑前、安芸、対馬の諸藩などから、会津と朝廷へ次のような伺書が提出されたことからもうかがえる。

「一応のお取調べもなく、やにわに残戮《ざんりく》に及んだのは、いかなる趣旨に御座候や。今後もこのような御処置ぶりに相成るようであれば、京都詰めの諸藩士はもとより、在国の者に至るまで、その心得をもって対処しなければならないので相伺い候」

しかし、かえって京都守護職にある会津藩は、諸藩、所司代、奉行所に対し、あやしい潜伏者に対する市中取締の強化を指示するとともに、場合によっては「斬り捨ててもかまわない」との厳しい達しでのぞんだのである。

六月十六日夜、来嶋又兵衛の遊撃軍三百、久坂玄瑞の浪士軍三百、福原越後の軍三百、国司信濃の軍八百を乗せた軍船が、周防富海《とのみ》や三田尻から相次いで出港した。

彼らは二十一日には大坂に上陸し、藩邸で一旦休息をとったのち、二十四日には淀川を遡行して山崎へすすみ、翌二十五日天王山下の宝積寺《ほうしゃくじ》を本陣として山崎から天王山周辺にかけ布陣した。

そしてこの長州勢に、長州藩邸に逃げ込んで難を逃れた鼎蔵の弟春蔵と高木元右衛門のほか、池田屋の集合を知らずに難を逃れた肥後脱藩浪士の加屋四郎、入江八千兵衛、小坂小太郎、西島亀太郎、酒井庄之助などの肥後勢が加わることになる。

七月十一日、佐久間象山が肥後勤王党の河上彦斎の手によって暗殺された。

肥後藩から親兵として上京していた彦斎は、八・一八の政変の際、脱藩して鼎蔵らとともに長州へ下ったあと、三条実美らの側近にいて用を仰せつかったり、時には奇兵隊に交じって行動をしたりして長州にいた。しかし、池田屋の変で同志の鼎蔵や松田重助らが討たれたことを知ると、悲しみと同時に激しい復讐の思いに駆られ、急きょ単身上京したのである。

このとき彼は、折から幕府の命を受けて上洛していた佐久間象山が、中川、山階の両宮をはじめ、二条、嵯峨などの諸公卿に対し、持論の開国論と公武合体論で勧誘し、さらに彦根遷座まで企てているとの噂を耳にし、激しい怒りを覚えた。かつては、鼎蔵や松陰とも親交があったとはいえ、今やはっきりと幕府側の策謀家と化した象山を襲撃の相手と決めたのである。

河上彦斎は、

――……後姓名を高田源兵衛と改む。人となり沈毅《ちんき》（落ち着いて、物事にどうじないこと）、容貌枯瘦《こそう》（枯れてやせたさま）、目瞳接上《もくどうせつじょう》（三白眼）、顴骨高起《かんこつこうき》（頬骨が高いさま）、人と語るに刺刺《せきせき》（くどくどと口数の多いさま）として婦女子の如し、人その気力あるを知らず、一旦大事に臨めば大議を発し、侃然《かんぜん》（強く正しい）として弁論す。眼光人を射る。辞理明詳《じりめいしょう》、数々よく人をして神会感動せしむ。死生の間に処すると雖《いえど》も未だ嘗《かつ》て色を動さず。――

（木村弦雄代評）

とあるような人物像で、国家老付坊主に抜擢されるほどの器量があり、国学者林桜園に師事して敬神尊王の志に燃え、肥後勤王党のなかでも最も純粋で行動的な男であった。

このように説明すると、いかにもゴリゴリの尊王一辺倒の男のように思われがちであるが、しかしその彼も、けっして外国のことに関心が無かったわけではない。

かつて、万延元年正月二十二日（陽暦一八六〇年二月十三日）、日本を出港した外国奉行新見豊前守正興を正使とする遣米使節団の一行に加わっていた、玉名の木村鉄太郎から外国事情を聞き、彦斎も急に海外への関心が高まった時期があった。

このとき、たまたま時習館訓導井口呈助らに外国派遣の意のあることが示達され、彦斎もこの機に乗ずべしと藩庁に洋行希望を申し出た。このときの気持ちを、

大君のへに死なずとも一筋に
　国のためにと思い立つ旅
まつろわぬ国言向けに高麗剣
　われうち渡り事はしめさむ

と詠って心の高揚を示し、井口なども渡航許可が下りるよう周旋したが、相変わらず家柄と格式優先の藩議はこれを許さず、井口ともども彦斎の夢は打ち砕かれてしまうという経験もあったのである。

その日、暑気厳しい白昼の八ツ時（午後二時半過ぎ）、象山は従者二人、馬丁二人をつれ山階宮を訪ねて留

守であったため、五条本覚寺に泊まっている門人蟻川賢之助を訪ねての帰り道であった。洋鞍を置いた馬にまたがり、黒もじの肩衣《かたぎぬ》に白ちぢみの帷子《かたびら》、萌黄《もえぎ》五泉平《ごせんひら》の馬乗袴をつけ、白柄の大刀を腰に佩《は》いていた。

二条木屋町通りを下り、一之船入を過ぎたところで、人ごみにまぎれていた二人の刺客に左右から斬りつけられた。

最初の一太刀は象山の右の股を傷つけただけであったため、象山も鞭をふるって応戦し馬腹を蹴って逃げた。ところが前方の路地から現れた男が、不意に馬の前に立ちはだかったため、馬が棒立ちになった。体を支えられなくなった象山が落馬する。

右足を負傷した象山が体勢を立て直して刀を抜こうとするところへ、すかさず駆け寄った男が、大きく体を沈めて下から胴を斬りあげた。彦斎である。

あとから象山を追ってきた二人が、さらにこれにとどめを刺したのち、それぞれ雑踏にまぎれて姿を消した。

佐久間象山を襲った刺客は、彦斎のほかに、因州藩士前田伊右衛門、隠岐の南次郎であったといわれている。彦斎満三十一歳のことであった。

親兵として入京以後象山暗殺まで、「人斬り彦斎」と恐れられた彼である。殺ろうと思えば、誰にも告げず迅速かつ巧みに実行してしまう男であったため、京洛において何人が彼の手にかかったかは分からない。

しかしそのような彦斎も、さすがに象山を斬った直後に、

「いままで、人を斬るのは、木偶《でく》を斬るようなつもりで気にも留めなかったが、今度だけは、毛髪が逆立つのを覚えた。象山という奴は、稀代《きだい》の豪傑だったのだな。自分の命が尽きるような気がした。もう人斬りはやめる」

と、語ったという。

その夜、二条橋西詰に次のような斬奸状が掲げられていた。

松代藩　佐久間象山

この者元来西洋学を唱え、交易開港の説を主張し、枢機方へ立ち入り、国是を誤り候大罪捨ておきがたく候ところ、あまつさえ奸賊会津、彦根二藩に与党し、中川宮と事を謀り、おそれ多くも九重御動座、彦根城へ移し奉り候儀をくわだて、昨今しきりにその機会をうかがい候大逆無道、天地に容るべからざる国賊につき、今日三条木屋町において、天誅を加えおわんぬ。ただし斬首梟木《きょうぼく》に懸くべきところ、白昼その儀あたわざるなり。

河上彦斎の佐久間象山襲撃の理由は、斬奸状にもあるように、象山の西洋かぶれだけのことではなく、直接的には、中川宮ら公武合体派公卿と謀り、幕府側に与して有利に事を運ぼうとする行為に対する天誅である。だが一面では、鼎蔵ら勤王殉難者に対する、最初の弔い合戦を意図したとも受け取れる決行であった。

この象山暗殺は、特に朝廷内においてその衝撃は大きかった。

翌十二日には、有栖川宮、大炊御門大納言家信《いえのぶ》、大原重徳以下五十余人の公卿人が、毛利父子の処分を寛大にし、長州に押し寄せる夷荻に挙国一致してあたるよう建白したのである。

禁門の変

一

長州勢再上洛のことを事前に掌握していた一橋慶喜は、すでにこれに対処するため、諸藩に対し禁裏守衛のための出動を命じていた。

これに呼応した諸藩は、七月に入って続々と上京しており、兵の数は七、八万人にも達していた。

そして九門へは、つぎの兵を配置した。

中立売門――筑前藩、蛤門――会津藩、蛤門内南――藤堂藩、清和院門――加賀藩、下立売門――仙台藩、

堺町門――越前藩、寺町門――肥後藩、石薬師門――阿波藩、今出川門――久留米藩、乾門――薩摩藩

このような幕府側体制の中、七月十三日、世子定広と五卿が大軍を率いて長州を出発するとの通報が、山崎から天王山へかけて布陣している長州勢に届いた。

同じ日、禁裏乾門警備に当たる交替の薩摩兵四百人が到着し、軍賦役《ぐんぷ》（司令官）の西郷は傘下に在京の兵八百を擁することになった。西郷は、この兵員増強の機会まで動きをひそめていたのである。

実は、昨年八月十八日の政変の際、会津とともに長州を都から追い出した薩摩藩は、この池田屋の変の際も、会津藩から残党狩りを依頼されていたのであるが、一切動いていなかった。

薩摩藩が実際に動き出すのは、長州勢上洛の動きを知ってからのことである。

これは、西郷と久光との考え方の違いによるものである。

西郷は、この年の二月、大久保一蔵らの久光に対する必死の工作によって、沖永良部島から許されて、二度目の政治復帰を果たすと、ただちに京都に呼び出された。

さらに四月十八日、大久保を連れて久光が鹿児島へ去ったあと、家老小松帯刀らとともに残り、以後の京都での政策を任される立場になっていた。

身分は、いっぺんに小納戸頭取、御用取次見習という破格の地位を与えられ、軍賦役として、在京藩兵に対する一切の指揮権を握っていた。

上京後、情報収集に長ける西郷は、独自の人脈や密偵などを使って、時の情勢をいち早く読み取っていた。

その結果、長州藩に同情する諸藩の、薩摩に対するあまりの風評の悪さを知ったため、久光が京都を去ったあとは、ひたすら御所の警衛だけに専念して汚名挽回をはかっていた。

そのため、会津や新撰組の残党狩りには、一切関わらなかったのである。

七月十四日、世子上洛の先発隊益田右衛門介率いる兵六百人が在京の長州勢に加わった。つづいてその後清末藩主毛利讃岐守が兵を率いて出発した。

そうしたなか、一橋慶喜は大目付永井尚志《なおのぶ》を伏見城へ派遣して、長州撤退を説得したが応じなかった。

七月十七日、八百の兵を持って必戦の時期到来と踏んだ西郷が動いた。

この日三本木の清輝楼に在京の諸藩の重役たちが集まって長州処分の問題を論じているところへ、突然西郷が乗り込み、強い剣幕で、

◆二条関白が自分を召して伝えられたことは、主上は嘆願のことは断じてしりぞけたもうたということ。
◆よって、西郷は諸藩と力を合わせ、長藩をしりぞけよと下命された。
◆お集まりの諸藩方が、それでも長州寛大処分にこだわるなら、薩摩一藩の力だけで長州兵を追い払う覚

悟である。

との意見を論じたところ、会津、桑名両藩の同意を機に、一気に諸藩もこれに従うことになった。

そのうちに長州藩京都留守居役乃美織江からも、朝廷へ国元からの次のような通報が届いたとして書状が差し出された。

◆英、仏、米、蘭の四ヵ国軍艦が大挙して下関へ来襲するという知らせが入り、そのまま四カ国は大坂へ乗り入れて京畿に攻め入る謀を実行するとのことである。

◆このような皇国の安危が旦夕に迫っている一大事のときであるため、毛利父子が上京して伺候することもあろうから、その段お聞きおきください。

しかしそれでも、長州入洛排除の断を下している朝議に変化はなかった。

さらにその長州側も、国元から家老福原越後に、藩主父子の上京までは浪士組を暴発させないよう内命があっていた。

そこで浪士組には、福原からも朝廷側の厳しい情勢を伝え、一旦大坂へ退くよう説得したが、真木和泉守や久坂玄瑞、中村円太、寺島忠三郎、入江九一らは言うことを聞かない。

ところが、七月十七日男山で開いた軍議の席で、藩主慶親から、決してこちら側から手を出して干戈を交えることがあってはならない。との書付を渡されていた久坂や宍戸左馬之助が退却説を唱えだした。つまりこのときになって冷静さを取り戻したのである。

その日の八ツ時（午後二時）過ぎ、石清水八幡宮に、二十人ほどの指揮官が集まってふたたび開いた会議では、久坂の退却説は、真木和泉守の、御所を手中におさめさえすれば、すべてが達成されるとする主張と、ひたすら進撃を主張する来嶋又兵衛の前にもろくも崩れ去ることになった。

久坂は主張する。

「とりあえず今は一旦朝命に服し、兵を下げよう、世子の到着を待ってからでも遅くはない」

しかし、真木や来嶋をはじめ他の指揮官たちは反対であった。

来嶋は言う。

「いままさに闕下《けっか》に迫り、君側の奸を除こうとするに当たって進撃をためらうことはもってのほかだ」

しかし久坂は、

「もとより、そのことは覚悟のうえではあるが、時期はいまだ到来していない。間もなく到着される世子君を待ってからでも遅くはない。しかも多勢に無勢のいまの兵力で進撃するのは得策ではござらん」

と、さらに進撃待機を説得すると、語気を強めて来嶋は、

「世子君のご到着の前に進撃して、ことを片付けてお迎えするのが家臣というものじゃ。おぬしはそれでも武士か」

さすがに、武士かと言われた久坂も少し弱気になり、

「来嶋どのの申せれることももっともではあるが、それにしても兵が足りないのだ。いまだ戦機に非ずと考える。闕下に至るとも後詰めの部隊がいないでは、成功もおぼつかないと思われないか」

しかし来嶋は、さらに狂ったように久坂を罵倒しだした。

「卑怯者が。やはりおぬしは一介の医者坊主にすぎない。そのような武士でないものを相手にするのも汚らわしいわい」

しばらくは来嶋の怒りの声がつづいた。このままでは、まさに同志割れであった。

戦術的には久坂の言うことが正しいのであるが、肝心のリーダー格である大人の来嶋がこのように猛り狂っ

てしまってはもはや久坂一人ではどうしようもなかった。

　このとき久坂二十五歳、来嶋は白髪交じりの四十九歳である。

　そしてついに来嶋は、

「わしはこれより進撃して本分をつくすだけだ」

と言って席を蹴って出て行ってしまった。

　しばらくして、久坂は、真木に視線を移し、

「あなたは如何お考えか」

と問いかけると、五十二歳で最年長の真木は、静かに、

「来嶋どのに同意いたす」

と答えたのである。そしてさらに付け加えた。

「形は尊氏なるとも、心は楠公になればよろしかろう」

　久坂の精神を突き刺す言葉であった。

　彼のこの一言によって、ついに進撃することに決したのである。


　七月十八日巳刻四ツ（午前十時ころ）、朝廷から伝奏を通じ乃美織江に、山崎滞陣の長州兵撤兵が申し渡された。

　その日の夜、家老国司信濃は旗下の諸隊に、子刻九ツ（午前零時）、松平容保を討ち取るため、九門を破り、御所内御花畑（凝華洞《ぎょうかどう》）の宿所に対する攻撃を指令した。

　世にいう『禁門の変』（蛤御門の変）である。

　最初に行動を起こしたのは、伏見にいた福原越後の五百人の部隊であった。

　彼らが、竹田街道を藤森まで進んだとき、待ち伏せていた大垣兵に、大砲や銃弾をあびせかけられたため戦

闘になった。

この激しい戦いの最中、福原は敵の狙撃を受け、頬に負傷して落馬したため伏見へ退いた。部隊はそのまま前進をつづけようとしたが、街道筋に幾重にも配置されている会津兵や新撰組に阻まれ、負傷者も続出したことからいったん退却した。

嵯峨に陣をおいていた、国司信濃、来嶋又兵衛ら八百人の部隊は、丑刻八ツ（午前二時ごろ）御所に向かって動いた。

北野天神あたりへ来たところで、来嶋又兵衛率いる力士隊の強豪部隊は蛤門方面へ、国司信濃率いる遊撃隊は中立売門方面へそれぞれ分かれて進軍した。

蛤門を守っていた会津藩兵は、来嶋隊のすさまじい攻撃にあって、たちまちのうちに門を破られ、押されて御所内へ退却しだした。

そのとき、会津藩の窮地を救ったのが、西郷吉之助率いる薩摩藩兵である。

このとき、御所北方にある乾門の守衛にあたっていた薩摩藩は、長州勢が蛤門と中立売門に押し寄せたことを知ると、たちまち藩兵をその方面へ振り向けたのである。そのため、形勢としては、門内に押し入って戦っている、長州兵の横合いから襲いかかることになった。

こうなると、いかに勢いのある長州兵とはいえ、わき腹を突かれてはどうしようもない。

蛤門では、馬上で指揮をとっていた来嶋又兵衛が、薩摩藩の川路利良《としなが》（のち警視総監）の狙撃によって即死した。中立売門では、筑前兵を撃破して、会津兵と衝突していた国司信濃の部隊も、薩摩兵によって横槍を入れられ、さらに他の藩兵も押し寄せてきたため、潰走せざるを得ない状況になった。

池田屋を逃れ出た肥後藩の高木元右衛門と、早くから肥後藩を脱藩して京都に潜入し、この時を待って長州藩兵に交じって戦った内田弥三郎はこの時の戦いで戦死を遂げた。

さらに、この一戦に参加した一人に鼎蔵の下僕国友常吉がいた。

常吉は文久三年の夏、鼎蔵にしたがって上京していたが、八月十八日の変後、鼎蔵は長州に去るにあたり彼に帰郷してこれまでの事情を伝えるよう促した。しかし常吉はこれに応ぜず、最後まで鼎蔵の随従を嘆願したので、流石に鼎蔵もこの忠僕の厚い志に感じて、長州に従えて下ったのである。

ところが、池田屋の変を長州で知った常吉はただちに単身京都に入り、主の仇を報い、敵の首を墓前にささげて、地下の霊を慰めなければといって聞かなかった。しかし四面皆敵の中に踏み込んだところで、到底志を達することは不可能であり、むしろ長州藩上京の時を待って軍に参加する方がいいと長州の同志に諭され、この日を待って蛤門の戦いに臨んでいたのである。

この後敗れて長州へ帰って再挙の日を待ったが、藩の方針が謝罪に変じたことで、常吉の志はまったく無に帰してしまったため、遂に自刃して主鼎蔵に殉じたのである。

二

一方、山崎方面にいた真木和泉守や久坂玄瑞の忠勇隊が出発したのは九ツ（午前零時）であった。

だが、粟生光明寺前から桂川にいたる三里の道が悪路だったため、砲車を進めるのに非常に難儀をし、桂川に出たときは夜が明けてしまっていた。すでに九門における戦闘は終わっている。

久坂らが向かった堺町門は、がっちりと越前藩兵が固めて入れないため、途中で進路を変え、鷹司邸の裏門から中に入った。

ちょうど、鷹司公は参内のため装束《しょうぞく》を着けていたが、久坂はその裾にすがり、必死になって懇願した。

「私どもは嘆願の筋あって参りました。ご参内なさるならどうかお供を願い奉ります」

だが鷹司公は、それはできぬと言ってすげなく断り参内していった。

ここにおいて、ついに長州の願いは断たれたのである。

この時すでに、鷹司邸の周りは、蛤、中立売両門の戦いを終えた会津、その他の藩兵たちによって取り囲まれていた。

邸の門を開いて押し出そうとする長州兵に銃が撃ちかけられる。邸内にいる長州兵は門を開けては銃を撃ち、斬り合いをしては門内に戻って門を閉める、その繰り返しがつづいた。

この戦闘において、久坂は太股を撃たれたが、浅手であったため手拭いを巻いて指揮をとっていた。しかしこのままでは全滅も免れないと見ると、入江九一に後事を託し、寺島忠三郎とともにその場に切腹して果てた。入江は邸の穴門という小さな裏門から出て、血路を開いて天王山へ走ろうとしたが、彦根藩士の槍に右目を突かれ、眼球が飛び出して死んだ。

日の明けた十九日の四ツ時（午前十時）、このとき鷹司邸は、越前兵の砲撃によって炎上した。

その以前、辰刻五ツ時（午前八時）河原町の長州藩邸も、乃美織江の手によって火がつけられ、彼もほかの留守居のものたちとともに京を退いた。

鷹司邸から発した火の勢いは強く、南は仏光寺、西は西洞院東側、東は寺町まで広がり、これが鎮火したのが翌二十日朝六ツ半（午前七時）ごろであった。

ところがその後、残敵掃討のため会津や彦根の藩兵が大砲を撃ちかけたため、これによってふたたび火を発し、この火災によって東本願寺も焼失した。

そしてこの火が、六角通りに迫る勢いになったどさくさに乗じ、月番の西町奉行滝川播磨守は、六角獄に収容されている政治犯たちが逃亡を企てたことにして、すべて斬り捨てる断を下した。

処刑は、この日八ツ（午後二時）から七ツ半（午後五時）ごろまで、奉行所役人の手によって斬首された。

この凄惨な大量処刑の犠牲になったのは、さきに入牢中であった平野國臣、桝屋こと古高俊太郎、大和義挙の古東領左衛門、乾十郎のほか、池田屋で捕まった佐藤市郎、山田虎之助、南雲兵馬、村上俊平、古田五郎らであり、さらに三条家の家来丹羽出雲守、同平士川勝寛治、三条西家の家来河村能登守、同平士吉川菊次など三十三人にのぼった。

このとき平野國臣の鬢髪《びんぱつ》は雪のようで、永牢で痛めつけられた五体は衰弱しきっていたが、眼光は炯々《けいけい》としてするどく、うやうやしく御所の方を伏し拝んだのち、刑についたという。

残した詩二首、歌一首、

◆龍鍬虎口《りゅうきょうここう》この躬《み》を寄す　半世の功名一夢のうち他日九泉《きゅうせん》骨を埋むるところ　形余誰かまた孤忠を認めん

◆憂国十年東走西馳成敗《せいちせいばい》天に在り　魂魄地に帰す

◆みよや人嵐の庭のもみじ葉は
　いずれ一葉も散らずやはある

山崎天王山の陣から出動した真木らの部隊は、久坂をはじめ多くの兵を失ったあとも、戦闘をつづけながらの退却となり、途中においても戦死や負傷者が続出したため、天王山に帰り着いたときは二百人ほどになっていた。

二十日の七ツ時（午後四時）ごろであった。先に京都を退いた福原越後、国司信濃らは、敗軍を率いて大坂へ退却しており、また、男山から本陣に移った益田右衛門介の部隊が留守をしていたが、敗北の報を聞いて退陣していたため、山崎「宝積寺《ほうしゃくじ》」にはすでに味方の兵はなかった。

そこで真木は、弟外記、息子菊四郎をはじめ、従ってきた長州兵らを促して逃がし、護国の鬼となって最後まで戦って散ることを誓い合う十九人とともに、天王山山頂を目指すことにした。

このとき、行動をともにしたいと願い出る多くの隊士たちを制してこう言った。

「すでに福原、益田らの国老は遁れ、諸将も多くは失われた今日においては、たとえ二、三日であれ、天下の大兵を引き受けることは到底不可能である。

かつこの敗報が長州に達すれば、五卿や藩主の上京は、必ず見合わせとなるに違いない。

ことに聞くところによれば、英艦は去年の恨みを晴らすといきまいて、長門の浦に迫っているそうである。

諸君はむしろこの際本国に帰って、先ず攘夷の功を挙げ、さらに機を見て捲土重来の意気を示してもらいたい。

自分は今回の首唱者として、血をもって禁門を穢したことでもあれば、潔く最後の一戦を試みるつもりである」

こうして、真木和泉守ら十九人の同志たちは天王山山頂へ向かった。

途中西国街道の離宮八幡のところで、それまで山頂にあって追撃の敵をまっていた宍戸左馬之助らが、山を下りてくるのに出会った。

ひとまず帰国して再起を謀ろうという宍戸に対し、先ほど別れた子息らの行く末を言付けると、懐中から小判を渡し、七里の山頂への山道に分け入っていった。

この十九人の中に、中津彦太郎、西島亀太郎、加屋四郎、宮部春蔵、小坂小次郎、酒井正之助ら六人の肥後の同志たちがいた。

彼らはここで、池田屋に斃れた鼎蔵に殉じようと決意していたのである。

一同が本営にしたのは、山頂に近い観音堂であった。二十日終日追撃の兵を待ったが現れなかった。

明けて二十一日の朝、真木は心静かに御所を拝したのち、用意の懐紙を出して、

大山のみねのいはまにうずめけり
　この年月のやまとだましい

と、辞世の一首を書き残したあと、一同に戦闘の準備を命じた。

やがて、近藤以下四十人の新撰組が先方隊をつとめる、会津藩神保内蔵助率いる討手の軍勢千五百余人が攻め上がって来た。

彼らは、途中何らの反撃も受けずに上ってきたため、敗残兵はすでに逃げ去ったものと考え、気を緩めて山頂に近づいていった。

ところが、突然五、六発の斉射を浴びせかけられたため、すわ伏兵ありと驚き先を争って八幡社までひき、しばらく遠巻きにして山頂の様子を窺う姿勢に出た。

この間に観音堂まで引き返した同志一同は、真木を中央に両翼にならび、陣営に火をつけたのち、清く切腹して敵に首級を渡さないことを申し合わせた。

この時真木は、最少年の加屋を招いて厳かに申し渡した。

「君に一つ願いがある。我われは、今ここで腹を切って果てるが、この最後の有様を報ずる者が誰一人いない。ご苦労ではあるが、この中でも君が一番年少のことでもあり、今からここを落ち延びて、昨日来の有様を、くわしく三条公にお知らせしてもらいたい」

と、なかば命じるように依頼した。

しかし加屋はかたくなにこれを拒み、真木がなお頼むのをみると、色をなし、

「たとへ年少でも、微弱でも、男児一度義を守ってここに臨んだ以上、今になって難をさけるような所業は、断じてできません。それよりも、私が皆様方の先導を務めましょう」

と言うやいなや、短刀で腹を斬り、返す刃で首を突いて始末をつけた。

この光景を目の前にした一同は、お互い深い感激にひたったまま沈黙をつづけていたが、やがてふたたび真木がおもむろに口を開き、萱野加右衛門（後の男爵藤村紫朗）と大沢一平を呼び、

「この場合、生はむしろ死よりも難しいが、万難をはいして三条公に、この光景の報告の任に当たってもらい

たい。このことは決して卑怯なことでも、不面目なことでもない。

二人の任こそ最も重大である」

と、言葉をはずませて申し向け、一方では指揮して建物に火をつけさせた。

くすぶり、やがて紅蓮の炎に変わりゆく観音堂の中で一人また一人と切腹していった。

後ろ髪を引かれる思いで下って行く二人の後ろでは、火の手が夜空を真っ赤に染め、何度か火薬のはじける爆発音が響いていた。

この時天王山において自刃して果てた人々は、久留米藩真木和泉守、池尻茂四郎、加藤常吉、松浦八郎、土佐藩松山深蔵、能勢達太郎、千屋菊次郎、安藤眞之助、筑前藩松田五六郎、野州広田精一、岸上弘の十一士のほかに、先の肥後藩六人も、郷里の熊本を遠く離れた天王山の頂で、京に散った鼎蔵のあとを慕うように若い命を散らしていったのである。

終

あとがき

宮部鼎蔵の出身地は、現在の熊本県上益城郡御船町である。縁あって私がこの町を終の棲家としてかれこれ三十年以上になる。当時転勤族であった私がこの町に家を構えようと決意したのは、当時、幕末から明治にかけての時代小説を多読していて、その中で、松陰と宮部鼎蔵が深い朋友関係にあったことを知り、また、昔からこの町にお住まいの郷土史家であられる、今は亡き奥田盛人氏と知己を得、この方が宮部鼎蔵に関する研究の第一人者であられたことなども手伝い、永住の地と決めたのである。

そして居住した長い年月の間、宮部鼎蔵に関する断片的な文献や資料などは目にするものの、同じ幕末に活躍した松陰やその他志士とよばれる人たち、また、郷土の横井小楠その他の人物像を浮き彫りにする文献が数多くある中で、彼に関してだけ、それに類する一貫した文献が見当たらないことに気付いたのである。

町でも、幕末将軍の師を勤めた儒学者の「松崎慊堂」、嘉永井手等公共事業に尽力した「光永平蔵」、町内の目鑑橋架橋に多額の拠出をした「林田能寛」、幕末層成砲を開発した「増永三左衛門」などと並んで、郷土五先哲の一人として尊敬されている人物であるにもかかわらず、彼がどのような人柄で、先哲に値するような人物であったのかといった、理解できる生涯を通じたストーリー性ある書籍がないため、誰にもしっくりと胸に落ちる宮部像が出来上がっていないのではないか。

おこがましくも、そのような思いからこの作品に取り掛かったわけである。

当然、生前の奥田盛人氏からのご教示が基礎になった。お譲りいただいた、昭和三十八年六月五日、今は亡き荒木精之氏が「宮部鼎蔵先生殉難百年記念誌」として、日本談義社から編集発行されたものを、氏自らが平成十六年五月に再編集し復刊された『宮部鼎蔵先生顕彰誌』を教科書に、さらに古本屋で探し出した、昭和十八年五月十五日、矢貴書店発行　後藤是山著『肥後の勤王』をなぞりつつ引用させていただき、史実と想像を織り交ぜながら作品を仕上げていった。

その意味では、今は亡き著者への断りなき、『肥後の勤王』復刻版的一面もある。

また、当然のことだが、その時代に生まれた宮部鼎蔵が、何を感じ、どう思い、どのように生きたかを主体的に著したかったため、創作小説風には描けなかった。

最後に、主家である細川家は宮部鼎蔵をどう見ていたのか、明治期になって記録化された「長岡雲海公傳」（長岡護美）に記された中の一文を紹介したい。


――……今日になって最も惜しいものは宮部である。御一新の時も、あの人が居れば余程尽力したと思う。宮部は唯の無謀攘夷ではない。――


このように、当時、直接宮部鼎蔵と接していた人が、彼が、単なる攘夷一辺倒の運動家ではなかったと見ている。私も、彼の本当の姿は、朋友である松陰のような、激しい主体的行動力を持った人と異なり、人一倍勤王の精神に貫かれた、純粋な忠孝の実践者として、時代の波にもまれていった人だと思うのである。

この作品が、生涯を宮部鼎蔵の研究に携われた先達たちへの供養ともなれば幸いである。

合掌

平成二十七年三月吉日

執筆者　森　光宏

なお、平成二十八年四月十四日、十六日、震度七の強震が、たて続けに二度も町を襲った「熊本地震」によって罹災し、熊本市内に避難生活を余儀なくされた中で、あらためて原稿を見直し、若干の推敲の後、御船町に居住させていただいた感謝の意味も込め出版を決意した。

参考文献

『宮部鼎蔵先生傳』　高野直之　旧制熊本県立御船中学校
『宮部鼎蔵・宮部春蔵両先生小傳』　吉田益喜編　宮部鼎蔵先生顕彰会
『宮部鼎蔵先生顕彰誌』　荒木精之・奥田盛人編　宮部鼎蔵先生顕彰会
『宮部鼎蔵歌文拾遺』　湯治万蔵編　宮部田城顕彰会
『肥後の勤王』　後藤是山　矢貴書店
『増訂版御船史蹟記』　沖田昌進編　増訂者奥田盛人　文化新報社
『日本の名著　山鹿素行』　田原嗣郎責任編集　中央公論社
『日本の名著　吉田松陰』　松本三之介責任編集　中央公論社
『吉田松陰』　高橋文博　清水書院
『吉田松陰　留魂録』　古川薫全訳注　講談社
『吉田松陰』　童門冬二　学陽書房
『江戸の旅人　吉田松陰』　海原徹　ミネルヴァ書房
『神風連実記』　荒木精之　新人物往来社
『新撰組・池田屋事件顛末記』　冨成博　新人物往来社
『新撰組顛末記』　永倉新八　新人物往来社
『新選組「最後の武士」の実像』　大石学　中央公論新社
『幕末暗殺史』　森川哲郎　三一新書
『歴史への招待⑯』　日本放送出版協会
『横井小楠』　圭室諦成　吉川弘文館人物叢書
『横井小楠』　山下卓　熊本日日新聞情報文化センター
『横井小楠』　徳永洋　新潮社
『大義を世界に　横井小楠の生涯』　石津達也　東洋出版
『肥後讀史總覧』　鶴屋百貨店

『改訂肥後藩国事史料』　細川護貞著作権者　国書刊行会
『細川幽斎伝』　平湯晃　河出書房新社
『細川幽斎・忠興のすべて』　米原正義編　新人物往来社
『三百藩家臣人名事典　7』　家臣人名事典編纂委員会編　新人物往来社
『肥後人名辞書』　角田政治　青潮社
『肥後史話　増訂版』　卯野木卯一良　肥後史話普及会
『肥後藩の政治』　圭室諦成編集代表　日本談義社
『熊本県の歴史』　森田誠一　山川出版社
『鹿児島県の歴史』　原口虎雄　山川出版社
『日本の歴史　⑯　元禄時代』　児玉幸多　中央公論社
『日本の歴史　⑲　開国と攘夷』　小西四郎　中央公論社
『逆説の日本史　⑫　近世暁光編』　井沢元彦　小学館
『幕末外交と開国』　加藤祐三　ちくま新書
『清河八郎の明治維新』　高野澄　日本放送出版協会
『孝経入門』　立間祥介　日本文芸社
『世に棲む日日』　司馬遼太郎　文藝春秋
『桜田門外ノ変』　吉村昭　新潮社
『生麦事件』　吉村昭　新潮社
『落日の宴　勘定奉行川路聖謨』　吉村昭　講談社
『巨眼の男　西郷隆盛』　津本陽　新潮社
『勝海舟』　津本陽　潮出版社
『勝海舟』　勝部真長　ＰＨＰ研究所
『幕末の豪商志士　白石正一郎』　中原雅夫　三一書房
『龍馬と新選組の京都』　武山峯久　創元社
『定本　河上彦斎』　荒木精之　新人物往来社

森　光宏（もり　みつひろ）

1941年朝鮮大邱府で出生、引き揚げ。熊本県立八代高校卒業後、熊本県警察官。定年退職後、御船町居住中、『阿修羅の島　天草合戦異聞』出版、第６回日本自費出版文化賞入選、その他『目鑑橋 ― 調所と三五郎 ―』出版。現在、熊本市東区御領５丁目居住。

［著書］
『阿修羅の島　天草合戦異聞』（2002年　東京図書出版会）
『目鑑橋 ― 調所と三五郎 ―』（2004年　東京図書出版会）

懇篤・剛毅の人　宮部鼎蔵

2017年３月１日　初版発行

著　者　森　光宏
発行者　中田典昭
発行所　東京図書出版
発売元　株式会社 リフレ出版
〒113-0021　東京都文京区本駒込 3-10-4
電話 (03)3823-9171　FAX 0120-41-8080
印　刷　株式会社 ブレイン

ISBN978-4-86641-026-5 C0093
Printed in Japan 2017

ご意見、ご感想をお寄せ下さい。

［宛先］〒113-0021　東京都文京区本駒込 3-10-4
東京図書出版